ELIZA GRAHAM

Das Geheimnis von Fairfleet

Buch

Als Elfjähriger kommt Benny Gault kurz vor Ausbruch des Zweiten Weltkriegs mit einem Kindertransport aus Deutschland nach England, das seine neue Heimat werden soll. Gemeinsam mit anderen Flüchtlingskindern findet er auf Fairfleet, dem historischen Landhaus von Lord und Lady Dorner, ein neues Zuhause und in dem Ehepaar liebevolle Zieheltern. Sie wollen ihm eine Zukunft voll unbegrenzter Möglichkeiten schenken. Doch Benny hat ein düsteres Geheimnis …

Jahrzehnte später kommt die Krankenschwester Rosamond in das Landhaus, um den alten, im Sterben liegenden Benny zu pflegen. Ihr wird er endlich das anvertrauen, was ihm ein Leben lang auf der Seele brannte. Er ahnt nicht, dass auch Rosamonds Schicksal mit Fairfleet verwoben ist.

Autorin

Eliza Graham ist Autorin und Journalistin. Für ihren ersten Roman *Weil du mich liebst* suchte sie über fünf Jahre lang einen Verleger, bis er mit großem Erfolg in England erschien. Auch in Deutschland eroberte sie damit die Bestsellerlisten. Eliza Graham lebt mit ihrem Mann, ihren Kindern und ihrem Hund in Oxfordshire, nordwestlich von London.

Bei Blanvalet von Eliza Graham bereits erschienen:

Weil du mich liebst (03146)
Die Antwort des Windes (37616)
Das geheime Bild (37848)

Eliza Graham

Das Geheimnis von Fairfleet

Roman

Aus dem Englischen
von Elfriede Peschel

blanvalet

MIX
Papier aus verantwortungsvollen Quellen
FSC® C014496

Verlagsgruppe Random House FSC® N001967
Das FSC®-zertifizierte Papier *Holmen Book Cream*
für dieses Buch liefert Holmen Paper, Hallstavik, Schweden.

1. Auflage
Deutsche Erstveröffentlichung Juli 2014
bei Blanvalet, einem Unternehmen der
Verlagsgruppe Random House GmbH, München.

Originaltitel des Romans: »Fairfleet«

Umschlaggestaltung: www.buerosued.de
Umschlagmotiv: Getty Images/VisitBritain/Britain on View
Redaktion: Regine Kirtschig
ES · Herstellung: sam
Satz: DTP Service Apel, Hannover
Druck und Einband: GGP Media GmbH, Pößneck
Printed in Germany
ISBN: 978-3-442-38280-4

www.blanvalet.de

1

Rosamond

Mein Körper sträubte sich mit jeder Faser, das elegante weiße Haus mit der klassischen Fassade zu betreten, vor dessen Eingangstür ich stand.

Obwohl ich eine gestandene Frau in den Vierzigern und ausgebildete Krankenschwester war, fühlte ich mich wieder wie eine Zwölfjährige. Ich zwang mich, auf die Klingel zu drücken. Sarah, die Haushälterin, öffnete die Eingangstür und ließ mich eintreten. Mit wild pochendem Herzen hörte ich mich Höflichkeiten mit ihr austauschen, während ich eine Bestandsaufnahme meiner Umgebung machte. Wände in der Farbe von Enteneiern. Ein Kronleuchter aus gedrehtem Metall und Kristall, der wie ein Eiszapfen von der Decke hing. Ich warf einen Blick die Treppe hoch und versuchte, mich daran zu gewöhnen, dass ich wieder in Fairfleet war. Ich holte tief Luft und klammerte mich an den Griff meines Koffers. Es roch im Haus nach frischer Farbe, gemischt mit dem Duft der weißen Lilien, die auf dem Konsolentischchen standen. Darunter verbarg sich ein älterer, stärkerer Geruch nach poliertem Holz und altem Gemäuer. Um mich an meine Schuld zu erinnern, hätte der bittere Geruch von verbrannten Mandeln noch wahrnehmbar sein müssen.

Als das Telefon läutete, zog Sarah die Stirn kraus. »Das wird die Gemeindeschwester sein. Entschuldigen Sie mich einen Moment, Rosamond.«

Man hatte mit sehr viel Geschick einen Teil der Balustrade ersetzt, nur wer wusste, wo er hinsehen musste, hätte die neuen Baluster entdeckt. Die Bodenfliesen, die den alten Parkettboden ersetzten, hätten dort schon seit Jahrhunderten liegen können. Was hatte ich erwartet? Dass das Haus sich daran erinnern würde, was an jenem klaren, frostigen Morgen vor dreißig Jahren passiert war?

Ich versuchte, die Erinnerungen aus meinem Kopf zu vertreiben und mich auf das zu besinnen, weswegen ich hier war. Ich dachte an Benny Gault, meinen Patienten, und dessen Ankunft hier im Haus. Kurz vor Kriegsausbruch hatte Fairfleet eine Gruppe jüdischer Flüchtlingsjungen aus Deutschland aufgenommen und ihnen während des Heranwachsens ein Zuhause geboten, bevor sie wieder in die Welt hinausgeschickt wurden, um sich dort zu beweisen. Jahre später war der erwachsene Benny Gault zurückgekehrt und hatte Fairfleet gekauft. Jetzt lag er oben im Sterben.

Sarah kam wieder zurück. »Entschuldigen Sie bitte, kommen Sie doch mit in die Küche, Rosamond.«

Ich drang tiefer ins Haus vor. Nachdem meine Gedanken nicht mehr um mich selbst kreisten, war ich gleich viel entspannter. Ich überlegte, wie Benny sich wohl gefühlt haben mochte, als er in England eintraf. Hatte er Heimweh? War er erleichtert? Aufgeregt? Vermutlich alles zusammen.

2

Benjamin, 1939

Der Junge klammerte sich an seinen Fußball. Das Namensschild, das er um den Hals trug und das ihm in die Haut schnitt, flatterte im Wind. Nachdem sie in Harwich angelegt hatten, hatte sich sein Magen wieder beruhigt. Er stand oben auf der Landungsbrücke und sog in tiefen Atemzügen die mit Salz und Öl gesättigte Luft ein, die in seiner Kehle kratzte. Wo waren die kleinen Kinder, um die er sich während der Reise gekümmert hatte? Eine Frau in Schwesternuniform führte sie bereits weg. Jemand schob ihn sanft die Landungsbrücke hinunter.

Alles sah anders aus in England: die Autos, die Hafenarbeiter, die Gebäude. Sie wurden von den Menschen angelächelt, selbst von den Polizisten mit den hohen Helmen und Umhängen. Einer von ihnen hielt die Hand eines kleinen Mädchens und hob im Schneetreiben seinen Koffer auf.

Alles sehr fremdartig. Alles sehr sicher. Er musste schnell weg von hier.

Er sah sich um, weil er sich auf dem Boot verstecken wollte, doch gegen die Kinderflut, die sich über die Landungsbrücke ergoss, kam er nicht an. Die Jungs bedachten ihn mit Flüchen, und die Mädchen schnalzten abfällig mit der Zunge, als er sich zwischen sie drängte. Er gab es auf und ließ sich von ihnen auf festen Boden schieben, der allerdings feucht war, genau wie auf dem Schiff. Offensichtlich hatte es hier geregnet und schneite jetzt sogar. Weiße Flocken schmolzen auf dem schwarzen Boden. Alles schwankte, als Benny am Kai entlangging. Vielleicht dauerte es eine Weile, bis man sich daran gewöhnt hatte, wieder festen Boden unter den Füßen zu haben. Er hörte das Geschrei der englischen Hafenarbeiter in einer Sprache, die er nicht verstand und deren Melodie ihm fremd war. *Harwich* las er auf einem Schild.

Dann saß er mit den anderen Kindern in einem Bus, dessen Luft von langen Reisen und Abschieden geschwängert war. Sorgen bereitete ihm nicht nur die Frage, wo die Toiletten waren, sondern auch die Angst, dass ihm die großen Jungs Schwierigkeiten machen könnten. Sei kein Kindskopf, sagte er sich. Du bist elf und keine sechs. Eine plumpe Frau mit einem Hut, der an einen zusammengedrückten Kuchen erinnerte, verteilte Süßigkeiten und wischte Nasen. Jemand übergab sich fast lautlos in eine Papiertüte. Ein etwa vierjähriges Kind weinte, während es den Kopf in seinem Schoß vergrub, sodass ihm Tränen über die Knie liefen.

Dann erreichten sie das Lager, ein großes Gebäude mit Metallstreben. Es sah ganz anders aus als die Lager, von denen er zu Hause gehört hatte. Die Frau mit dem zerdrückten Kuchenhut hatte sie hineingescheucht, und man servierte ihnen auf Tapeziertischen eine heiße Mahlzeit, die zu identifizieren er viel zu müde war. Junge Männer und Frauen brachten sie zu Häuschen, die wie Miniaturausgaben von Berghütten aussahen und in denen sie schlafen sollten, obwohl es noch nicht Nacht war. Sie wurden in Dreier- oder Vierergruppen eingeteilt. Die anderen Jungs in seiner Hütte waren Fremde für ihn. Gut. Er legte seinen Fußball ans Ende seiner Koje. Schlafen konnte er bestimmt nicht. Doch er schloss seine Augen, um alles auszublenden. Dachte an sein Schlafzimmer zu Hause. Still. Verdunkelt. Fußballplakate an den Wänden. Baukästen. Ein vollgestopftes Bücherregal. *Emil und die Detektive* war ihm das liebste Buch, es wäre schön, es jetzt durchblättern zu können. Er spürte einen stumpfen Heimwehschmerz. Versuch das zu ignorieren, spür die sichere Rundung des Fußballs zu deinen Füßen und …

Als er wach wurde, war es Morgen. Er trug noch immer seine Oberbekleidung. Zu Hause hätte es deshalb Ärger gegeben.

Man sprach hier Deutsch – er hörte sie rufen, als sie vor den Hütten hin und her liefen, an Türen klopften und die Kinder aufforderten, sich zu waschen, bevor es Frühstück gab.

Er würde ihnen sagen, dass er es sich anders überlegt hatte und wieder nach Hause wollte. Aber auf dem Schiff hatte er mitbekommen, wie sie die Kinder beruhigten, die um das verlorene Zuhause und ihre Familien weinten. Man sagte ihnen, dass sie sich glücklich schätzen sollten und ihre Familien und Freunde erleichtert seien, sie in Sicherheit zu wissen, und deshalb traurig wären, wenn die Kinder wieder ins gefährliche Deutschland zurückkehrten.

Nun, er war kein kleines Kind. Er würde nicht flennen. Er würde die Erinnerung an die Menschen zu Hause gewaltsam zurückdrängen, damit sie ihm keine Probleme mehr machen konnten.

Vielleicht blieb er ohnehin nur ein paar Monate in England, wenn es nicht zum Krieg kam. In Deutschland würde man sich sicherlich freuen, wenn er nach einer Weile wieder heimkehrte.

Ein paar Tage verstrichen. Der Umgangston war recht freundlich. Er gewöhnte sich langsam an die englische Küche: Zum Frühstück aßen sie streng riechende Bücklinge mit einer dicken Hafersuppe, Porridge genannt, die wie warmer Klebstoff im Magen lag.

Zu Hause gab es zum Frühstück immer frische Brötchen vom Bäcker. Gekochte Eier, deren Dotter noch weich waren. Pikante Käsescheiben.

Wenn er an diese früheren Mahlzeiten dachte, verstärkte sich der latente Schmerz zu einem heftigen Heimweh. Er suchte nach einer Ablenkung und sah sich um. Die Kinder saßen in Mänteln und Schals beim Frühstück in diesem riesigen Gebäude aus Glas und Stahl, wo sich früher, wie man ihnen erzählt hatte, Urlauber mit Cabaret vergnügt und Fish and Chips verspeist hatten. Waren alle englischen Behausungen so kalt wie diese? Auf dem Tisch stand eine Vase mit Chrysanthemen. Zu Hause waren dies Blumen, die man mit auf den Friedhof nahm und aufs Grab der Mutter legte. Der Boden war nass vom Schnee, den sie alle mit ihren Schuhen hereintrugen.

Heute war Sonntag: Markttag für englische Familien, die sich ausländische Kinder aussuchten. Er hatte bereits Gerüchte gehört, dass Kinder, wie er eins war – männlich, über acht –, eigentlich keiner haben wollte.

»Versuch zu lächeln«, hatte er einen Jugendarbeiter einem Jungen seines Alters sagen hören. »Das hilft.«

Benny studierte ein Lächeln ein. Seine Gesichtsmuskeln schmerzten. Einmal hatte er gelacht, seit er in Dovercourt war, und zwar über einen Clown, der in einer der Abendveranstaltungen auftrat. Man konnte durchaus lachen und doch nicht wirklich glücklich sein.

»Warum betest du nicht mit?«, hatte ihn einer seiner Mitbewohner in der Holzhütte diesen Morgen verwundert gefragt.

Benny versuchte, entspannt abzuwinken.

»Habt ihr zu Hause nicht praktiziert?« Der Junge faltete ein Handtuch ordentlich zum Rechteck, während er sich mit zusammengekniffenen Augen an Benny wandte.

Schweigen schien ihm die sicherste Reaktion zu sein.

»Vielleicht«, der Junge rümpfte schon die Nase, »bist du ja ein säkularer Jude?«

Um weiteren Fragen zuvorzukommen, warf Benny seinen Fußball auf den Jungen und traf ihn am Bauch.

Jetzt schlurften die möglichen Käufer in den Saal, um die Ware zu begutachten. Die blonden siebenjährigen Zwillinge aus Berlin zogen eine ganz Schar gluckender Matronen an. An diesen Mädchen würden alle potenziellen Pflegeeltern sofort einen Narren fressen, bestimmt saßen sie noch vor dem Abendessen vor einem Kaminfeuer.

Benny gab seinem Gesicht den Ausdruck lässiger Zuversicht, so hoffte er wenigstens. Keiner näherte sich ihm. Er spielte mit einem Blütenblatt der Chrysanthemen.

Ein Mann mittleren Alters in einem schicken Mantel, der in einer Hand einen Bowler Hat trug, kam zu ihm an den Tisch und musterte ihn.

»Good afternoon«, sagte Benny in seinem besten Englisch und erhob sich, entschied sich aber dagegen, die Hacken zusammenzuschlagen.

»Benjamin Goldman, Sir«, stellte ihn ein Jugendarbeiter auf Deutsch vor. »Elf, wie Sie vielleicht wissen, aus einer Kleinstadt in der Nähe von Berlin. Hervorragende Schulzeugnisse. Sein Vater war ein erfolgreicher Geschäftsmann, bis, nun ja, sich die Lage veränderte.«

Der Herr mittleren Alters betrachtete ihn einen Moment lang freundlich und schob einen Riegel Schokolade über den Tisch, bevor er sich mit einem gemurmelten Abschiedsgruß wieder entfernte. Vermutlich war er von Benny wenig beeindruckt. Keiner der anderen englischen Besucher kam in seine Nähe. Keiner schickte ihn los, um seine Habseligkeiten aus der Hütte zu holen, weil eine englische Familie sich entschlossen hatte, ihn mit nach Hause zu nehmen. Er aß seine Schokolade.

Dieses Desinteresse war ein Zeichen. Er würde mit einem der freundlichen Freiwilligen sprechen und darum bitten, nach Deutschland zurückgeschickt zu werden. Daheim gab es jede Menge Kinder und Jugendliche, die sicherlich froh wären, an seiner Stelle hier zu sein.

Die Besucher gingen, und das Abendessen wurde serviert. Während des Essens wurde über Megafon eine Namensliste von Kindern verlesen. Er hörte nur mit halbem Ohr hin, weil er wusste, dass es ihm am Nachmittag nicht gelungen war, jemanden zu beeindrucken.

»… und Benjamin Goldman«, las der Mann vor. »Bitte kommt zum Tisch an der Seite des Saals.«

Es dauerte einen kurzen Moment, bis ihm klar wurde, dass er gemeint war. Er zwang sich, schlendernd zum Tisch zu gehen, als wäre er weder überrascht noch aufgeregt. Dort warteten bereits fünf andere Jungs. Hinter dem Tisch saß ein Jugendarbeiter mit einem Klemmbrett.

»Ah, Benjamin. Gute Nachrichten. In Fairfleet ist nun alles bereit für dich.«

Fairfleet? Er ließ sich seine Verwirrung nicht anmerken. *Bloß keine Aufmerksamkeit wecken.*

»Der Schnee hatte die Straße blockiert, deshalb kam der Charabank nicht durch.«

Charabank? Der Jugendarbeiter sprach Deutsch, aber er hätte genauso gut Englisch sprechen können, so wenig Sinn ergaben seine Worte.

»Du wartest sicherlich schon ungeduldig darauf, dein neues Leben zu beginnen.« Der Jugendarbeiter grinste. »In Fairfleet ist es mit Sicherheit luxuriöser als hier.«

»Ich weiß darüber nicht viel«, murmelte er.

»Deine Eltern …«, der Jugendarbeiter errötete, »das Waisenhaus bekam einen Brief mit allen Informationen zugeschickt. Vielleicht ist er verloren gegangen?«

Am besten einfach nicken.

»Fairfleet ist ein großes Haus auf dem Land in der Nähe von Oxford. Lord und Lady Dorner werden dich aufnehmen.«

Benny blinzelte.

»Dort gibt es viel frische Luft und Sport.«

Hoffentlich war es nicht wie in einem Lager der Hitlerjugend daheim in Deutschland. Da gab es auch frische Luft und sportliche Ertüchtigung. Und Lieder. Und Tritte und Schläge hinter den Duschtrakten, wenn man nicht genug Begeisterung zeigte.

»Kopf hoch.« Der Jugendarbeiter machte den letzten Haken auf sein Blatt und erhob sich. »Ab Morgen bekommt ihr Englischunterricht. Ihr habt zwei Tage, um ein bisschen was von dieser Sprache zu lernen.«

Zwei Tage. Er ging in die Hütte zurück, legte sich in seine Koje und dachte nach. Was immer Fairfleet sein mochte, es musste besser sein als dieses Lager. Aber wenn er sich darauf einließ, würde er noch tiefer in den Schlamassel hineingezogen werden, in den er sich selbst hineingeritten hatte. Hatte er eine Alternative?

Er musste das alles vergessen. Rudi vergessen, vergessen, was Rudi getan hatte, und ihr letztes Zusammensein vergessen.

Rudi und Benny: Zwei Freunde, die versucht hatten, reinen Tisch zu machen, dem System eins auszuwischen, obwohl sie erst elf und die meisten Erwachsenen zu verängstigt waren, es zu versuchen.

Sie hatten alles gegeben, aber es hatte nicht funktioniert.

3

Am folgenden Morgen hatte sich Bennys Unruhe ein wenig gelegt. Er spazierte durchs Lager und sah ein paar jüngeren Kindern zu, die auf dem Spielplatz zwischen den Föhren schaukelten und rutschten. Jemand hatte ihm erzählt, dass es auch eine Halle für Freizeitaktivitäten gab. Tischtennisplatten und ein Badmintonnetz. Doch es wollte sich keine Lust auf ein Spiel einstellen, dazu war er viel zu sehr mit sich beschäftigt. Er schlich in den allgemeinen Speisesaal, obwohl er nicht sicher war, ob er sich dort außerhalb der Mahlzeiten aufhalten durfte. Auf einem Stuhl hatte jemand einen Stapel alter Ausgaben englischer Comics liegen lassen. *Crackers* war der Titel. Also suchte er sich einen stillen Winkel, setzte sich auf den Boden und fing zu blättern an. Die Geschichten zu verstehen, war gar nicht schwer: Eltern, die wegen unaufgeräumter Zimmer hinter einem her waren, bekloppte Lehrer, ungezogene Hunde, auch einige Wörter ließen sich leicht entschlüsseln. Aber das meiste verwirrte ihn.

Eine Glocke verkündete den Beginn des Englischunterrichts. Er erhob sich, wusste aber nicht, wohin er gehen sollte. Da öffneten sich die Türen zum Speisesaal, und schwatzend kamen die anderen Kinder herein. Benny schien keiner zu bemerken. Eine Tafel wurde aufgestellt. Eine Frau im Kostüm kam herein und deutete auf die Stühle.

Er setzte sich zu den anderen. Jemand gab ihm ein Schreibheft.

Die Lehrerin schrieb die Worte an die Tafel und sprach sie dabei laut aus. Benny notierte sie sich in sein Heft und formte mit seinen Lippen stumm die Laute, bemüht, das »th« so klingen zu lassen, wie die Engländer es aussprachen.

Nach dem Mittagessen wurde der Unterricht entspannter fortgesetzt. Dieselbe Lehrerin machte mit ihnen einen Spaziergang über die matschigen Wiesen zur Küste und zu dem bleifarbenen Meer, wo ihnen ein heftiger Wind um die Ohren blies. Anschließend kehrten sie ins Freizeitzentrum zurück und lernten die Strophen des Kinderlieds »Ten Green Bottles«. Eine junge Frau brachte ihnen bei, wie man »The Lambeth Walk« tanzt. Nach dem Essen tanzten sie im Speisesaal weiter. Eine Gruppe Mädchen und Jungen begann, die Hora zu tanzen. Benny sah ihnen eine Weile zu und machte dann mit.

Am späteren Abend mussten sie sich duschen. Er nahm sich sein Handtuch und flitzte in die Kabine. Bevor der Rest seiner Zimmerkameraden überhaupt erst die Socken ausgezogen hatte, stand er bereits unter dem warmen Wasser. »Da ist aber jemand ganz wild darauf, sauber zu werden«, bemerkte ein Jugendarbeiter, als Benny sein Handtuch um sich wickelte. »Gut so, junger Goldman.«

Am Donnerstag kam ein anderer Mann mittleren Alters, um sie abzuholen. Er war nicht so gut gekleidet wie der Mann mit der Melone. Er trug eine runde Brille und ein Tweedjackett. Er hieß Dr. Dawes und war ein Gelehrter aus Oxford, das von Fairfleet nicht weit entfernt war. Er stellte sich ihnen als ihr Hauslehrer in Fairfleet vor.

»Geht und holt euer Gepäck, Jungs.«

Er war Flüchtling und besaß nichts außer einem Fußball und einem Ranzen mit einem einzigen verschrumpelten Apfel, zwei deutschen Arbeitsbüchern und einem Federmäppchen.

»Ich muss auf die Toilette«, rief er und rannte in die Hütte zurück. Er stopfte die Arbeitsbücher unter die Matratze seines Betts.

»Kein Koffer, Benjamin?« Dr. Dawes hakte vor einem glänzenden grünen Charabank, es war ein Bus, Namen auf einer Liste ab. Er hob seinen Kopf und zeigte hinter seinen Brillengläsern milde Verwunderung. »Du solltest eigentlich Kleider und Unterwäsche zum Wechseln dabeihaben.«

»Dazu war keine Zeit.« Er errötete. Einige der Kinder hier hatten sogar Spielsachen mitgebracht. Benny verdrängte mit aller Macht den Gedanken an die Baukästen, die er zu Hause zurückgelassen hatte. Und seine Eisenbahn.

Dr. Dawes schob seine Brille auf den Nasensattel. »Ich erinnere mich an deine Umstände. Verzeih mir.« Er beugte sich über Benny, sodass die anderen nicht mithören konnten. »Lord Dorner ist gut situiert und wird für alles aufkommen, was du benötigst. Er unterstützt zwanzig jüdische Jungs und Mädchen, aber ihr sechs seid die Einzigen, die er in sein Haus aufnimmt.«

»Warum uns?« Benny war es nicht gewohnt, Erwachsenen Fragen zu stellen. Zu Hause war es im Allgemeinen sicherer, den Erwachsenen das Fragen zu überlassen. Noch besser war es, gar nicht erst in eine Situation zu kommen, die Fragen nötig machte. Aber Dr. Dawes schien kein Problem damit zu haben.

»Er hat nach klugen Jungs gesucht.« Der Hauslehrer gab Benny mit einer Handbewegung zu verstehen, dass er in den Bus einsteigen solle. »Lord Dorner möchte euch privat erziehen, damit ihr hier gute Leistungen erbringt und vielleicht sogar auf die Universität gehen könnt. Die Berichte über euch bekamen wir vom jüdischen Flüchtlingsrat in eurer Stadt.«

Benjamin Goldman war mit Sicherheit als klug eingestuft worden, denn er hatte die Antworten auf Rechenaufgaben bereits parat, wenn andere noch mit dem Abschreiben der Aufgaben von der Tafel beschäftigt waren. Was ihm einige der anderen Kinder übel nahmen und abfällig mit »schlaue Jidden« kommentierten. Wie die meisten jüdischen Kinder war Benjamin von der öffentlichen Schule abgegangen und hatte Unterricht an einer jüdischen Schule bekommen, die jemand in seinem Keller eingerichtet hatte.

Wegen des Schnees dauerte die Fahrt im Charabank fast den ganzen Tag. Dr. Dawes erklärte ihnen dies mit dem schlechten Zustand der Straßen im Winter und fügte dann hinzu, dass man diese Straßen nicht mit den neuen Autobahnen in Deutschland vergleichen könne.

Wenigstens musste sich diesmal niemand übergeben.

Am Nachmittag bog der Charabank von einer schmalen Landstraße in eine Einfahrt. *Fairfleet* stand auf dem Schild. Das Haus selbst war ein weißer rechteckiger Bau, dessen eine Seite in die letzten rosa Strahlen des winterlichen Sonnenuntergangs getaucht war.

»Achtzehntes Jahrhundert«, verkündete Dr. Dawes stolz, als wäre es sein eigenes Heim. »Im Stil von Palladio. Aber eher klein«, räumte er kläglich ein. »Der Besitzer kaperte in einem der vielen Kriege gegen Frankreich ein französisches Schiff. Er bekam ein Preisgeld dafür, dass er dem Feind ein wichtiges Schiff geraubt hatte. Daher auch der Name Fairfleet, denn das englische Wort ›fleet‹ steht für eine Schiffsflotte.«

Solche Belohnungen für Niederlagen, die man den Feinden bereitet, hätten Hitler sicherlich gefallen, überlegte Benny.

Der Charabank fuhr zur Rückseite des Hauses.

»Dienstboteneingang«, murmelte David, der Junge, der neben ihm saß. Ein schmalgesichtiges Mädchen von etwa achtzehn Jahren, das mit einer Schürze bekleidet war, stand mit verschränkten Armen und finsterer Miene in der Tür.

»Die ist wohl ganz begeistert, uns zu sehen?«, flüsterte David.

Dr. Dawes stieg als Erster aus und sprach mit ihr. Sein Englisch klang flüssig, aber auch präzise und rhythmisch. Sie antwortete mit schriller, abgehackter Stimme. Komisch, dass die gleiche Sprache so unterschiedlich klingen konnte.

Sie betraten eine Eingangshalle mit Parkettfußboden und gingen dann zwei Treppen nach oben.

»Legt eure Taschen erst mal hier ab und macht euch im Badezimmer zur Rechten frisch. In zehn Minuten gibt es Abendessen. Drei Treppen nach unten, die Küche ist im Kellergeschoss.«

Das Mädchen erwiderte etwas und hörte sich an wie eine krächzende Krähe.

»Wascht eure Hände anständig, bevor ihr runterkommt«, übersetzte Dr. Dawes. »Einschließlich eurer Fingernägel.«

Als sie nach unten ging, hüstelte der Hauslehrer und rieb

sich die Nase. »Alice hat hart gearbeitet, um alles für eure Ankunft vorzubereiten. Sie ist sehr effizient.«

»Da, wo wir herkommen, erwartet man das«, sagte David.

Dr. Dawes quittierte die Bemerkung mit einem kleinen Lächeln.

Das Essen in Fairfleet entsprach eher dem, was sie von zu Hause gewohnt waren, war sogar besser, weil viel Fleisch im Auflauf war. Sie wurden von einer fröhlichen Frau in den Vierzigern bedient, die freundlich in einer Sprache schwatzte, die sie nicht verstehen konnten.

»Ihr werdet nicht immer in der Küche essen«, übersetzte Dr. Dawes. »Lord und Lady Dorner sind im Moment nicht da. Und hier unten ist es wärmer.« Benny war nicht unglücklich darüber, unten in der Küche zu sein. Die vom Flaschenzug hängenden Töpfe und die Anrichte mit dem Geschirr erinnerten ihn an zu Hause, was ihn wie ein Faustschlag in die Rippen traf. Er konzentrierte sich auf seinen Auflauf.

Später lag er dann im Schlafzimmer, das er sich mit David und Rainer teilte. In einem richtigen Bett, nicht in einer Koje. Die Betten sahen neu aus. Die Teppiche fühlten sich unter seinen Füßen wie Moos an. Die Heizung schien selbst zu jenen Körperteilen durchzudringen, die erfroren waren, seit das Boot in Harwich vor Anker gegangen war.

Er hörte leises Schniefen. Womöglich weinte David unter seiner Decke, aber Benny war sich nicht sicher. Vielleicht hatte er auch nur eine verstopfte Nase. Benny selbst war auch nach Weinen zumute, aber er würde es nicht zulassen. Noch nicht.

Ein Schrei durchschnitt Bennys Träume. Ein Kind wurde bestraft, und es weinte. Er schreckte hoch. David neben ihm war ebenfalls wach und rieb sich die Augen. Die beiden Jungs sahen einander an und versuchten, sich nicht anmerken zu lassen, dass dieser entsetzliche Laut ihnen das Blut in den Adern gefrieren ließ.

»Das ist ein Vogel«, sagte David schließlich. »Kein Mensch.« Wie zur Bestätigung kreischte der Vogel erneut. David lächelte. »Das erinnert mich an die Laute, die man im Zoo hört.«

Jemand klopfte an die Tür und rief.

»Zeit aufzustehen«, sagte David. »Los, Rainer, du Faulpelz.«

Auf seinem Weg nach unten eröffnete sich Benny durchs Fenster im ersten Stock der Blick auf eine Hügellandschaft, die an den weißen Rücken eines schlafenden Ungeheuers erinnerte. Vom gegenüberliegenden Fenster aus erblickte er den Garten.

»Man hat das Haus so angelegt, dass man von überall einen Blick darauf hat. Später musst du dir die Heckenfiguren anschauen.«

Er sah seinen Tutor erstaunt an, der ihn freundlich anlächelte.

»Buchsbäume, die man so beschnitten hat, dass sie die Gestalt von Schwein, Fuchs, Elefant und Huhn haben.«

Nach einem Frühstück mit Toast und gekochten Eiern, das, wie sich alle einig waren, im Vergleich zum nur widerwillig gegessenen Porridge eine enorme Verbesserung war, versammelten sie sich in einem eigens dafür eingerichteten Klassenzimmer im Erdgeschoss. Sechs neue Holzpulte waren in zwei Reihen auf eine Tafel hin ausgerichtet. An der Wand hingen keine Hitlerfotografien, sondern eine Weltkarte und ein Stammbaum der Könige und Königinnen von England.

»So ist es recht, Benny.« Dr. Dawes nickte anerkennend. »Mach dich nur mit der ganzen Geschichte vertraut.«

Der Raum roch nach neuem Papier und frischem Holz, durchs Fenster sah man den verschneiten Rasen, der sich bis zu einem kleinen See erstreckte. Benny hielt nach den Heckenfiguren in Tiergestalt Ausschau, die man jedoch von dieser Seite des Hauses nicht sah.

Mit einem Hüsteln sicherte Dr. Dawes sich ihre Aufmerksamkeit. »Das ist alles neu und fremd für euch Jungs«, begann er. »Ich möchte erklären, was euch hier erwartet. England rechnet damit, dass ihr Flüchtlinge – Ausländer, wie man euch unglücklicherweise nennt –, wenn ihr erwachsen seid, in Berufen arbeitet, die keiner besonderen Qualifikation bedürfen.«

Benny malte sich aus, wie er Felder pflügte oder in einer Mine arbeitete.

»Aber das entspricht nicht dem, was Lord Dorner mit euch vorhat. Er möchte euch die beste Ausbildung zuteilwerden lassen, die dieses Land zu bieten hat, sofern ihr dem gewachsen seid. Das erfordert von euch harte Arbeit und sehr gute Fortschritte in der englischen Sprache.« Die Tür des Klassenzimmers ging auf. Das Mädchen Alice kam mit einem Eimer Koks herein.

»Bald schon werdet ihr nicht mehr nur Ausländer, sondern *feindliche* Ausländer sein«, fuhr Dr. Dawes fort.

Alice betrachtete sie durch ihre sandfarbenen Wimpern

mit einem Ausdruck, der dies zu bestätigen schien. Sie ging zum Ofen und öffnete die quietschende Tür. Der scharfe Geruch der mit der Schaufel nachgelegten Kohlen brannte Benny in der Nase. Für einen Moment war er wieder zu Hause in der Küche. Er rammte sich den gespitzten Bleistift in die Handinnenfläche, bis der Schmerz diese Erinnerung ausmerzte.

»Es wird schwer sein«, ergänzte Dr. Dawes und sah dabei jedem Einzelnen ins Gesicht, »wenn ihr euch nicht anpasst. Das sind nun die letzten deutschen Worte, die ihr in diesem Klassenzimmer hören werdet. Euer ganzer Unterricht wird auf Englisch abgehalten.«

Entsetzt richteten sich die Jungen auf und schauten einander an.

»Ihr müsst Englisch denken, Englisch sprechen, Englisch klingen. Dann wird man euch akzeptieren.«

Alice schlug die Ofentür zu, als wollte sie dieser letzten Behauptung entschieden widersprechen. Dr. Dawes schien es nicht zu bemerken. »Gut möglich, dass einige von euch sogar eingezogen werden, um als Soldaten gegen den Nationalsozialismus zu kämpfen.« Er wechselte ins Englische. »Aber für euch persönlich beginnt der Kampf jetzt. In diesem Klassenzimmer.«

4

Wie angekündigt wurde der morgendliche Unterricht auf Englisch fortgesetzt. Benny rauchte der Kopf von all den neuen Dingen. Mathematik warf Probleme auf, weil mit Pound, Shilling und Pence gerechnet wurde.

»Ein Shilling und Sixpence«, antwortete er in stockendem Englisch auf die Frage, wie viel für einen Korb Lebensmittel bezahlt werden musste.

»Einer und sechs.« Dr. Dawes nickte zustimmend. Benjamin Goldman, der zu Hause für seine blitzschnellen Additionen bekannt war, fand dies alles sehr schwer, wusste aber, dass er eine Position zu verteidigen hatte. In Gedanken schweifte er kurz zu Rudi ab, der zu Hause während des Matheunterrichts seinen Tagträumen nachgehangen und erst dann aufgepasst hatte, wenn der Lehrer mit dem Lineal in der Hand vor seinem Pult gestanden hatte.

Der gleiche Schrei, der sie geweckt hatte, tönte durchs Fenster. Die Jungs sahen einander aufgewühlt an. Dr. Dawes erklärte lächelnd: »A peacock. *Ein Pfau.*« Er schrieb *peacock* auf die Tafel und malte dazu einen Vogel mit fächerartig aufgestellten Schwanzfedern.

In der Pause nahm Benny seinen Fußball mit nach draußen auf die große Wiese auf der Südseite des Hauses und kickte mit den anderen Jungs. Er erzielte ein schönes Tor, wie es Rudi zu Hause wohl kaum hinbekommen hätte. Es machte Spaß, hier in Fairfleet mit den Jungs zu spielen. Aber als er an das Fußballspiel mit seinem Freund in Deutschland denken musste, meldete sich ein dumpfer Schmerz in seinem Herzen. Der Pfau stand auf der Terrasse und beobachtete sie. Wenigstens hatte er aufgehört, so beängstigend zu kreischen. Benny vermisste an ihm die leuchtend blauen Schwanzfedern, die er von Bildern her kannte. Vielleicht war er in der Mauser.

»Lass uns nach dem Mittagessen weiterspielen«, schlug David vor.

»Aber nur, wenn wir Englisch sprechen«, erwiderte Benny.

»Haha.«

»Das meine ich ernst.« Er nahm seinen Ball auf. »Wenn du mit meinem Ball spielen willst, sprechen wir Englisch. Nur Englisch.« Die letzten beiden Worte sagte er in dieser Sprache.

Die anderen sahen sich an. »Nimmst du das nicht ein wenig zu ernst?«, warf Rainer ein. Benny wurde mulmig zumute. Von jetzt an würde er als Streber gelten. Doch das war ihm gleichgültig. Zu Hause war es ihm immer wichtig gewesen, was die anderen Jungs von ihm hielten. Aber jetzt nicht mehr. Das Wichtigste war, zu einem Engländer zu werden. Wenn die anderen das anders sahen, dann war das ihre Entscheidung.

»Ob der See wohl zugefroren ist, was meint ihr?«, fragte Rainer und zeigte auf den Streifen Wasser, womit er dafür sorgte, dass sich die Stimmung entspannte. »Wir könnten Schlittschuh laufen.«

Jeden zweiten Tag badeten sie. Die ersten paar Male war

es ganz einfach, Ausreden zu finden und zu trödeln, damit er als Letzter ins dampfende Badezimmer kam, wenn die anderen es bereits verlassen hatten. Aber eines Abends vergaß Rainer seine Pyjamajacke und platzte herein, als Benny sich gerade mit einem der flauschigen neuen weißen Handtücher abtrocknete, die man an sie verteilt hatte.

Benny spürte Rainers forschenden Blick.

»Du lässt dir heute aber Zeit«, sagte der Junge, hob seine Pyjamajacke vom gefliesten Boden auf und ging. Benny holte tief Luft und atmete ganz langsam aus, wobei er zusah, wie das Kondenswasser den Spiegel über dem Waschbecken beschlug und sich dann in kleine Tropfen auflöste.

»Ich werde ein englischer Junge«, sagte er zu seinem trüben Spiegelbild. Der echte Benjamin Goldman war nur noch eine verschwommene Erinnerung an sein früheres Ich.

Je mehr Tage ins Land gingen, umso leichter wurde es, Engländer zu werden. Benny fing an, wie die neue Person zu denken, zu der er geworden war: der Flüchtling, der wild entschlossen war, die neue Sprache und die Verhaltensmuster aufzusaugen. Wenn die Engländer ihr Besteck auf eine bestimmte Weise hielten, dann würde Benny das genau beobachten und Messer und Gabel auch auf diese Weise halten. Wenn sie Tee zum Frühstück tranken, wollte er dies auch tun.

Wenn er Alice Smith auf der Treppe begegnete, nickte er ihr zu und achtete nicht auf den wachsamen Blick ihrer blassgrünen Augen. Wenn man sich so verhielt, war alles ganz einfach: Man schüttelte jede Ablehnung einfach ab. Anfangs hatten die anderen Jungs sich über Bennys Beharren, ständig Englisch zu sprechen, lustig gemacht und ihn wie erwartet als Streber abgetan. Doch inzwischen war er selbst ein wenig entspannter und gestattete sich, vor dem Schlafengehen ein paar Minuten lang mit seinen Zimmergenossen in ihrer alten Sprache zu plaudern.

Von Lord Dorner, den sie seit ihrer Ankunft in Fairfleet vor zwei Wochen noch immer nicht kennengelernt hatten, waren Kisten voller Spielsachen bei Hamley's in London bestellt worden, das offenbar ein großes Spielwarengeschäft war. Die Jungs zogen englische Brettspiele aus einer der Kisten.

»Das hatten wir auch zu Hause«, sagte Rainer und zeigte auf ein Monopolyspiel. »Aber mit Berliner Straßen.« Es gab auch Ludo und Scrabble. Aus der größten Kiste kamen ein Tischtennisset mit Schlägern sowie eine Eisenbahn. Unendlich viele Schienen, ein Dutzend Loks, schnittig gestaltete Waggons, Bahnhofsgebäude, Brücken, Weichen. Bei diesem Anblick wurde Benny ganz flau im Magen.

»Das könnt ihr alles mit in den Keller nehmen«, ließ Alice sie wissen. »Nicht, dass ich beim Staubsaugen darüber stolpere.«

Die älteren Jungs taten es als Kinderkram ab, aber Rainer und David trugen die Kisten in einen der unbenutzten Kellerräume und brachten Tage damit zu, die Eisenbahnanlage auf einer großen Sperrholzplatte aufzubauen, die der Gärtner ihnen zur Verfügung gestellt hatte.

Benny versuchte, ihre Begeisterung für die Lokomotiven und Weichen zu ignorieren. Wenn er die Augen schloss, sah er noch immer die Anlage vor sich, die ihm in Deutschland gehört hatte, er hörte die Stimme seines Vaters.

»Du musst die Länge des Bahnsteigs in Betracht ziehen, wenn du die Waggons verteilst. Achte auch auf die Weichen. Oder das Signalproblem an diesem ersten Knotenpunkt.«

Lass mich in Ruhe, sagte er der Stimme. *Du gehörst nicht nach Fairfleet.*

»Nun komm schon, Benny«, bedrängte Rainer ihn. »Hilf uns doch, dieses Gleis anzuschließen.«

Er murmelte eine Entschuldigung und ging mit dem Fußball aus dem Zimmer. Links vom Flur war ein hell leuchtendes Rechteck aufgetaucht. Eine Seitentür in den Garten. Die war ihm bisher noch nicht aufgefallen. Er stahl sich hinaus und kam neben dem Tennisplatz ins Freie. Dort schüttelte Alice Smith zusammen mit einem Hausmädchen Teppiche aus.

Sie sah Benny finster an. »Diese Tür wird nicht benutzt.«

»Entschuldigung«, sagte er.

Sie schüttelte den Teppich besonders heftig aus. »Ich öffne sie nur ein-, zweimal im Jahr, um den Keller zu lüften. Ihr Jungs habt da nichts verloren.«

Der Pfau kam majestätisch auf sie zugeschritten. Benny hörte das Schnalzen des Teppichs, mit dem Alice ihn verscheuchte. Kreischend beschwerte er sich über diese schlechte Behandlung, und Benny trieb sich die Fingernägel in die Handinnenfläche, weil er wieder an gequälte Kinder denken musste.

Am Rande der hinteren Wiese erhob sich eine große Eiche. Benny kickte den Ball immer wieder gegen ihre raue Rinde. Jeder Schlag des Leders war ein Schlag gegen seine eigene Erinnerung. Als er wieder ins Haus zurückkam, fühlte er sich besser. Solange er nicht mit der Eisenbahn spielen musste, war es auszuhalten.

Tagsüber gelang es ihm, der wiedergeborene Benny zu sein. Aber nachts erinnerte er sich manchmal daran, dass er diesen Neuanfang in Fairfleet, mit seinen komfortablen Zimmern, seiner kleinen, aber gut ausgestatteten Bibliothek, den weiten Rasenflächen, auf denen man Fußball spielen konnte, nicht verdiente. In Gedanken kehrte er in sein altes Zuhause zurück, in die geflieste Küche mit den Töpfen und Pfannen, die an einem Deckenregal hingen, und dem Ofen, der konstante Wärme abgab. Er dachte an seinen Vater, wie dieser vor Jahren gewesen war, wenn er vorgab, ein Bär zu sein, und ihn niederrang oder ihn durch den Garten jagte. Er dachte an seine Mutter, die damals noch jung und gesund war und ihm Geschichten vorlas, bis er einschlief.

Irgendwo in seiner Heimatstadt lag ein anderer Junge im Bett. Vermutlich nicht in einem so bequemen Bett wie diesem. Dieser Junge würde den vergangenen Tag Revue passieren lassen und sähe Steine, die durch die Luft sausten und ihn am Hals erwischten, als er durch die Straßen lief, Jugendliche in Uniform, die ihn verhöhnten.

»*Es tut mir leid*«, murmelte er in der Sprache, deren Gebrauch er sich selbst verboten hatte. »I'm sorry.«

Er vergrub sein Gesicht in dem weichen Daunenkissen und flehte den Schlaf herbei.

5

Wochen vergingen. Der Schmerz, den Benny in sich trug, ließ langsam nach. Dr. Dawes lobte seine raschen Erfolge im Englischen. Und er war der beste Fußballer, so viel stand fest. Dieser Status brachte ihm Respekt ein. Er verhielt sich den anderen gegenüber noch immer ein wenig distanziert und hatte keine Eile, sich ihnen anzuschließen, wenn sie sich in der Pause zum Kakao zusammensetzten oder nach unten marschierten, um nach dem Abendessen Tischtennis im Keller zu spielen. Zu Hause war er immer auf Bestätigung versessen gewesen, wollte zu einer Bande dazugehören. Doch er war immer nur toleriert, aber nie bewundert worden.

In England jedoch schienen selbst die älteren Jungs Benny zu mögen. Einmal kam es zwischen Rainer und David sogar fast zu einem Handgemenge, weil beide beim Mittagessen neben ihm sitzen wollten.

Nachts hörte er in ihrem gemeinsamen Zimmer manchmal unterdrücktes Schluchzen. Einer von den anderen hatte noch immer Heimweh. Benny hatte noch keine Tränen vergossen, dazu war er zu sehr auf der Hut, zu wenig entspannt. Die letzten in Deutschland verbrachten Tage hatten ihn gelähmt. Doch irgendwann würden vielleicht auch ihn sanftere Erinnerungen heimsuchen und seine Tränen zum Fließen bringen.

Noch immer hatten die Jungs ihren Wohltäter nicht kennengelernt. Ihn richtig kennengelernt. Dr. Dawes hatte ihnen nämlich bestätigt, dass Lord Dorner selbst nach Dovercourt gefahren war, um sich jeden Einzelnen von ihnen anzusehen. Benny versuchte, sich daran zu erinnern. Natürlich, es war jener Mann mittleren Alters, der sich ihm mit dem Bowler Hat in der Hand ganz leise am Frühstückstisch genähert hatte.

Eines Tages klopfte es an die Tür, während sie sich mit englischen Adjektiven beschäftigten. Lord Dorner war an diesem Morgen legerer gekleidet als damals und trug einen ärmellosen Fair Isle Pullover und Cordhosen. Er betrat fast schüchtern den Raum, als hätte er Sorge, wegen der Störung gescholten zu werden, obwohl dieses Unterrichtszimmer doch Teil seines eigenen Hauses und er ihr Gastgeber war.

»Man würde ihn nicht für einen bedeutenden Mann halten, oder?«, murmelte Rainer Benny zu.

Lord Dorner sagte wenig, blieb mit hinter dem Rücken verschränkten Armen stehen und wippte leicht auf seinen Fußballen vor und zurück, während Dr. Dawes die Fächer auflistete, mit denen sie sich befassten.

»Es freut mich, dass ihr hart arbeitet. Sobald das Wetter besser wird, werde ich ein paar Fahrräder für euch kaufen, damit ihr auch die Landschaft kennenlernt«, verkündete er in langsamem, aber korrektem Deutsch.

Dr. Dawes nickte Ernst auffordernd zu.

»*We like to zank you for ze games you have bought for us.*« Ernst hatte vermutlich den ganzen Morgen geübt, um diesen Satz zu meistern. Benny wusste, dass er es viel, viel besser hinbekommen hätte. Englisch wurde langsam zu seiner Sprache. Keiner würde jemals vermuten, woher er ursprünglich kam.

Die Tür öffnete sich ein zweites Mal. Eine Frau trat ein, und im selben Moment kam die zögerliche Wintersonne hinter einer Wolke hervor und strahlte sie an. Sie war ganz golden. Hellblondes Haar. Aprikosenfarbener Teint. Eine sehr weiche honigfarbene Jacke aus Leder oder Wildleder mit Schaffellfutter. Reithosen an langen, wohlgeformten Beinen. Stiefel in der Farbe von Rosskastanien.

»Ist das seine Frau, Lady Dorner?«, flüsterte Rainer. »Das muss sie sein.«

»Harriet.« Lord Dorner legte eine Hand auf ihren Arm. »Wie war's beim Fliegen?«, fragte er auf Deutsch.

»Eine beißende Kälte, aber äußerst berauschend«, erwiderte sie in derselben Sprache und lächelte dabei ihren Ehemann und die Jungs an. Das Lächeln weckte tief in Benny ein warmes Gefühl und brachte ihn dazu, sich aufrechter hinzusetzen. Zwar kannte er sich mit Frauen nicht aus, aber er fragte sich, ob Lady Dorner nicht viel jünger als ihr Ehemann war.

»Lassen Sie es mich wissen, falls die Jungs etwas benötigen, Dr. Dawes«, fuhr sie auf Deutsch fort, ihre Sprache war deutlich und gut artikuliert. »Bücher, Comics, Süßigkeiten.« Das letzte Wort sagte sie mit einem Augenzwinkern.

»Sie sind schon mehr als zuvorkommend gewesen Lady Dorner. Wir haben alles, was wir brauchen.« Dr. Dawes errötete, als er in seinem gepflegten Deutsch antwortete. »Aber ich denke, wir sollten vor den Jungs nur Englisch sprechen.«

Sie lachte. »Wir machen all Ihre harte Arbeit zunichte, nicht wahr?«

»Ganz und gar nicht.« Sein Gesicht war nun tiefrot.

Rainer stupste Benny an. »Er steht auf sie.«

Mit einem Nicken verabschiedete sich Lady Dorner von den Jungs und ging. Ihr Ehemann unterhielt sich noch eine Weile leise mit dem Lehrer. Dr. Dawes setzte seine Brille ab und putzte sie mit besorgter Miene mit seinem Taschentuch. Mit einem weiteren scheuen Lächeln schloss Lord Dorner hinter sich die Tür.

Die Jungs kehrten zu ihren Adjektiven zurück, den Wörtern, welche der Beschreibung der Substantive dienten. Heiß, warm, kühl, kalt. Benny schrieb sie auf, aber nicht als Liste, sondern in richtigen Sätzen. Dr. Dawes stellte sich neben sein Pult und betrachtete, was er geschrieben hatte.

»Benny?«, sagte er kopfschüttelnd, »Wie kann die Sonne gleichermaßen heiß und kühl sein? Versuch es noch einmal.«

»*Dummkopf*«, wisperte Ernst, dem ein solcher Kommentar nun gar nicht zustand.

Aber Benny wusste, dass er recht hatte. War sie nicht wie die Sonne gewesen? Es wurde warm, wenn man sie ansah, aber Lady Dorner hatte zugleich eine kühle Ausstrahlung: als wäre sie aus Marmor gemeißelt.

»Legt jetzt eure Stifte nieder, Jungs.« Dr. Dawes bewegte sich an der Tafel auf und ab und rieb sich dabei das Ohr. »Folgendes, Jungs.« Sein bemühtes Lächeln verfehlte die beabsichtigte beruhigende Wirkung auf sie. »Ich muss euch mitteilen, dass es immer wahrscheinlicher wird, dass Krieg ausbricht. Ich weiß, dass ihr euch um eure Familien zu Hause Sorgen macht. Lord Dorner teilte mir mit, er werde alles in seiner Macht Stehende tun, um die nahen Familienmitglieder, die der ein oder andere von euch hat, herauszuholen. Aber es wird sehr schwierig werden.«

Krieg. Das Bild von den Menschen zu Hause drohte Bennys Haltung ins Wanken zu bringen. Aber nur für einen Moment.

Er steckte seinen Kopf wieder in sein englisches Übungsheft und konzentrierte sich auf die Sätze. Und die Worte, deren Beherrschung den anderen so schwerfiel, fühlten sich unter der Spitze seines Stifts warm und gefügig an.

6

Rosamond
Siebzig Jahre später

»Benny selbst ist ein so interessanter Mensch. Dieser Job scheint wie geschaffen für Sie.« Die Leiterin der Agentur für Pflegekräfte war sehr optimistisch, als sie mir von dem neuen Patienten in Fairfleet erzählte. Ihr war es sehr wichtig, dass Krankenschwester und Patient gut zueinanderpassten. Deshalb hatte sie ihre eigene Vermittlung gegründet und sich auf Sterbebegleitung spezialisiert.

Natürlich war Benny ein faszinierender Mensch. Wer seriöse Zeitungen las und sich Dokumentationen ansah, hatte mit Sicherheit von Benny Gault gehört.

»Er steht kurz vor dem Endstadium. Ist aber immer noch aufgeweckt und einigermaßen wohlauf. Er braucht jemanden, mit dem er sich über Bücher, Reisen und Politik unterhalten kann, der ihn aber auch pflegt, wenn sein Zustand sich verschlechtert. Benny lebt allein mit seiner Haushälterin in Fairfleet. Ich habe sofort an Sie gedacht.«

Ich sagte nichts, mein Kopf war ein Kaleidoskop aus Erinnerungen und Ängsten.

»Rosamond?«

»Ich …« Ich musste schlucken. »Ich muss mir das überlegen, da ist James, wissen Sie, und …«

Und so viel mehr.

»Ich weiß.« Eine taktvolle Pause. »Ich weiß, dass Sie noch nicht darüber hinweg sind … Aber dieser Patient benötigt wirklich jemanden wie Sie, Rosamond. Fairfleet ist außerdem ein sehr interessantes Haus, es ist außergewöhnlich, darin zu wohnen.«

Das wusste ich.

»Ich weiß nur nicht, ob ich …«

»Natürlich haben Sie das letzte Wort.« Sie schien von mir enttäuscht zu sein. »Denken Sie einfach darüber nach. Sprechen Sie mit James.«

Ich hatte mit der gemurmelten Zusicherung, sie am nächsten Tag zurückzurufen, aufgelegt. James hatte das Gespräch mitgehört. Es war früher Abend, und er war pünktlich nach Hause gekommen, um die vielen langen Abende der letzten Woche wettzumachen, die er wegen der Theaterproben an der Schule verbracht hatte. Vor ihm auf dem Tisch lag ein Stapel Schulhefte zum Korrigieren.

»Worum ging es?« Er hatte besorgt seine Stirn in Falten gelegt. Vermutlich hatten wir beide genug davon, dass er sich meinetwegen immer Sorgen machen musste.

»Nur um einen Job.«

»Einen, den du machen möchtest?«

Ich sagte nichts.

»Warum nicht?«

Ich zuckte die Achseln. Er sah mich überrascht an. »Jo kennt dich doch ziemlich gut, oder? Du sagst immer, dass sie dich instinktiv mit Leuten zusammenbringt, denen du am besten helfen kannst.«

Das stimmte. Ich war sowohl in wohlhabenden wie in bescheidenen Haushalten gewesen. Hatte Männer und Frauen, Alte und Junge gepflegt, die an allen möglichen Krankheiten starben. Jo war es immer gelungen, eine Verbindung zwischen diesen Menschen und mir zu finden, die über das einfache Verhältnis zwischen Pflegekraft und Patient hinausging. Sie hatte ein Talent dafür, neue Familienkonstellationen zu schaffen. Manchmal erfuhr ich, dass der von mir Gepflegte eine Tochter in meinem Alter gehabt hatte, die gestorben oder ausgewandert war oder sich entfremdet hatte. Oder ich pflegte eine ältere Frau, die mich an meine Großmutter erinnerte.

»Es ist in Fairfleet«, murmelte ich.

»Fairfleet?«

»Das Haus meiner Großmutter.«

»Deine Großmutter, die die Spitfires flog?«

Ich lächelte, und für einen kurzen Moment löste sich die Anspannung. Großmama und ihre geliebten Flugzeuge.

»Ist doch nett, an einen Ort zurückzukehren, mit dem man glückliche Erinnerungen verbindet.«

Ich spürte, wie mein Körper sich verkrampfte. Ich sagte nichts, aber scheinbar stand es mir ins Gesicht geschrieben.

»Rosamond?«

Ich spielte mit einem der Übungshefte.

»Warte mal, Fairfleet …« Der Name sagte ihm etwas. »Das war da, wo deine …?«

»Ja.« Ich wollte nicht, dass er laut aussprach, was in Fairfleet passiert war, ertrug es nicht, es hier in der futuristisch modernen Küche meiner Londoner Wohnung ausgesprochen zu hören. Meine Finger spielten mit dem Umschlag des Übungshefts. Er nahm es mir sanft aus der Hand.

»Mach kein Schuleigentum kaputt. Es ist bei Gott kein Wunder, dass du nicht zurück nach Fairfleet möchtest. Ruf Jo zurück und sag ihr, dass du diesen Job unter keinen Umständen annehmen wirst.«

Es war sonst nicht James' Art, mir Vorschriften zu machen. Aber das war nicht der Grund, weshalb ich schwieg und mit meinen Fingern auf die matt glänzende Küchentheke trommelte.

»Sie wird verstehen, dass Fairfleet ein Ort ist, an den du unmöglich zurückkehren kannst. Vor allem jetzt nicht.«

Ich ging zum Fenster und starrte auf die Themse hinunter. Am Ufer funkelten Lichter. Eine Polizeibarkasse schoss vorbei. Hören konnte man in dieser Höhe nicht viel, dort unten lebten Menschen ihr Leben, die von mir und dem, was mir widerfahren ist, keine Ahnung hatten. Viele mussten mit viel Schlimmerem zurechtkommen. Ich könnte Jo zurückrufen. Und ihr auf rationale erwachsene Weise, wie dies meiner professionellen Einstellung entsprach, erklären, was vor dreißig Jahren in Fairfleet passiert war. Sie würde es verstehen, zweifellos. Keiner konnte mir einen Vorwurf machen, wenn ich diesen Job ablehnte. Zumal jetzt.

Oder konnte ich doch zurückkehren? Unter meinem Ehenamen als Rosamond Hunter Fairfleet wieder betreten. Den Ehemann war ich losgeworden, den Nachnamen hatte ich behalten. Mein Haar war im Lauf der Jahre dunkler geworden, im Unterschied zu meiner Mutter und meiner Großmutter war ich nicht blond geblieben. Ich färbte mir das Haar regelmäßig, sodass es jetzt kastanienbraun war. Auch die auffallenden Gesichtszüge meiner Großmutter und meiner Mutter hatte ich nicht geerbt. Wer in dieser Gegend würde sich heute noch an Rose Madison erinnern? Wir hatten weder mit den Kindern im Dorf gespielt, noch die dortigen Schulen besucht.

Rosamond Hunter. Rose Madison. Die gleiche Person, nur anders.

»Rosamond?« James hatte mich mit besorgter Miene beobachtet.

»Ich könnte zurückgehen«, sagte ich. »Ich kenne das Haus. Ich weiß ein wenig über Benny Gault. Er hat während des Kriegs im Haus gewohnt, weißt du. Meine Großmutter hat ihn aufgenommen.«

»Das wäre alles ganz wunderbar, wenn es dabei bliebe und du dort nur einen Besuch abstatten würdest«, sagte James. »Du könntest in Erinnerungen an deine Großmutter schwelgen. Hat sie jemals über Benny gesprochen?«

Ich versuchte mich zu erinnern. »Ich glaube nicht«, sagte ich. »Nicht mehr als über die anderen Jungs aus Deutschland, die sie aufgenommen haben. Man weiß dort nicht, wer ich bin.« In Gedanken kehrte ich zu meiner Namensänderung zurück. »Woher auch? Es ist so lange her.«

»Du überlegst allen Ernstes, diesen Job anzunehmen?« James stellte sein Weinglas ab. »Rosamond?« Die Betonung meines Namens ließ keinen Zweifel daran, wie wenig er damit einverstanden war.

»Ich weiß es nicht.« Ich drehte ihm den Rücken zu und kehrte zu meinem Blick auf die Themse zurück, den breiten, dunklen Wasserlauf, der alles mit zum Meer nahm, wo alle Erinnerungen und Ereignisse sich letztendlich trafen und miteinander vermischten. »Ich weiß es einfach nicht.«

Aber noch an diesem Abend rief ich Jo auf ihrem Mobiltelefon an, als James duschte, und sagte ihr, dass ich den Job in Fairfleet gerne annähme. Dabei nannte ich ihr keinen der Gründe, die eigentlich dagegen sprachen.

»Geh nicht dorthin zurück. Du hast in Fairfleet nichts mehr verloren.«

Die offensichtliche Besorgnis in der Stimme meines Bruders rührte mich fast. Aber zugleich ärgerte ich mich auch darüber, dass Andrew so beharrlich zu wissen glaubte, was gut für mich war. Und wenn noch ein drittes Gefühl in mir Platz hatte, dann dies, dass ich mich über James, den Mann, mit dem ich zusammenlebte, aufregte, weil er mich während dieses Telefonats beobachtete und sein Gesicht eine ähnliche Besorgnis spiegelte. Diese beiden Männer versuchten, mir etwas aufzuzwingen, was ihnen zupasskam, worauf ich mich aber nicht einlassen wollte. Ich musste mich selbst ermahnen und daran erinnern, dass ihr Motiv einzig und allein die Sorge um mich war.

»Sterben müssen wir alle«, hatte ich James erklärt, nachdem ich den Hörer aufgelegt hatte. »Es gehört zu den wichtigsten Ereignissen, ist vielleicht sogar das Wichtigste für uns. Es kommt darauf an, es gut zu machen. Und ich glaube, Benny dabei helfen zu können, das glaube ich wirklich.«

Er griff nach meiner Hand. »Das verstehe ich ja. Aber dennoch frage ich mich, ob es wirklich um Benny geht, wenn du nach Fairfleet zurückkehrst, oder vielmehr um das, was dort passiert ist, als du ein Kind warst.«

»Immer wollen mich alle analysieren.« Ich entzog ihm

meine Hand. »Du. Mein Bruder. Mein Ex Charles. Mir geht es gut.«

»Es ist ja nichts Schlimmes, eine traumatische Erfahrung dazu zu benutzen, anderen Menschen Gutes zu tun. Das akzeptiere ich.« Seine Stimme war sanft. »Aber ist jetzt wirklich der richtige Zeitpunkt, um nach Fairfleet zu gehen?«

»Ich fühle mich schon viel besser.« Doch instinktiv merkte ich, wie ich im Stuhl zusammensackte. Noch war es mir nicht gelungen, mich mit dem auszusöhnen, was passiert war.

Bei unserem Vorbereitungsgespräch, das in einem Café in der nächstgelegenen Stadt stattfand, wohin Benny auf seinem vermutlich letzten Ausflug kam, verstanden wir uns auf Anhieb. Er hatte noch vor ein paar Monaten für sein Alter jung und fit gewirkt. Doch jetzt begannen seine ehemals markanten Züge in den Falten der leicht gelblichen Haut zu verschwinden. Die Augen waren noch immer leuchtend und wach und musterten mich forschend. Er war ein gut aussehender Mann. Benny Gault, der Journalist und Schriftsteller.

Wir unterhielten uns hauptsächlich über Bücher und meine Auslandsreisen. Seine Krankheit wurde nicht thematisiert, und ich fragte auch nicht danach. Dafür blieb noch genug Zeit. Jetzt ging es darum festzustellen, ob er mich mochte und mir das Vertrauen entgegenbrachte, sich von mir pflegen zu lassen.

»Wir werden der Agentur Bescheid geben«, hatte Sarah, die Haushälterin, gesagt. »Danke, dass Sie sich mit uns getroffen haben, Rosamond.« Sie reichte Benny seinen Stock.

»Ja, es war interessant.« Benny sah mich bohrend an. Vielleicht konnte er auf den Grund meiner Seele blicken. Oder vielleicht war das seine Art, mit Außenstehenden umzugehen.

Er wirkte geschwächt und blieb auf seinem Weg hinaus an der Tür stehen, stützte sich auf seinen Stock und betrachtete die Statue von König Alfred auf dem Marktplatz. Er speicherte vermutlich die Szenerie in seinem Gedächtnis ab, weil er sie nie mehr sehen würde. Er verharrte eine volle Minute so, dann wandte er sich an mich.

»Sie brauchen nicht abzuwarten, bis Sie es von der Agentur erfahren, Rosamond. Wenn Sie sich auf einen verschrobenen alten Invaliden einlassen möchten, würde ich mich freuen, wenn Sie zu uns nach Fairfleet kämen.« Den Namen des Hauses sprach er mit ungewöhnlicher Sanftheit aus. »Sie kennen die Gegend?«

»Nicht so gut, wie mir lieb wäre.«

»Das Haus ist wunderschön«, sagte er. »Vielleich sollte ich das nicht sagen, da es ja meines ist, aber es entspricht der Wahrheit. Ich denke, es wird Ihnen gefallen, dort zu wohnen. Selbst wenn Sie mich ertragen müssen.«

Sarah quittierte dies mit ein paar missbilligenden Lauten und tippte ihm auf den Arm. »So schlimm sind Sie nun auch wieder nicht Benny.«

Also bereitete ich mich auf meinen Job vor und erstellte Memos für James, damit er wusste, wie die Küchengeräte funktionierten, obwohl ich selbst auch eher selten kochte.

»Mir wäre lieber, du würdest Weihnachten mit Catherine und mir verbringen«, sagte er, als ich packte.

Auch mir wäre das lieber. Natürlich würde die Begegnung mit James' Tochter, die schon studierte, mich an unseren Verlust erinnern. Aber ich hatte Catherine gern, und sie schien mich auch zu mögen.

»Was, glaubst du, wirst du in Fairfleet finden? Wieso soll es dir helfen, jetzt dorthin zurückzukehren?«

»Es geht dabei nicht nur um mich.«

»Wie meinst du das?«

»Es wäre ein Beweis für Andrew.«

»Ein Beweis wofür?«

»Seiner Meinung nach hatte Mum aufgehört, uns zu lieben, hatte die Seiten gewechselt. Wenn ich ihm etwas Handfestes vorweisen könnte, sähe er das vielleicht anders.«

»Was meinst du mit handfest?«

»Es gab oder gibt da einen Brief, den Mum an ihren Anwalt schrieb. In dem steht, was passiert ist. Ich denke, dass dieser Brief beweist, wie viel ihr an uns lag und wie sehr sie sich wünschte, alles wieder in Ordnung zu bringen.«

»Weiß Andrew denn von diesem Brief?«

»Ja. Er gab ihn mir zum Verstecken. Aber keiner von uns hat ihn gelesen.« Dazu war keine Zeit, jener letzte Nachmittag stand ganz im Zeichen der Panik und dem Versuch, dem Feind ein Schnippchen zu schlagen.

»Du solltest dir über deine Motive im Klaren sein, Rosamond.« Mit diesen Worten hätte James genauso gut einen schlecht geschriebenen Schulaufsatz kommentieren können.

»Ich bin verdammt noch mal keine Figur in einer deiner Schulproduktionen«, konterte ich.

»Nein, du bist eine erfahrene Krankenschwester mit

einem Patienten, der sich darauf verlassen können muss, dass du mit deinem Kopf ganz bei der Sache bist.«

»Ja, ich bin ein Profi.« Ich klappte meinen kleinen Koffer zu und ließ das Schloss einrasten. »Und werde natürlich ganz bei der Sache sein. Offen gestanden werde ich mit der Pflege Bennys so beschäftigt sein, dass keine Zeit für etwas anderes bleibt.«

Als Sarah mich eine Woche später in die Küche führte, fühlte ich mich selbst ein wenig wie ein Flüchtling, unsicher, was ich in Fairfleet vorfinden würde und wie ich darauf reagieren würde. Ich sagte mir, dass ich eine Frau Anfang vierzig war und kein Mädchen, das noch keine dreizehn Jahre alt war. Ich blinzelte heftig, um meine Augen von den Gestalten zu befreien, die nicht hier waren, jetzt nicht mehr.

Das Tapsen kleiner Pfoten riss mich aus meiner Trance. Ein kleiner Terriermischling beobachtete mich mit gespitzten Ohren. Er schnüffelte an meinen Schuhen und wedelte mit dem Schwanz.

»Komm her, Max«, sagte Sarah. Fröhlich rannte er über den Flur. Wenn ein Hund keine Angst hatte, dann war alles gut, redete ich mir ein.

Als wir die Küchentür erreichten, zog ich instinktiv den Kopf ein.

»Gut gemacht, sie haben den tiefen Balken entdeckt, bevor ich Sie warnen konnte.« Sarah hatte sich umgedreht, als ich die Küche betrat. »Ich kann nicht verstehen, warum man den nicht entfernt hat, als nach dem Krieg die Küche aus dem Keller nach oben verlegt wurde.«

Die kleine Besserwisserin in mir hätte ihr gern erklärt, dass der Türsturz den größten Teil der tragenden Wand stützte. Doch ich schob die Besserwisserin beiseite und sah mich in der Küche um. Ein langer, dunkler und gut gewachster Eichentisch, der mit Backblechen, einer Waage und Backzutaten bedeckt war, beherrschte die Mitte. Unter der Arbeitsfläche befand sich das kleine gemütliche Hundekörbchen. Max sprang hinein und rollte sich zusammen. Draußen hinter der Rasenfläche zeichnete sich die Formschnitthecke ab, deren perfekte Kegel und Spiralen vom Frost überzuckert wie riesige Weihnachtsdekorationen wirkten. Ich spürte, wie mein Herzschlag ruhiger wurde.

Sarah machte für meinen Kaffeebecher Platz. »Kochen ist fast eine Leidenschaft von mir. Aber Benny isst so wenig. Er bekommt zwar ziemlich regelmäßig kurze Besuche von Freunden, aber ich freue mich darauf, jemand anderen bekochen zu dürfen«, sagte sie wehmütig.

Ihr Leben hier dürfte recht einsam sein. Bei unserem ersten Treffen hatte sie mir erzählt, dass der Gärtner während des Winters nur alle vierzehn Tage kam und die Putzfrau auch nur an drei Vormittagen in der Woche. Sarah war eine schlanke Frau mit wenigen Fältchen um die Augen. Ich fragte mich, wie lange sie wohl schon Bennys Haushälterin war.

Ihr Blick fiel auf meinen leeren Becher. »Sollen wir nach oben gehen? Benny freut sich schon darauf, Sie zu sehen.«

Ich folgte Sarah durch die Eingangshalle mit dem Steinboden, der Hund tapste hinter uns her. Wieder wappnete ich mich, aber da war nichts. Hör auf, sagte ich mir. Hör auf, dich zu erinnern.

»Benny kann nachts noch ziemlich gut schlafen, behauptet er wenigstens«, sagte Sarah, die vor mir die Treppe hochstieg. »Er meint, es sei noch nicht nötig, dass Sie bei ihm Nachtwache halten.« Ich murmelte eine Antwort. Meine Zehen waren wie Fühler, die jeden Zentimeter prüften und damit rechneten, bei jedem Schritt zu erschrecken, doch als wir oben angekommen waren und nichts geschehen war, entspannten sie sich ein wenig. Ich ging nur eine Treppe hoch, mehr nicht. Es gab nichts, was mir Angst machen konnte. Ich zwang mich, an meinen Patienten zu denken. Bei unserem Treffen im Café hatten Benny und Sarah mir erzählt, dass der Tumor sich während der letzten fünf Jahre wie ein im Käfig gefangener Tiger verhalten hatte, vor sechs Monaten jedoch mit erneuter Grausamkeit ausgebrochen sei. In dieser Runde versagte die Chemotherapie. Eine weitere Operation oder Bestrahlung kam nicht mehr infrage, wie Jo mir berichtet hatte, als sie mir die für Bennys Pflege notwendigen medizinischen Informationen gab.

»Sie haben seine Krankenakte ja gesehen«, sagte Sarah, als wir den Treppenabsatz erreichten. »In den letzten paar Tagen ist er immer schläfriger geworden.«

Das dürfte an der Wirkung des Opiatpflasters liegen, das er nun trug. »Vielleicht gewöhnt er sich noch an das Pflaster«, sagte ich. »Manchmal lässt die Schläfrigkeit dann ein wenig nach.«

Doch sicherlich musste der Arzt die Dosis bald erhöhen.

»Manchmal redet er gern, wenn er schlecht schlafen kann. Es gibt keine Familie, wissen Sie. Seine Frau ist vor einigen Jahren gestorben. Freunde kommen vorbei und helfen, wenn sie können. Benny ist nicht fordernd, ganz und gar nicht, aber …«

»Es ist harte Arbeit.«

Sie nickte mir dankbar zu, als wir vor der Schlafzimmertür standen. »Aber keine Sorge. Wir erwarten von Ihnen nicht, dass Sie das allein bewältigen. Wenn nötig, werden wir zusätzliche Hilfe kommen lassen.«

Ich entspannte mich, als ich sah, welchen Raum sie betrat.

Sie öffnete die Tür. »Ich sage ihm nur, dass Sie da sind.« Max drückte sich an ihr vorbei und lief voran, weil er offenbar wusste, dass er willkommen war. Mein Magen verkrampfte sich, doch ich sagte mir, dass es am Anfang eines neuen Jobs diesen Moment der Nervosität oft gab.

Aus dem Zimmer drang Gemurmel.

»Kommen Sie rein, Rosamond«, rief Sarah. Ich war froh, dass sie in normalem Ton sprach. Sterbende haben lieber Menschen um sich, die sich ganz normal verhalten.

Ich hatte die Luft angehalten und atmete nun aus, bevor ich hineinging. Es war ein Eckzimmer, aus dessen Fenstern man sowohl auf den Garten vor dem Haus als auch auf die Downs im Süden blickte. Mein Patient lag in einem Himmelbett und hatte neben sich einen eleganten silberfarbenen Laptop. Sein Lächeln war fragend-amüsiert, als fände er es seltsam, dass wir uns auf diese Weise wiederbegegneten. Seine mir dargebotene Hand war ganz dünn, die weiße Haut spannte sich darüber wie ein Zelt.

»Es ist unhöflich von mir, nicht aufzustehen. Was müssen Sie von mir denken?« Er verdrehte dabei die Augen.

»Ich habe schon Schlimmeres erlebt. Sie haben immerhin zur Begrüßung nicht mit der Bettpfanne nach mir geworfen.«

»Das hat jemand getan?«

»Wenigstens war sie leer.«

»Hätte also schlimmer kommen können.« Er grinste, und Jahre fielen von ihm ab. »Schön, Sie wiederzusehen, Rosamond. Richten Sie sich hier erst ein, bevor Sie etwas anderes tun. Ich bin auch noch ein paar Stunden mit Schreiben beschäftigt. Das heißt, sofern ich nicht einschlafe.« Er berührte seinen Arm. »Dieses verdammte Pflaster.«

Sein Umgang mit mir ähnelte eher dem eines Zeitungsredakteurs mit einem neuen Reporter als dem des Patienten mit seiner Pflegerin. Sein Auftreten war umgänglich und liebenswürdig. »Lassen Sie Max bei mir, Sarah.«

»Dann bis später.« Ich nahm die Tasche auf, die ich an der Schlafzimmertür abgestellt hatte. Er hob eine Hand und hatte sich bereits wieder in seinen Laptop vertieft.

»Der neue Computer ist erst vor wenigen Tagen geliefert worden. Er hat an den WLAN-Verbindungen herumgefummelt«, sagte Sarah. »Das hat ihn aufleben lassen.« Sie warf einen Blick auf meine Tasche. »Sie reisen mit leichtem Gepäck.«

Meistens trage ich einfach schwarze oder graue Jerseyhosen mit einem beigen oder grauen V-Ausschnittpullover aus Kaschmir über einem T-Shirt. Schick genug, um professionell zu wirken, aber auch bequem.

Außer diesen Kleidungsstücken, meiner Unterwäsche und den Toilettenartikeln enthielt die Tasche noch mein Mobiltelefon und einen Tablet-PC. Viel mehr besaß ich gar nicht.

»Du lebst wie eine Zigeunerin«, hatte James sich anfangs beklagt, als wir uns kennenlernten. »Selbst deine Wohnung erinnert an eine vorübergehende Auftankstation oder was in der Art.«

Ich lachte, wusste aber, was er meinte. Es gab einmal eine Phase, sie dauerte höchstens einen Monat, da überlegte ich, umzuziehen und mir ein Haus mit Garten zu suchen. Aber das hatte zu nichts geführt.

»Sie werden sicherlich an … das gewöhnt sein.« Dabei nickte Sarah über ihre Schulter zur Tür, die wir gerade geschlossen hatten, und musste dabei heftig blinzeln, eine Gefühlsregung in ihren ordentlich zurechtgemachten Zügen.

»Ich verfüge über jede Menge Erfahrung, aber man gewöhnt sich nie ganz daran. Das sollte man eigentlich auch nicht. Ich bin vermutlich eine Art Hebamme für die Sterbenden. Hoffe es jedenfalls. Anstatt ihnen bei ihrer Ankunft zu helfen, helfe ich ihnen bei ihrem Abschied. Doch ich treibe das Tempo der Abreise niemals voran. Und meine Loyalität gilt vor allem anderen immer dem Patienten. Hoffentlich habe ich das ganz verinnerlicht.«

Sie verweilte stirnrunzelnd vor der Tür neben Bennys Zimmer. Einen Moment lang dachte ich, ich sollte dort schlafen, und klammerte mich an meinem Koffergriff fest. Sarah öffnete die Tür und warf einen Blick hinein. »Ich habe da drin was gehört. Vielleicht ein Vogel, der gegen die Scheibe flog.«

Oder ein Geist, der mir mitteilen wollte, dass meine Anwesenheit in Fairfleet bemerkt worden war.

Sarah schloss die Tür, erlaubte mir aber vorher noch einen Blick auf ordentlich aufgereihte Schuhe unter der Ankleide und wohlgeordnete Kosmetika und Parfüms obendrauf. Das war offenbar ihr eigenes Schlafzimmer.

Wir folgten dem Treppenabsatz und bogen dann rechts ab. Sarah öffnete eine Tür. Dahinter war ein nach Westen liegendes, von rosafarbenem Abendlicht durchflutetes Zimmer.

»Das ist wunderschön, danke.« Ich stellte meinen Koffer aufs Bett neben zwei frische ecrufarbene Handtücher. Offensichtlich verfügte Sarah über die Gabe, Räume einladend zu gestalten. Die für sich sprechende Holzvertäfelung hatte man belassen, der Rest des Raums war in neutralen gedämpften Tönen gehalten, bis auf den Quilt auf dem Bett, dessen Glockenblumenblau von den Bordüren der Vorhänge aufgegriffen wurde. Auf den kleinen Schreibtisch hatte Sarah einen Stapel neuer Illustrierter gelegt und Freesien in einer rechteckigen Plexiglasvase auf den Frisiertisch gestellt. Den Frisiertisch schmückten vier kleine Kerzen in Edelstahlständern auf einer verspiegelten Fliese. Kerzen in meinem Schlafzimmer ertrug ich nicht. Ich würde sie verstecken.

»Wenn Sie alles haben, was Sie benötigen, lasse ich Sie jetzt auspacken.« Sie war schon an der Tür, als sie sich noch einmal umdrehte. »Oh …«

Ich hielt inne, die Hand bereits auf den Holztüren in der Wand neben dem Frisiertisch.

»Gerade wollte ich Sie auf den verborgenen Wandschrank hinweisen, aber Sie sind einfach zu schnell für mich!«

»Reiner Zufall.« Hoffentlich hörte sich das ungezwungen an. Sie ließ mich allein.

»Du wirst damit nicht durchkommen, weißt du«, hatte James mich gewarnt, als ich ging. »Du wirst dich verraten.

Es braucht nur eine Kleinigkeit zu sein.« Dabei sah er mich besorgt an. »Warum erzählst du ihnen nicht, wer du bist?«

»Weil sie mich dann nicht mehr für eine geeignete Pflegekraft halten.«

»Woher willst du das wissen?«

»Oh, ich weiß es. Außerdem ist das jetzt zu spät. Sie erwarten mich bereits.« Ich hatte meinen Koffer genommen und ihm einen Abschiedskuss gegeben. Dabei fiel mir auf, dass sein Gesichtsausdruck genauso resigniert war wie der meines Exmannes, kurz bevor wir uns trennten.

Ich wusch mir im eingebauten Badezimmer die Hände. Die Haut an meinem linken Arm juckte, wie das um diese Zeit im Jahr häufig vorkam, wenn die Räume von der Zentralheizungsluft zu trocken waren. Ich rollte den Ärmel hoch und massierte die Narbe. Dabei fühlte ich mich wieder wie als Kind, wenn ich auf eine neue Schule kam. Um mich zu beruhigen, schaltete ich mein Telefon an und betrachtete die Fotos, die ich darauf abgespeichert hatte. Mum. Dad. Großmama. Andrew und ich als Kinder. Es dauerte nur eine Minute, bis ich wieder wusste, warum ich hier war.

Das Auspacken dauerte nicht lang. Sarah hatte mir zum Mittagessen um halb zwölf eine Suppe und Sandwiches versprochen. Ich schlüpfte in meinen Lammfellmantel und ging nach unten. »Ich wollte eine Runde durch den Garten drehen«, ließ ich Sarah wissen, die in der Küche Gemüse hackte. »Benny scheint erst mal seine Ruhe haben zu wollen.«

Sie verdrehte die Augen. »Er lässt keinen Zweifel daran, wenn er ungestört sein möchte. Aber das gefällt mir. Bei ihm weiß ich, woran ich bin.«

»Ich habe es auch gern eindeutig«, sagte ich. Und errötete dabei.

»Sie sollten sich auf jeden Fall die Formschnitthecke ansehen«, sagte sie. »Neben dem Tennisplatz. Wir finden nur leider niemanden mehr, der die wunderbaren Tierfiguren schneiden kann, die es früher dort gab, aber unsere Spiralen und Kegel sind, wie ich finde, auch recht elegant.«

Die Formschnitthecke entsprach nicht mehr dem, was ich in Erinnerung hatte, aber ich bewunderte die überzuckerten Spiralen und Kegel, die in ihrer Eleganz zum Haus passten. Ich umrundete die gefrorenen Rasenflächen und Beete und ging zum See. Wenn es weiterhin so kalt blieb, könnte er zufrieren, bei dieser Vorstellung ergriff mich kindliche Begeisterung.

In das Haus und das Grundstück war Geld gesteckt worden, das vermutlich durch Landverkäufe eingenommen worden war. Im rechten Winkel zu den ursprünglichen Neubauten hinter dem See war eine neue Siedlung entstanden. Auch der ummauerte Garten und der Tennisplatz waren in gutem Zustand, wie mir auffiel. Benny und seine Frau hatten Fairfleet in Ehren gehalten. Ich ging weiter und gelangte schließlich zur Eingangsfassade. Die dort einmündende Einfahrt führte zum Dorf.

Schließlich ging ich zum See zurück, wo ein Wind mir ins Gesicht blies, der direkt vom Nordpol übers Wasser zu kommen schien. Ich zitterte wie ein kleines Mädchen und schob meine Hände in die Manteltaschen. Ich brauchte Handschuhe. Die klirrende Kälte des Windes machte sich über meine Überzeugung, dass ich die Rückkehr nach Fairfleet verkraften würde, lustig. Die Sonne verschwand hinter einer Wolke. Fairfleets Garten wirkte einsam und verlassen.

Meine Autoschlüssel steckten noch in der Manteltasche. Es bedurfte nur einer Drehung des Zündschlosses, und ich könnte wegfahren und diesen Ort nie wiedersehen. Meine Habseligkeiten könnte ich zurücklassen, sie ließen sich alle ersetzen. James hatte mich gewarnt, dass es nicht leicht wäre. Er hatte recht gehabt. Mein Bruder ebenso.

»Geh nicht zurück«, hörte ich Andrew wiederholen.

Ich blieb zitternd stehen und beobachtete einen Schwarm sehr tief über den See fliegender Gänse.

Dann zwang ich mich, zum Hintereingang des Hauses zurückzukehren.

7

In der Wärme der Küche entspannte ich mich. Mein Geist wandte sich wieder praktischen Dingen zu. Ich hatte meine Sachen für diesen Job übereilt eingepackt, weil ich wusste, dass Erwägungen, was ich in Fairfleet benötigen würde, meinen Entschluss ins Wanken hätten bringen können. Ich brauchte mehr warme Sachen. Wenn ich aufs Mittagessen verzichtete, könnte ich nach Oxford fahren und dem Haus auf diese Weise vorübergehend entfliehen.

»Ich will noch ein bisschen was einkaufen, bevor Benny mich braucht«, erklärte ich Sarah.

»Was wird aus Ihrem Mittagessen?« Es duftete bereits köstlich. »Kommen Sie, essen Sie rasch etwas.« Die rote Paprikasuppe vertrieb die Kälte aus meinem Leib.

Sie erklärte mir, wie das Park and Ride System funktionierte und wo der Bus mich im Stadtzentrum absetzen würde. Als ich meine Handtasche aus dem Zimmer holen ging, überlegte ich besorgt, dass sie mich womöglich für rastlos hielt, wenn ich gleich nach meiner Ankunft schon wieder zum Einkaufen loshetzte.

In Oxford war wesentlich mehr Betrieb, als ich aus meiner Kindheit in Erinnerung hatte. Ich stand blinzelnd im Menschengewühl am Cornmarket. Fröstelnde Menschen mit grauen, verkniffenen Gesichtern jagten von einem Laden zum nächsten. Weihnachten war zwar erst in ein paar

Wochen, aber schon jetzt schien keiner mehr Zeit zu haben, sich an den Schaufensterdekorationen und den verloren wirkenden Gruppen von Schülern zu freuen, die Weihnachtslieder sangen. Vor mir scherten die Fußgänger unvermittelt nach rechts aus. Ein falsch singender Straßenmusikant? Vielleicht aber auch ein abgesperrtes Loch im Gehweg. Ich hörte Schreie, eine tiefe und laute Männerstimme, die Passanten beschimpfte. Ein Arm wedelte über den Köpfen der Leute.

»Nicht er schon wieder« sagte ein Mädchen vor mir zu ihrer Freundin. »Dieser Verrückte. Gestern hat er eine Frau belästigt. Die Polizei sollte ihn wegschaffen.«

Der Betrunkene, wenn er denn einer war, stand reglos da, sein Blick war ins Leere gerichtet, während er seine Tiraden in die Menge schleuderte. Er trug einen langen schwarzen Mantel, der von einem Strick zusammengehalten wurde, dazu eine Wollmütze. Er wirkte nicht bedrohlicher als andere Betrunkene, denen man in britischen Städten begegnete. Ich suchte die Straße nach dem Kaufhaus ab, das ich benötigte. Es war jetzt halb zwei. Der kurze Dezembertag ging schon fast zur Neige, und ich wusste nicht, ob ich mich in dem Landstraßenlabyrinth um Fairfleet herum im Dunkeln zurechtfinden würde.

Als ich an dem Betrunkenen vorbeiging, hielt ich die Luft an. Einen kurzen Moment hörte ich das Quietschen eines bremsenden Busses und das Lachen einer Gruppe Studenten auf der anderen Straßenseite. Jemand packte mich am Arm. Ich senkte meinen Blick und sah die Hand des Betrunkenen auf dem Ärmel meines Lammfellmantels. Seine Fingernägel waren abgebissen und eingerissen, die Haut rot, rissig und fleckig von einer Hautkrankheit. Ich versuchte, die Hand abzuschütteln.

»Ich weiß alles über dich.« Seine blauen Augen starrten mich an. Eine kleine vernarbte Delle in der Schläfe sah ganz danach aus, als hätte man ihm mal den Kopf eingeschlagen. Ein struppiger Bart bedeckte seine Wangen. Ich hätte am liebsten laut geschrien.

»Du hältst mich wohl für blöd?«, fuhr er fort. »Ich weiß, wer du bist.« Er nickte langsam zur Bestätigung.

Passanten drehten sich um und glotzten uns an.

»Lassen Sie los.« Ich schüttelte seine Hand fester, das Herz pochte mir bis zum Hals. »Lassen Sie mich gehen.«

»Du hältst mich nicht zum Narren!«, brüllte er.

»Nun lassen Sie sie verdammt noch mal in Ruhe.« Die Mädchen, die sich über den Betrunkenen unterhalten hatten, kamen auf uns zu. Eins der Mädchen wedelte mit seinem Mobiltelefon. »Ich habe ein Foto gemacht. Das werde ich der Polizei schicken.«

Er starrte die Mädchen an und dann die Hand, die er auf meinen Arm gelegt hatte. Er ließ mich los, trat zurück in einen Türeingang, nickte mir aber dabei weiterhin zu.

»Sie sollte auf der Straße stehen. Nicht ich.« Die letzten Worte schleuderte er mir entgegen, zog die Schultern hoch und schlurfte zu einem Coffee-Shop, vermutlich um die Leute zu belästigen, die sich dort aufwärmen wollten.

»Sollen wir die Polizei anrufen?« Das erste Mädchen winkte mit ihrem Mobiltelefon.

»Nein.« Das Wort klang schroff. Ich glättete es mit einem Lächeln. »Er ist doch bloß betrunken. Ich werde es dabei belassen, aber trotzdem danke.«

Sie gingen weiter. »Verrückt«, murmelte eine der beiden. Ich fragte mich, ob sie ihn oder mich meinte.

Ich betrat das warme Kaufhaus und versuchte, mich mit all meiner Kraft auf die Make-up-Theken und die Weihnachtsdekorationen neben der Rolltreppe sowie das Stimmengewirr der Kunden zu konzentrieren.

8

Als ich in der Abteilung für Damenmode im ersten Stock ankam, hatte mein Herzschlag sich wieder normalisiert. Ich richtete mein Augenmerk auf die Ständer mit Kaschmirware und schaffte es, ohne Zittern in der Stimme eine Verkäuferin zu bitten, mir die benötigte Größe zu bringen.

»Der hier ist teurer.« Die Verkäuferin musterte mich. »Aber es ist eine ausgezeichnete Qualität.«

Der taupefarbene Pullover glitt wie ein warmer Wasserfall durch meine Finger. »Den nehme ich«, sagte ich. »Und den dunkelgrauen auch.«

Sie zog leicht die Brauen hoch und nickte dann anerkennend. Ich hatte nicht einen Blick auf die Preisschilder geworfen, sondern nur nach dem gegriffen, was mir gefiel. Gräfin Koks nannte James mich manchmal liebevoll. Jedenfalls hoffte ich, dass es liebevoll war.

»Qualität macht sich bezahlt«, lautete meine Standardantwort. Daran hatten meine Großmutter und meine Mutter geglaubt. Lieber ein perfekter Mantel als zwei oder drei mittelmäßige. Wollsachen in guter Qualität, die sich beim häufigen Waschen bemerkbar machte.

Also kaufte ich zwei- oder dreimal im Jahr, was ich benötigte, ohne auf die Preisschilder zu schauen. Inzwischen hatte ich mich an meinen Reichtum gewöhnt, wir waren alte Kumpel und machten das Beste daraus. Aber als ich mir den Kontrast zwischen dem, was ich ausgab, und dem, wovon viele andere Menschen ihren Lebensunterhalt bestreiten mussten, vor Augen führte, musste ich an den Betrunkenen denken, der mich angepöbelt hatte. Mich fröstelte trotz der tropischen Temperaturen in diesem Kaufhaus. Unten suchte ich mir dann noch ein Paar warme Lederhandschuhe mit Schaffellfutter aus.

Für den Fall, dass der Betrunkene noch immer Ausschau nach mir hielt, nahm ich einen Umweg zur Bushaltestelle in Kauf, um nicht wieder über den Cornmarket zu müssen. Vielleicht hatte er aber auch angenommen, dass ich in einem Park-and-Ride Bus gekommen war, und trieb sich jetzt an der Bushaltestelle herum. Hör auf, ermahnte ich mich, du bist paranoid und siehst in seiner verstörten Erscheinung Dinge, die es gar nicht gibt.

An der Bushaltestelle öffnete ich die Einkaufstüte und schlug das Seidenpapier zurück, um mit meinen Fingern über die weichen Kaschmirpullover zu streichen. Die weichen, warmen Fasern beruhigten mich. Ich konnte das schaffen. Mein Mobiltelefon schrillte und erschreckte mich mit einer Textnachricht. *Sag mir bitte, wie es läuft. J x*

Nachmittagspause. James war bestimmt im Lehrerzimmer und holte sich einen Kaffee. Er machte sich Sorgen um mich.

Alles gut. Xxx. Meine Finger prickelten, als ich diese Lüge eintippte.

Es wurde bereits Abend, als ich die letzten Kilometer nach Fairfleet zurücklegte, eine fahle Sonne verschwand hinter den Hügeln. Es gab viel mehr Straßenlampen, als ich in Erinnerung hatte, aber als ich in die Straße einbog, die zu Fairfleets Einfahrt führte, umhüllte vollkommene Dunkelheit den Wagen, und ich verspürte die altvertraute Mischung aus Spannung und Zufriedenheit. Ein richtiger tintenschwarzer Winterabend: Zeit, um nachzudenken.

Ich betrat das Haus und ging gleich hoch in mein Zimmer, um meine Einkäufe auszupacken. Als ich an Bennys Tür vorbeikam, hörte ich leises Stimmengemurmel. Sarah und Benny, die sich womöglich über den Neuankömmling unterhielten, der so überstürzt aufgebrochen war, um Einkäufe zu erledigen.

Höchste Zeit, meine persönlichen Betrachtungen hintanzustellen. Ich streifte mir meinen neuen taupefarbenen Pullover über mein langärmeliges Seiden-T-Shirt und versuchte, die Gedanken an die schmutzige Hand des Betrunkenen auf meinem Arm zu verdrängen, indem ich mich auf Benny einstellte. Hier in Fairfleet war ich sicher. Außerdem benötigte mein Patient meine Energie und Konzentration. Während ich dezent Eyeliner auftrug, schlüpfte ich in meine Rolle. Alles würde gut werden.

Benny saß aufrecht in seinem Bett, als ich eintrat, und leerte gerade ein Sorbet. Eine gute Wahl für einen Patienten mit trockenem Mund und womöglich auch Übelkeit. Max lag noch immer auf dem Teppich neben dem Bett und begrüßte mich mit einem leichten Schwanzwedeln. Der elegante Laptop stand auf dem Nachttisch.

»Hübscher Pullover.« Bennys Augen funkelten. War es Belustigung? Ironie? Ich beschloss, es nicht zu analysieren. Jetzt am Abend klang seine Stimme wieder so, wie man sie vom Fernsehen oder Hörfunk kannte: sehr britisch, aber mit einer winzigen Nuance, die einem, wenn man ganz genau hinhörte, bewusst machte, dass er kein gebürtiger Engländer war. Im Unterschied zu anderen berühmten oder erfolgreichen Leuten umgab er sich nicht mit Fotos von sich und gleichermaßen berühmten Bekannten. Auf seinen Bücherregalen standen keine Preise, und an den Wänden hingen keine gerahmten Zeitungsausschnitte.

»Danke. Ich räume das hier weg.« Ich nahm die Sorbetschale und trug sie auf dem Tablett vor die Tür, wo Sarah sie dann mitnehmen konnte. Sie hatte mir erklärt, dass er es nicht ausstehen konnte, wenn benutztes Geschirr und Besteck in seinem Zimmer herumstanden.

»Ich habe viel zu lang an diesem Laptop gearbeitet. Meine Augen sind müde. Vielleicht liegt es aber auch am Pflaster.« Er hielt inne, und ich spürte, dass es noch mehr zu sagen gab.

»Fühlen Sie sich denn einigermaßen wohl mit diesem Pflaster?«

»Ja. Der Arzt erklärte mir … dass es nicht ausreichen wird, um mich zu begleiten. Er meinte, ich werde wahrscheinlich schon bald eine Spritzenpumpe benötigen.«

Und wenn es soweit war, würde Benny merken, dass er womöglich noch viel mehr Zeit mit Schlafen verbrachte.

»Würden Sie mir was vorlesen? Es ist *Große Erwartungen*.« Das Buch lag auf dem Nachttisch unter dem geöffneten Laptop. Als ich den Laptop bewegte, gab Benny einen besorgten Laut von sich.

»Keine Sorge«, sagte ich, »ich lasse ihn schon nicht fallen.«

Er sagte nichts darauf. Ich fragte mich, ob er womöglich in Sorge war, ich könnte lesen, was auf dem Bildschirm zu sehen war. Nicht im Traum hätte ich daran gedacht, auf die Worte zu achten, außerdem befand sich der Laptop bereits im Schlafmodus.

Ich schlug die mit einem gebrauchten Briefumschlag markierte Seite auf.

»Pip ist gerade erst in London angekommen.« Seine Stimme hatte einen trotzigen Unterton. »Er ist der Neue, das Kind von auswärts, er muss umdenken und lernen, wie man hier die Dinge angeht.«

So wie Benny das auch hatte tun müssen, überlegte ich. Als er kurz vor dem Krieg hergekommen war. Oder wie ich das jetzt tun musste.

»Kennen Sie diesen Roman gut?«

»Ich habe ihn ein paarmal gelesen. Er gefällt mir wegen seiner offenkundigen Schlichtheit. Man muss sich weniger Charaktere als in den meisten anderen Dickens-Romanen merken. Aber die Schlichtheit täuscht.«

»Das tut sie meistens.« Ich hatte geredet, ohne nachzudenken. Er sah mich forschend an. Ich begann zu lesen und warf hin und wieder einen Blick auf sein Gesicht, um mich zu vergewissern, dass ich nicht zu schnell oder zu langsam oder mit zu wenig Ausdruck las. Benny richtete seine Augen die ganze Zeit über auf die gegenüberliegende Wand, als stünde der Text auf deren cremefarbener Oberfläche. Ich las weiter und richtete nur noch sporadisch einen prüfenden Blick auf ihn.

»Magwitch«, murmelte er. »Was für eine schreckliche Erscheinung für einen kleinen Jungen.«

Dem konnte ich nur zustimmen, obwohl Magwitch bisher noch gar nicht vorgekommen war. Ich wollte nicht zulassen, dass jener angsteinflößende Paria, der zurückgekehrt war, nachdem er viele Jahre weg gewesen war, sich in meinem Kopf einnistete. Er erinnerte mich an den Betrunkenen in Oxford.

»Der eine schlimmste Albtraum, der auf seine Rückkehr wartet«, fuhr Benny fort. »Aber das weiß Pip noch nicht.«

Mein Mund fühlte sich so trocken an wie die Seiten des Buchs. Hatte Benny eine Ahnung, was in Oxford passiert war? Unmöglich. Ich war versponnen und nicht die gelassene, professionelle Krankenschwester, die ihren Kopf von diesem Vorfall hätte befreien müssen, bevor sie sich neben das Bett ihres Patienten setzte.

»Wir Leser auch nicht«, sagte ich. »Wenn doch, dann wissen wir es nur, weil wir das Buch schon mal gelesen haben und den Verlauf der Geschichte kennen.«

»Wir kennen der Verlauf«, wiederholte er leise.

Nach einer Weile ging sein Atem langsamer, und die einzelnen Atemzüge wurden länger. Ich steckte den Umschlag zurück ins Buch, wobei mir auffiel, dass er an Benny adressiert war und mit einer modern aussehenden deutschen Briefmarke frankiert war. Benny sah jetzt friedlich aus.

Ich stand auf und beschäftigte mich damit, die paar Dinge im Raum wegzuräumen, die Sarah zurückgelassen hatte. Als ich ihn wieder ansah, schlief er und atmete friedlich. Ich fragte mich, ob er träumte und wenn ja, was. Er hatte ein langes und erfülltes Leben gehabt. Kehrte er in Gedanken zu seinen Triumphen zurück? Oder in seine frühe Kindheit, wie das viele Menschen am Ende ihres Lebens tun?

Ich ging zu Sarah hinunter und ließ Benny mit dem Hund allein.

»Er schläft wohl?« Sie hob ihren Kopf aus einem Kochbuch. »Er hatte heute einen seiner besseren Tage. Vielleicht tun Sie ihm bereits gut, Rosamond.«

»Ich hoffe, ihm das Gefühl von Frieden und Fürsorge zu geben.« Ich setzte mich an den Tisch und sah zu, wie sie Zutaten miteinander vermengte. »Aber zweifellos haben Sie sich sehr gut um ihn gekümmert.«

»Manchmal hat er schreckliche Träume. Könnte das an den Medikamenten liegen?«

»Gut möglich. Wir werden den Arzt dazu befragen. Vielleicht gibt es Antipsychotika oder Sedativa, die dagegen helfen.«

»Dann kann ich Ihnen nur Glück wünschen, ihn dazu zu bringen, sie auch zu nehmen. Er hat definitiv vor irgendetwas Angst.« Sie holte ein Ei aus dem Karton und schlug es am Rand einer Plexiglasschale auf. »Ich denke, es hat mit den Dingen zu tun, die passiert sind, bevor er nach England kam. Er verließ Deutschland etwa zwei Monate nach der Kristallnacht. Es gab so viel Gewalt.«

»Welche Erleichterung muss es gewesen sein, in Sicherheit zu sein.« Aber ich fragte mich, was aus Bennys Familie geworden war, ob er in seinem neuen Zuhause Heimweh hatte oder sich allein und verloren gefühlt hat. Mit Sicherheit.

»Die Dorners haben sich sehr gut um die von ihnen aufgenommenen Jungs gekümmert. Das ist vermutlich auch der Grund, weshalb Benny das Haus gekauft hat, der glücklichen Erinnerungen wegen. Aber leicht kann es nicht für ihn gewesen sein. Er hat sogar seinen Namen geändert, um britischer und weniger deutschjüdisch zu wirken.«

Das hatte ich nicht gewusst. »Wie hieß er denn ursprünglich?«

»Benjamin Goldman. Im Lauf der Jahre wurde er zu Benny Gault. Klang englischer, erklärte er mir.«

Namen waren wichtig: Das wusste ich, die Heuchlerin, die mit einem Namen hierher zurückkehrte, der mir zwar rechtmäßig zustand, aber doch viel verbarg.

»Benny war es immer wichtig dazuzugehören.« Sarah schlug die Schale auf und hielt geschickt das Eigelb zurück, während sie das Eiweiß in die Schüssel fallen ließ. »Es hat im Lauf der Jahre öfter Wiedersehenstreffen vom Kindertransport gegeben, aber er nimmt nie daran teil. Schickt aber immer große Schecks für Gedenkfeiern. Auch andere Flüchtlingsorganisationen unterstützt er finanziell, wobei ich Ihnen das vermutlich gar nicht erzählen dürfte.«

Sie kippte das Eigelb in eine Teetasse. »Abgesehen von den Jungs, mit denen er hier aufwuchs, hält er Abstand zu seiner Vergangenheit. Drei der anderen Dorner-Jungs sind jetzt im Ausland. Von den beiden, die noch in England leben, kümmert der eine sich um seine kranke Frau, der andere lebt in Edinburgh. Sie telefonieren und schreiben sich E-Mails, können sich aber nicht einfach mal besuchen. Schade, denn sie sind die Einzigen, die wirklich die Probleme verstehen können, die sie in so jungen Jahren hatten.«

Benny und ich hatten gleichermaßen früh Probleme kennengelernt. Und wir hatten beide Wege gefunden, uns vor deren unbehaglichen Echos zu schützen: er in diesem alten Haus auf dem Land mit seinen fabelhaften Ausblicken und dem edlen Mobiliar, ich in meiner minimalistischen Wohnung mit ihren paar topmodischen Gegenständen.

Diese Parallelen zwischen uns sorgten bei mir für Unbehagen.

»Ich werde mein Buch holen«, kündigte ich an und stand auf.

Irgendwann wollte ich auch nach jenem vermissten Brief suchen, den meine Mutter vor Jahren geschrieben hatte.

Am nächsten Morgen, nachdem ich Benny beim Waschen geholfen und ihm seine Medikamente gegeben hatte, meinte er, er wolle sich in den Sessel setzen und sein Kreuzworträtsel lösen. Seinen neuen Laptop hatte er neben sich auf dem Ankleidetisch liegen, für den Fall, dass er etwas schreiben wollte. Ich war mir unsicher, ob ich Interesse an dem zeigen sollte, was er schrieb. Einerseits sagte ich mir, dass ein Journalist sicherlich gern mit Leuten über seine Arbeit reden möchte und sich über deren Interesse freuen würde. Aber ich spürte auch den Wunsch Bennys, schreiben zu können, ohne Fragen dazu gestellt zu bekommen.

Er hatte Kleidung, die gewaschen werden musste. Sarah hatte mir bereits gesagt, dass der Wirtschaftsraum sich im Keller befand. Eine Chance für mich, die Steinstufen hinunterzusteigen. Mein Puls ging schneller, und mein Mund fühlte sich staubtrocken an. Aber als ich mit meinem Wäschekorb im Erdgeschoss angekommen war, sperrte Sarah gerade die Kellertür auf.

»Ich gehe ohnehin nach unten, um nachzusehen, ob meine Handtücher im Trockner schon fertig sind.« Sie streckte ihre Arme nach dem Korb aus. »Ich nehme das für Sie mit, Rosamond.«

Ich protestierte, aber sie wollte nichts davon hören.

»Wenn Benny über seinem Kreuzworträtsel sitzt, ist er für eine Stunde gut versorgt.« Sie zeigte auf das Fenster neben der Eingangstür. »Die Sonne kommt raus. Machen Sie doch einen Spaziergang, Rosamond.«

Ich begann, Einwände zu erheben, war aber gleichzeitig erleichtert.

»Ich brauche Eier«, sagte sie. »Sie bekommen sie im Dorfladen. Sie täten mir einen Gefallen, wenn Sie für mich dort hingingen. Vielleicht wollen Sie Max mitnehmen?«

Den Laden hatte ich ganz vergessen, als ich mich dazu entschloss, nach Fairfleet zurückzukehren. Wir waren nicht oft dort gewesen, als wir hier vor langer Zeit gewohnt hatten. Nur ganz am Ende.

Der Laden war renoviert worden. Keine Battenbergkuchen und Fondantleckereien in leuchtendem Orangerot und Gelb mehr, stattdessen Tee in Bioqualität in aufgereihten Körben. Statt Black Tower und Blue Nun standen Pinot Grigio und chilenischer Sauvignon auf den abgebeizten Holzregalen.

Eine Frau mittleren Alters stand hinter der Kasse und bediente die Kunden, eine ältere Frau saß auf einem Stuhl in der Ecke und las den *Express*, sie hatte einen Gehstock neben sich an das Regal mit dem Waschpulver gelehnt. Mutter und Tochter, schloss ich.

Ich ging mit den Eiern zur Theke. Die Frau hob ihren Kopf. Ich erkannte sie. Mein Herz pochte, und ich beugte mich über meine Geldbörse, als wollte ich nach dem passenden Kleingeld suchen. Als die alte Frau sich Schritt für Schritt mit dem Stock der Kasse näherte, blickte ich auf. Sie musterte mich schweigend.

»Ich werde sofort den Kessel aufsetzen, Mum«, sagte die Ladenbesitzerin und nahm meine Münzen entgegen.

Ich spürte beide Augenpaare auf mir, als ich mit einem gehaspelten Danke den Laden verließ. Ich band Max von dem Haken vor der Tür los, und wir gingen im Eilschritt die Straße hinunter nach Fairfleet. Hatte die Frau mich erkannt? Unmöglich zu sagen.

Ich freute mich darauf, in Bennys Zimmer zurückzukehren. Als junge Frau hätte ich im Traum nicht daran gedacht, dass ich meinen Beruf in Krankenzimmern ausüben würde. Aber meine Arbeit gefiel mir, und ich wurde meiner Arbeit gerecht.

Wie von Sarah vorhergesagt, arbeitete Benny noch immer an seinem Kreuzworträtsel, als ich zu ihm zurückkehrte. »Bin sofort bei Ihnen, lassen Sie mich nur noch dieses Kästchen beenden.« Er klang barsch. Vielleicht erinnerte ihn meine Anwesenheit an seinen Verfall.

»Das schaffe ich gerade noch«, sagte er befriedigt und legte seinen Stift beiseite.

»Kryptische Kreuzworträtsel machen mich völlig ratlos.«

»Dann brauchen Sie jemanden, der Ihnen die Tricks beibringt. Ich hatte während des Kriegs einen sehr guten Lehrer. Und zwar so gut, dass es mich wundert, dass man ihn nicht nach Bletchley Park gebracht hat, um dort Codes zu dechiffrieren.«

Ich hatte mich immer gefragt, warum man die Jungs nicht auf die Schule geschickt hatte. Benny schien meine Gedanken zu lesen, denn er ergänzte: »Lord Dorner, mein Wohltäter, war in Sorge wegen des Antisemitismus an englischen Schulen.«

»Was für eine Ironie.«

»Es herrschte große Sorge, ausländische Juden könnten in die akademischen Berufe drängen und den Engländern Arbeitsplätze wegnehmen. Wir waren eigentlich dazu auserkoren, manuelle Arbeit zu verrichten, wenn wir erwachsen waren.«

»Kein Wunder, dass er es für einfacher hielt, Sie privat zu unterrichten.« Es fiel schwer, sich Benny Gault in einer Parallelexistenz als Minenarbeiter oder Landarbeiter vorzustellen.

»Und Lady Dorner?« Ich bückte mich, um ein Plaid aufzuheben, das auf den Teppich gefallen war, und legte es ordentlich gefaltet ans Bettende. »War sie gastfreundlich?«

»Sie flog Maschinen für die ATA, die Air Transport Auxiliary, und war immer wieder für lange Zeit weg.«

Ich versuchte, sowohl Interesse als auch Überraschung zu signalisieren, weil ich mich an die Warnungen von James erinnerte. »Es wird eine große Belastung sein«, hatte er gesagt. »Wenn sie dir Dinge erzählen, die du bereits weißt, du aber so tun musst, als würdest du sie zum ersten Mal hören.«

»Nur weil du Theaterpädagoge bist, heißt das noch lange nicht, dass du diesen ganzen Einsatz behandeln musst, als würde ich auf die Bühne gehen.«

»Aber du wirst auf der Bühne stehen, Rosamond«, hatte er erwidert.

Benny starrte aus dem Fenster, war gefangen in der Vergangenheit. »Harriet Dorner, das war eine Frau«, sagte er weich. »Ein Unikat.«

Ich weiß, sagte ich lautlos. »Erzählen Sie mir von ihr.«

Er lehnte sich in seinen Sessel zurück.

»Sie war groß und sportlich. Sehr hübsch. Jünger als ihr Ehemann. Er bewunderte sie. Zeigte Nachsicht, als sie vor dem Krieg Flugstunden nahm. Dabei dachte sie vermutlich nicht im Traum daran, einmal das zu tun, was sie am Ende tat. Sie flog Maschinen von einem britischen Flughafen zum anderen, damit sie für die RAF immer am richtigen Ort waren. Eine gefährliche Arbeit. Diese Frauen waren nicht bewaffnet. Und oftmals hatten sie nicht einmal die grundlegenden Navigationsinstrumente.«

Ich erinnerte mich, von einem Flug über die Highlands durch eine dicke Wolkendecke gehört zu haben, in der sie in der ständigen Angst lebte, dass vor ihr plötzlich eine versteckte Bergspitze auftauchte.

»Bis 1943 sahen wir sie nur gelegentlich für ein langes Wochenende oder auch mal eine Woche«, fuhr Benny fort. »Aber ich erinnere mich, dass sie manchmal durch den Garten spazierte, wenn ich draußen Fußball spielte.« Er grinste, und von seinen hohlen Zügen fielen Jahrzehnte ab. »Ich weiß noch, dass sie mich wegen einer Pfingstrose schalt, die ich mit dem Ball getroffen hatte. Das muss während des ersten Kriegsfrühlings gewesen sein, Mai 1940. Die Deutschen waren in den Niederlanden einmarschiert. Alle waren nervös.«

9

Der Platz zwischen dem Fliederstrauch und dem Pfingstrosenbusch hatte fast die exakte Breite eines Tors, schätzte Benny. Da beides am hinteren Ende des Rasens stand, hatte man auch genug Platz zum Anlaufen. Die anderen Jungs waren mit der Eisenbahn beschäftigt, aber da es jetzt zu regnen aufgehört hatte, musste Benny ins Freie.

Er zielte. Der erste Schuss war gut, aber der Ball landete einen Meter neben dem Flieder. Er lief darauf zu, das nasse Gras quietschte unter seinen Turnschuhen. Richtige Stiefel wie die, die er zu Hause zurückgelassen hatte, wären jetzt gut.

Der zweite Schuss landete noch immer zu weit vom Tor entfernt. Er rannte dem Ball hinterher und holte ihn aus dem Gebüsch. Beim dritten Schuss traf er den Strauch, der seinen Fliederduft verströmte. Kurzzeitig befand sich auch Bennys Mutter im Garten. Er erinnerte sich an Fliederzweige, die sie geschnitten hatte, um sie ins Haus zu bringen.

Als er den Ball erneut schoss, endete es in einer Katastrophe. Ein Regen dunkelroter Blütenblätter ergoss sich auf den Rasen.

»Junge!« Es war eine Befehlsstimme. Er drehte sich um und sah Lady Dorner im Regenmantel, die ihn zornig ansah. »Du zerstörst meine Pfingstrosen.«

»Das tut mir leid.« Und es tat ihm wirklich leid. Nie hätte er gedacht, dass sie derart wütend werden konnte. Was sollte er tun? Sie näherte sich ihm mit finsterem Blick.

»Das ist eine sehr schöne Pflanze, die nur einmal im Jahr etwa vierzehn Tage lang blüht. Du hast mindestens drei ihrer Blüten vernichtet, Benny.«

Seine Wangen brannten.

»Kannst du nicht eine der Eichen als Tor nehmen? Die sind weiß Gott robust genug.«

»Ja, entschuldigen Sie, Lady Dorner.« Er senkte seinen Blick auf seine Turnschuhe.

»Was hattest du beabsichtigt? Wolltest du den Strauch wegbomben?«

»Ich wollte meinen Schuss … schärfer machen.« Er sprach Englisch, fast ohne darüber nachzudenken – es war nicht perfekt, das wusste er, aber doch schon recht gut. Vielleicht fiel auch ihr das auf, denn ihr Blick wurde milder.

»Ich habe gerade einen Spaziergang gemacht, sonst hätte ich gar nicht mitbekommen, was du hier treibst.«

»Ich wusste nicht, dass Sie zu Hause sind, Lady Dorner.« Die falsche Antwort. Jetzt hörte es sich so an, als täte es ihm nur leid, erwischt worden zu sein, und nicht wegen des Schadens, den er angerichtet hatte.

»Man hat mir ein paar Tage freigegeben. Gott weiß, warum, in Zeiten wie diesen.« Sie nickte Richtung Ball, der noch neben den abgefallenen roten Blütenblättern lag. »Du spielst resolut, Benny.«

Er trat von einem Bein aufs andere.

»Spielen die anderen auch Fußball?«

»Ja, aber sie spielen auch gerne mit der Eisenbahn und Tischtennis.«

»Dann braucht ihr wirklich ein richtiges Tor.« Sie zog die Stirn kraus. »Bin mir nur nicht sicher, wo wir so was herbekommen sollen.«

»Ich könnte vielleicht eine der Eichen so mit Farbe markieren.« Er zeichnete ein Kreuz in die Luft. »Sofern Sie nichts dagegen haben.« Diese Idee war nicht neu, aber er hatte bisher keine Farbe finden können. Vermutlich gab es welche im Keller, aber diesen Ort bewachte Alice Smith wie ein Zerberus. Und sie wäre bestimmt nicht damit einverstanden, wenn er die Bäume der Dorners verunstaltete.

Harriet Dorner warf einen Blick auf ihre Uhr. »Ich überlege, ob wir noch Zeit dafür haben, bevor ihr euer Mittagessen bekommt. Lass uns mal nachsehen.«

Komisch, dass sie genau wusste, wann sie ihre Mahlzeiten bekamen, obwohl sie so oft weg war. Er folgte ihr über den Rasen. »Ich weiß, wie das ist«, fuhr sie fort. »Als ich fliegen lernte, musste ich auch alles ständig wiederholen, bis es perfekt war, bis ich es fast mit geschlossenen Augen beherrschte. Man muss obsessiv sein.«

Das vorletzte Wort kannte er nicht und sah sie fragend an.

»Man muss es ganz fest wollen«, erklärte sie. »Du weißt sicher nicht, woher du Farbe bekommen kannst, oder? Oh.« Sie riss die Augen auf. »Ich habe da eine Idee. Warte hier.« Sie erreichte mit nur wenigen langen Schritten das Haus. Er wartete auf dem Rasen. Sollte einer der anderen nach oben gehen und ihn dort stehen sehen, würde er sich sicherlich wundern. Aber sie kam nach wenigen Minuten zurück und hielt etwas Kleines in ihrer Hand. Eine kleine Glasflasche, wie er sah, mit einem schwarzen Deckel.

»Nagellack.« Sie grinste ihn an. »Arctic Rose heißt er. Ich weiß, dass euer alter Führer Make-up an Frauen nicht gutheißt, aber es kann sehr nützlich sein.«

Sie schraubte den Deckel ab und malte ein Kreuz in einem sehr hellen Rosa auf die Rinde des alten Baums.

»Sieht am Baum sogar besser aus als auf meinen Fingernägeln. Das ist in Zukunft dein Ziel.« Sie versetzte der Rinde einen anerkennenden Klaps. »Dieser alte Junge hier hat schon alles gesehen. Er dürfte ein Kind gewesen sein, als die Schlacht um Trafalgar tobte, Benny.« Sie sah ihn besorgt an. »Entschuldige, vermutlich weißt du gar nicht, wovon ich rede.«

»O doch«, versicherte er ihr. »Wir haben uns mit Napoleon beschäftigt. Es gab auch Waterloo, wo eine deutsche Armee den Engländern geholfen hat.«

Eine Lachsalve ließ ihn blinzeln. »Ganz recht, Benny.«

»Aber denken Sie bitte nicht, dass ich die Deutschen noch immer bewundere.«

»Früher gab es viel zu bewundern. Dein Englisch ist wirklich sehr gut.« Sie griff in ihre Manteltasche und zog ein Zigarettenetui und ein Feuerzeug heraus.

»Ich arbeite sehr hart daran.« Offenbar sah er dabei überzeugend ernst aus, denn die Lippen, die die Zigarette hielten, verzogen sich zu einem Lächeln.

»Ich hoffe, du hast neben der harten Arbeit auch noch Spaß, Benny.«

»Ja, aber es gibt wichtigere Dinge als Spaß.«

Sie drehte sich zum Haus um. »Das ist für einen so jungen Menschen eine harte Lektion.« Ihre Worte kamen von Herzen. Wenn man erwachsen war, konnte man sich doch sicherlich aussuchen, wie man leben wollte, selbst im Krieg? Sie flog doch Flugzeuge? Brachte die Maschinen von einem Luftlandeplatz zum anderen, damit die RAF Nachschub hatte, um gegen Hitler zu kämpfen, der Nordwesteuropa überzog.

Sie wandte sich ihm wieder zu, als wüsste sie, was er dachte. »Mir ist es bisher Gott sei Dank erspart geblieben, diese Lektion lernen zu müssen«, sagte sie mit einem Lächeln, das sämtliche Atome seines Körpers in Schwingungen versetzte und ihm ebenfalls ein Lächeln entlockte. »Ich habe Glück, dass meine Leidenschaft meinem Land nützlich ist. Ansonsten würde ich Socken stricken und Gemüse anbauen.« Sie paffte an ihrer Zigarette und zog eine wohlgeformte Braue hoch. Ihre Augenbrauen unterschieden sich von denen anderer Leute: Sie waren wie Satzzeichen, die eine Lebensauffassung zum Ausdruck brachten, von der er noch nicht wusste, ob er sie verstand. Er lächelte.

»So ist es schon besser«, sagte sie. »Es gefällt mir, wenn du nicht ganz so ernst dreinblickst, Benny.«

»Wo haben Sie Ihr Flugzeug?«, fragte er jetzt, weil er sich gleich mutiger fühlte. »Hier doch nicht?« Sein Blick schweifte zu den Feldern jenseits des Sees.

»Ich hatte eine kleine zweisitzige Hawk. Die stand auf einem Flugplatz etwa acht Kilometer von hier. Mit ihr flog ich früher manchmal übers ganze Land. Das hat Spaß gemacht«, sagte sie wehmütig.

»Wo ist sie jetzt?«

»Ich verkaufte sie, als der Krieg ausbrach. Es war an der Zeit, mich ernsthaft mit der Fliegerei zu beschäftigen. Glücklicherweise kam ich bei der ATA unter, um für diese zivile Hilfsorganisation des Luftverkehrs die Tiger Moths von Hatfield zu Trainingsstützpunkten und Hangars zu fliegen. Das habe ich während der vergangenen Monate gemacht, eine sehr eisige Angelegenheit in diesem bitterkalten Winter und Frühling. Außerdem sind nicht alle Männer der RAF begeistert, dass wir das machen.«

»Weil Sie Frauen sind?«

»Ja.« Sie sahen einander verständnisvoll an: beide Außenseiter, die sich des Unterschieds bewusst waren. Benny spürte ein stillschweigendes Verständnis füreinander, das sie beide verband, auch wenn er diese Gefühle nicht hätte beschreiben können, schon gar nicht auf Englisch.

»Ich tue das, was ich tun muss«, sagte sie sehr sanft. »Und wenn ich morgen wieder dorthin zurückkehre, wird die gegenwärtige Krise sie zwingen, uns Pilotinnen noch sehr viel effektiver einzusetzen.« Sie musste lächeln, als sie sein verdutztes Gesicht sah. »Effektiver bedeutet besser, Benny. Sie werden uns erlauben müssen, die unterschiedlichsten Flugzeuge zu fliegen.« Dabei reckte sie ihr Kinn vor. »Dieses Recht haben wir uns verdient.«

»Ja.« *Dieses* Gefühl kannte er nur zu gut. Er hob seinen Ball auf und fühlte sich plötzlich ganz sonderbar. »Vielleicht sollte ich jetzt üben, bevor wir mittagessen.«

»Alice Smith wird sauer, nicht wahr, wenn du zu spät zu den Mahlzeiten kommst?« Alle Ernsthaftigkeit war aus ihrem Gesicht verschwunden, und es sah fast so aus, als würde sie ihm zuzwinkern. »Lass dich von Smithy nicht verunsichern, sie ist wirklich ein guter Kerl. Dann bis bald, Benny. Arbeite in der Zwischenzeit an deinem Schuss. Und bleib dabei obsessiv.«

»Manche Leute finden es merkwürdig, sich derart anzustrengen«, sagte er. »Man unterscheidet sich dadurch von ihnen.«

»Mach dir keine Gedanken darüber, dass du anders bist. Hitler sagt, alle sollen gleich sein, aber wir wissen, dass das falsch ist, nicht wahr? Es kommt in der Welt auf die an, die sich wie wir weigern, genauso zu sein wie alle anderen.«

Er folgte ihr mit seinen Blicken, als sie zum Haus zurückging.

»Es wird ihr gefallen haben, dass Sie an etwas arbeiteten und ihr Talent weiterentwickelten und nutzten«, sagte ich zu Benny und sah dabei meine über den Rasen schreitende Großmutter mit seinen Augen. »Sie bewunderte sicherlich Ihre Bereitschaft, Sie selbst zu sein, auch wenn Sie deswegen herausstachen.«

Er sah mich überrascht an. Am liebsten hätte ich mir einen Tritt in den Hintern verpasst: Meine Worte verrieten eine viel zu große Vertrautheit mit Harriet Dorner, einer Frau, die ich nach seinen Informationen nicht gekannt hatte.

»Ich meine, sie wird sehr hart dafür gearbeitet haben, eine der ersten Pilotinnen im Krieg zu werden«, haspelte ich. »Leicht kann es nicht gewesen sein. In den Vierzigern war man noch sehr chauvinistisch eingestellt.«

»Harriet nahm die Fliegerei in der Tat sehr ernst, vor allem, als der Krieg ausbrach und es kein Hobby mehr war, sondern zum Beruf wurde. Sie kam immer nur für kurze Ferien nach Fairfleet zurück.«

»Dann waren nur die Jungs und Dr. Dawes hier?« Die Atmosphäre dürfte sehr männlich, sehr heftig gewesen sein.

»Und Alice Smith. Sie wurde während der ersten Kriegsjahre vom Zimmermädchen zur Haushälterin, bevor sie wegging, um in einer Fabrik zu arbeiten.«

Ich neigte meinen Kopf und gab vor, meine Hand zu reiben.

»Selbst Alice war überfordert, als die Krankheit ausbrach. Das wird wann gewesen sein – Ende Frühjahr 1942? Nein, ein Jahr später – 1943. Zwei der anderen Jungs wurden krank. Diphtherie. Da kam Harriet und half, sie zu pflegen.«

»Eine furchtbare Krankheit.«

Er nickte. »Furchtbar in der Tat.«

Dann erzählte er mir von jenem längst vergangenen Frühsommer, als die Diphtherie das Dorf im Griff hatte. Und ich hörte zu und fühlte mich eigentümlich gelöst, mir diese Geschichten anzuhören, als wäre ich eine Fremde.

10

1943

In Fairfleet glaubte man sich vor der Krankheit sicher, denn schließlich lag das Haus fast einen Kilometer vom Dorf entfernt. Aber die Jungs brachen, was Alice Smith häufig beklagte, ständig zum Dorfanger auf, um dort mit den einheimischen Jugendlichen Fußball zu spielen, oder sie hingen in der vergeblichen Hoffnung, dass irgendwelche Süßigkeiten für sie abfielen, vor dem Dorfladen herum. Somit hatten sie genügend Gelegenheit, sich Keime einzufangen und diese dann in das edle Gemäuer von Fairfleet einzuschleppen. Alice wirkte besorgt, vermutlich wegen der zusätzlichen Arbeit, die jede Krankheit ihr auferlegte.

»Sei unbesorgt, Benny«, beruhigte ihn Dr. Dawes, als er die Angst in seinem Gesicht las.

Aber wie konnte Benny sorglos bleiben? Dr. Dawes hatte keine Ahnung, was in jenen letzten Tagen in Deutschland passiert war.

Der Arzt kam ins Haus, und Dr. Dawes und Benny erwarteten ihn auf dem Treppenabsatz der zweiten Etage.

»Leider besteht kein Zweifel mehr.« Er kam aus dem Schlafzimmer und rollte seine Ärmel hinunter. »Zum Glück sind die älteren Jungs im Moment nicht da.«

Ernst und Richard befanden sich in einem Trainingslager

des Pioneer Corps. Peter war für vierzehn Tage auf Besuch bei einem entfernten jüdischen Cousin in Oxford.

Also blieb nur noch Benny übrig.

Er folgte den beiden Männern nach unten. »Einer der beiden Jungs ist schwer krank«, sagte der Arzt, als sie das Erdgeschoss erreichten. »Der andere hat das Schlimmste schon überstanden.« Er war freundlich, schien sich aber ihre Namen nicht merken zu können.

»Sorgen Sie dafür, dass, hm, dieser junge Mann hier ihnen fern bleibt.« Dabei nickte der Arzt zu Benny.

»In unserer Stadt in Deutschland hatten wir auch Diphtherie.« Die Worte rutschten ihm heraus, ehe er sie stoppen konnte. Das Bild von einem Jungen, der hustete und nach Luft rang, blitzte vor ihm auf. Er hielt sich am Treppengeländer fest.

»Äh, was war das, Junge?« Der Arzt, der seinen Hut aufgesetzt hatte, sah ihn streng an. »Gab es jemanden in der Familie mit Diphtherie?«

»Einen Schulfreund«, sagte Benny.

»Nun, du wirkst kerngesund. Wenn der Krieg lang genug dauert, wird man dich sicher einziehen.«

»Benny ist noch keine fünfzehn«, wandte Dr. Dawes ein.

»Dann ist er aber groß für sein Alter. Ich muss schon sagen, ich hielt euch Juden immer für Bücherwürmer und Stubenhocker«, sagte der Arzt wiehernd. »Aber du siehst aus, als könntest du dich in einem Rugbyspiel wacker schlagen. Magst du denn Rugby, Junge?«

»Ich spiele lieber Fußball«, sagte Benny.

»Donner und Doria, tatsächlich?« Der Arzt wandte sich an Dr. Dawes. »Und kaum eine Spur von Akzent. Könnte als einer von uns durchgehen. Hab nie verstanden, was das mit dem Antisemitismus soll. Ich meine, wäre er ein hakennasiger Jugendlicher mit Zottelbart und schwarzer Kappe, dann würde man ihn vielleicht anglotzen, aber einen Kerl wie ihn?« Er klopfte Benny auf die Schulter.

»Das Vorurteil ist in der Tat ein mysteriöses Ungeheuer.« Dr. Dawes öffnete die Eingangstür, um den Arzt hinauszulassen.

Alice Smith hatte in der für sie typischen fragenden Haltung mit verschränkten Armen auf der Treppe gewartet, während sie den Arzt hinausbegleiteten.

»Soll ich Benny allein in einem Zimmer im ersten Stock unterbringen?«

»Das ist sicher eine gute Idee.« Die Entschuldigung für die dadurch entstehende zusätzliche Arbeit schwang in Dr. Dawes' Stimme mit.

»Wenn er auch noch Diphtherie bekommt, habe ich mehr Ärger«, gab sie grummelnd zurück.

Dr. Dawes ging nach oben, um nach den Kranken zu sehen.

Zum ersten Mal, seit er vor vier Jahren Deutschland verlassen hatte, war Benny allein und unbeaufsichtigt. Unbeobachtet. Er fühlte sich merkwürdig leicht. Er könnte sich in die Bibliothek setzen und lesen, aber da lief er Gefahr, dass Alice Smith zum Staubwischen hereinkam und ihm zu verstehen gab, dass er im Weg war oder anstatt zu lesen lieber an die frische Luft hinaussollte. Vielleicht ging er besser nach draußen und kickte ein wenig mit dem Ball. Aber dann kam sie ihm womöglich nach und schalt ihn dafür, dass ihm nichts Nützlicheres einfiel.

Benny klimperte mit seinen Kupfermünzen, die er in der Tasche hatte, und dachte dabei an seine Süßigkeitsmarken, die oben im Zimmer lagen. Gut möglich, dass der Dorfladen eine neue Lieferung bekommen hatte. Nicht dass er sich erinnern könnte, in den vergangenen Monaten oder auch länger Schokolade oder die runden Pfefferminzbonbons, die man hier Bullseyes nannte, gesehen zu haben. Er schlenderte die Einfahrt zur Straße hinunter. Es war ein klarer, sonniger Tag, und er vermisste den Unterrichtsraum nicht.

Im Laden bediente ein Mädchen, wie Rainer ihm erzählt hatte, bevor er krank wurde. Nicht gerade eine umwerfende Erscheinung, aber doch einen Blick wert. Vor dem heutigen Tag hatte Benny nicht die Absicht gehabt, sie sich einmal anzusehen. Aber Rainer konnte in den nächsten Tagen oder sogar Wochen nicht zum Laden gehen. Nun ging also Benny dorthin, um sie in Augenschein zu nehmen.

Er fühlte sich als Rainers Ersatzmann. Aber wenn er an das Mädchen dachte, regte sich etwas in ihm.

Auf jeden Fall war es besser, als in Fairfleet herumzuhängen und die Beklemmung zu ertragen, die aus dem Krankenzimmer kam.

11

Im Laden bestätigten sich Bennys Befürchtungen. Er war langsam an den Regalen entlanggegangen, für den Fall, dass es dort etwas Aufregenderes als die üblichen eintönig beschrifteten Dosen und Gläser gab. Ungebeten fand das Bild einer Konditorei zu Hause den Weg vor sein geistiges Auge. Er musste noch ganz klein gewesen sein, denn er war mit seiner Mutter einkaufen. Sie waren hineingegangen, um zum Mittagessen eine Torte zu kaufen. Während seine Mutter bezahlte, hatte er mit großen Augen vor den Schokolade- und Marzipankäfern gestanden, die in seiner Augenhöhe im Glasregal standen. Sie hatte es bemerkt und ihm eine Schoko-Marzipan-Maus gekauft. So war seine Mutter gewesen: liebenswürdiger als die meisten anderen Mütter, weil sie daran glaubte, dass man das Leben genießen musste.

»Hallo.«

Ein Mädchen mit einer Schürze um die schlanke Taille und Dosen in der Hand löste sich aus dem Dunkel im hinteren Teil des Ladens. Das musste die Kleine sein, von der Rainer erzählt hatte. Wirklich keine Schönheit.

»Hallo.«

Sie war etwa so alt wie er. Ob sie ihn wegen einer möglichen Ansteckungsgefahr des Ladens verwies?

»Ich bin seine Nichte«, sagte sie und deutete dabei auf den Mann hinter der Theke. »Ich wohne jetzt hier.«

»Ausgebombt?«

»Nein. Meine Mum hat Arbeit in einer Fabrik angenommen, und sie findet, dass sich jemand um mich kümmern muss.« Dabei rollte sie mit den Augen. Sie wirkte ganz und gar nicht wie jemand, um den man sich kümmern musste. Vielleicht machte sich ihre Mutter gerade deshalb Sorgen. In den Zeitungen wurde von jungen Leuten berichtet, die sich in den zerbombten Londoner Häusern wüst aufführten. Dort schien mehr los zu sein als hier. Das Mädchen sprach mit leichtem Akzent, wie ihm auffiel.

»Ziemlich still hier, nicht wahr?« Sie sah auf die Straße hinaus. Als Benny neu in Fairfleet war, hatte auch er den Lärm einer Stadt vermisst: das Rattern von Trambahnen, die Fehlzündungen der Autos, Truppenaufmärsche. Hier hörte man manchmal das Quietschen und Schleifen einer rostigen Fahrradkette, wenn jemand vorbeiradelte, oder die Schreie der Kinder aus der Dorfschule, wenn sie ihre Vormittagspause auf dem Spielplatz hatten. Gelegentlich trappelte ein Ackergaul vorbei. Das war es auch schon.

»Anders als in der Stadt«, stimmte er ihr zu.

»Was für einen Akzent hast du denn?«

Er errötete. Gelegentlich vergaß er es und rollte das »R«, wie es im Englischen nicht üblich war.

»Einen hiesigen. Vielleicht gewöhnst du dir den auch an.«

»Das hoffe ich nicht.« Aber sie grinste. Dann wurde ihr Blick wachsamer, und sie richtete ihn auf den Mann hinter der Theke. »Lust auf einen Spaziergang?«

Benny zuckte skeptisch die Achseln. Doch wenn er ehrlich war, war er zugleich auch fasziniert. Und er könnte Rainer was erzählen.

»Wir gehen Hühner füttern«, rief sie dem Mann zu, nahm ihre Schürze ab und warf sie auf die Kartoffeln.

»Das tun wir nicht wirklich«, vertraute sie Benny an, als dieser die Ladentür schloss. »Ich dachte, wir gehen in den Wald.«

Das dunkle, abgeschiedene Wäldchen, das zu betreten Benny sich erst wenige Male gewagt hatte, führte zum Bach hinunter.

»Du siehst gar nicht wie ein Kraut aus«, sagte sie, als sie die Straße entlangschlenderten. Ihr Arm schwang dicht neben seinem. Als die kleinen Härchen auf ihrem Arm seine Haut ein-, zweimal berührten, war dies wie ein Stromschlag.

»Soll das ein Kompliment sein?«, fragte er.

Sie warf ihren Kopf herum, sodass ihr kastanienbraunes Haar auf den Schultern hüpfte. »Wenn ich nicht wüsste, dass du einer der Fairfleetjungs bist, wäre ich nie draufgekommen, dass du Deutscher bist.«

»Wie sehen die Deutschen denn aus?« Er versuchte, seine Frage salopp klingen zu lassen. Doch über seinen Nacken liefen Schweißperlen.

»In den Nachrichtenfilmen sind sie immer sehr blond«. Sie kratzte sich am Kinn. »Mit blauen Augen.«

»Also nicht wie ich.«

»Nein.« Sie lachte. »Auch gut. Wenn sie dich für einen richtigen Nazi hielten, würde man dich doch in ein Lager stecken, oder? Oder dich auf einem Schiff nach Kanada oder Australien verfrachten. Aber du bist sowieso Jude, das seid ihr Fairfleetjungs doch wohl alle? Meine Tante hat mir von euch erzählt. Dann besteht vermutlich keine Gefahr für dich.«

Er dachte an Ernst und Richard. Ihnen hatte man einzig und allein aufgrund der Tatsache, dass sie aus Deutschland kamen und im kampffähigen Alter waren, mit dem Internierungslager gedroht. Lord Dorner hatte dagegen protestiert. Lautstark und effektiv. Die Jungs hatten vom Schicksal der *Arandora Star* gelesen, deren im Frachtraum eingesperrte Gefangene alle ertrunken waren, als das Schiff torpediert wurde. Selbst wenn man nicht unterging, war man im Frachtraum Wochen oder sogar Monate eingesperrt und den sadistischen Wachen ausgeliefert, die auf das Essen urinierten oder einem die letzten Habseligkeiten stahlen. Ernst hatte die Gerüchte gehört und Dr. Dawes gefragt, ob sie stimmten. Dr. Dawes hatte es nicht leugnen können, den Jungs aber versichert, dass keiner von ihnen deportiert werden würde.

Sie befanden sich jetzt unter den Bäumen. Gut. Hier wären seine Gefühlsregungen nicht ganz so offensichtlich. Insekten summten um sie herum. Benny versuchte, sich blinzelnd an die Dunkelheit zu gewöhnen.

Sie blieb stehen. »Du siehst nicht schlecht aus.«

Tatsächlich? Er hatte keine Ahnung, wie er unter dem Aspekt der Schönheit im Vergleich zu anderen Jungs seines Alters abschnitt.

»Mein Freund in London war ganz okay. Du bist auch okay.« Sie kam näher. Ihr Atem roch milchig. Über ihren Nasensattel zog sich ein Band aus Sommersprossen, als hätte jemand einen mit Goldfarbe getränkten Pinsel gegen ihr Gesicht geschnippt. Ihr Haar war von so hellem Blond, dass es fast weiß wirkte. »Möchtest du mich küssen?«

»Na ja …« Plötzlich schien ihr Mund ein von seiner Besitzerin unabhängiges Leben zu führen und sich mit seinem zu verbinden. Die Lippen selbst fühlten sich gut an: warm und weich. Sie stieß seinen Mund auf, und plötzlich befand sich ihre Zunge in seinem Mund. Als hätte sie ihn gestochen, zuckte er unweigerlich von ihr zurück.

»Gefällt es dir nicht?«, fragte sie mit schelmischem Blick.

Er legte seine Hand in seinen Nacken. »Mich hat was gestochen. Entschuldige.« Es kam darauf an, seine Würde zurückzuerlangen. Er nahm sie in seine Arme. Eigentlich schien sie obenherum keine großen Rundungen zu haben, aber als ihre kleinen Brüste sich an ihn drückten, fühlten sie sich wie kleine, warme Tiere an.

»Das ist schon besser«, sagte sie. »Du bist hübsch und groß, nicht wahr? Ich mag große Kerle. Möchtest du, dass ich meine Hand in deine Shorts stecke? Du kannst deine unter meine Bluse schieben, wenn du willst.« Sie drängte sich zappelnd an ihn. Er wollte wegrennen. Er wollte bleiben. Er wusste nicht, was er wollte.

»Wie heißt du denn?«

»Mona.«

»Ich bin Benny.« Er streichelte ihr Gesicht. »Du bist hübsch. Ich bin spät dran.«

Spät für nichts Besonderes.

»Treffen wir uns wieder?«

Er lächelte. Das Lächeln schien sie zufriedenzustellen, denn sie griff nach seiner Hand, als sie durch den Wald zurückliefen.

»Ich wusste, dass es nicht lange dauern würde, bis ich einen neuen Freund finde«, stellte sie befriedigt fest.

Benny dachte an Rainer und bekam ein schlechtes Gewissen. Wenigstens einen kurzen Moment.

»Fairfleet war sehr still während der Kriegsjahre, Rosamond«, erzählte Benny mir. »Man konnte sich kaum vorstellen, dass Krieg war, manchmal war selbst der Gedanke, dass irgendwo auf dem Planeten überhaupt etwas passierte, undenkbar.«

Ich kannte dieses Gefühl aus den in Fairfleet verbrachten Sommern meiner Kindheit: dieses träumerische Gefühl, du könntest der letzte noch lebende Mensch sein, ohne dies zu bemerken.

»Ich kam von meinem Spaziergang ins Dorf zurück und überlegte, was ich mit mir anfangen sollte«, fuhr er fort. »Dabei rechnete ich in keiner Weise damit, dass der Tag sich so gestalten würde, wie er es tat.«

12

Benny saß auf den Stufen von Fairfleet, wo er die kühle Stille genoss und in Gedanken noch einmal die Begegnung mit Mona auskostete, als Lord Dorner hereinkam. Während der vergangenen achtzehn Monate hatten sie ihn kaum zu Gesicht bekommen. Für gewöhnlich wohnte er in einem Hotel in London und kehrte nur gelegentlich für ein Wochenende zurück, wenn auch seine Frau zu Hause war. Da nun ein Flugzeug nach dem anderen die Fabriken verließ, war Harriet Dorner mehr denn je beschäftigt, und man hörte keinen Unsinn mehr darüber, dass Frauen keine *ernst zu nehmenden* Flugzeuge fliegen konnten. Die Jungs hatten sogar ihr Foto im *Express* gesehen, auf dem sie neben einer Spitfire zu sehen war. »Dame der Gesellschaft im Einsatz für die RAF« lautete die Überschrift. Vielleicht auch ein zu Propagandazwecken gestelltes Foto, denn wie David meinte, sei es unwahrscheinlich, dass man Frauen Kampfflugzeuge fliegen lasse.

Benny stand auf.

»Ah.« Lord Dorner wirkte bedrückt. Vielleicht versuchte er, sich zu erinnern, wer Benny war. War es der, der anfangs so ein Theater gemacht hatte, weil er auch weiterhin koscher essen wollte? Einer der Jungs, die die Polizei auf der Isle of Man hatte internieren wollen? Oder einer der Unauffälligen? »Wie geht es denn den armen kranken Jungs?«, wollte Lord Dorner wissen.

»David geht es ein wenig besser, aber sie machen sich Sorgen um Rainer.«

»Der arme Kerl.« Eine Pause. »Und was ist mir dir … Benny? Findest es wohl ein bisschen langweilig, hm?«

»Nicht wirklich.« Er besann sich seiner Manieren. »Danke, Sir.«

»Hast du Lust auf eine Fahrt?«

»Im Daimler?« Hoffentlich hörte er sich nicht an wie ein Kind, das vor Freude völlig aus dem Häuschen war. Bisher hatte er noch kein einziges Mal in diesem glänzenden Wagen gesessen. Seit Ausbruch des Krieges war er in einem der Ställe untergebracht.

»Offensichtlich ermuntert man mich, das Automobil für eine … sehr spezielle Aufgabe zu benutzen. Man hat mich sogar mit Benzin versorgt.« Lord Dorner war selbst ganz aufgeregt. »Ich muss zu einem Treffen in einer Fabrik in Slough. Währenddessen landet Harriet auf einem Flugfeld genau zwischen hier und dort.«

Vermutlich in White Waltham in der Nähe von Maidenhead. Die Jungs kannten die Standorte der meisten Luftlandeplätze, die im Süden lagen. David hatte eine kleine Landkarte an seiner Wand mit roten Nadeln darin.

»Ich wollte kurz vorbeischauen und Hallo sagen. Sie liefert eine Spitfire ab.«

»Eine Spit!«

»Wenn das Wetter mitmacht. Soweit ich weiß, war die Wetterlage im ganzen Land gut, also sollte sie in ein paar Stunden landen.« Er warf einen Blick auf seine Uhr. »In zehn Minuten breche ich auf. Frag Dawes, ob du mitkommen darfst. Wenn ich dann später in der Fabrik bin, wirst du im Wagen bleiben müssen, das sind leider die Sicherheitsbestimmungen. Also nimm einen Mantel und was zu lesen mit. Und bitte Alice Smith darum, dir ein paar Sandwiches zu machen.«

Diesen letzten Vorschlag vergaß Benny lieber. Sandwiches waren es nicht wert, Alice' frostigen Ton zu ertragen.

Bisher hatte er nie mehr als gelegentlich eine Stunde mit Lord Dorner verbracht und war mit Sicherheit nie länger als fünf Minuten am Stück mit ihm allein gewesen. Eine halbe Stunde später saß er im nach Leder duftenden Daimler neben ihm und tat ganz so, als wäre dies Alltag für ihn. Er hatte halb damit gerechnet, dass Lord Dorner einen Fahrer hatte.

»Ich genieße es, zur Abwechslung mal selbst fahren zu können«, sagte er, weil er anscheinend Bennys Gedanken las. »Meine Fahrerin ist krank, und ich habe bisher keinen Ersatz bekommen. Wegen der Benzinrationierung kommt dieses Schätzchen nicht mehr oft raus. Aber im Ministerium glaubt man wohl, dass es für diesen besonderen Anlass die Sache wert ist.«

Wie Benny gehört hatte, begleitete Lord Dorner manchmal ausländische Besucher in die Fabriken und versuchte, sie dazu zu überreden, England Geld für die Waffenproduktion zu leihen. Vielleicht holten sie nach ihrem Besuch in White Waltham Amerikaner ab, sofern dies ihr Ziel war.

Die Straße verlief in leichten Kurven. Benny wurde von der Sonne geblendet.

»Klapp die Sonnenblende herunter«, sagte Lord Dorner.

In der Sonnenblende befand sich ein kleiner Lederdeckel, hinter dem sich ein Spiegel verbarg. Vermutlich war er dazu gedacht, dass die Frauen ihr Make-up überprüfen konnten. Benny betrachtete sein Spiegelbild. Er glaubte, seinen Vater in seinen Zügen wiederzuerkennen. Diese Ähnlichkeit war ihm vorher nie aufgefallen. Entsetzt schob er den Deckel zurück und klappte die Sonnenblende nach oben. Hatte sein Vater gut ausgesehen? Könnte das wirklich auch auf Benny zutreffen?

»Fühlst du dich wohl in England, Benny?«

Diese persönliche Frage ließ ihn sich in seinem Sitz aufrichten. Was sollte er darauf antworten? Tagsüber, wenn der Unterricht, das Fußballspiel, das Warten auf die Essenszeiten und Überlegungen, ob das Ersparte für Kinobesuche reichte, ihn in Beschlag nahmen, blieb nicht viel Zeit für Grübeleien. Manchmal jedoch verspürte er kurz vor dem Einschlafen einen leichten Stich, eine Erinnerung an jene Küchenschublade zu Hause in Deutschland, in der er, wenn er sie aufzog, immer einen Riegel Schokolade fand, der einzig und allein für ihn gekauft worden war. Oder er erinnerte sich an seine Mutter, die einen neuen Hut trug und lachte und ihm sagte, ja, er könne noch ein Eis haben, auch wenn er dann wahrscheinlich *platzen* werde.

»Ja, Sir«, antwortete er Lord Dorner.

»Ich war selbst Flüchtling, weißt du. Ich kam als Baby mit meiner Familie aus Russland.«

Er musterte Lord Dorner in seinem gut geschnittenen Anzug, der von vor dem Krieg stammen musste, aber noch immer gut in Schuss war.

»Mein Vater war Silberschmied. Meine Mutter ging waschen. Ich wuchs in Whitechapel auf, und manche sagen, das höre man meinem Akzent noch immer an. Wenn ich in

London im Hotel übernachte, tuscheln die Frauen der Admiräle und Lords aus den Grafschaften beim Sherry über Juden. Und nicht immer sind sie so diskret, dass ich es nicht höre.«

Benny brachte kein Wort heraus.

»Aber es sind Veränderungen im Gange, Benny. Die Gesellschaft ist eher bereit, Außenseiter zu akzeptieren.« Ein paar Minuten lang fuhren sie schweigend. Sie ließen die Downs hinter sich. Im Norden sah man die Chiltern Hills noch immer im satten Grün vor einem blauen, jetzt leicht diesigen Himmel. Lord Dorner bog von der Straße ab. »Wir fahren hier hinunter.«

Vor ihnen entdeckte Benny Hangars und einen Wachturm. Was man hier alles zu sehen bekäme, wenn man hier wohnen würde. In Fairfleet hatte man manchmal das Gefühl, in einer prächtigen Glaskugel zu leben.

»Erst im letzten Jahr haben hier zwei Flugzeuge überzogen und sind auf Bungalows herabgestürzt«, sagte Lord Dorner, als Benny diesem Gedanken nachhing. »So nah an einem Aerodrom zu wohnen, kann ganz schön gefährlich sein.«

Hoch oben am Himmel kreiste eine einzelne Maschine und reflektierte mit ihren Flügeln das Sonnenlicht.

»Das wird meine Harriet sein«, sagte Lord Dorner. »In einer Spitfire.« Man hörte den Stolz in seiner Stimme. »Auf diese Gelegenheit hat sie so lange gewartet, Benny.« Wegen der Wachposten an den Toren verlangsamte er das Tempo. Als sie stehen blieben, kurbelte er das Fenster herunter und zog etwas aus seiner Brusttasche, einen Personalausweis, einen Berechtigungsschein oder dergleichen, aber der Wachmann winkte ihn durch, ohne einen Blick darauf zu werfen, und beachtete Benny kaum. Vielleicht hielten sie ihn für Lord Dorners Sohn. Was ihn auch zu Harriet Dorners Sohn gemacht hätte. Dieser Gedanke machte ihn nervös.

Benny musste das Flugzeug nicht erst identifizieren. Jeder Schuljunge im Land hätte den heiseren, kehligen Klang seines Motors erkannt, und selbst wenn man taub wäre, würde man eine Spitfire erkennen. Benny hätte nicht genau benennen können, was diese besondere Kombination aus Metall, Glas und Gummi schöner machte als jedes andere Flugzeug. Fast als würde man zu erklären versuchen, warum das Gesicht des einen Mädchens hübscher war als das eines anderen. Vielleicht war es nur ein perfektes Zusammenspiel von Kanten und Rundungen in den Zügen? Und noch etwas. Etwas im Augenausdruck. Mona war nicht schön, aber die Erinnerung an ihren Körper, der sich an seinen presste, und ihre Lippen, die an seinen Mund drängten, schickte einen prickelnden Schauer über seinen Rücken. Er stand mit Lord Dorner neben dem Wagen, war aber nur halb bei der Sache und in Gedanken noch immer mit Mona im Wald.

Die Spit setzte nun zum Landeanflug an, und noch immer hüpfte das Sonnenlicht auf ihrer Metalloberfläche, als würde sie mit einer riesigen Fackel angestrahlt. Die Räder kamen der Landepiste immer näher. Benny konnte Lady Dorner bereits im Cockpit erkennen. Er hörte Lord Dorner die Luft anhalten. Es hieß, dass Landung und Start die gefährlichsten Momente waren. Außer man hatte eine Begegnung mit der Luftwaffe, wenn man oben am Himmel war. Hilfspiloten hatten keine Waffen, um sich verteidigen zu können.

Die Spitfire setzte jetzt auf der Landebahn auf. Fast ohne zu holpern. Auf das warme Gefühl der Erleichterung, das Benny erfüllte, folgte Mitleid für Harriet Dorner. Bestimmt schmerzte es, wieder auf der Erde zurück zu sein.

»Leicht wie eine Fee«, sagte Lord Dorner. »Absolute Kontrolle.« Seine Worte waren von Stolz getränkt. Die Maschine kam zum Stehen und nahm Parkposition mit himmelwärts gerichteter Nase ein. Es sah aus, als hielte sie Ausschau für den Fall, dass sie wieder gebraucht wurde, fand Benny. Sie war kleiner, als er sie sich vorgestellt hatte.

»Komm mit, Benny, wir gratulieren ihr.« Lord Dorner schritt auf die Spitfire zu.

Benny ließ sich zurückfallen. Es war ein sehr intimer Moment, als hätte Harriet Dorner ihrem Ehemann ihr Neugeborenes gezeigt. Sie öffnete das Cockpit und kletterte mit äußerst anmutigen Bewegungen herunter. Als sie Helm und Handschuhe ablegte, schien die Sonne ihre Strahlen direkt auf sie zu richten und sie anzuleuchten. Ihr goldenes Haar war zu einem Nackenknoten geschlungen. Über ihrer Uniform trug sie eine butterfarbene Fliegerjacke, die sie jetzt auszog. Er kannte keinen Teint, der von so makellosem Honiggelb war. Lady Dorner hatte keine Sommersprossen. Die Männerkleidung und ihr straff nach hinten gestecktes Haar ließen sie erstaunlicherweise noch femininer aussehen. Lord Dorner hielt sie in einer kurzen Umarmung fest und küsste sie. Als Benny sah, wie die Lippen des älteren Mannes ihre Lippen streiften, wurden auch seine von einem Prickeln erfasst. Inzwischen kannte er dieses Gefühl, dank Mona. Aber als er sich dann seine Lippen auf denen von Lady Dorner anstatt denen von Mona vorstellte, wäre er am liebsten davongelaufen, um sich zu verstecken. Sie war schließlich sein Vormund.

Um seine Verwirrung zu verbergen, ging Benny auf die Spitfire zu. Keiner hielt ihn zurück. Der Geruch von Treibstoff und heißem Fett hing über dem offenen Cockpit, das kleiner war, als er es sich vorgestellt hatte, fast wie maßgeschneidert für eine Frau von Lady Dorners Statur. Der abkühlende Motor tickte. Über den Abgasschlitzen schimmerten Dunstschwaden. Er warf einen Blick über seine Schulter, sah, dass niemand ihn beobachtete, und berührte den Rumpf aus Aluminium, bevor er sich zu den Dorners gesellte.

Harriet lachte und erzählte ihrem Mann vom Fliegen. »In diesem Cockpit zu sitzen, ist, wie einen Anzug von Hardy Amies zu tragen«, sagte sie. »Schon auf die leichteste Berührung hin wendet sie wie ein Sperber.« Sie bemerkte Benny. »Benny! Wie schön, dich zu sehen. Ich bin froh, dass du nicht auch krank bist.« Sie legte eine Hand auf ihren Knoten und löste ihn, sodass ihre goldenen Locken nach vorne schwangen.

»Ich habe Sie landen sehen«, sagte er und kam sich dabei wie ein stotternder Trottel vor. Noch am Vormittag, als er mit Mona draußen im Wald war, hatte Benny gedacht, dies sei der seit Jahren aufregendste Tag. Wie niedrig seine Ansprüche doch gewesen waren.

»Hab ich nicht Glück, dass ich dieses Prachtexemplar fliegen darf? Ich bete nur, dass sie es mich noch mal tun lassen.« Sie hakte sich mit einem Arm bei ihrem Ehemann und mit dem anderen bei Benny unter. »Erzählt mir mal, was zu Hause los ist.« Ihr Blick ruhte jetzt auf Benny. »Wie geht es den armen Jungs?« Sie musterte ihn. Er rechnete damit, dass sie sagte, wie groß er geworden war, aber das tat sie nicht. Die Wärme ihres Arms an seinem elektrisierte sein Nervensystem.

Lord Dorner erzählte ihr, was der Arzt gesagt hatte. Sie hörte ihm besorgt zu. So ernst hatte Benny sie noch nie erlebt.

»Ich habe bald ein paar freie Tage«, sagte sie. »Ich habe sie immer aufgeschoben, für den Fall, sie geben mir mehr … Aber ich denke, ich werde jetzt zu Hause gebraucht.«

»Du musst dich selbst ausruhen, nicht andere pflegen«, sagte ihr Ehemann.

»Mir gefällt der Gedanke nicht, dass Alice mit den kranken Jungs allein ist.«

»Du betonst doch immer, wie tüchtig Alice ist.«

»Ja …«

»Und Dawes ist auch noch da. Er kommt sehr gut mit den Jungs zurecht.«

»Trotzdem.« Sie zog die Stirn kraus. »Es ist viel von ihm verlangt. Ich werde für eine Woche nach Hause kommen, denke ich.« Sie warf einen letzten bedauernden Blick über ihre Schulter auf das Flugzeug. Wenn sie sich jetzt freinahm, raubte ihr dies vielleicht die Chance, noch weitere Spitfires von einem Flugfeld zum anderen zu fliegen. Womöglich kam eine neue Ladung und wartete auf einen Piloten, nur dass dieser Pilot dann nicht mehr Harriet Dorner wäre.

Offenbar war ihm sein Mitgefühl anzusehen, denn sie lächelte ihn unvermittelt an. »Ist auch schön, den Garten um diese Jahreszeit zu sehen.«

»Leider entsprechen die Rabatten nicht ihrem üblichen

Standard«, warf Lord Dorner ein. »Dieses Jahr gibt es mehr Kohl als Rittersporn.«

»Sag ihnen, dass sie mich morgen in Fairfleet erwarten können.« Sie warf einen letzten liebevollen Blick auf die Spitfire. »Ich muss nur noch eine letzte Lieferung übernehmen, ein altes Schlachtross von einer Transportmaschine. Kein Vergleich zu der hier.«

Wahrscheinlich unterhielten Benny und Lord Dorner sich im Wagen während der Fahrt zur Fabrik. Er erinnerte sich nicht mehr daran. Als Lord Dorner in die Fabrik ging, blieb er im Wagen sitzen. An *irgendwas* musste er gedacht haben, aber es war, als hätte sich ein Nebel in seinem Kopf festgesetzt und ihn zu einem Automaten gemacht. Er schaffte es gerade noch, auf Lord Dorners Bemerkungen über seinen Besuch und die amerikanischen Gäste einzugehen, und spürte den freundlichen Blick seines Wohltäters auf sich ruhen.

»Du bist sicherlich noch in Sorge um deine kranken Freunde, Benny.«

»Meine Freunde? O ja.« Er riss sich zusammen. »Ganz herzlichen Dank dafür, dass Sie mich heute mitgenommen haben, Sir. Ich habe es sehr genossen.«

Banale Worte für seine Gefühle.

Lord Dorner nickte, und einen kurzen Moment lang schienen sie in schweigendem Einvernehmen zu teilen, was sie auf dem Flugfeld erlebt hatten.

Harriet Dorner kehrte also am nächsten Tag kurz vor dem Mittagessen nach Fairfleet zurück. Ein junger Mann in RAF-Uniform brachte sie in einem Sportwagen. Offenbar kamen Piloten manchmal an Treibstoff. Vom Fenster seines neuen Schlafzimmers aus beobachtete Benny, wie sie ihm zum Abschied zuwinkte. Sie trug wieder die Fliegerjacke über Reithosen und einer Sportbluse und brachte einen kleinen Koffer mit.

»Bringen Sie mich zu den Patienten«, sagte sie zu Dr. Dawes in der Eingangshalle, ihre Stimmen reichten bis zu Benny, der in seinem Zimmer saß und las. »Die Ärmsten.«

Seit Ausbruch der Diphtherie sollte Benny nicht mehr in den zweiten Stock hoch. Es war ihm zwar nicht ausdrücklich verboten worden, aber Benny hielt sich daran. Doch als er jetzt den Erwachsenen nach oben folgte, sagte keiner etwas. Harriet setzte sich ans Ende von Rainers Bett und redete leise mit ihm. Dies zu belauschen, empfand Benny als Verstoß, weshalb er das Zimmer zwar verließ, aber dann doch nicht widerstehen konnte. Harriet erzählte Rainer von einer Reise nach Österreich, die sie vor dem Krieg gemacht hatte.

»Und all diese Sahnetorten. Nur gut, dass wir so viel gewandert sind.« Sie schien von der Sonne zu strahlen, die sie auf ihren Flügen über den Himmel angelockt hatte.

Rainer murmelte daraufhin etwas, das Benny nicht verstehen konnte.

Sie erhob sich und zog das Laken hoch über Rainers Brust. »Ich denke, dein Hals schmerzt zu sehr, um zu reden. Lass uns später plaudern.« Sie beugte sich über den Jungen und gab ihm einen Kuss auf die Stirn. Vermutlich der erste Kuss seit Jahren, überlegte Benny. Es sei denn, auch er hatte sich mit einem Mädchen in den Wald geschlichen. Dann küsste sie auch David.

Harriet wandte sich um und entdeckte Benny, der noch immer auf dem Treppenabsatz stand. Er rechnete mit einem Tadel, aber sie lächelte, nahm den leeren Wasserkrug mit und schloss dann leise die Tür.

»Mir ist eingefallen, dass Rainer aus einer Familie kommt, die gern Bergtouren machte.« Sie ergänzte mit besorgter Miene: »Ich hoffe, ich kann dazu beitragen, dass es ihm wieder besser geht, Benny.«

»Das werden Sie ganz bestimmt«, erwiderte er. Offenbar verfehlten seine Worte ihre beruhigende Wirkung nicht, denn sie sah ihn an, als wären die Rollen getauscht worden und sie nun eine unbeholfene Jugendliche und er der Erwachsene. Doch dieser Moment war schnell vorbei, dann war sie wieder die kühle, gefasste Pilotin.

Benny erzählte mir von meiner Großmutter, die ihre erste Landung mit einer Spitfire gemacht hatte und am nächsten Tag nach Hause kam, um die kranken Jungs zu pflegen. Ich sah sie durch seine Augen: die Kriegerin in der butterfarbenen Fliegerjacke, das helle Haar, das golden im Sonnenlicht schimmerte; dann sah ich in Fairfleet Harriet, die Sanfte, die einen kranken Jungen tröstete, der keine Familie mehr hatte.

Wir verweilten im Schweigen und spulten beide Bilder ab und hielten sie an, um sie genauer zu betrachten. Er wirkte müde und griff nach einer Zeitung, als wollte er sein Gesicht vor mir verbergen. Ich war nur seine Krankenschwester, und dies waren Emotionen, die er mir nicht zeigen wollte.

»Lesen Sie mir doch etwas aus *Große Erwartungen* vor,

Rosamond.« Er legte seine Zeitung beiseite und sah mich eindringlich an, ließ seine Augen auf meinem Gesicht ruhen, während ich nach dem Buch griff.

Ich las ein Kapitel und sah dann, dass Benny schlief. Vielleicht kehrte er in seinen Träumen in das Jahr 1943 zurück und sah meiner Großmutter zu, wie sie die Spitfire landete.

Ich legte das Buch beiseite. Es gab ein paar Anrufe, die ich erledigen musste, unter anderem bei der Gemeindeschwester, die am nächsten Tag zu einem Krankenbesuch kommen wollte. Auch mit den Krankenschwestern, die abrufbereit waren, falls Benny nachts mehr Betreuung benötigte, musste ich sprechen. Aber ich verfiel in eine Trance und musste an Magwitch denken, an Eindringlinge, die an Orten auftauchten, an denen sie nicht sein sollten, und dort alles durcheinanderbrachten.

In genau dieses Haus hatte sich vor dreißig Jahren ein Eindringling eingeschlichen. Ich war damals nur ein wenig älter als Pip. Unser Eindringling war kein Sträfling, nicht ganz. Aber er richtete irreversiblen Schaden an.

Die von Benny in dieses Schlafzimmer geholten sonnigen Erinnerungen schienen zu verblassen. Ich könnte mich genauso gut in den Tiefen des Meeres befinden, wo alles trüb und dunkel war.

Ich war wieder Rose, nicht Rosamond, fast dreizehn und lebte hier mit meiner Mutter und meinem Bruder Andrew. Und mit meiner Großmutter. Meiner Großmutter, die Benny als Lady Dorner kannte.

Auch Smithy, Alice Smith, wie Benny sie nannte, war noch da. Smithy war gut zu meiner Mutter. Zwar hatte sie eine plumpe und kratzbürstige Art, zeigte aber gelegentlich auch echte Zuneigung und vermochte meine Mutter zu erden.

Mum konnte weiß Gott alle Erdung brauchen, die sie kriegen konnte.

13

Rosamond

Meine Mutter, die Tochter, die meine Großmama zusammen mit ihrem zweiten Ehemann hatte, war manchmal auch völlig normal. Dann war ihr hellblondes Haar gebürstet und seidig und ihre Aprikosenhaut dezent geschminkt. Sie sah aus wie Großmama.

»Sie gleichen einander wie ein Ei dem anderen«, pflegte Smithy zu sagen. »Beide sind Schönheiten.«

Wenn sie diese friedlichen, hellen Perioden hatte, wäre keiner auf die Idee gekommen, Mum für verrückt zu erklären. Das taten einige der Kinder meiner alten Schule, nachdem Mum eines Nachmittags in einem seidenen Abendkleid und in Gummistiefeln am Schultor erschienen war, wo sie laut über einen Brief schwadronierte, den sie gerade an Margaret Thatcher schrieb und der, obwohl bereits vierzehn Seiten lang, noch immer nicht beendet war.

Diese Schule hatte ich jetzt verlassen, was auch gut so war, denn im Lauf der letzten Monate hatten die Fasern im Gehirn meiner Mutter sich zu noch dickeren Knoten verdreht. Wir waren für die Sommerzeit nach Fairfleet gekommen, weil Dad uns verlassen hatte. Dies war unter dem Vorwand geschehen, dass berufliche Gründe ihn zwangen, für eine Weile in den Nahen Osten zu gehen, aber sowohl mein Bruder als auch ich wussten, dass er das Zusammenleben mit Mum einfach nicht mehr aushielt.

»Ihr könnt alle ein wenig Urlaub gebrauchen«, bestimmte Großmama. »Und eure Mum kann sich hier ausruhen.«

Anfangs schien die Veränderung Mum gut zu tun. Von Ausruhen konnte allerdings nicht die Rede sein. Sie sprudelte über vor Energie. Schon zeitig am Morgen war sie auf und draußen im Garten zugange, um die Buchsbaumtiere mit einer kleinen Gartenschere in Form zu trimmen. Sie klebte die in Schuhkartons aufbewahrten Fotos für Großmama in Fotoalben. Großmamas Haushälterin Smithy verfolgte diese Arbeit mit Wohlwollen.

»Alles hat seinen Platz und alles seine Ordnung.«

Ich bewunderte ein Foto von Großmama in Fliegerjacke, auf dem sie neben einer Kampfmaschine stand. Mum klebte es ins Album ein und schrieb in ihrer schönsten Füllfederschrift: »1943: Spitfire!« darüber.

Doch diese gute Stimmung hielt nur wenige Tage, dann verbrachte Mum immer mehr Zeit im Bett. Sie schlief bis in den Nachmittag und kleidete sich erst zur Teestunde an. Andrew und mir gegenüber war sie ruhig und sanft, aber ihre Augen waren matt, wie Taschenlampen, deren Batterien sich leerten.

An jenem Morgen konnte ich sie nirgendwo finden, weder in ihrem Zimmer noch unten im Keller. Wir suchten alle nach ihr. »Weit kann sie nicht sein«, meinte Großmama. »Macht euch keine Sorgen.«

Schließlich fand ich sie zwischen den Buchsbaumtieren, wo sie im taufeuchten Gras gegen den Elefanten gelehnt saß.

»Tut mir leid«, sagte Mum. Ihr Haar hing strähnig in Stirn und Augen, und die Knöpfe ihrer Bluse waren falsch geknöpft, als wäre sie ein kleines Kind, das noch lernen musste, sich selbst anzuziehen. »Ich schaffe es einfach nicht.«

Da kam Großmama schon angelaufen, ein wenig außer Atem, als wäre sie gerannt. Sie half mir, Mum wieder auf die Füße zu stellen.

»Jetzt reicht es aber, Clarissa«, sagte sie mit einem Ton, den ich bisher noch nicht von ihr vernommen hatte. Wir führten Mum ins Haus zurück. Sie zitterte wie eine alte Frau, älter sogar als Großmama. Ihre Arme fühlten sich in meiner Hand kalt an. Smithy kam uns aus der Küche entgegen.

»Sie steuern auf einen Zusammenbruch zu«, sagte Smithy zu Mum. Das aus ihrem Munde zu hören, war ungewöhnlich, da sie meiner Mutter sonst nur schmeichelte. Dad meinte immer, die Hingabe, die Smithy Großmama und Mum entgegenbrachte, habe schon etwas Fanatisches, was offensichtlich heißen sollte, dass sie die beiden zu sehr mochte.

»Ist ja gut, ist ja gut«, murmelte Mum. »Nicht jetzt. Ich möchte einfach nur schlafen.« Sie taumelte, als wir sie durch die Küchentür manövrierten. In ihrer Tasche schlug etwas gegen den Küchentisch. »Das habe ich mitgenommen.«

Sie steckte ihre Hand in die Tasche und zog einen großen, antik aussehenden Schlüssel heraus, den ich noch nie gesehen hatte.

»Die alte Gartentür im Keller.« Smithy nahm ihn an sich. »So also haben Sie es geschafft, ungesehen nach draußen zu entwischen.«

»Ich brauchte frische Luft und wollte keine Umstände machen.«

Smithy schnaubte.

»Ich werde den Arzt kommen lassen«, sagte Granny. »Und diesmal lasse ich keine Widerrede gelten.«

»Wenn es dich glücklich macht.« Mum hielt sich an der Lehne des Küchenstuhls fest, als befände sie sich bei Sturm auf einem Schiff im Schlingerkurs. »Ach, es tut mir so leid. Ich weiß, wie recht du hast. Ich gehe selbst in die Praxis, wenn man mich dazwischenschieben kann.«

Unser Hausarzt schickte sie weiter zu Ärzten mit langen Titeln in Oxford. Mum musste für ein paar Tage ins Krankenhaus. Sie kam nur nach Hause, um einen kleinen Koffer zu packen, vergaß aber alles Nützliche. Zum Glück war Smithy da und erinnerte sie, Nachthemden, einen Kamm und eine Zahnbürste mitzunehmen und nicht nur Schreibpapier und Stifte.

Granny fuhr sie hin und kam ein paar Stunden später wieder. Ihr Lächeln sagte Andrew und mir, dass alles gut werden würde. »Die Ärzte basteln noch an der Dosis herum«, sagte sie. »Am Mittwochnachmittag können wir sie abholen.«

Es war ein heißer Tag, und Andrew hatte Kopfschmerzen. »Ich möchte auch mitkommen und Mum abholen«, jammerte er.

»Bleib im Kühlen, Liebling«, sagte Großmama.

Als wir ankamen, erwartete Mum uns schon am Eingang. Sie hielt eine weiße Papiertüte an ihren Körper gedrückt, war blass und hatte dunkle Ränder unter den Augen. Aber sie lächelte, als sie mich sah. »Das ist aber nett.« Sie umarmte mich. Es war ein Gefühl, als würde man von jemandem umarmt, der aus Papier war.

»Wo ist dein Koffer, Clarissa?«, fragte Großmama.

»Oh«, sagte Mum gereizt, »den habe ich wohl auf der Station vergessen.«

»Ich gehe ihn holen.« Großmama zeigte auf eine Bank. »Du bleibst hier.«

Mum und ich setzten uns auf die Bank neben einen Mann, der in Mums Alter war und Zeitung las. Mum hielt ihre Tüte noch immer fest umklammert.

»Sind das deine Tabletten?«, fragte ich. Sie nickte. Ich konnte eine beschriftete Flasche in der Tüte sehen.

»*Lithium*«, las ich laut. »*Einnahme dreimal täglich.*«

»Das wird sicherlich grauenhaft. Aber besser als …« Sie schielte auf den Mann, der Zeitung las, und verstummte.

Die Zeitung senkte sich. Ich fing den besorgten Blick eines dunkelblauen Augenpaars auf, dessen Besitzer offenbar nachempfinden konnte, wie Mum sich fühlte, und ihr wortlos viel Glück mit ihren Lithiumtabletten wünschte. Dann wandte er sich wieder seiner Zeitung zu.

»Da kommt Großmama.« Ich sprang auf.

»Komm, wir fahren zurück nach Fairfleet, Clarissa«, sagte Großmama mit ihrer glockenhellen Stimme. »Ich habe Arbeit im Garten, die erledigt werden muss. Die Lilien neben dem Tennisplatz lassen schon die Köpfe hängen. Sie müssen abgestützt werden.«

Mum sah aus, als müsste man auch sie stützen. Vielleicht hatten die Tabletten in der Tüte dieselbe Funktion wie Großmamas Bambusstöcke.

»Du hast nächste Woche außerdem eine Wohltätigkeitsparty.« Mum nahm mir die Papiertüte aus der Hand. »Bis dahin muss ich gesund sein, um dir helfen zu können.«

»Ich möchte nicht, dass du dich übernimmst, meine Liebe. Lass es locker angehen.«

Aus dem Augenwinkel sah ich, dass die Zeitung wieder ein wenig abgesenkt wurde. Ich spürte, dass der Mann mit den dunkelblauen Augen uns auf unserem Weg zum Auto beobachtete.

Die ersten paar Tage war Mum ruhig. Diesen nachdenklichen Zustand mochte ich fast lieber als die Zeiten, in denen sie merkwürdige Dinge sagte und ihre langen Briefe schrieb.

Alte Freunde aus Kriegszeiten, die Großmama vom Fliegen kannte, kamen wenige Tage, nachdem wir Mum aus dem Krankenhaus abgeholt hatten, zum Abendessen. Mum kochte Blätterteigpasteten, Lammkarree und Zitronensoufflé. Keiner konnte so gut kochen wie sie, wenn sie in der richtigen Stimmung war. Das Soufflé duftete wie eine süße Zitronenwolke. Die Hitze klebte an meiner Haut, und ich konnte nicht sofort einschlafen. Ich setzte mich an das offene Fenster. Großmama kam mit Reggie, einem ihrer Gäste, nach draußen. Mum war sicherlich in der Küche und kochte Kaffee.

»Riech nur diese Tabakpflanzen«, forderte Großmama ihn auf. »Himmlisch, nicht wahr?«

Ein anerkennendes Einatmen. »Vor vierzig Jahren wäre uns das alles wie ein schöner Traum vorgekommen«, sagte Reggie.

»Das stimmt«, erwiderte Großmama. »Während des

Kriegs fiel es mir manchmal schwer, mir vorzustellen, dass Fairfleet weiterhin existierte und einfach auf meine Rückkehr wartete.«

Das Feuerzeug klickte leise, als Reggie Großmama Feuer gab. »Clarissa sieht gut aus.«

»Sie gibt sich große Mühe. Der Kinder wegen.«

»Wie grausam so eine psychische Erkrankung ist.«

»Sie hat ihr schon viel abverlangt. Ich kann nur beten, dass es bei ihr nicht so schlimm wird wie bei ihrem Vater.«

Die Rede war von Mums Vater, meinem Großvater Peter, den ich nie kennengelernt habe.

»Man wird das doch wohl nicht auch mit Clarissa machen, oder?«

Großmama schien wegen ihrer Zigarette husten zu müssen. Sie sprach ständig davon, mit dem Rauchen aufhören zu wollen. »Eine Lobotomie? Die sind Gott sei Dank aus der Mode gekommen. Ich hätte das auch bei Peter nie zulassen dürfen. Er hat sich von der Operation nie erholt. Allein die Infektion hätte ihn fast umgebracht.«

»Nun, die Medikation ist heutzutage ohnehin viel besser, nicht wahr?«

»Clarissa bekommt Lithium. Es kursiert viel Negatives darüber, aber wie gesagt ist es sicherlich die bessere Alternative.«

Mir fiel wieder ein, dass Mum immer den Mund verzog, bevor sie die kleine Flasche aufschraubte. Vielleicht schmeckten die Tabletten bitter.

»Es besteht keine Aussicht, dass Tony zu ihr zurückkehrt?«

Großmama seufzte.

»Ich habe einen Bericht über das Leben der Briten in Saudi-Arabien gelesen«, sagte Reggie. »Scheint ziemlich wüst zuzugehen. Hoffentlich lässt er sich da nicht reinziehen.«

Großmama gab einen Laut von sich, als würde sie nach Luft schnappen.

»Entschuldige.« Reggie klang besorgt. »Ich hätte das nicht sagen dürfen.«

»Nein. Das ist es nicht. Ich habe nur so ein unangenehmes seitliches Stechen. Vielleicht habe ich zu viel gegessen.« Sie lachte.

»Erinnerst du dich noch an jenen Abend in der Offiziersmesse, als wir diese verdorbene Fleischpastete aßen und dann alle eine Lebensmittelvergiftung hatten?«

»Ich glaubte zu sterben! Wollen wir mal nachsehen, ob der Kaffee fertig ist?«

Knirschend bewegten ihre Schritte sich über den Kies zur Tür.

Dad ließ sich nicht mit einer gebräunten Frau im winzigen Bikini ein, wie ich dies nach dem Belauschen des Gesprächs befürchtete.

Er lernte die Frau bei einem Tennisturnier kennen, sie war nicht gebräunt und vermutlich zu groß, um in einem Bikini gut auszusehen, wie ich mich viel später selbst überzeugen konnte. Er informierte Mum in einem Brief darüber, dass er die Scheidung wolle, um diese Marie heiraten zu können. Nachdem Mum seinen Luftpostbrief gelesen hatte, stieß sie einen einzigen Seufzer aus, reichte Großmama den Brief und ging sehr langsam nach oben. Für den Rest des Vormittags schloss sie sich in ihrem Zimmer ein und kam später dann zu einem Gespräch mit Großmama nach unten ins Wohnzimmer.

Smithy sorgte dafür, dass Andrew und ich in der Küche blieben, und backte Meringen, um uns abzulenken. Es funktionierte nicht, zumal Smithy ohnehin nicht gern backte und weder den Eischnee noch die Ofentemperatur richtig hinbekam.

»Ihr drei werdet bei mir in Fairfleet bleiben«, verkündete Großmama, als sie endlich aus dem Wohnzimmer kam. »Die Ferien werdet ihr Kinder bei eurem Vater verbringen und … Nun, um die Details kümmern wir uns ein andermal. Alles wird gut werden.« Sie legte um jeden von uns einen Arm. »Wir finden neue Schulen für euch, hier in der Nähe.«

»Wir schaffen das schon.« Mum sah aus, als täte es ihr weh zu lächeln. »Euer Vater ist immer noch euer Vater. Daran hat sich nichts geändert.«

Abends, als Andrew und ich bereits im Bett sein sollten, setzten Mum, Großmama und Smithy das Gespräch im Wohnzimmer fort, wir aber hockten auf der Treppe und lauschten.

»Ich dachte, alles würde wieder gut werden«, sagte Mum verwundert. »Und er käme zu mir zurück, wenn der Vertrag auslief. Ich weiß, dass ich dumme Sachen angestellt habe, während ich krank war, aber ich dachte, er liebt mich noch immer.«

»Du musst weiterhin tapfer sein«, sagte Großmama. Smithy schnalzte mit der Zunge, was Zustimmung erkennen ließ.

»Er will die Kinder haben«, sagte Mum.

»Das weißt du nicht, Clarissa.«

»Er schrieb mir, ich sei nicht imstande, mich um sie zu kümmern. Weshalb er auch bestimmt, dass ich hier leben muss, wenn ich das Sorgerecht während der Unterrichtszeit behalten möchte.« Sie hörte sich an, als hätte sie einen dicken Kloß im Hals. »Ich liebe Fairfleet, aber ich habe das Gefühl, er versucht daraus eine Art Gefängnis für mich zu machen.«

»Fairfleet ist dein Zuhause, Clarissa«, sagte Großmama. »Du musst hier bei mir bleiben, dann wird Tony vernünftig sein.« Sie klang traurig, denn sie hatte Dad mit seinen Spötteleien über ihre Fliegerei und seinen flinken Füßen auf dem Tennisplatz immer gemocht.

»Smithy kümmert sich um mich, und ich kümmere mich um dich, und du kümmerst dich um die Kinder. Bald schon wirst du wieder ganz auf den Beinen sein«, ergänzte Großmama.

»Tun Sie, was Ihre Mutter sagt, Clarissa«, warf Smithy ein. Ich stellte mir vor, wie ihre blassgrünen Augen langsam durch den Raum wanderten, über die Gemälde, Uhren und das Silber, all die Dinge, die sie so sorgfältig abstaubte. Für sie gehörten Großmama und Mum zum Inventar: Man musste sich um sie kümmern. Sie wusste genau, wenn jemand einen Ziergegenstand auch nur um einen Zentimeter verrückt hatte. Ihr war es wichtig, dass Dinge und Menschen ihren festen Platz hatten.

Am nächsten Morgen ging Großmama in Mums Zimmer hinauf, um sich zu vergewissern, dass sie ihre Tablette nahm.

»Mir fallen die Haare aus«, jammerte Mum. Die Tür

stand offen, und ich hörte sie bis in mein Zimmer. »Und ich habe den Tatterich. Alles scheint so anstrengend zu sein.«

»Wenn es dir sonst gut geht, Liebling, ist es das aber wert. Versprich mir, dass du sie weiterhin einnimmst!«

»Ich verspreche es. Aber ich habe nicht mehr das Gefühl, ich selbst zu sein.«

»Nimm sie einfach.« Granny klang streng.

Ich drückte die Daumen.

»Alles wird gut«, sagte Großmama gleich am nächsten Morgen, als sie zum Arzt aufbrach. »Eure Mutter macht gute Fortschritte. Ich lasse mir nur ein paar Tabletten gegen diesen dummen Schmerz verschreiben. Offenbar habe ich mir beim Unkrautjäten einen Muskel gezerrt.«

Die Wohltätigkeitsparty sollte in drei Tagen im Garten stattfinden.

Großmama kam vom Arzt nicht mehr nach Hause. Er überwies sie sofort ins Krankenhaus. Mum fuhr sie hin und kam dann zurück, um eine Tasche für sie zu packen. Nur für ein paar Tage.

»Was ist mit Großmama los?«, fragte Andrew Mum.

»Blinddarmentzündung. Sie werden ihn ihr wohl rausnehmen müssen.«

Smithy sagte nichts dazu. Sie ging in Großmamas Zimmer hoch, um all die Dinge zusammenzutragen, die einzupacken Mum vergessen würde.

Stunden später kam Mum dann aus dem Krankenhaus zurück und meinte, dass Großmama guter Dinge sei.

Am nächsten Morgen läutete unten im Flur schon sehr früh das Telefon, nur Smithy war bereits auf den Beinen.

Ich hörte ihre Schritte, als sie nach oben lief und an Mums Tür klopfte, dann hörte ich Mums Schrei.

Ich warf meine Bettdecke herunter und rannte zu meiner Mutter. Mum saß im Bett, ihr Gesicht war bleich wie die elfenbeinfarbene Bettwäsche. »Nein.« Sie schüttelte den Kopf. »Nein.«

»Ich habe ihr schon vor Tagen gesagt, dass es der Blinddarm ist.« Smithys Finger klammerten sich so fest um den Latz ihrer Schürze, dass die Knöchel ganz weiß waren. »Sie sagte, ich übertreibe.«

»Was ist denn passiert?« Andrew rieb sich die Augen, als er hereinkam.

»Es ist Großmama, sie …« Mums Mund stand offen, aber es kamen keine Worte mehr.

»Der Blinddarm ist geplatzt, bevor sie operieren konnten. Die Ärzte bekamen die Infektion nicht in den Griff«, erklärte Smithy für sie.

Mum schluckte. »Ich fasse es nicht. Am Montag ging es ihr doch noch gut, da zupfte sie Ackerwinden aus.«

»Sie hat sich nie gehen lassen«, sagte Smithy. »Vielleicht wäre es anders besser gewesen.«

Mum legte ihre Hand auf den Mund. »Die Wohltätigkeitsparty. Die ist morgen. Was sollen wir tun, Smithy?«

»Überlassen Sie das mir. Ich werde die Anrufe erledigen.« Smithy richtete sich auf und löste ihre Hände. »Ich werde mich um alles kümmern.«

Mum fuhr nach Oxford, um Großmamas Leiche zu sehen. Smithy sagte, sie werde die Bestatter anrufen und alle Vorkehrungen treffen.

»Mit ›Vorkehrungen‹ meinen Sie doch, dass man sich Großmamas Leiche ansieht und die Bestattungsleute anweist, sie wegzubringen, bis wir sie beerdigen können?« Andrew hörte gern Klartext.

Smithy nickte. Sie schickte uns raus, während sie den Anruf erledigte. Als wir ins Haus zurückkamen, saß sie mit einer Liste all der Leute am Telefontisch, die am folgenden Tag zum Tee im Garten erwartet wurden. Stattdessen lud sie einige von ihnen zur Beerdigung ein.

Großmama konnte unmöglich tot sein. Man konnte doch nicht ihren Körper in eine Holzkiste legen und dann in einem Loch im Boden verscharren. Ich rannte aus dem Haus und in den Garten mit den Buchsbaumtieren. Ich wusste, wenn ich nur schnell genug zwischen den Tieren hindurchlief, würde ich dort meine Großmutter antreffen, die mit der Gartenschere den Rüssel des Elefanten oder die Flügel ihrer geliebten Spitfire in Form brachte, die jemand in den Vierzigerjahren in Erinnerung an ihre Fliegerei während des Kriegs aus einem Buchsbaum geschnitten hatte.

Sie war nicht da. Dann war sie bestimmt draußen in den Blumenbeeten und schnitt verwelkte Blüten ab.

Irgendwo hier in Fairfleet musste sie sein. Sie hatte immer gesagt, sie wolle nirgendwo anders sein. Ich musste sie nur finden. Großmama würde sich mit ihrem kehligen Lachen über uns lustig machen und uns für verrückt erklären: Hier war sie doch, voller Leben.

Aber Großmama war nicht mehr in Fairfleet. Irgendwann hörte ich auf, durch den Garten und die Treppen auf und ab zu laufen, Türen zu öffnen und zu schließen und selbst im Keller alle Räume zu durchsuchen. Sie war weg. Noch den ganzen nächsten Tag roch ich ihre Zigaretten im Wohnzimmer, aber dann wusch Smithy die Sofakissen, damit für den Tee nach der Trauerfeier alles gepflegt aussah, und sie verloren den Tabakgeruch.

Nach dem Trauergottesdienst in der Dorfkirche kamen mehr Menschen als erwartet mit ins Haus. Smithy hatte schon bald keine Teetassen mehr, und ich musste ihr beim Abspülen helfen, sobald welche frei wurden.

»Werden Sie jetzt in Fairfleet bleiben, Clarissa?«, erkundigte sich einer der Gäste bei Mum, als ich neben ihr am Esszimmertisch stand.

»Vermutlich ja«, sagte Mum. Dabei legte sie eine Hand an ihre leicht feuchten Stirnfransen und strich sie sich aus der Stirn. Ihre Haut war von einem Schweißfilm überzogen.

»Wenigstens haben Sie Alice Smith, die Ihnen hilft«, sagte der Gast.

»Ich danke Gott für Smithy«, sagte Mum. »Ohne sie wäre ich verloren.«

14

Mum flocht die letzte Blüte in ihre Gänseblümchenkette. Seit Großmamas Tod waren erst wenige Wochen vergangen, und dieser Tag fühlte sich zum ersten Mal wieder normal an. Sie hängte mir die Kette um den Hals. »Du siehst aus wie eine Prinzessin, Rosie.«

»Mit diesen Krümeln um ihren Mund wird sie wohl kaum wie Diana einen Prinzen in St Paul's heiraten.« Andrew grinste mich an. An einem sonnigen Nachmittag wie diesem konnte keiner schlecht gelaunt sein. Selbst die Trauer um Großmama, die mich unbemerkt beschlich, ähnelte heute eher der um ein Haustier oder einen alten Freund.

Aus dem Garten stieg der Duft von Minze, Rosmarin und Thymian. Ich hatte zum ersten Mal das Gefühl, dass Freude an Sommernachmittagen wieder möglich war.

Andrew fuhr mit seinen Fingern durchs Gras. »Es wird zu lang.«

»Ich werde den Rasenmäher holen.« Aber Mum hatte ihre Zweifel. Der Rasenmäher hatte seine Mucken: Er spuckte schwarze, stinkende Rauchwolken aus, wenn ihm der Umgang mit ihm nicht gefiel. Nicht einmal Smithy kam mit ihm zurecht.

»Wann kommt Mr. Andrews denn wieder?«

»Ich weiß gar nicht, ob er überhaupt wiederkommt. Sein

Rücken tut ihm noch immer weh, und Gärtner brauchen einen kräftigen Rücken.«

Dann schien Mum sich aber keine weiteren Gedanken mehr um das lange Gras zu machen. Sie streckte sich aus und badete im Sonnenlicht. Wenn Dad sie jetzt nur sehen könnte: Sie sah trotz allem, trotz Großmamas Tod und der Tabletten, die sie nahm, wunderschön aus. Sie klagte, dass sie wegen der Tabletten ein wenig zugenommen hatte, was ihrem Gesicht aber gut bekam, denn es war nicht mehr so spitz. Weil Mum es Großmama versprochen hatte, nahm sie ihre Tabletten auch weiterhin.

Heute waren wir drei unter uns. Smithy hatte ihren freien Nachmittag und besuchte ihre Nichte. Manchmal war es entspannter, wenn sie nicht da war. Dann konnte man auch mal einen Becher auf dem Küchentisch stehen lassen, ohne dass er sofort zum Abwaschen weggeräumt wurde.

Rührt euch nicht vom Fleck, wollte ich Mum und Andrew zurufen. Lasst uns alle hier in der Sonne verweilen. Wenn doch nur Dad jetzt nach Hause käme, um zu sehen, wie gut Mum zurechtkam, wie stark sie war.

In Fairfleet zu sein, tat ihr noch immer gut. Großmama hatte immer behauptet, hier liege ein Zauber in der Luft, von dem alle profitierten, die hier lebten. Während des Kriegs hatte sie ihr Zuhause für Flüchtlinge aus Deutschland geöffnet. An einem Nachmittag wie diesem konnte ich sie mir gut hier draußen auf dem Rasen vorstellen oder beim Sprung in den See, um zu schwimmen.

Der Blick übers Wasser dürfte damals ein anderer gewesen sein. Großmama hatte vor sechs Monaten ein Feld verkauft, das sich an das Grundstück anschloss, und jetzt wurden darauf neue Häuser gebaut. Wir hatten Männer mit Klemmbrettern gesehen, die mit seltsamen langbeinigen Instrumenten die Parzellen vermaßen. Als Sichtschutz gegen die neuen Gebäude hatte Großmama im Frühling hinter dem See eine Koniferenreihe gepflanzt.

Über der niedrigen Hecke blitzte etwas Helles auf. Ein Mann. Weißer Anzug und Panamahut. Zu elegant für einen Bauarbeiter. Vielleicht war er ein Vermesser. Ich war stolz darauf, dieses Wort zu kennen. Aber er schien sich nicht wirklich für das Baugelände zu interessieren, denn er stand mit dem Rücken zu den abgesteckten Parzellen und starrte über den See hinweg zu uns herüber. Als er sah, dass ich ihn beobachtete, lächelte er mich an und lüftete seinen Hut, als wäre ich eine Erwachsene. Ein paar Sekunden lang starrten wir einander an. Dann wandte er sich ab und ging.

»Wer war das?« Ich zeigte auf den weißen Anzug, der sich entfernte.

»Wer?« Andrew kniff die Augen zusammen, aber da war der Mann schon verschwunden.

»Ein Mann mit einem Hut, der zu uns herüberstarrte.«

»Der hat Nerven«, sagte Andrew.

»Zum Glück haben wir die neue Hecke.« Mum warf einen finsteren Blick auf das Baugrundstück.

Aber ich nahm nicht an, dass der Mann böse Absichten verfolgte. Vielleicht hatte ich ihn mir auch nur eingebildet. Ich legte mich wieder ins weiche Gras und beobachtete die sich leicht im Wind wiegenden Eichenzweige, in einer Brise so zart, dass man sie hier unten gar nicht spürte.

Das Quietschen eines rostigen Maschinenteils schreckte mich wieder hoch. Jemand schob ein Fahrrad um unser

Haus herum, am Tennisplatz vorbei. Wer immer es war, er kam näher. War das ein Eindringling von der Baustelle?

Er blieb stehen. Ich sah einen Mann, den ich auf Anfang vierzig schätzte. Dunkelhaarig. Groß. Er trug alte, aber saubere Baumwollhosen und ein kurzärmeliges Hemd über kräftigen Armen.

»Entschuldigen Sie die Störung«, sagte er zu Mum. »Ich suche Arbeit.«

»Mit den neuen Häusern haben wir nichts zu tun.« Mum zeigte die Einfahrt hinunter. »Zur Baustelle geht es da lang.«

»Ich suche keine Arbeit auf dem Bau. Ich kann Gartenarbeit erledigen. Oder Bäume roden und Regenrinnen säubern, Pflastersteine reinigen. Gelegenheitsarbeiten.«

»Ich brauche keine Hilfe, besten Dank.« Mum lächelte ihn freundlich an.

»Ich kann überall Hand anlegen. Unkraut jäten vielleicht?« Sein Blick fiel auf den Kiesweg, aus dem das Unkraut schoss. »Oder rasenmähen?«

»Ich denke nicht.«

Ich musste daran denken, wie müde Mum in letzter Zeit gewesen war und wie sehr sie den Rasenmäher mit seinen Tücken hasste. »Lass es ihn machen«, sagte ich. »Wenigstens den Rasen.«

Mums Mund öffnete sich, als wollte sie noch einmal Nein sagen. Dann betrachtete sie das lange Gras zu ihren Füßen.

Andrew sagte nichts. Sicherlich erkannte auch er, dass Mum auf jeden Fall Hilfe brauchte.

»Lass es ihn machen«, sagte ich wieder.

»Vielleicht habe ich ein paar Aufgaben für Sie, die Sie übernehmen könnten.« Sie stand auf. »Mr. …?«

»Cathal.« Er lehnte sein Fahrrad an die Stufen und kam mit ausgestreckter Hand auf sie zu. »Cathal Pearse.«

»Cattle?«, wunderte sich Andrew.

Mit einem Zwinkern seiner dunkelblauen Augen sagte der Mann: »Nein, ein Rindvieh bin ich nicht. Das ›t‹ ist stumm. Meine Mutter war eine Romantikerin und gab mir den Namen eines keltischen Stammesführers. Kaum zu glauben, nicht wahr?« Er schien sich zu amüsieren.

Mum und Cathal Pearse schritten die Einfahrt ab, Mum zeigte auf das Unkraut, Cathal nickte immer mal wieder zustimmend. Andrew und ich blieben auf der Wiese. Gerade erst hatten wir die Gänseblümchen für die Blümchenkette gepflückt, und schon rollten die weißen Blütenblättchen sich zusammen.

15

An diesem Abend brachte Cathal Pearse einen Durchschlag voller Himbeeren aus dem Garten und betrat mit eingezogenem Kopf die Küche, um sich nicht am niedrigen Türbalken zu stoßen. Er stellte die Himbeeren auf den Tisch. »Die werden euch sicher zum Abendessen schmecken.« Dabei lächelte er mich an. Mir fiel auf, dass seine Augen die Farbe von neuen Jeans hatten. »Danke«, fügte er hinzu, »dass du ein gutes Wort für mich eingelegt hast.«

Ich spürte, wie meine Wangen warm wurden.

»Wer ist das?«

Smithys scharfer Ton sorgte dafür, dass wir uns alle umdrehten. Sie trug ihr bestes beiges Sommerkostüm, das sie unabhängig vom Wetter immer trug, wenn sie mit dem Fahrrad zu ihrer Nichte fuhr.

»Das ist Cathal«, sagte ich. »Er hilft uns im Garten und bei Gelegenheitsarbeiten.« Einen Moment lang bildete ich mir ein, ein wenig wie meine Großmutter zu klingen.

»Verstehe.« Smithys blasse Augen wanderten forschend über Cathals offene Sandalen und seine ausgebleichte Hose. Unser alter Gärtner hatte anders ausgesehen. Cathals Finger waren sauber und weich.

»Nennen Sie mich Cathal«, sagte er lächelnd.

Smithy schnaubte.

»Ich muss weitermachen«, sagte er.

Er schleppte noch mehr Durchschläge voller Erdbeeren, Roten Johannisbeeren und Himbeeren an, die die Küche mit ihrem Duft erfüllten. »Am besten arbeitet es sich in den kühlen Stunden des Tages«, sagte er gegen sechs Uhr abends. »Ich komme morgen wieder.« Mum blickte vom Küchentisch auf, wo sie Erdbeeren putzte, um Marmelade einzukochen.

»Darf ich Ihnen ein kühles Bier anbieten, bevor Sie gehen?« Mum sah dabei Smithy an. »Wir haben doch noch welches im Keller, oder?«

»Mir würde ein Glas Fruchtsaft reichen.« Ich machte es für ihn fertig, und sein langer, kräftiger Hals pulsierte bei jedem Schluck. Das Glas war schnell geleert.

»Um welche Uhrzeit können wir morgen mit Ihnen rechnen?«, fragte Smithy.

»Gegen elf«, sagte er.

Sie schnaubte. Ich sah ihm hinterher, als er davonradelte, und spielte dabei an den fast verwelkten Gänseblümchen meiner Blumenkette.

Am nächsten Vormittag standen Smithy und ich am Fenster und beobachteten Mum, die Cathal sagte, welche Arbeit im Garten sie für ihn vorgesehen hatte. »Es war schon Viertel nach elf, als er kam«, brummte Smithy. »Und ich brauche unbedingt den Rest der Beeren.«

»Er sagte *gegen* elf«, erinnerte ich sie.

Smithy grunzte. Cathal zog Zaunwinden aus, die um einen Geißblattbusch wuchsen, jede seiner Bewegungen war entschlossen, genau und anmutig dazu. Mum wanderte zum See. Er unterbrach seine Arbeit, um ihr hinterherzuschauen. Als er sich wieder dem Jäten der Zaunwinden zuwandte, verlangsamte sich sein Tempo. Vielleicht machte ihm die Hitze zu schaffen.

Ich schlich mich aus der Küche und ging nach oben, um die Flasche mit Tabletten auf dem Frisiertisch zu inspizieren. Ich zählte sie. Drei weniger als gestern. Mum hielt das Großmama gegebene Versprechen.

Ich zog los, um Andrew zu suchen. Er lag in seinem Zimmer auf dem Boden und hatte in einem grau-roten Metallhaufen die Teile eines Meccano-Baukastens vor sich liegen. »Tritt bloß auf nichts drauf.« Ohne mich anzusehen, griff er nach einer Schraube.

»Ich wusste gar nicht, dass du das alles hast.« Die Metallteile dürften ausreichen, einen Kran in voller Größe aufzubauen.

»Das hat Smithy mir aus dem Keller hochgebracht. Sie sagt, das ist mindestens vierzig Jahre alt.«

»Dann muss es den Flüchtlingsjungs gehört haben.«

»Die Glücklichen.« Er zog die Schraube fest und begutachtete die Verbindung, die er geschaffen hatte.

»Glücklich wohl eher nicht, schließlich mussten sie ihr Zuhause und ihre Eltern verlassen.«

Seine Schultern verspannten sich, und ich wusste, dass er an Dad dachte und daran, wie sehr er ihn vermisste.

Ich ging wieder nach unten. Smithy rührte in einem Topf voll blubbernder Früchte und Zucker. Cathal kam mit einem Durchschlag voller Himbeeren herein. »Die werden Sie bestimmt mögen, Miss Smith.«

Smithy blinzelte, als sie die neue Anrede hörte. »Ich dachte, Sie wollten heute Vormittag die Zaunwinden rausziehen?«

»Ich habe gern Abwechslung bei meiner Arbeit«, sagte er. »Das macht es interessanter, wie ich finde.«

Sie bedachte ihn mit einem Blick, der keinen Zweifel daran ließ, dass von ihm nicht erwartet wurde, seine Arbeit interessant zu finden. Er streckte seinen Arm aus, um den Durchschlag auf den Küchentisch zu stellen. Aber bevor er dort ankam, zuckte Cathal leicht mit seiner Hand. Die Himbeeren purzelten aufs Linoleum. Smithy hielt die Luft an. Cathal starrte die Himbeeren an, als wüsste er nicht, wie sie auf den Boden gekommen waren.

»Nun stehen Sie nicht einfach herum.« Smithy klatschte ihren Kochlöffel auf die Arbeitsfläche und ging in die Hocke. »Geben Sie mir den Durchschlag.«

»Was für eine Schweinerei.« Er nahm den Durchschlag an sich. »Ich kümmere mich darum, Miss Smith, lassen Sie es gut sein.« Sie richtete sich auf und überließ ihm das Aufsammeln der verstreuten Früchte. Als Cathal aufstand, lagen die Himbeeren wieder im Durchschlag. »Man muss sie vielleicht waschen.«

Er ging hinaus.

»Machen Sie sich keinen Kopf wegen des Fußbodens«, rief sie ihm hinterher. »Ich wische ihn selbst.«

Ich lauschte auf Cathals Schritte auf den Parkettdielen. Sie stoppten. Ich ging zur Tür und spähte hinaus. Er stand am Tisch neben der Eingangstür und betrachtete forschend und mit angestrengt zusammengekniffenen Augen den Boden einer blauen Vase. Dann stellte er die Vase wieder auf den Tisch und wandte sich der Standuhr zu, um den Schriftzug auf dem Zifferblatt zu lesen.

Er drehte sich um.

Rasch zog ich mich in die Küche zurück, bekam aber mit, dass er mir zuzwinkerte. Was mir seltsamerweise das Gefühl gab, mich auf seine Seite geschlagen zu haben, obwohl ich bisher mit Smithy immer gut klargekommen war, denn sie erlaubte mir, ihr beim Einkochen der Marmelade zu helfen, und band alte Staublappen an meine Füße, wenn sie den Fußboden bohnerte, damit ich diesen in gleitenden Bewegungen wie beim Schlittschuhlaufen polieren konnte.

Aber Smithy vermittelte einem gern, dass man ihren hohen Standards nicht gerecht werden und den glänzenden Oberflächen und perfekt abgestaubten Ziergegenständen niemals das Wasser reichen konnte. Cathal hingegen schien mir zu zeigen, dass es womöglich mehr Spaß machte, gar nicht erst zu versuchen, perfekt zu sein.

Cathal kam fast jeden Tag nach Fairfleet. Mum nahm ihn dann auf eine Tasse Tee mit nach draußen, setzte sich auf die Wiese und plauderte mit ihm, während er ihn trank. Manchmal lachte sie über seine Scherze, und wenn ich die Lachfältchen um ihre Augen sah, freute mich das auch.

»Du wirst noch Wurzeln schlagen, wenn du ständig am Fenster stehst«, warnte Smithy mich, als ich die beiden beobachtete. »Geh doch nach draußen zum Spielen. Das schöne Wetter muss man doch ausnützen.« Aber auch sie behielt Cathal im Auge. Er tauschte Steinplatten an der Mauer aus, die den Gemüsegarten vom Rasen abtrennte. Die Platten waren groß, aber er verlegte sie, als wären es Legosteine. »Hat was von einem Navvy«, sagte Smithy. »Ich hoffe nur, wir haben keinen Fehler gemacht, indem wir zuließen, dass er sich hier einschleicht.«

»Was ist ein Navvy?«

»Ein irischer Arbeiter. Sie erledigen schwere Bauarbeiten, zum Beispiel beim Straßen- oder Eisenbahnbau.«

Aber ich konnte mir nicht vorstellen, dass Cathal Straßen baute, und sagte das auch.

Smithy beobachtete ihn noch immer mit finsterer Miene. »Da steckt mehr dahinter.«

Ich fühlte mich angegriffen. »Mum war so müde«, sagte ich. »Und der Garten verwilderte.«

Sie legte eine faltige Hand auf meinen Arm. Körperliche Berührungen waren sonst nicht Smithys Art. »Du bist ein gutes Mädchen, Rose, und sorgst dich um deine Familie. Aber es gibt Menschen, die sind nicht so gut wie du.«

Ich ging nach draußen, fuhr mit meinem Fahrrad ein paarmal um die Wiese herum und beobachtete dabei Cathal. Mum hatte ihn mit seinem Becher Tee allein gelassen und war ins Haus zurückgekehrt. Er bereitete den Rasenmäher vor. Der Schnappverschluss, der den Benzintank mit dem Mähwerk verband, schien Probleme zu machen. Er fluchte leise, drehte sich dann aber um, als er mich kommen hörte.

»Ah, Rose. Du siehst in mir das Opfer einer renitenten Maschine.«

Ich wusste nicht genau, was er damit meinte, aber es gefiel mir, dass er mir gegenüber Worte von Erwachsenen verwendete.

»Großmama hat immer ihren Stiefel ausgezogen und damit gegen den Verschluss gehauen.«

»Deine Großmutter hätte ich gern kennengelernt.«

Ich wusste nicht, was ich darauf erwidern sollte. Es überraschte mich, dass jemand, der uns kaum kannte, Großmama kennenlernen wollte. Vielleicht war er aber auch nur höflich.

Er trank seinen Tee. »Ihr seid alle sehr nett zu einem alten Vagabunden. Dieser Job ist genau das, was ich brauche. Und ich weiß, dass ich ihn dir zu verdanken habe.«

»Sie gärtnern gern?«

Er setzte seinen Becher sehr vorsichtig im Gras ab.

»Ich hatte ein ziemlich verrücktes Leben. Ich hatte ein wenig Pech.« Das sollte wohl eine Art Antwort auf meine Frage sein. Er streckte eine Hand nach dem widerspenstigen Schnappverschluss des Mähers aus und drückte ihn erfolgreich nach unten. Seine Hände waren kräftig, obwohl er gefeilte Nägel hatte. »Da, Problem gelöst, ohne Gewaltakt gegen eine wehrlose Maschine.«

Ich lachte. »Meine Mutter würde keine freundlichen Worte für den Rasenmäher finden, sie hasst ihn.«

Er beobachtete mich jetzt sehr genau. »Eine Lady wie deine Mutter sollte sich keine Gedanken um Rasenmäher machen müssen.«

»Ich weiß.«

»Ich fühle mich hier sehr wohl.« Cathal ließ seine Blicke über den Garten schweifen, während neben ihm der Rasenmäher zockelte. »Fairfleet erinnert mich an das Zuhause meiner Kindheit, und deine Mutter erinnert mich an jemand aus meiner eigenen Familie.«

Ich war mir nicht sicher, ob mir der Gedanke gefiel, dass meine Mutter ihn an jemand anderen erinnerte.

»Obwohl sie etwas ganz Besonderes an sich hat, nicht wahr?« Er nickte. »Nicht viele Menschen sind so stark, wenn das Leben Probleme bereitet. Aber sie hat ja euch beide zur Unterstützung.«

»Sie vermisst meine Großmama. Und meinen Dad.«

Bei diesen Worten reckte Cathal seinen Hals ein wenig.

»Wo ist dein Vater jetzt?« Er fummelte am Mähergriff herum, als er die Frage stellte.

»In Saudi-Arabien.«

Er zog den Bremshebel an, scheinbar unbeeindruckt davon, dass er so schwergängig war. »Ich muss weitermachen. Möchte nicht …«

»Was?«

»Nun, deine Mutter soll nicht denken, dass ich die Situation ausnutze. Sie bezahlt mich schließlich für die Gartenarbeit.«

Ich hob den Becher auf. »So etwas würde sie nie denken.«

Smithy jedoch schon. Als ich mich der Küchentür näherte, spürte ich ihren missbilligenden Blick.

Während der nächsten Tage schien Mum Cathal fast aus dem Weg zu gehen und ließ mich ihm den Tee bringen. Als Smithy aber am nächsten Mittwoch wieder ihren freien Nachmittag hatte, nahm sie mir den Becher ab. »Ich mache das.«

Ich wartete, bis sie hinausgegangen war. »Er sieht sehr gut aus«, sagte ich zu Andrew, der am Tisch saß und mit ein paar Meccano-Teilen herumhantierte.

»Er ist nur der Gärtner. Er zählt nicht wirklich.«

Andrew meinte es nicht snobistisch, das wusste ich. Er verglich einfach nur Cathal mit Dad, einem Mann, der im Ölgeschäft arbeitete und in ferne Wüsten oder Sümpfe reiste, um dort Öl zu finden, das die Fabriken und Häuser heizte und mit Licht versorgte.

»Cathal ist der Grund dafür, dass sie sich besser fühlt.«

»Mag sein.« Auch Andrew schaute jetzt aus dem Fenster, seine Miene war versteinert. »Du willst offenbar das Beste in ihm sehen. Schließlich warst du diejenige, die darauf bestand, ihm Arbeit zu geben.«

»Und wenn schon?« Andrew war offensichtlich eifersüchtig.

Mum und Cathal plauderten einige Zeit draußen auf dem Rasen. Als Mum zum Haus zurückkam, wirkte sie nachdenklich. Und sie hatte gerötete Wangen. Sie schenkte sich eine Tasse Tee ein.

Im Garten kreischte etwas. Mums Becher geriet ins Wanken, und sie verschüttete Tee über ihren Ärmel. »Was war das denn?«, fragte sie.

Ich stand schon am Fenster. »Ein Pfau!«

»Wirklich?« Sie gesellte sich zu mir. »Das glaub ich nicht. Seit Jahrzehnten hat es keine Pfauen mehr in Fairfleet gegeben.«

Aber da war er und breitete, während er den Blick auf uns gerichtet hielt, stolz seine blauen Schwanzfedern aus. Ich war bereits unterwegs zur Gartentür.

Cathal stand auf seinen Rechen gestützt da und beobachtete den Vogel. »Ist der nicht großartig, Rosie?«

Ich wusste nicht recht, ob es mir gefiel, Rosie von ihm genannt zu werden, aber bei jemandem, der meine Begeisterung für diesen wunderschönen Vogel teilte, konnte ich auch mal über Kleinigkeiten hinwegsehen.

»Ist er herrenlos? Können wir ihn behalten?«

»Ich habe von niemandem hier in der Gegend gehört, der Pfauen hält. Wir könnten bei der Polizei anrufen. Oder beim Tierschutz. Um zu melden, dass er bei uns ist.« Er wandte sich Zunge schnalzend dem Vogel zu. »Weißt du was, im Schuppen dort steht eine Tüte mit Vogelfutter, mit dem wohl jemand die Vogelhäuschen bestückt.«

Großmama. Sie beobachtete so gern die Blaumeisen und Buchfinken.

»Willst du ihm nicht eine Handvoll hinwerfen?«

Der Pfau reckte seinen anmutigen Hals und pickte die Samen auf, die ich auf den Rasen streute. Mum kam nach draußen und bewunderte ihn. »Was für ein schönes Tier. Ich werde mal herumtelefonieren, ob ihn jemand vermisst.«

»Oh, hoffentlich nicht.«

Smithy kam mit dem Fahrrad zurück. Als sie den Pfau sah, stieg sie ab und kniff die Augen zusammen. »Wo kommt das denn her?«

»Es ist ein Er«, sagte Cathal flapsig.

»Ich weiß um das Geschlecht, danke.« Smithy sah Mum an. »Sie wollen ihn doch nicht behalten?«

»Warum nicht? Wenn keiner ihn zurückfordert. Fairfleet hat immer schon Pfauen gehabt.«

»Als Ihre Eltern Sie bekamen, waren die schon alle tot.« Das hörte sich bei Smithy nach guter Nachricht an.

»Nun, dann wird es höchste Zeit, dass wir an die Tradition wieder anknüpfen und Pfauen in Fairfleet halten.« Mum wandte sich an Cathal. »Können wir ihn dazu bringen, dass er im Stallgebäude schläft? Ich denke, dort hat man sie damals gehalten.«

Reifen knirschten auf dem Kies, als der Postwagen kam und der Fahrer ausstieg. Er pfiff bewundernd beim Anblick des Pfauen. Er reichte Mum einen braunen Umschlag.

»Oh.« Sie hielt ihn mit spitzen Fingern. »Ich gehe besser auf mein Zimmer. Dort liegt mein ganzer Papierkram.«

Noch Stunden später, als ich hochging, um sie zum Abendessen zu holen, saß sie an ihrem eleganten Walnussschreibtisch, der von Papieren übersät war, und betrachtete stirnrunzelnd die aufgelisteten Zahlen. Als ich ihr sagte, dass es Zeit zum Essen war, blinzelte sie mich verwirrt an.

Auch Cathal aß bei uns mit und kam wie ein Panther auf Strümpfen durch den Flur getapst. Anstatt der Sandalen, in denen er zu uns gekommen war, trug er jetzt Stiefel. Ich weiß nicht mehr, wie es dazu kam, dass er bei uns mitaß, aber es war, als hätte er schon immer mit uns in der Küche gesessen und lustige Geschichten erzählt. Er trug eine einzelne Pfauenfeder in seiner Hand.

»Der arme Kerl kommt in die Mauser, wie es aussieht. Wir werden in diesem Jahr nicht mehr viel Prächtiges an ihm zu sehen bekommen.« Er legte die Feder auf den Tisch, sodass das Auge uns ansah.

Smithy knallte eine Schale Suppe vor ihn auf den Tisch. »Das da können Sie gleich wieder rausbringen.«

»Smithy …«, hob Mum an.

»Pfauenfedern im Haus bringen Unglück.«

Cathal seufzte, stand auf und nahm die Feder. »Ich bringe sie in den Schuppen.«

»Ich kann wahrlich alles Glück brauchen, um mit diesen Zahlen fertigzuwerden«, sagte Mum, als er zurückkam.

»Steuern?«, fragte Smithy. Cathal sah meine Mutter an.

Mum nickte. »Immer wieder denke ich, jetzt ist es geschafft, um dann festzustellen, dass ich dies oder das nicht berücksichtigt habe. Der Steuerberater meiner Mutter ist sehr hilfsbereit, aber es bleibt dennoch viel zu tun.«

»Ich möchte nicht unverschämt sein, aber wenn Sie möchten, könnte ich Ihnen bei den Berechnungen helfen«, bot Cathal Mum an. »Ich kenne mich in diesen Dingen ganz gut aus.«

»Natürlich«, sagte sie und wirkte gleich weniger fahrig. »Sie haben das ja alles selbst durchgemacht.«

»Welche Berechnungen?« Andrew sah von einem zum anderen.«

»Wenn jemand stirbt, muss man die Finanzen in Ordnung bringen«, erklärte Mum. »Eure Großmutter hat alles sehr ordentlich hinterlassen. Aber ihr Tod kam plötzlich.« Sie schob ihre halb leere Schale von sich. Cathal beobachtete sie.

»Ich war mehrmals Testamentsvollstrecker«, sagte er. Und seine dunklen Augen ließen keinen Zweifel daran, dass er wusste, was Mum durchmachte.

Mum sah Cathal an, als sähe sie etwas in ihm, was ihr bisher entgangen war. »Vielleicht könnten Sie einfach überprüfen, ob ich alles berücksichtigt habe.«

»Man kommt immer an einen Punkt«, sagte er und dabei schmunzelte er, »wo man vor lauter Zahlen gar nichts mehr sieht und im Nebel tappt.«

»Genau das ist es«, sagte Mum. »Nebel.«

»Sie waren doch immer gut im Rechnen, Clarissa«, sagte Smithy.

»Es geht nicht so sehr ums Rechnen«, erwiderte sie. »Sondern darum, alle notwendigen Informationen zusammenzutragen.« Sie wirkte heute sehr jung mit ihren zum Pferdeschwanz zurückgebundenen blonden Haaren und ohne Make-up. Fast wie ein kleines Mädchen, das einen Erwachsenen sucht, der ihr bei den Hausaufgaben helfen soll. Ich wurde unruhig auf meinem Platz, weil mir diese Beobachtung unangenehm war.

»Kommen Sie«, sagte Cathal und schob seine Schale beiseite. »Wir wollen doch mal sehen, ob wir diesen teuflischen Papierkram nicht in Form bringen können.«

Smithy verfolgte sie achselzuckend mit ihren Blicken, als sie zur Treppe gingen. »Vielleicht ist er ja doch vernünftiger, als es den Anschein hat.«

Als Andrew und ich am nächsten Morgen zum Frühstück nach unten kamen, trafen wir Cathal an, der am Herd stand und einen Topf Porridge umrührte.

»Wir haben bis spät in die Nacht an den Steuerberechnungen gesessen.« Er hatte graue Ringe unter den Augen. »Da meinte eure Mutter, ich könne hier übernachten.«

Ich fragte mich, ob er in einem der Schlafzimmer im Obergeschoss geschlafen hatte, wo er Smithy hoffentlich nicht geweckt hatte, die dort oben wohnte.

»Ein toller Anblick«, sagte er und deutete auf den Garten, wo die Sonne bereits den Dunstschleier durchbrach. »Man hat der Köchin einen Gefallen damit getan, die Küche hier herauf zu verlegen. Dort, wo ich aufgewachsen bin, lagen drei Treppen zwischen dem Esszimmer und der Küche.«

Das muss ein großes Haus gewesen sein. »Und wo wohnen Sie jetzt?«

Er rührte den Porridge noch einmal kräftig durch. »Ich bin ein Wanderer. Ich finde mal hier, mal da eine Koje.«

Smithy kam herein und stieß einen leisen Seufzer aus, als sie Cathal am Herd stehen sah. »Was machen Sie denn schon so zeitig hier?« Zornesröte überzog ihren Hals.

»Ich mache Frühstück.«

»Das ist meine Aufgabe.« Sie ging auf ihn zu und hielt ihm auffordernd ihre Hand hin, damit er ihr den Kochlöffel übergab.

Er sah sie mit einem kalten Lächeln an. »Ich bringe gern zu Ende, was ich angefangen habe.«

Smithy schnaubte. »Das glaube ich gern.«

Er verteilte seinen Porridge und setzte sich, wobei er Smithy den Rücken zukehrte. »Ihr solltet aufessen. Der Arbeiter muss bei seiner Aufgabe bleiben.« Dabei zwinkerte er mir zu. Aber wie ein Arbeiter sah er noch immer nicht aus. Sein Hemd war zu schick, obwohl der Kragen abgewetzt war, und die Cordhose, die er trug, seit es kühler war, sah aus, als hätte er sie einmal zu Jackett und Krawatte getragen. Cathal gehörte zu den Menschen, die immer anständig aussahen, obwohl sie eigentlich verwahrlost wirken sollten.

Sobald er aufgegessen hatte, nahm Smithy ihm die Schüssel weg und trug sie zur Spüle.

»Ah, Clarissa.« Er blickte zur Küchentür. Mum hatte ihr Haar wieder zum Pferdeschwanz hochgebunden. Sie machte einen entschlossenen Eindruck. Smithy und Mum tauschten einen kurzen Blick. Dieser reichte mir, um zu wissen, dass Smithy nicht einverstanden war, Cathal schon so zeitig am Morgen in der Küche zu sehen. Und dass Mum das wusste.

»Ich werde heute ein paar Schulen anrufen«, kündigte Mum an. »Dann können wir uns welche ansehen.«

»Könnte ich nicht einfach die Gesamtschule in der Stadt besuchen?« Ich sehnte mich danach, mit normalen Kindern zusammen zu sein, die beide Eltern hatten und ganz normale Dinge machten.

Smithy sah mich an, als könnte sie Gedanken lesen. »Ausbildung bedeutet mehr als Spaß haben, Rose.« Aber ihr Ton war dabei sanft, was nicht immer der Fall war.

»Ich könnte sie hier unterrichten«, schlug Cathal vor.

»Unterrichten? Sie?«, warf Smithy ein. »Was könnten Sie denn unterrichten?«

Mum räusperte sich. »Cathal war einmal Lehrer.«

»Aha.«

»Ich muss in den Garten.« Cathal erhob sich. »Und Kronos herauslassen.«

»Kronos?«, fragte Andrew.

»Ich habe mir überlegt, dass wir den Pfau so nennen könnten. Er hat doch was Göttliches, oder nicht?« Als er an Mum vorbeiging, zwinkerte er ihr zu. Sie errötete leicht und wandte sich ab.

Andrew wartete, bis er die Küche verlassen hatte. »Ich möchte nicht von ihm unterrichtet werden.« Er sagte dies ganz ruhig, aber der Tonfall seiner Stimme war unmissverständlich.

»Er ist nicht der Typ, der bei einer so geregelten Tätigkeit wie dem Unterrichten bleibt.« Smithy ließ Wasser in die Spüle einlaufen. Andrew und ich räumten den Frühstückstisch ab. Draußen schob Cathal pfeifend die Schubkarre durch den Garten.

»Woher kommt überhaupt sein Name?« Smithy schnitt Karotten in Streifen, die an kleine Speere erinnerten. »Was wissen wir über ihn?«

»Seine Familie ist irischer Abstammung.«

»Ah.«

»Nun haben Sie doch nicht gleich Vorurteile, Smithy.« Mum nahm die von Smithy abgeschnittenen Karottenenden und warf sie in den Komposteimer. »Sie hatten Besitz im Süden. Cathal wuchs in einem großen Haus auf.«

»Tatsächlich?« Smithy nickte vor sich hin.

»Wir haben gemeinsame Freunde.«

Smithy sah sie an, als wollte sie fragen, wer diese waren.

»Na ja, eher entfernte Bekannte.«

»Entfernte Bekannte«, wiederholte Smithy und zog den Abflussstopfen heraus. »Wir sollten oben anfangen.«

Sie räumten die ungenutzten Schlafzimmer im Obergeschoss aus. Smithy setzte sich den marineblauen Turban auf, mit dem sie ihr Haar jedes Mal bedeckte, wenn sie staubige Arbeiten erledigte. Ich folgte ihnen, als sie nach oben gingen. Mum fand in diesen Räumen manchmal interessante Dinge, alte Spielsachen und Bücher. Sie öffneten die Tür zu einem Zimmer neben dem von Smithy.

»Entweder wir decken sämtliche Möbel mit Staublaken ab oder bringen sie runter in den Keller.« Smithy strich mit dem Finger über eine hohe Kommode. »Die ist zu gut, um sie hier als Staubfänger stehen zu lassen.«

»Vielleicht wäre es das Beste, sie zu verkaufen. Vor allem wenn …« Mum streifte mich mit ihrem Blick.

»Du weißt doch gar nicht, ob das nötig sein wird, Clarissa.«

»Was?«, fragte ich. »Was ist nötig?«

Mum setzte sich aufs Bett. »Komm und setz dich zu mir, mein Liebling.« Sie legte einen Arm um mich. »Wir müssen Steuern für dieses Haus zahlen, nachdem Großmama nun tot ist.«

»Erbschaftssteuern«, ergänzte Smithy. »Der Schatzkanzler verlangt seinen Anteil.«

»Was bedeutet das?«

»Wir schulden der Regierung Geld. Großmama hat mir außer dem Haus auch Geld vererbt, das dürfte reichen, um die Rechnung zu begleichen. Aber wenn nicht …«

»Dann müsstest du Fairfleet verkaufen.« Ich stand auf und schüttelte Mums Arm. »Nein. Nicht das auch noch. Erst Dad, dann Großmama, und jetzt verlieren wir auch noch Fairfleet.«

Ich rannte nach unten und konnte mein Schluchzen nicht mehr zurückhalten.

»Was ist denn?« Andrew kam aus der Küche geschossen. »Was ist passiert?« Ich schüttelte den Kopf.

Cathal brachte einen Armvoll Zucchini und Auberginen herein. Er sah mich an und schielte dann nach oben zu Mum, die hinter mir die Treppe heruntergerannt kam. »Vielleicht sollten wir uns doch noch einmal über meine Idee unterhalten«, sagte er.

»Ihre Idee?«, hakte Andrew nach.

»Wir sollten reden, ja.« Mum wirkte plötzlich erschöpft. »Cathal hat einen Plan, aus Fairfleet eine Nachhilfeschule zu machen.«

»Wiederholungskurse für Mittlere Reife und Abitur«, erläuterte er. »Kurse mit Unterkunft.«

Mum wandte sich an mich. »Komm wieder mit nach oben«, sagte sie. »Hilf uns beim Ausräumen der Zimmer. Wir können das später besprechen.«

Als ich wieder nach oben kam, lag Smithy auf Händen und Knien und wischte unter einem Bett. »Du kannst nachsehen, ob die Schubladen in dieser hohen Kommode leer sind«, sagte sie. »Die ganzen Möbel hier dürften weiß Gott ein Vermögen wert sein. Diese Jungs wussten gar nicht, wie gut es ihnen hier ging.«

»Die deutschen Jungs?«, fragte ich.

»Die Juden.« Smithy sah aus, als hätte sie gern noch mehr gesagt.

»Großmama wollte für sie nur das Beste«, sagte Mum.

Smithy schnaubte.

Ich zog eine Schublade auf. Sie ließ sich ganz leicht und fast geräuschlos öffnen. Großmama hatte mir einmal erklärt, auf diese Weise könne man feststellen, wie gut ein Möbelstück verarbeitet war. Das Innere der Schublade roch nach Zeder.

»Ich gehe nach unten«, sagte ich. Cathal saß in der Küche. Da ich nur Socken an den Füßen hatte, trat ich lautlos ein, und er blickte nicht auf, schien mich gar nicht zu hören. Er wirkte sehr nachdenklich, seine Stirn war gefurcht.

»Hallo«, sagte ich. Da blickte er auf, und sein Lächeln strahlte wie die Sonne.

16

Honigfarbenes Oktoberlicht lag auf dem Gelände und dem Garten von Fairfleet. Jedes Mal wenn ich nach draußen ging, um Cathal beim Zusammenfegen der Blätter zu helfen, hing der scharfe Geruch von Herbstfeuern in der Luft. Er bewegte die Harke in langen, anmutigen Schwüngen und summte dabei irische Volkslieder vor sich hin. Mich schien er kaum wahrzunehmen. Für jemanden, der so gut darin war, sich den Menschen mit überwältigender Aufmerksamkeit zuzuwenden, gelang es ihm überraschend gut, sich in seine eigene Welt zurückzuziehen. Mir machte es nichts aus, denn gelegentlich nickte er mir zu, wie um meine dürftigen Versuche mit den Blättern anzuerkennen.

Kronos hatte inzwischen fast alle seine Schwanzfedern verloren und wirkte eingefallen. Vielleicht brauchte er einen Freund, überlegte ich. Ich wollte die Federn retten und in den Keller schmuggeln, wo Smithy sich nicht darüber aufregen konnte, aber Kronos schien sie an einem Ort abzuwerfen, wo ich sie nicht finden konnte.

»Wir werden dümmer und dümmer«, sagte Andrew, als die Blätter in ordentlichen Haufen lagen und ich wieder ins Haus kam. »Bald ist das halbe Schuljahr vorbei, und wir sind noch immer auf keiner Schule. Wenn wir erwachsen sind, werden wir Hilfsarbeiten annehmen müssen.«

»Wie Cathal.« Wir standen an unserem Lieblingsplatz am

Küchenfenster und sahen zu, wie er die letzten Sommerblumen in den Beeten zurückschnitt. Smithy war ebenfalls in der Küche und räumte die Besteckschublade auf.

»Manche Leute meinen, es sei egal, wo man die Teelöffel einräumt«, hatte sie beim Frühstück gesagt und dabei durchs Fenster auf Cathal geschielt.

»Er scheint es geschafft zu haben, auch ohne richtigen Job ein gutes Leben zu führen.« Andrew verzog den Mund. »Und in einem komfortablen Haus zu wohnen.«

»Cathal wohnt nicht hier.«

»Er übernachtet meistens hier.«

»Aber nur, weil er Mum bei den Steuern hilft und sie sich nachts Großmamas Papierkram vornehmen. Mum ist eine Vollstreckerin.«

»Was?«

»Jemand, der sich mit dem Nachlass einer toten Person befasst«, erklärte Smithy.

»Das dauert aber lang.«

»Ich glaube, ihm gefällt es hier«, sagte Andrew. »Ich denke, er versucht, seinen Aufenthalt in die Länge zu ziehen.«

Hinter uns fiel klappernd Besteck zu Boden.

»Ich habe heute zwei linke Hände«, sagte Smithy. Mum kam herein, sie trug eine Schürze. Es war wieder einer ihrer »Arbeits«-Tage, von denen es im Lauf des Jahres mehr und mehr gab. Offenbar nahm sie ihre Tabletten regelmäßig.

»Ich finde es seltsam«, sagte Andrew und warf Mum dabei einen herausfordernden Blick zu.

Smithy knallte die Besteckschublade zu. »So. Jetzt wollen wir hoffen, dass die Messer und Gabeln und Löffel alle an ihrem Platz bleiben.« Dabei sah sie Mum an, wie um anzudeuten, dass das, was auf das Besteck zutraf, auch auf Menschen anzuwenden war.

Mum verdrehte die Augen. »Ich gehe nach oben und sortiere Großmamas Kleider aus. Willst du mir helfen, Rose?«

Ich begleitete sie nach oben. Beim Anblick von Großmamas alten Kleidern und Pelzen wurde mir ganz beklommen zumute. Wir packten sie in Plastiksäcke, je nachdem ob sie für karitative Secondhandläden oder zum Aufheben im Keller gedacht waren. Eins der Kleider in Großmamas Kleiderschrank, das noch in der Folie der Trockenreinigung steckte, war Mums eigenes Hochzeitskleid.

»Weiß Gott, wie das hier reingekommen ist.« Mum holte es heraus. »Das hänge ich in meinen eigenen Kleiderschrank.«

»Es ist viel zu schön, um es zu verstauen.« Ich strich mit der Hand über die weiße Pracht unter dem Plastik.

»Findest du?« Mum schien sich zu freuen. »Dann lass es uns mal herausholen.« Das Kleid hatte lange Ärmel mit stoffbezogenen Knöpfen daran. Der Rock bauschte sich nicht ab der Taille, sondern setzte unterhalb der Corsage in weich fließender Seide an.

»Dein Kleid gefällt mir besser als das von Diana.« Kurz nachdem wir nach Fairfleet kamen, wurde die königliche Hochzeit gefeiert, und meine ganze Sehnsucht galt einem Kleid wie dem von Diana: ein Bausch aus Seide. Als ich daran dachte, fühlte ich mich als Verräterin.

»Wenn ich da wieder hineinpasse, weiß ich …«

»Was?«

Aber Mum schüttelte den Kopf. Vielleicht glaubte sie,

dass das Kleid, sollte sie wieder hineinpassen, als eine Art Glücksbringer fungieren und ihr Dad zurückbringen könnte. Vielleicht liebte er die Tennisspielerin gar nicht so sehr wie Mum. Mum konnte doch wohl kaum an jemand anderem genauso interessiert sein wie an Dad. Es fiel mir schwer, die Gedanken an Cathal zurückzuhalten, die sich mir aufdrängen wollten.

»Ich war so glücklich, als ich das trug.« Mit ihren Augen war sie weit weg. »Ich wollte mich gar nicht davon trennen und meine Reisekleidung anziehen. Vermutlich schrieb ich diesem Kleid Zauberkraft zu.« Sie streichelte es wieder. »Ein wenig wie bei Aschenputtel in diesem Walt-Disney-Film, deren Hochzeitskleid ihre Patinnen, die Feen, mit einem Zauber ausgestattet haben. Das Kleid wechselt die Farbe, wenn sie tanzt.«

Ich erinnerte mich an die Szene. »Es war ein Ballkleid, das eine der Feen macht, als sie den Kürbis in eine Kutsche verwandelt.«

»Aha.« Sie sah so traurig aus, und ich fühlte mich schrecklich.

Später erinnerte ich mich an die Szene in *Dornröschen,* wo es tatsächlich ein Hochzeitskleid gibt, das dank der Feen die Farbe von Rosa nach Blau und wieder zu Rosa wechselt. Eigentlich wollte ich meine Mutter fragen, ob sie an diese Szene gedacht hatte, aber dann vergaß ich es.

Denn als ich am nächsten Morgen zum Frühstück nach unten kam, saß Cathal neben meiner Mutter am Tisch. Beide trugen Morgenmäntel. Cathal schien sich einen alten aus dem Wäschetrockenschrank geliehen zu haben. Er nahm seine Hand von Mums entblößtem Knie.

»Hallo, Kinder.« Er sah uns mit seinem typischen, rasch aufblitzenden Lächeln an. »Ich habe überlegt, ob wir nicht ein Baumhaus in einer dieser Eichen draußen auf der Wiese bauen sollen. Was meinst du, Andrew?«

Ich sah, wie das Verlangen auf dem Gesicht meines Bruders gegen das Misstrauen ankämpfte. Auch er hatte die Hand auf Mums Knie gesehen. »Okay«, sagte er barsch und wandte sich dann der Schachtel mit Cornflakes auf dem Tisch zu. Nach dem Frühstück fuhr Cathal mit ihm in Großmamas altem Kombi zum Holzhändler. Sie kamen mit nach Harz duftenden Brettern zurück, luden sie aus und trugen sie dann auf die hintere Wiese. Andrews Gesicht leuchtete vor Begeisterung, eine Männeraufgabe übernehmen zu dürfen. Die beiden maßen und sägten den ganzen Nachmittag. Ich brachte ihnen Tee. Es hatte zu nieseln begonnen, aber die Luft war noch mild.

»Reich mir mal das Bandmaß an«, forderte Cathal mich auf. Als ich es ihm geben wollte, schien er die Entfernung falsch einzuschätzen, denn er schloss seine Finger mitten in der Luft. Das Maßband in seiner Metallhülle fiel zu Boden und traf Cathals Becher, der im Gras stand. Ein wenig Tee schwappte heraus.

»Herrgott noch mal«, schrie Cathal.

»Es war doch nur ein Missgeschick«, sagte Andrew.

Cathal starrte noch immer auf den verschütteten Tee im Gras.

»Ich koche frischen«, sagte ich und hörte dabei einen entschuldigenden Ton in meiner Stimme, obwohl nicht ich es gewesen war, die das Bandmaß hatte fallen lassen.

»Mach dir keine Umstände, Rosie.« Seine Stimme hatte

wieder ihre übliche Wärme. »Wir werden das morgen fertig machen. Eure Mutter möchte, dass ich Möbel vom Obergeschoss in den Keller trage.« Er entfernte sich und ließ das Bandmaß und den Becher mit den zur Hälfte gesägten Brettern liegen. Andrew und ich setzten uns einen Moment, ohne ein Wort zu wechseln.

»Wie ich schon gesagt habe, Cathal ist ein wenig sonderbar.« Andrew reihte Nägel auf, sodass deren Spitzen alle aufs Haus zeigten.

Ich hob das Bandmaß und den umgekippten Becher von dem teegetränkten Boden auf. »Was meinst du damit?«

»Er sagt merkwürdige Sachen. Da stand vor uns eine alte Frau an der Ampel. Sie würgte ihren Motor ab, als es grün wurde, und wir kamen erst bei der nächsten Ampelschaltung drüber. Er sagte, wir sollten ihr von hinten drauffahren, nur ganz leicht, um sie daran zu erinnern, besser achtzugeben.« Er zuckte die Schultern.

Wir spülten die Becher und stellten sie in den Schrank zurück. »Alles hat seinen Platz und alles seine Ordnung.« Andrew äffte Smithy nach, als er die Tür schloss.

»Smithy kann Cathal nicht ausstehen«, sagte ich.

»Dieses Gefühl beruht auf Gegenseitigkeit.« Es war Cathal. Er stand ganz entspannt in der Tür, schien sich fast zu amüsieren. Bevor uns eine Antwort einfiel, ging er schon nach oben. Ich faltete die Geschirrtücher zu ordentlichen Rechtecken und hängte sie an die Herdstange, als würde die an Smithy orientierte Genauigkeit irgendwie alles ins rechte Lot bringen. Ich sah Andrew nicht an und wusste, dass auch er keinen Blick mit mir tauschen wollte.

Von oben hörte man einen Schlag. Vielleicht war es eine

Kommode oder ein Tisch, der umgefallen war. Ich ging hinaus in die Diele. Schweigen von oben. Gefolgt von Lachen. Dann eine Tür, die geschlossen wurde.

Mum und Cathal kamen erst kurz vor dem Abendessen herunter. Mums Gesicht strahlte. Andrew vertiefte sich in den Comic, den er las. Ich entdeckte einen losen Faden auf meiner Strickjacke und wickelte ihn mir um den Finger.

Smithy kam von ihrer Nichte zurück, als wir gerade das Essen auftischten, und ihr Blick wanderte von Mum zu Cathal, ein langsamer, fester Blick, der Mum über ihrem dampfenden Teller Käsemakkaroni die Röte ins Gesicht trieb.

»Sie wissen ja, Marcy möchte gern, dass ich bei ihr wohne«, sagte Smithy. »Sie hat ein freies Zimmer. Ich könnte ihr beim Kochen und mit dem Kleinen helfen.«

Alle Farbe wich aus Mums Gesicht. »Sie können uns doch nicht verlassen, Smithy. Wir brauchen Sie.«

Wenn Smithy Fairfleet verließe, wäre das, als würde man die Monate November oder Februar aus dem Kalender tilgen: Es wäre undenkbar, obwohl diese Monate häufig kalt und düster waren.

»Ich nenne ihn Cattle«, sagte Andrew, als wir uns später in Sorge, Cathal könnte nach oben kommen und uns hören, im Flüsterton auf meinem Bett über die Ereignisse des Tages unterhielten. »Denn er ist so dumm wie Rindvieh.«

Aber ich glaubte nicht, dass er dumm war. Ich hatte ihn beobachtet, wie er geduldig gewartet hatte, wenn Mum sich unschlüssig war, ob sie ein Möbelstück woanders hinbringen sollte. Oder wenn er ihr half, ein Bild umzuhängen. Er war gut darin, war in der Lage zu erkennen, dass es das

Aussehen einer Wand veränderte, wenn man einen Rahmen etwas in diese oder jene Richtung verschob. Er hatte auch vorgeschlagen, einen roten Perserteppich vom Esszimmer ins Wohnzimmer zu legen, und damit einen langweiligen Raum in ein Zimmer verwandelt, in dem man sich gern den ganzen Tag aufhielt. Smithy hatte diese Verlagerung von Gegenständen mit halb zusammengekniffenen Augen verfolgt.

»Vermutlich stört es niemanden, dass der Teppichboden im Esszimmer Löcher hat und wir sie sehen, seitdem der Teppich weg ist?«

Am nächsten Morgen war Cathal ganz still beim Essen. Als wir die Teller wegräumten, fing er zu reden an. »Wie schon gesagt, ich finde, wir sollten die Kinder selbst unterrichten, Clarissa.«

»Verstößt man damit nicht gegen das Gesetz?«, fragte Andrew.

»Das Gesetz besagt, dass ihr ausgebildet werden müsst, aber es legt nicht fest, dass dies in einer Schule zu geschehen hat«, antwortete Cathal.

»Dann würden Sie also Kinder unterrichten?« Smithy hatte das Gespräch genau verfolgt, während sie abwusch.

»Das würde ich. Aber Miss Smith scheint zu bezweifeln, dass ich dieser Aufgabe gewachsen bin, nicht wahr?« Er beobachtete sie mit amüsierter Miene.

»Natürlich bist du dieser Aufgabe gewachsen«, sagte Mum fast brüsk. »Aber warum solltest du das tun wollen, Cathal? Es gibt in dieser Grafschaft genügend gute Schulen. Wir müssen nur endlich dazu kommen, uns eine auszusuchen.«

»Aber was bringen die ihnen wirklich bei? Das sind Prüfungsfabriken. Sie treiben den Kindern die Neugier aus. Sieh mich an, als Kind war ich voller Ideen.«

»Auf welcher Schule waren Sie?« fragte Smithy.

»Die war in Irland. Sie werden sie nicht kennen. Aber ich habe hier in diesem Land unterrichtet.«

»Wo?«

»Ich erstelle Ihnen gerne eine Liste, wenn Sie möchten. Mir geht es darum, dass die beiden hier es besser haben. Fairfleet ist voller Bücher.«

»Du bist auf jeden Fall die gebildetste Person, der ich je begegnet bin«, sagte Mum. »Aber es ist ein großes Unterfangen, Cathal.«

»Wir gewinnen Zeit damit. Denn wenn das nächste Schuljahr beginnt, werden sie wirklich auf dem neuesten Stand und dazu bereit sein, in einer wirklich ausgezeichneten Schule Erfolg zu haben. Vielleicht werden sie ihren Gleichaltrigen sogar voraus sein.«

»Voraus«, murmelte Mum. »Ja, das wären sie vermutlich.«

Mir fiel auf, dass er seine Position sehr rasch und reibungslos verändert hatte, erst behauptete er, Schulen seien Prüfungsfabriken, dann gestand er ein, dass einige davon ausgezeichnet waren.

»Ich werde dich nach Oxford fahren, dann können wir dort die Bücher kaufen, die du brauchst«, sagte Mum. »Wir sollten nicht noch mehr Zeit verstreichen lassen.«

»Ihr Kinder könnt den heutigen Morgen dazu nutzen, das alte Klassenzimmer so herzurichten, dass wir es benutzen können«, sagte Cathal.

Smithy starrte ihn an.

»Welches alte Klassenzimmer?«, fragte Andrew.

»Das kleine Zimmer neben dem Tageswohnzimmer.« Mum suchte ihre Autoschlüssel. »Das ist der Raum, in dem die jüdischen Jungs während des Kriegs unterrichtet wurden. Und Cathal meint, es sei eine Schande, den Raum nicht …«

»Der Raum, in dem Smithy ihre Sachen aufbewahrt?«, fiel Andrew ihr ins Wort. Smithy verwahrte in diesem Raum neben einigen ihrer eigenen Besitztümer Mopps, Staubwedel und den alten Staubsauger. Manchmal setzte sie sich auch mit einer Tasse Tee und mit einer Ausgabe der *Mail* in den alten Sessel. Als Klassenzimmer hatte ich den Raum nie gesehen.

»Ich werde die Sachen umräumen.« Smithy sprach mit angespannter Stimme, als wollte sie uns daran erinnern, dass sie sich ihrer Rolle als Bedienstete sehr wohl bewusst war, sie wurde bezahlt, um hier zu wohnen, und war nicht Teil der Familie. Aber das stimmte doch wohl so nicht!

»Wir helfen mit.« Andrew schob seinen Teller beiseite und stand auf.

»Ich wollte auf die Gesamtschule«, sagte ich zu Andrew, als wir Eimer und Wischmopps aus dem Zimmer trugen.

»Vielleicht wird er das Unterrichten bald leid.« Er streckte sich, um einen Karton Seife aus einem Regal zu ziehen. »Wohin sollen wir das bringen?«

»Runter in den Keller.« Smithy streckte die Hand danach aus. »Gib her, ich nehme das.« Wir hörten, wie sie auf die Treppe zutrottete.

Da fiel mir was ein. »Unten gibt es eine alte Tafel. Die

könnten wir doch nach oben bringen.« Dass mich angesichts der Aussicht, von Cathal unterrichtet zu werden, nun fast so etwas wie Begeisterung mitriss, empfand ich als Verrat an Smithy.

»Was ist das denn?« Andrew zeigte auf einen flachen Gegenstand, der dort, wo die Seife gestanden hatte, im Regal lag.

Ich stellte mich auf Zehenspitzen, um ihn herunterzuziehen. »Es ist ein Foto.«

Eines der seltenen Farbfotos aus Kriegszeiten. Großmama in Fliegerjacke und in Hosen stand lächelnd in einer Gruppe junger Männer. Man erkannte sie trotz ihrer männlichen Kleidung und ihrer Frisur im Stil der Vierzigerjahre. Die jungen Männer sahen sie liebevoll an. Einer von ihnen, dem Jungenalter noch nicht entwachsen, stach wegen seiner feinen Züge und seiner Größe heraus. Auch sein Gesichtsausdruck, mit dem er Großmamas Lächeln erwiderte, war auffallend.

»Er mochte sie wirklich, nicht wahr?« Ich zeigte auf den Jungen.

Andrew musste niesen. »Mein Gott, ist das hier staubig. Ja, der schwärmte für sie. Nun, lass uns diese Tafel holen. Es müssten auch noch ein paar alte Pulte unten stehen. Großmama hat scheinbar nie etwas weggeworfen.«

Ich wischte das Foto an meiner Jeans ab und stellte es ins Regal zurück. Es war eine Schande, ein derart fröhliches Foto hier zu verstecken, wo keiner Großmamas strahlendes Gesicht sehen konnte.

Wir wischten gerade den letzten Staub von den Pulten und rückten sie in Smithys Raum zurecht, als sie hereinkam. Sie wirkte hohlwangig als hätte das Ausräumen dieses Zimmers sie ihrer Lebenskraft beraubt.

»Es tut mir so leid wegen Ihrer Sachen, Smithy«, sagte ich. »Aber vielleicht schicken sie uns ja bald auf die Schule, dann können Sie wieder einziehen.«

»Ich werde schon zurechtkommen.« Smithy sah sich mit einem Ausdruck im Raum um, der einem Lächeln nahekam, einem sehr kühlen Lächeln wie Sonnenschein an einem frostigen Morgen.

Cathal war schweigsam, als er zur Mittagszeit von der Einkaufstour zurückkam. Er setzte sich mit einem Blatt Papier und einem Stift hin und schrieb die Wochentage und die Fächer auf, die durchgenommen werden sollten.

»Ich frage mich, ob er überhaupt noch mal nach Hause geht«, sagte ich zu Andrew, als wir nach dem Essen nach draußen gingen. »Er scheint jetzt seine ganze Zeit hier zu verbringen.«

»Was meinst du mit nach Hause gehen?«, fragte Andrew.

Ich verstand ihn nicht.

»Er lebt jetzt hier. Hast du das noch nicht kapiert?«

»Aber wo …?«

»Wo er schläft?« Er lachte, und zwar nicht besonders fröhlich. »Wo denkst du denn, Rose?«

Nicht in Großmamas Zimmer, das hatte ich ausräumen helfen. Und auch nicht im Obergeschoss neben Smithys Zimmer, denn auch diese Zimmer hatte ich alle entrümpelt.

Er schlief in Mums Schlafzimmer. Was ich mir noch nicht eingestehen konnte.

Andrew verpasste den Steinstufen, die zur Eingangstür führten, einen Tritt. »Ja. Mein Gott, mir wird ganz übel, wenn ich nur daran denke. Und jetzt wird er uns auch noch unterrichten. Er windet sich in unser Leben hinein, Rose, wie ein Wurm.«

An diesem Abend kochte Mum das Abendessen, es gab gebratenes Lamm und Kartoffeln. Sie holte eine Flasche von Großmamas Wein aus dem Keller. Cathal legte seine Hand über sein Glas.

»Ich brauche einen klaren Kopf, wenn ich am Morgen mit den Schülern zurechtkommen will.« Seine Augen funkelten.

»Es ist ein sehr guter Bordeaux.« Mum schenkte sich ein Schlückchen ein. Sie trank kaum Alkohol in letzter Zeit, sie sagte, er vertrage sich nicht gut mit dem Lithium.

Cathal betrachtete die rote Flüssigkeit seltsam konzentriert.

Als wir am Morgen zum Unterricht nach unten gingen, begrüßte uns ein Cathal, den wir bisher noch nicht kennengelernt hatten. Er trug ein Hemd, das ich noch nicht an ihm gesehen hatte, und dazu eine gut gebügelte Cordhose, die neu zu sein schien. Auf jedem der Pulte lagen ein Mathematikbuch, ein Heft, Bleistift und Winkelmesser.

»Ich werde Andrew anspruchsvollere Aufgaben geben, weil er älter ist. Aber ich werde auch dich rannehmen, Rosie. Du hast einen hellen Kopf.« Seine Augen zwinkerten zwar noch, waren an diesem Morgen aber scharf und aufgeweckt. Ich spürte, dass Cathal, der Lehrer, womöglich nicht so umgänglich war wie Cathal, der Gärtner und Alleskönner.

»Ihr beginnt beide mit Geometrie. Lasst uns erst mal durchgehen, was ihr schon könnt.«

Dreiecke, Winkel, Rechtecke, Pi, Kreise. Er stellte Fragen und bohrte nach. Zeichnete Formen an die Tafel. Stellte uns Fragen zu Fußballfeldern und Zirkusmanegen. Dabei gelang es ihm, mich glauben zu lassen, ich wüsste die Antwort, die irgendwo in mir vergraben war und nur hervorgeholt werden musste, und gab mir das Gefühl, weitaus besser in Mathematik zu sein, als ich mir das je hatte träumen lassen, was zu erkennen die Dummheit der Lehrer verhindert hatte.

Andrew konnte alle möglichen ausgefallenen Sachen mit Dreiecken machen und benutzte ein Büchlein mit geheimnisvollen Zahlen, genannt Logarithmen. Wir drei maßen und multiplizierten anderthalb Stunden lang.

»Das reicht jetzt.« Cathal schaute auf seine Uhr. »Lehnt euch zurück, schließt eure Augen und hört einfach zu.«

Er begann, uns ein Gedicht über jemanden vorzulesen, der sich aufmachte, eine Hütte zu bauen. Aus den Worten wurde man nicht recht schlau, aber die Melodie von Cathals Stimme bannte einen, sodass man dem Fortgang entgegenfieberte.

»W. B. Yeats«, sagte er, als er fertig war. »Wir werden uns weitere seiner Gedichte ansehen. Es gibt zwar Leute, die meinen, Kinder seien damit überfordert, aber dem würde Rosie bestimmt nicht zustimmen, oder?«

Ich nickte, erfreut, dass er meine Wertschätzung der Dichtkunst bemerkt hatte.

»So, und jetzt raus mit euch. Geht und rennt draußen herum, und nehmt euch etwas zu essen. Vor dem Mittagessen widmen wir uns noch der Geografie. Das ist dann genug für heute.«

Wir setzten uns an den See und aßen die Garibaldi-Kekse, die Smithy für uns bereitgestellt hatte. »So«, sagte ich.

Andrew grunzte. Ich wusste, wie ihm zumute war. Es fiel nicht leicht, es zuzugeben, aber Cathal war gut.

»Heute Morgen lernen wir Französisch«, verkündete Cathal beim nächsten Frühstück. »Zu einer Sprache gehört mehr als das Auswendiglernen von Substantiven. Französisch ist die Sprache der Philosophie.«

»Die meisten Kinder benötigen Sprache, damit sie um ein Glas Wasser oder eine Wegbeschreibung bitten können«, wandte Smithy ein.

»Ich unterrichte diese beiden hier nicht, damit sie wie irgendwelche anderen Kinder sind«, entgegnete er milde.

»Sie müssen aber dennoch mit den Grundlagen beginnen. Das hat Dr. Dawes auch mit den jüdischen Jungs gemacht. Er brachte ihnen bei, nach ganz einfachen Dingen auf Englisch zu fragen: nach einem Apfel, der Uhrzeit, wo der Bahnhof ist. Und er brachte ihnen die Regeln bei.«

»Ach Regeln, Regeln«, erwiderte Cathal achtlos.

»Es hat einen Grund, dass es Regeln gibt.«

Es machte ganz den Anschein, als würden Smithy und Cathal sich wieder in einen Streit verbeißen, der ständig zwischen ihnen aufflammte. Ich schlich mich aus der Küche. Wir hatten noch eine Stunde Zeit, bis der Unterricht anfing. Ich ging ins Zimmer meiner Mutter hoch.

Mum zog sich gerade an. Heute wollte sie ein schlichtes Wollkleid in Marineblau tragen. In den letzten Wochen war sie immer eleganter geworden; Cathal ermutigte sie, die alten Hosen abzulegen, die sie sonst immer getragen hatte. Dad war offenbar nie aufgefallen, was Mum anhatte, aber ich hatte mitbekommen, wie Cathal Mum riet, die eine Bluse gegen eine andere auszutauschen oder diese Strickjacke statt jener Jacke zu tragen und sie mit einem Gürtel oder einem Schal zu ergänzen.

Ich hielt im Schlafzimmer meiner Mutter Ausschau nach Anzeichen von Cathal. Er schien nicht viel zu besitzen, aber ich entdeckte einen mir unbekannten Kamm auf dem Nachtkästchen, das auf der anderen Seite von Mums Bett stand. Ein Paar männliche Schuhe lugten unter dem Ankleidetisch hervor. Vielleicht verwahrte er seine restlichen Sachen in einem der oberen Schlafzimmer.

»Darf ich mir dein Hochzeitskleid ansehen?«

Mum holte es für mich aus dem Schrank und legte es auf das ungemachte Bett. Es war ein merkwürdiges Gefühl, sich vorzustellen, dass Cathal hier schlief. Mir wäre es lieber gewesen, die Zudecken hätten auf dem Laken gelegen, dann hätte ich nicht an seinen schlafenden Körper neben dem meiner Mutter denken müssen. Durch die Plastikfolie hindurch berührte ich die Knöpfe an den Ärmeln des Kleides. Aber an diesem Morgen schien das Kleid seine Wirkung zu verfehlen.

Auf der Suche nach anderen Dingen, die mich beruhigen und mir Sicherheit geben konnten, fiel mein Blick auf den Frisiertisch. Mum hatte offenbar kleine Kerzen gefunden, Teelichter nannte man sie. Die hatte sie in Hufeisenform auf dem Frisiertisch drapiert. In der Mitte stand ein Foto, auf dem Großmama und Mum, Andrew und ich zu sehen waren. Das musste Dad vor Jahren aufgenommen haben, denn Andrew und ich waren noch ganz klein.

»Das gibt mir Sicherheit«, sagte Mum, die meinem Blick folgte. »Wenn ich die Kerzen anzünde und hier sitze, spüre ich die Präsenz von etwas, das stärker ist als ich. Es beruhigt mich.«

»Was hält Cathal davon?« Es war ein seltsames, fast erwachsenes Gespräch, das ich da mit meiner Mutter führte.

Mum lachte. »Er zieht mich auf. Aber es hilft, es hilft wirklich.« Sie zuckte verlegen die Achseln.

Aber schon beschäftigten mich wichtigere Dinge. Ich suchte den Frisiertisch nach der Flasche mit den Tabletten ab. Da war sie, ganz hinten neben ein paar abgelegten Haarnadeln und Wattebäuschen. Mum sah, dass ich die Flasche im Visier hatte.

»Ich habe meine Morgentabletten schon genommen.« Sie deutete auf ihren Schrein. »Es ist, als würde Großmama mich ermuntern. Cathal findet, dass ich keine Tabletten nehmen sollte.«

Bohrende Fragen quälten mich.

»Er meint, ich könne mich selbst heilen, mit seiner Hilfe. Er sagt, es sei meine Seele, die verletzt ist, und die braucht keine Medikamente.«

»Du hast Großmama aber versprochen, das zu tun, was die Ärzte sagen.«

»Ich weiß.« Mum senkte ihren Kopf.

Am folgenden Morgen klagte Mum, sich erkältet zu haben. Sie blieb im Bett. Cathal setzte den Unterricht fort. Geschichte. Er erzählte uns von Heinrich VIII. und seinem Bruch mit Rom, von Kardinal Wolsey und Thomas Morus.

Wenn Cathal Geschichte unterrichtete, erzählte er unglaublich spannend. Selbst Andrew hatte aufgehört, die Stirn in Falten zu legen, wenn Cathal etwas erklärte, und lauschte, während er den Kopf auf dem Arm abstützte.

»Da habt ihr es, ein gewaltiger religiöser Wandel wurde durch einen Mann ausgelöst, der sich in eine Frau verliebte. Doch das war noch nicht das Ende von Heinrichs ehelichen Abenteuern. Hier sind die Frauen, die er alle geheiratet hat.«

Cathal drehte sich der Tafel zu und begann, die Namen aller seiner Ehefrauen aufzulisten. Die Kreide brach.

Der Ausdruck in seinen Augen sprang sofort in enttäuschte Wut um, wie mir das schon früher aufgefallen war, als er den Tee im Gras verschüttet hatte. Er murmelte etwas, sah dann, dass ich ihn beobachtete, riss sich sofort zusammen und war wieder der gefasste Lehrer.

»In meiner vorderen Jackentasche habe ich noch mehr Kreide, sie hängt in der Küche über dem Stuhl. Hol sie doch bitte für mich, Rosie.«

Die Küche war leer. Smithy war offenbar oben. Ich fand Cathals Tweedjacke. Die vordere Tasche war leer. Aber in der Innentasche steckte etwas. Ich öffnete den Reißverschluss und stieß auf einen zusammengefalteten Zeitungsausschnitt. Er brannte unter meinen Fingern. Ich warf einen Blick über meine Schulter. Keiner beobachtete mich. Ich entfaltete das Blatt.

Es war ein Artikel in der *Oxford Mail* über Großmamas Tod und die Beerdigung, mit Fotos vom Haus und einer Beschreibung des Anwesens. Ich überflog ihn rasch: … *eine der ersten Frauen, die eine Spitfire flog … Fairfleet House …*

Beispiel palladianischer Architektur … Lord Dorner … hinterlässt ihr einziges Kind Clarissa Madison … erbt nun…

Warum hatte Cathal diesen Artikel ausgeschnitten? Großmama war beerdigt worden, bevor er nach Fairfleet kam, warum also hatte er solches Interesse an einer Fremden gezeigt? Ich hatte noch immer das Gefühl, mich an diesem Papier zu verbrennen. Ich faltete es schnell zusammen und steckte es in die Tasche. Doch dann überlegte ich es mir anders, holte es wieder heraus und stopfte es in meinen Hosenbund, wo es unter meinem Pullover versteckt war. Die Kreideschachtel war aus der Jacke auf den Küchenboden gefallen. Ich hob sie auf und nahm sie mit ins Klassenzimmer.

Den Rest des Vormittags versuchte ich, mich auf Heinrich und seine Frauen, später dann auf den ersten Teil des *Liedes von Hiawatha* zu konzentrieren, den Cathal uns mit seiner ausdrucksvollen Stimme vortrug.

Alles war gut, redete ich mir ein. Mum würde ihre Tabletten nehmen. Cathal half ihr mit dem Geld. Andrew und ich hatten wieder Unterricht und kamen gut voran, wie Cathal bestätigte.

Alles war gut, wiederholte ich, als ich den Zeitungsausschnitt zwischen Matratze und Sprungfedern des Bettgestells stopfte, damit Smithys Finger auch ja nicht drankamen, wenn sie das Bett neu bezog.

17

Ein Strahl der tief stehenden Sonne schob sich hinter einer Wolke hervor und tauchte Benny und mich in Licht. Dreißig Jahre waren vergangen, seit ich den Zeitungsausschnitt in Cathals Tasche gefunden hatte. Wie halb verlorene Erinnerungen tanzten Staubpartikel im Raum zwischen uns herum. Ich verpasste mir einen geistigen Tritt und sagte mir, dass ich Bennys Tabletten abzählen, den Wasserkrug auffüllen und den Sauerstoffzylinder überprüfen musste.

Benny blinzelte und wandte seinen Kopf vom Licht ab.

»Soll ich die Vorhänge zuziehen?«, fragte ich.

»Nein.« Er sah mich an. »Für einen kurzen Moment …« Er schüttelte den Kopf. »Ich sehe Dinge, die gar nicht vorhanden sind. Gehört das zur Krankheit?« Seine Züge fielen in sich zusammen.

»Möglich ist es schon, aber ich weiß es nicht.« Ich hatte gelernt, aufrichtig zuzugeben, was ich wusste und nicht wusste. »Manchmal erzählen die Leute mir, dass sie Dinge sehen. Was ihnen aber nicht immer etwas auszumachen scheint. Wenn Sie das als unangenehm empfinden, spreche ich mit dem Arzt.« Ich reichte ihm ein Glas Wasser. »Hier, trinken Sie.«

»Woher wissen Sie, dass ich Durst habe?« Er trank. »Sie sind sehr gut in Ihrem Job, Rosamond.«

»Ich liebe meine Arbeit.« Das war die Wahrheit. Ich war

mit anderen Absichten hierhergekommen – einer Obsession, wie andere meinten. Aus dem Bedürfnis heraus, vor dem wegzulaufen, was mir kürzlich widerfahren war. Doch wenn ich mit Benny zusammen war, fiel es mir leicht, das zu vergessen. Ich war davon ausgegangen, dass er ein interessanter Mann war, hatte aber nicht damit gerechnet, ihn so liebenswert zu finden. Ich musste auf der Hut sein. Er beobachtete mich noch immer, als ich sein Glas auf den Tisch zurückstellte.

»Ein merkwürdiger Job für jemanden Ihres Alters.« Vielleicht hielt er mich für jünger, als ich war. »Sie können mich jetzt allein lassen.« Dabei wanderte sein Blick auf den Laptop neben ihm auf dem Kissen. »Ich klingele, falls ich etwas brauche. Machen Sie doch einen Spaziergang, lesen Sie die Zeitung, oder unterhalten Sie sich mit Sarah. Sie wissen, dass ich später Besuch bekomme?«

Alte Arbeitskollegen, wie Sarah mir erzählt hatte.

»Ich werde in zwanzig Minuten noch einmal reinschauen.«

»Ich bin doch kein Baby.« Er verschränkte die Arme und blickte fast finster drein.

»Ich bin auch keine Säuglingsschwester.«

Seine Lippen zuckten, als er nach dem Laptop griff, aber er konzentrierte sich bereits auf den Bildschirm und was immer er schrieb. Mir fiel auf, dass seine Haut eine gelbliche Färbung angenommen hatte. Gelbsucht. Der Tumor zehrte ihn auf.

Auf meinem Weg über den Treppenabsatz sah ich durch das Fenster über der Treppe die sich im Osten zusammenballenden gelb und beige gefärbten Wolken. Schnee. Vermutlich schon am Abend. Vermutlich heftig. Mich schauderte, ich konnte mich aber einer kindlichen Begeisterung nicht erwehren. In unserem letzten Winter in Fairfleet waren wir eingeschneit gewesen, abgeschnitten vom Rest der Welt. Unser Zufluchtsort war zu einem schönen Gefängnis geworden.

Sarah machte in der Küche den Abwasch. »Ich werde mal kurz zum Laden laufen«, sagte sie. »Mit Max. Ich brauche noch ein paar Sachen für später.«

»Ich spitze die Ohren, falls Benny sich meldet«, sagte ich. »Sie sollten am besten gleich gehen, sehen Sie sich nur diese Wolken an.«

Sie betrachtete sie missmutig durchs Fenster. »Schnee. Ich bin immer in Sorge, dass der Arzt die Einfahrt nicht hochkommt, wenn es zu heftig schneit. Oder die Krankenschwestern von der Krebshilfe, wenn wir sie brauchen sollten.« Sobald sich Bennys Zustand verschlechterte, würden die Krankenschwestern einige der Nachtwachen übernehmen, damit Sarah und ich uns ausruhen konnten. Sarah nahm ihre Schürze ab. »Ich gehe jetzt los.« Sie pfiff dem Hund, der unter dem Tisch hervorkam.

»Könnten Sie mir ein paar Clementinen mitbringen?«, bat ich sie. Ich hatte aus deren Saft kleine Eislutscher für Benny gemacht. Sie schmeckten ihm, wenn sein Mund von den Medikamenten trocken war.

Sie schrieb sie mit auf ihre Liste. »In einer halben Stunde bin ich zurück.« Sarah legte dem Hund die Leine an und schlüpfte dann in Stiefel und Mantel. Ich verfolgte durch das Fenster, wie sie durch den Garten und seitlich am Haus vorbei zur Straße liefen.

Nun hatte ich Zeit und war, abgesehen von Benny, allein im Haus. Ich spürte ein erwartungsvolles Prickeln.

Ich wusste, wohin ich gehen musste. Hinunter in den Keller. Ein rascher Blick auf die sich am Himmel auftürmenden Wolken, und ich begann, mich wieder als junges Mädchen zu fühlen. Vor dreißig Jahren hatte der Schnee die Dinge in Fairfleet auf die Spitze getrieben. Und doch hatte ich ihn damals begeistert begrüßt.

Als im Dezember 1981 der Wintereinbruch kam, vergaß das Wetter, dass wir in England und nicht in Russland oder Kanada lebten.

Eines Morgens zog ich meine Vorhänge auf und sah den Schnee. Mein Herz hüpfte. Womöglich fror der See zu, das wäre ein seltenes, aber wunderbares Ereignis. Sicherlich lagen die Schlittschuhe noch unten im Keller und warteten nur darauf, wieder zum Einsatz zu kommen. Die Welt draußen würde funkeln. Und die Buchsbaumtiere wären riesige Weihnachtskekse mit Zuckerguss. Ich trommelte an Andrews Tür.

»Schnee!« Wir zogen Gummistiefel und Schals an und waren in Windeseile draußen auf der Wiese.

Der See war noch nicht zugefroren. »Wird noch ein oder zwei Tage dauern.« Andrew musterte ihn vom kleinen Steg aus. Wir stapften durch den knirschenden Schnee zur Küche zurück und bliesen auf unsere feuchten Hände.

»Ich vergesse immer wieder, wie kalt der Schnee ist.« Ich schüttelte meine Hände.

»Dummkopf.« Aber sein Lächeln war freundlich. Der Schnee hatte ihn aufgemuntert.

Cathal kam uns auf dem Treppenabsatz mit leuchtenden Augen entgegen. »Wir müssen alle schlittenfahren gehen. Habt ihr denn einen Schlitten, Andrew?«

»Unseren haben wir zu Hause zurückgelassen – dort, wo wir mit unserem Dad lebten, ich meine, bevor wir hier herzogen«, antwortete Andrew.

»Ich hatte mal einen«, rief Mum aus ihrem Zimmer. »Mutter hat ihn bestimmt nicht weggeworfen. Sie warf nie etwas weg. Wahrscheinlich ist er unten im Keller.«

»Wir lassen den Unterricht ausnahmsweise mal ausfallen«, verkündete Cathal. »*Das* ist auch Unterricht. Eine Geografiestunde und eine Physikstunde und alle möglichen anderen Fächer dazu, wenn ich es mir genau überlege.« Er wandte sich an Andrew. »Such du den Schlitten. Zieh dir die Gummistiefel an, Clarrie. Heute ist Spaß angesagt.«

Mag sein, dass Cathal ein wenig übers Ziel hinausschoss, indem er uns alle derart herumkommandierte, aber selbst Andrew schien es ihm an diesem Morgen nicht zu verübeln. Smithy jedoch wollte nichts davon hören. Sie stand mit vor der Brust verschränkten Armen auf der Treppe, die zum Obergeschoss führte.

»Ist ein weiter Weg zum nächsten Hügel«, bemerkte sie.

Cathals Gesicht fiel in sich zusammen, aber nur kurz. »Dann werde ich den Schlitten hinten ans Auto binden und damit die Einfahrt hoch- und runterfahren. Den Kindern wird es gefallen.«

»Kommt.« Andrew rannte bereits nach unten. »Ich suche den Schlitten.« Bisher hatte ich ihn noch auf keinen von Cathals Vorschlägen so begeistert reagieren sehen.

»Die Kufen wird man wachsen müssen«, rief Mum ihm nach. »Frag Smithy, ob sie Bienenwachs hat.«

»Dann gehe ich eben mit und suche den Schlitten für ihn heraus.« Mit einem Seufzer folgte Smithy Andrew in den Keller. Mum sah mich an.

»Diese Jungs.«

»Kommst du auch mit nach draußen?«, fragte ich. »Bitte.«

Mum zögerte.

»Natürlich kommt sie mit, nicht wahr, Clarrie?« Cathal legte einen Arm um sie. »Das wird dir guttun. Du hast viel zu viel Zeit damit verbracht, dir Gedanken wegen des Geldes zu machen.«

Mum lächelte ihn an und wirkte plötzlich um Jahre jünger.

Ein dumpfer Schlag von unten sagte uns, dass Andrew den Schlitten gefunden hatte. Ich rannte in den Keller, um ihn mir anzusehen. Smithy rieb die Metallkufen bereits mit Wachs ein. Was ihre Staublappen betraf, war sie eigen, die gab sie ungern in andere Hände.

»Denkt dran, vorsichtig zu sein.« Sie schraubte den Deckel zu. »Die Einfahrt ist nicht so eben, wie sie aussieht. Fahrt nicht zu schnell.« Sie richtete die Worte an den nach unten kommenden Cathal, ohne ihn dabei anzusehen.

Cathal zwinkerte Andrew zu. »Du bringst den Schlitten nach oben, während ich meine Stiefel suche.«

Ich hatte nie mitbekommen, dass er seine Habseligkeiten nach Fairfleet brachte, aber es lag auf der Hand, dass es irgendwann passiert sein musste. Andrew trug den Schlitten die Kellertreppe hoch und zur Eingangstür. Kurz darauf kam Cathal in einer adretten Skijacke wieder, in der Hand trug er ein Paar Gummistiefel, die aber eher nach Schuhen aussahen, die für Schneewetter gedacht waren. Er erinnerte ein wenig an James Bond. Sogar eine Sonnenbrille steckte in seiner Brusttasche, bereit, aufgesetzt zu werden.

»Wo bist du denn skifahren gewesen?«, erkundigte sich Mum.

»In der Schweiz«, erwiderte er.

»Oh, und wann?«, hakte sie nach. »Mir hat es in Verbier immer gut gefallen.«

»Ist schon einige Zeit her«, erwiderte er lässig.

Die Jacke sah ziemlich neu aus.

»Ist Skifahren nicht fürchterlich teuer?«, wollte Smithy wissen. Mir war klar, dass sie sich fragte, wie sich jemand wie Cathal einen solchen Urlaub und all die Kleidung und die Ausrüstung hatte leisten können.

»Ein Freund hat mich eingeladen.« Seine Augen ruhten auf dem Schlitten. »Der sieht großartig aus. Dann mal los.«

Mum hatte Gummistiefel angezogen und eine alte wasserabweisende Hose, die Großmama immer anzog, wenn sie Algen aus dem See holte, dazu trug sie eine Wachsjacke. Um ihren Hals hatte sie sich einen Schal gewunden und strahlte jugendliche Begeisterung aus.

Cathal holte ein Seil aus der Garage, das noch vom Holzkauf übrig war. Mit einem ordentlichen Knoten befestigte er es am Schlitten und das andere Ende an der Anhängerkupplung.

»Dir hat jemand beigebracht, wie man Seemannsknoten knüpft«, sagte Mum.

»Wir hatten ein Boot, als ich ein Junge war«, sagte er. Er betrachtete sie eingehend. »Wo ist der andere Schal, der blaue?«

»Oben. Der hier ist wärmer.« Sie kuschelte sich hinein.

»Aber der blaue bringt deine Augen besser zur Geltung.« Er legte das Seil ab. »Ich werde ihn holen.«

»Das musst du nicht, ich bin mit dem hier glücklich.«

»Es bereitet mir keine Umstände.« Er streifte an der Tür seine Stiefel ab, rannte an Smithy vorbei ins Haus und kam rasch mit dem Schal zurück. Mum protestierte, löste dann aber achselzuckend ihren Schal und tauschte ihn gegen den blauen aus. Smithy beobachtete das Ganze mit zusammengekniffenen Augen und kommentarlos von den Eingangsstufen aus.

»Wer will als Erster?«, fragte er.

»Ich!«, bettelte Andrew.

»Du und Rosie, ihr könnt die erste Fahrt gemeinsam machen.« Cathal öffnete die Wagentür. Andrew und ich kletterten auf den Schlitten. Anfangs schien er nicht so durch den Schnee zu gleiten, wie er sollte. Der Schnee pappte an den Kufen fest, als der Schlitten vom Auto gezogen wurde, sodass er ruckelte und das Seil zu reißen drohte, während uns nasse Schneeklumpen ins Gesicht flogen. Dann spannte sich das Seil wieder, und wir schossen vorwärts. Die Fahrt zum Ende der Einfahrt war enttäuschend.

Cathal blieb stehen und kurbelte die Scheibe herunter. Auf dem Rückweg wird es schon besser gehen«, meinte er. »Wir haben den Schnee jetzt zusammengepresst.«

Er winkte uns zurück, während er den Wagen wendete und den Schlitten wieder in Position brachte. Diesmal schien der Schlitten zu wissen, was von ihm erwartet wurde. Wir flitzten die Einfahrt hinunter, kleine Eisklümpchen flogen uns ins Gesicht, und der Schnee glitt sauber unter den Kufen dahin. Andrew lachte wie schon seit Monaten nicht mehr.

»Das ist fantastisch«, rief er Mum zu. »Das musst du auch ausprobieren.«

Ich sprang ab. »Versuch's.«

»Ach, ich weiß nicht.« Mum betrachtete skeptisch den Schlitten. »Ich freue mich, euch beiden zuzusehen.«

»Ich bestehe darauf«, rief Cathal ihr aus dem Wagen zu.

»Passt auf die Schlaglöcher auf«, rief Smithy von ihrem Platz an der Eingangstür aus, wo sie mit verschränkten Armen stand. »Und fahrt nicht zu schnell.«

Cathal sah mich an und rollte mit den Augen. Mum stieg hinter Andrew auf den Schlitten und hielt sich an ihm fest. Mein nüchterner, ernster Bruder grinste begeistert.

Cathal löste die Handbremse, der Wagen fuhr an und zog den Schlitten mit. Mum lachte entzückt. Als sie sich den Eichen näherten, die links von der Einfahrt standen, beschleunigte er.

»Hurra!«, schrie Mum. Ich wurde neidisch, so schnell war Cathal nicht gefahren, als ich auf dem Schlitten saß.

»Vorsicht«, rief Smithy.

Die Sonne kam heraus und tauchte die Szene in weißes Licht, das vom Schnee reflektiert Mums und Andrews lächelnde Gesichter anstrahlte. Der Schnee hatte etwas gänzlich Unerwartetes bewirkt: Er machte uns alle zusammen endlich wieder glücklich. Ich hörte sie noch immer lachen, als sie das Ende der Einfahrt erreichten. Wie zuvor hieß

Cathal sie vom Schlitten steigen, während er den Wagen wendete. Auf der Rückfahrt zum Haus legte er noch einmal an Tempo zu. Andrew jauchzte. Ich lief ihnen entgegen, weil ich meine Fahrt einfordern wollte. Der Schlitten war jetzt nur noch wenige Meter vom Haus entfernt.

Da ging er vorne in die Höhe. Andrew und Mum flogen in einem Kuddelmuddel aus Gliedern und Schals durch das weiße Licht, bevor sie ausgestreckt im Schnee liegen blieben.

Ich rannte zu ihnen. Andrew stand mit leuchtenden Augen auf. »Das war klasse.« Er rieb sich den Schnee aus den Augen. Mum setzte sich ganz langsam auf und hielt ihr linkes Handgelenk umklammert. Ihr Gesicht war schmerzverzerrt. »Ich glaube, ich habe mich verletzt«, sagte sie, als sie ihr Bein auszustrecken versuchte. Sie schrie vor Schmerz.

18

Ein gebrochenes Handgelenk und ein schlimm verstauchter Knöchel. Sie kann nicht autofahren, und sie kann kaum laufen.« Smithy starrte Cathal zornig an. »Ich habe Sie vor dieser Einfahrt gewarnt.«

»Es ist nicht seine Schuld«, sagte ich. »Es war nur ein Unfall, Smithy.« Cathal warf mir rasch einen lobenden Blick zu, in dem sich Überraschung mit noch etwas anderem mischte, vielleicht war es Erleichterung.

»Und das ausgerechnet jetzt, nachdem sie endlich anfängt, sich zusammenzureißen.« Smithy knallte einen Teller Suppe auf das Tablett. Mum hatte sich oben hingelegt, nachdem man in der Notfallambulanz ihr linkes Handgelenk geröntgt und eingegipst hatte. »Wie soll sie damit zurechtkommen?«

Cathal breitete die Arme aus und schien sowohl Schuld wie auch Verantwortung auf sich zu nehmen.

»Wenigstens hat sie sich nicht den Hals gebrochen«, sagte Smithy.

Cathal hatte kaum ein Wort gesprochen, seit er Mum von der Notfallambulanz zurückgebracht hatte. Ich erinnerte mich an seinen Gesichtsausdruck, als er ihr ins Haus half und fast ihr ganzes Gewicht abstützte, weil sie Mühe hatte, mit ihrem verbundenen Handgelenk auf Krücken über den Schnee zu laufen. Seine Gefühlsregung war so heftig gewesen, dass es fast unangenehm war, ihn anzusehen. Offensichtlich tat sie ihm leid, und er war in Sorge um sie. Vielleicht gab er sich auch die Schuld. Mum konnte von Glück sagen, dass er so groß und stark war. Als sie die Treppe erreichten, nahm er sie einfach mit einer seiner kraftvollen, aber anmutigen Bewegungen auf den Arm und trug sie nach oben.

Als ich später zu Bett ging, hörte ich ihn in Mums Schlafzimmer sprechen.

»Clarrie, mein Schatz.« Er sprach mit sehr tiefer und leiser Stimme. »Mach dir keine Sorgen. Überlass das alles mir.«

Die Antwort meiner Mutter verstand ich nicht, aber ich war erleichtert, dass Cathal hier war, um sich um alles zu kümmern.

Doch es lag auch etwas in seinem Ton, das mich beunruhigte, obwohl ich es nicht benennen konnte. Klang er nicht fast so, als wäre er glücklich, das Ruder endlich in der Hand zu haben? Er ging wieder nach unten, und ich hörte ihn im Wohnzimmer, hörte Gläser klirren. Offensichtlich schenkte er sich etwas von dem Brandy oder Whisky aus den Kristallkaraffen ein, die noch aus Großmamas Lebzeiten stammten.

Als ich Mum am nächsten Morgen besuchte, saß sie von Kissen gestützt im Bett. »Hallo.« Ihre Augen leuchteten, als ich zu ihr trat.

»Hast du noch immer Schmerzen?«

»Nicht mehr so schlimm.« Mum war wie Großmama, sie beklagte sich nicht. »Ich habe Schmerztabletten bekommen.« Sie gähnte. »Die machen ein bisschen schläfrig.«

Ich warf einen suchenden Blick auf die anderen Tabletten, die auf dem Frisiertisch.

»Sie werden knapp«, sagte Mum, die meinem Blick folgte.

»Dann bitte doch Cathal, dass er dir welche besorgt.«

Mum senkte ihren Kopf.

»Was geschieht unten?«, fragte sie.

»Wir nehmen heute Morgen das Futur im Lateinischen durch. Und dann noch Geschichte. Elisabeth I.«

»Er ist ein guter Lehrer«, sagte Mum. »Vielleicht ist sein Plan doch gut.«

Ich erinnerte mich. »Fairfleet in eine Schule zu verwandeln?«

Sie nickte. »Eine Nachhilfeschule. Wie auch immer, ich kann nicht umhin, bald einschneidende Entscheidungen zu treffen.«

»Wegen der Steuer?«

»Oh. Die habe ich inzwischen bezahlt. Aber jetzt habe ich kein Geld mehr.« Sie lächelte. »Ich sollte dich damit nicht belasten, Rosie. Geh und erledige deine Hausaufgaben. Dann ist vielleicht noch Zeit, das Haus für Weihnachten zu schmücken.«

Weihnachten! Fast hätte ich das vergessen.

Cathal hatte es nicht vergessen. Nachdem wir mit dem Unterricht fertig waren, ging er in den Keller hinunter und kam mit einem Karton voller Weihnachtsschmuck zurück.

»Eure Mutter hat mir gesagt, wo ich das finde.«

»Das hätte ich auch für Sie holen können«, wandte Smithy ein. Er beachtete sie gar nicht.

»Ich bringe den Baum herein, den ich gestern gekauft habe.«

»Den haben Sie bereits gekauft?« Normalerweise halfen Andrew und ich beim Aussuchen. Aber woher sollte Cathal das wissen?

»Wir sorgen dafür, dass alles hübsch aussieht. Das wird eure Mutter aufmuntern.

»Es freut mich, dass Sie versuchen, was geschehen ist, wieder gutzumachen«, sagte Smithy.

Er wurde steif. »Da gibt es nichts gutzumachen. Was mit dem Schlitten passiert ist, war ein Unfall.«

Der arme Cathal. Bestimmt waren seine Gefühle verletzt. Aber seine Entrüstung hielt nicht lange vor. Er schleifte den Baum ins Zimmer. Als dieser in einem Metalleimer stand, wählte er mit viel Bedacht die Kugeln aus dem Karton aus, legte sie auf den Kaminvorleger und untersuchte jede einzelne, um dann die zu verwerfen, deren Farbe oder Form nicht passte. Ich kletterte auf die Sofalehne, um die Fee auf ihrem üblichen Platz an der Baumspitze zu platzieren. Cathal schüttelte den Kopf.

»Doch nicht dieses schäbige alte Ding. Lass uns den stattdessen nehmen.« Aus einer Papiertüte zog er einen großen silbernen Stern. »Ein Glücksstern. Den habe ich gestern gekauft.«

Ich war zwar traurig, als ich die Fee zu dem anderen verworfenen Zierrat wieder in die Schachtel zurücklegte, musste aber zugeben, dass der Stern sich sehr gut machte, als er richtig positioniert war. Vielleicht würde er seinen Schein auf das neue Jahr werfen.

Smithy kam herein, um die Vorhänge zuzuziehen. »Der

Baum sieht hier ein wenig verloren aus«, sagte sie. »Warum stellen Sie ihn nicht neben das Klavier?«

»Der Baum ist nicht klein«, erwiderte Cathal mit sanfter Stimme.

»Wo ist die Fee?«

»Der Baum ist gut so, wie er ist.« Er schlug mit dem Arm aufs Sofa. Smithy trat einen Schritt zurück.

»Da ist heute aber jemand empfindlich.«

Der wütende Ausdruck auf Cathals Gesicht hielt sich ein wenig länger als sonst. Aber nachdem Smithy den Raum verlassen hatte, fand er seine Fassung wieder. Er brachte Bänder an der Bilderschiene an und zeigte mir, wie man daran die Weihnachtskarten mit speziellen Metallclips befestigte, die er in der Stadt besorgt hatte.

»Und häng um Gottes willen die schrecklichen Karten irgendwohin, wo wir sie nicht ansehen müssen.«

»Etwa die hier?« Ich zeigte ihm eine Karte mit roten und goldenen Kerzen in glänzender Prägung.

Er schnitt ein Gesicht. »Binde diese Scheußlichkeit irgendwo da drüben ganz ans Ende des Bandes.« Er zeigte in einen dunklen Winkel.

Smithy kam mit einem weiteren Stapel Karten zurück. »Deine Mutter hat die geöffnet und gesagt, sie sollen aufgehängt werden.« Sie sah zu, wie ich die Kerzenkarte auf Cathals Geheiß anbrachte. »Diese Karte ist von einer Freundin deiner Großmama, die ebenfalls bei den Hilfsfliegerinnen war. Sie kam zur Beerdigung und kannte deine Mutter, seit sie ein Baby war.«

Ich hielt inne, während ich die Karte in meiner Hand betrachtete.

»Wir können nicht alle an den Anfang des Bandes hängen«, warf Cathal geschickt ein.

»Ans Ende gehören die Karten von Händlern und entfernten Bekannten«, erwiderte Smithy. »Familien und alte Freunde gehören auf den Kaminsims.«

Cathal mit verdrehten Augen anzusehen, nachdem Smithy hinausgegangen war, fiel nicht schwer, aber als ich zu meiner Mutter hinaufging, plagten mich doch Gewissensbisse. Mochte Smithy auch nervig, aufdringlich und altmodisch sein, war sie doch Teil von Fairfleet wie die alten Möbel und Bilder. Cathal ermunterte mich manchmal, über sie zu lachen. Das war nicht richtig.

Mum war auf und humpelte durchs Zimmer. »Es ist so düster hier drin heute Nachmittag. Zünde die Kerzen auf dem Frisiertisch an«, forderte sie mich auf. »Ich schaffe das nicht mit einer Hand.«

Ich nahm ihr die Streichholzschachtel ab und tat, worum sie mich bat. Sofort wirkte das Zimmer weihnachtlicher.

»So ist es besser.« Mum setzte sich mit einem leichten Stöhnen aufs Bett. »Erzähl mir, was unten los ist.«

Ich erzählte ihr, dass wir den Baum geschmückt hatten und vom Zank wegen der Karte. Mum lächelte, sah mich dann aber ernst an. »Ich muss da runter. Zwischen den beiden braut sich etwas zusammen.«

»Schaffst du es denn, die Treppe hinunterzugehen?«

»Cathal möchte nicht, dass ich es versuche. Er meint, ich würde den Knöchel dadurch zu sehr belasten. Er will mich später nach unten tragen.«

Ich wandte mich von ihr ab.

»Du darfst dir keine Sorgen machen, Rose.« Meine Mutter ergriff meine Hand. »Cathal und ich … nun, er hilft einfach aus, bis bei uns wieder alles normal ist.«

Was war normal, fragte ich mich. Das Leben, das wir führten, als Großmama noch lebte? Diese Zeit war vorbei.

»Was ist mit der Nachhilfeschule?«, fragte ich, um mich abzulenken und nicht an Großmama denken zu müssen.

Sie betrachtete meine Finger. »Ich weiß es nicht. Er ist so versessen darauf, aber ich bin mir nicht sicher. Das würde eine ziemliche Verpflichtung bedeuten, und das, obwohl …«

»Was?«

Sie ergänzte achselzuckend. »… man seinen Geschäftspartner nicht gut genug kennt.«

Merkwürdig, dass sie zu glauben schien, Cathal nicht zu kennen. Er hingegen schien sie gut zu kennen. Ich hatte beobachtet, wie er sie betrachtete, sich schlaumachte über sie, wie sie ihren Tee und Kaffee gern trank, welche Bücher, Fernseh- und Radiosendungen sie mochte. Er studierte sie mit seinen dunklen Augen, die so wenig preisgaben, außer wenn plötzliche Wut in ihnen aufflammte.

Vielleicht war Mum in Sorge, weil sie ihm nicht genügend Aufmerksamkeit geschenkt hatte.

Der Postbote kam, als ich während der Unterrichtspause am Vormittag allein in der Küche war.

»Eure Einfahrt ist eine einzige Cresta-Bahn.« Er überreichte mir einen Stapel Karten. Ich sortierte sie auf dem Tisch und machte Stapel für Mum und Smithy, die auch jedes Jahr ein paar bekam. Andrew und ich bekamen nur eine: von Dad. Kamele in der Wüste.

»Sehr hübsch und passend.« Smithy kam herein und nickte zustimmend. »Diese Karte muss auf den Kaminsims. Cathal hin oder her. Wo ist er überhaupt?«

»Im Keller.« Dorthin hatte ich ihn gehen sehen.

Smithy schaute aus dem Fenster. »Dann muss er sich unbemerkt über den Flur geschlichen haben. Hat uns vermutlich belauscht. Denn jetzt ist er draußen.«

Bei der Vorstellung, dass Cathal unentdeckt an der Küche vorbeigekommen war, schauderte mich ein wenig.

Plötzlich kam etwas durch den Flur gepoltert. Ich drehte mich um und sah Mum mit triumphierendem Gesicht. »Ich versuche, mich ein wenig mehr zu bewegen.« Sie hoppelte zum Tisch und setzte sich. »Sie und Cathal müssen harte Arbeit leisten, Smithy.«

Smithy schniefte.

»Der gestrige Tag war mit Sicherheit hart für ihn«, meldete ich mich zu Wort. »Er hat sich einen Drink genommen. Genauso wie Daddy, wenn er einen schlimmen Tag im Büro hatte.«

»Cathal trinkt nicht«, sagte Mum.

Smithy warf ihr einen scharfen Blick zu, sagte aber nichts.

»Er plant wohl noch immer, hier seine Schule aufzubauen, oder?«

»Ich muss mit ihm reden«, murmelte Mum.

»Ja.« Smithy legte das gefaltete Geschirrtuch über die Hähne. »Ich werde oben weiterarbeiten. Dann kümmere ich mich um die Pastetenfüllung.«

»Ach, nun lassen Sie es doch um Himmels willen oben gut sein bis nach Weihnachten.«

»Man hat besser immer alles im Griff«, sagte sie beim Hinausgehen. Wir hörten ihre Schritte, die für jemanden, der nicht groß war, sehr laut nach oben stapften.

»Deiner Großmama wäre es nicht recht, dass wir Smithy derart ausnutzen.« Mum seufzte. »Sie braucht zusätzliche Hilfe. Diese ganzen alten Möbel auszusortieren ist harte Arbeit. Sie ist nicht mehr so jung, wie sie mal war.«

Da wir gerade von Großmama sprachen, fiel mir etwas ein. »Bleib hier«, sagte ich zu Mum, als wäre sie in der Lage wegzulaufen. Ich rannte nach oben, um den Zeitungsausschnitt zu holen, den ich aus Cathals Tasche genommen und unter meiner Matratze versteckt hatte. »Das hatte er in seiner Jacke«, sagte ich atemlos. »Das muss er ausgeschnitten haben, bevor er im Sommer hierherkam und wegen Arbeit anfragte.«

Mum las es und zuckte die Achseln. »Vielleicht hielt er es für einen guten Zeitpunkt, zum Haus zu kommen und nach Arbeit zu fragen. Wenn jemand stirbt, fällt immer viel Arbeit an.«

Aber da war noch etwas anderes, woran ich mich dunkel erinnerte. Hervorholen konnte ich es nicht, noch nicht. Es würde mir später wieder einfallen.

Mum warf einen Blick auf die Küchenuhr. »Solltest du nicht schon wieder Unterricht haben?«

Andrew kam in die Küche. Er warf Mum einen anerkennenden Blick zu, als er sah, dass sie wieder unten war.

»Cathal scheint sich zu verspäten. Aber wie ist das möglich, wo er doch hier wohnt?«, spottete Andrew.

»Hilf doch Smithy oben mit den Möbeln, während ihr auf ihn wartet.« Mama schielte auf den Zeitungsausschnitt in ihrer Hand, als wollte sie ihn noch einmal lesen. Hoffentlich tat sie es.

Andrew ging nach oben. Wir hörten seine und Smithys Stimmen. Sie trugen etwas Schweres, und Smithy ermahnte Andrew ständig, vorsichtig zu sein. Auf dem Treppenabsatz schlug etwas dumpf auf. Eine Reihe weiterer dumpfer Schläge kam von der Treppe, die ins Erdgeschoss führte.

»Lass uns einen Moment Pause machen«, keuchte Smithy.

Die Eingangstür fiel ins Schloss, und Cathal betrat die Diele.

»O das ist gut, Sie könnten uns helfen«, rief Smithy, als sie seine Schritte hörte.

Er zögerte. »Ich komme gerade herein, um Wasser für das Auto zu holen.«

»Das Auto kann warten. Wir brauchen Ihre Hilfe, um dieses Bücherregal über das Parkett zu tragen. Wenn es aufkommt, gibt es Kratzer.«

»Können Sie nicht einen Moment warten?«

»Oh, lassen Sie sich nicht stören«, zischte sie. »Überlassen Sie die schwere Arbeit ruhig uns.«

»Smithy ...« Mum steckte den Zeitungsausschnitt in ihre Tasche und humpelte aus der Küche.

»Ich kann helfen.« Ich rannte zu ihnen hoch.

»Komm«, sagte Andrew. »Bringen wir es hinter uns.«

Es dauerte seine Zeit, bis wir das Bücherregal über den Holzboden und dann über die Steintreppe in den Keller hinuntergetragen hatten, wo die alten Möbel verstaut wurden.

»Ihr habt jetzt genug getan.« Smithy wischte sich die

Hände an ihrer Schürze ab. »Geht nach oben und schnappt ein paar Minuten frische Luft vor eurem Unterricht. Ich decke nur noch ein Tuch über das Regal und räume auf.«

Andrew und ich waren schon fast draußen, als wir Smithy schreien hörten.

Wir sahen einander an und rannten in den Keller zurück. Sie kam kreidebleich die Treppe hoch.

»Unten in der Vorratskammer.« Sie zeigte auf die Kellertreppe.

»Was ist da?«

Sie schüttelte den Kopf. »In einer Vase neben der Spüle.«

Wir gingen wieder nach unten. Auf der steinernen Abtropffläche stand eine alte angeschlagene Wedgewoodvase, die keinem gefiel, die wegzuwerfen aber auch keiner übers Herz brachte. Sie war leer.

»In dieser Vase ist nichts«, rief Andrew ihr zu.

»Sie war aber voller Pfauenfedern.« Wir hörten sie auf der Treppe.

Als sie die Vorratskammer betrat, fielen ihr fast die Augen aus dem Kopf, sie nahm die Vase und inspizierte sie, als könnten sich die Federn irgendwo in deren blauen Tiefen versteckt haben. »Er treibt seinen Schabernack mit mir. Wo versteckt er sich?« Sie lief zu den mannshohen Türen des alten Vorratsschranks und riss sie auf. »Wo bist du, du Teufel?«

»Da drinnen ist keiner, Smithy.«

»Dann muss er nach oben gegangen sein.«

»Wir hätten ihn gesehen, wenn er an uns vorbeigekommen wäre«, sagte ich.

»Dann ist er noch hier unten und versteckt sich.« Sie sah

Andrew an. »Du passt auf die Treppe auf, damit er uns nicht entwischt. Du kommst mit mir, Rose.«

Sie stiefelte mit mir aus der Vorratskammer, und wir gingen von Raum zu Raum, öffneten Türen und schlossen sie. Cathal war nirgendwo zu sehen.

»Sie muss sich das eingebildet haben«, flüsterte Andrew mir zu, als wir wieder nach unten gingen und Smithy in brütendem Schweigen in der Vorratskammer zurückließen.

Im Klassenzimmer begrüßte Cathal uns, als wäre nichts geschehen. »Heute Vormittag ist Geografie dran. Wir betrachten die verschiedenen Klimazonen der Britischen Inseln und ihre Wirkung auf die Landwirtschaftsformen.«

Er zeichnete mit ein paar ganz locker hingeworfenen Strichen eine Karte von Großbritannien an die Tafel. Mir fiel auf, dass seine Cordhose am Saum vom Schnee feucht war.

»Schaut in eure Geografiebücher, wenn nötig auch in den Atlas, und schreibt mir zu jedem der folgenden Gebiete einen Absatz.« Er schrieb sie auf die Tafel: *East Anglia, The West Country, The Lake District*. Er ging zur Tür. »Bin gleich wieder zurück.«

Andrew und ich waren nicht in Arbeitsstimmung. Ich kritzelte etwas über Hügel hin, die im Lake District den Einsatz von Mähdreschern erschwerten, und darüber, dass in East Anglia zu wenig Regen fiel, um Weidewirtschaft mit Kühen zu betreiben.

Andrew blätterte das Geografiebuch durch. Er schnaubte. »Nun sieh dir dieses dumme Rindvieh an.«

Er zeigte mir ein Foto. Eine Kuh hatte ihren Hals durch einen Zaun gesteckt, und eine andere beobachtete sie mit gebleckten Zähnen, sodass es aussah, als würde sie ihre Artgenossin auslachen.

»Aufstehen.« Wir hatten Cathal nicht hereinkommen hören. Er stand mit angespanntem Gesicht groß in der Tür.

Andrew stand verdutzt auf.

»Wie hast du mich gerade genannt?«

Andrews ratloses Gesicht ließ keinen Zweifel daran, dass er nicht wusste, worauf Cathal aus war.

»Du sagtest ›daft cattle‹.«

Ein kleines Lächeln huschte über Andrews Gesicht. »Oh, Sie dachten, ich …« Er hielt das Lehrbuch hoch, um Cathal die Kühe zu zeigen.

Der war in wenigen Schritten vor Andrew. »Wag es ja nicht!«

»Ich habe nicht, ich …«

Cathal schlug mit der Hand so heftig auf das Pult, dass die Stifte einen Satz machten. »Ich kenne euch Jungs, Kleiner, ich kenne euch sehr gut. Ich weiß genau, wie ihr drauf seid, und erlaube keine Frechheiten. Verstanden?«

Andrew blinzelte. »Ja.«

Cathal trat einen Schritt zurück. »Für heute ist der Unterricht beendet. Macht eure Arbeit später fertig.«

Wir gingen hinaus, zu geschockt, um miteinander zu reden. Smithy sah uns fragend an, bohrte aber nicht nach, warum unser Unterricht so früh beendet war.

Cathal kam kurz vor dem Mittagessen zurück. »Rosie?«, sagte er und schob seinen Kopf ins Wohnzimmer, wo ich die letzten Weihnachtskarten aufhängte. »Sind die Möbel aussortiert?«

Ich nickte und vermied jeglichen Blickkontakt.

Er schnüffelte. »Riecht, als gäbe es Gemüsesuppe zu Mittag. Sollen wir?« Er trat zurück, um mir den Vortritt zu lassen. Cathal konnte sehr höflich sein und einem das Gefühl geben, dass er nur auf das Wohl des anderen bedacht war. Vielleicht tat ihm sein Wutanfall von heute Morgen leid.

Als wir in die Küche kamen, schnaubte Smithy: »Was ist mit dem Unterricht der Kinder? Warum sind sie schon so früh fertig?«

»Wir haben jetzt Weihnachtsferien.« Er schenkte sich ein Glas Wasser ein. »Seit dieser Mittagspause. Rose und Andrew, ihr habt jetzt frei.«

»Dann werden Sie ihnen Zeugnisse schreiben?«

»Sie haben eine sehr überholte, formalistische Ansicht von Pädagogik, Smithy.«

»Für Sie immer noch Miss Smith.«

»Miss Smith.« Seine Mundwinkel verzogen sich zu einem Lächeln. »Hat nie jemand versucht, eine Missis aus Ihnen zu machen? Na gut.«

»Das war es dann.« Sie band sich die Schürze ab. »Mir reicht es. Ich weiß, was Sie im Schilde führen.«

»Ach Smithy.« Mum gestikulierte beschwichtigend. »Ich bin mir sicher …«

»… dass er damit gar nichts hat andeuten wollen, wollen Sie sagen.« Smithy hängte ihre Schürze an den Haken hinter der Tür. »Keiner ist blinder als der, der nicht sehen will, Clarissa.«

Mum wurde bleich. Sie wollte etwas erwidern, aber Smithy hob die Hand.

»Was hier geschieht, ist einfach nicht rechtens.« Dabei nickte sie zu Cathal. »Es ist nicht das, was Ihre Mutter gewollt hätte, weder für Sie noch für Ihre Kinder. Ich bin geblieben und habe versucht, mich um euch alle zu kümmern, aber das ist sinnlos, wenn Sie gar nicht darauf achtgeben.«

»Es steht Ihnen nicht zu, Smithy, mir zu sagen, wie ich mein Leben führen soll.«

»Nein? Und wer soll es außer mir sonst tun?« Sie sah Andrew und mich an, und ihr Blick wurde milder. »Vielleicht liegt es ja nur an mir. Vielleicht bin ich altmodisch. Aber das ist nicht mehr das, was ich gewohnt bin. Fremde Männer ziehen hier ein und markieren den großen Macker. Schreien Kinder an. Treiben Schabernack mit einem.«

Mum sah Cathal an. Der zuckte die Achseln. »Ich weiß nicht, was sie meint.«

»Da unten waren keine Pfauenfedern, Smithy«, sagte ich. »Ganz ehrlich.«

Cathal beobachtete Mum jetzt ganz genau und schien nicht mehr auf Smithy zu achten.

»Marcy wollte ohnehin, dass ich Weihnachten bei ihr feiere. Sie bedrängt mich nach wie vor, bei ihr einzuziehen. Sie kann Hilfe gebrauchen.«

»Aber Smithy …«

»Ich würde morgen gern gehen, wenn es recht ist. Dann kann ich dort noch bei den Weihnachtsvorbereitungen helfen. Sie brauchen mir diese Woche nichts zu bezahlen, da ich nicht rechtmäßig gekündigt habe.«

Mum sah aus, als hätte Smithy ihr eine Ohrfeige verpasst. Wir hatten alle vergessen, dass Smithy gar nicht wirklich zur Familie gehörte – sie arbeitete für Geld in Fairfleet.

Smithy benötigte nur den Rest des Tages, um ihr Leben zusammenzupacken. Wie kam es, dass jemand, der hier so lange gewohnt hatte, nur so wenige Habseligkeiten besaß, die gerade mal einen großen Koffer, einen Pappkarton und eine Reisetasche füllten? Am nächsten Tag nach dem Frühstück brachte Smithy zusammen mit Andrew ihre Sachen nach unten. Sie deutete auf die Reisetasche.

»Die kann ich auf meinem Fahrrad mitnehmen. Den Karton und den Koffer wird Marcys Mann später mit dem Auto abholen.«

»Sie können doch bei dem Schnee nicht mit dem Fahrrad fahren, Smithy. Wenn Sie wirklich meinen, jetzt gehen zu müssen, kann Cathal Sie doch fahren.« Mum war an diesem Morgen sehr blass.

»Ich fahre aber gern.« Sie streckte Mum zum Abschied ihre Hand entgegen. »Der Schneepflug hat die Hauptstraße geräumt. Auf Wiedersehen, Clarissa. Passen Sie gut auf sich auf und lassen Sie nicht …« Sie schüttelte den Kopf.

»O Smithy.« Mum umarmte sie. »Ich wünschte, Sie würden bleiben. Erholen Sie sich gut über Weihnachten bei Marcy, aber kommen Sie doch im neuen Jahr zurück.« Zögernd löste sie sich von ihr. »Das ist für Sie.« Sie griff in ihre Handtasche und reichte Smithy einen Scheck.

»Das ist zu viel.« Smithy wollte ihn ihr zurückgeben.

»Ich habe Sie bis Ende Februar bezahlt. Das gibt Ihnen Zeit zum Nachdenken.«

Smithy verstaute den Scheck in ihrer Reisetasche. »Auf Wiedersehen, Rose.« Sie umarmte auch mich. Es war wie die Umarmung eines übergroßen Kleiderbügels mit einem Mantel daran. Sie ließ mich los und gab Andrew die Hand.

»Pass auf deine Mutter auf.«

Mum und ich beobachteten von der Eingangstür aus, wie sie die Einfahrt entlangradelte und in der Reifenspur des Autos mit der Reisetasche auf dem Gepäckträger langsam auf ihrem altmodischen schwarzen Raleigh vorankam. Sie trug einen schwarzen Mantel und eine Baskenmütze und sah vor dem Schnee aus wie ein großes Insekt.

»Ich brauche einen Drink.« Mum sollte mit Sicherheit nicht trinken.

»Ich schenke dir einen Sherry ein«, sagte Cathal und ging ins Haus zurück. Er erwähnte nicht, dass er selbst auch einen trinken wollte. Aber mir fiel wieder ein, dass er sich an den Karaffen zu schaffen gemacht hatte. Doch darüber wollte ich jetzt nicht nachdenken. Meine Gedanken waren noch bei Smithy, die die Einfahrt hinunterradelte. Ich konnte meinen Blick nicht von ihr abwenden, bis sie in die Straße einbog und nicht mehr zu sehen war.

19

Smithy war Bedienstete und kein Familienmitglied gewesen. Diese Tatsache machte ich mir bewusst, als ich in der Küche stand, deren festes Inventar sie immer gewesen war.

Aber die Erinnerung war noch immer nicht ganz stimmig, auch nicht jetzt für mich als Erwachsene. Sie war ein Teil von uns gewesen, ein Teil von Fairfleet, einem Haus, in dem sie Staub gewischt, die Möbel poliert, die Böden gesaugt und das sie wertgeschätzt hatte. Ich befand mich jetzt in einer ähnlich zwiespältigen Position wie sie damals. Als Krankenschwester war ich Benny nah, aber ich war kein Familienmitglied.

Ich rannte leichtfüßig nach oben und hob die Wäsche von Benny auf, die ich vor seiner Tür hatte liegen lassen. Der Schlüssel für den Keller lag in der Küche in einem Glas, wo er schon immer aufbewahrt wurde.

Das Schloss der Kellertür ließ sich ganz leicht öffnen. Ich zögerte. Noch war Zeit, diesen Plan aufzugeben. Ich ermahnte mich, mich nicht lächerlich zu machen. Keiner konnte mich einsperren. Doch ich war im Moment nicht mehr die gelassene Vierzigjährige, der Profi.

Ich war wieder zwölf, bald dreizehn.

Reiß dich zusammen, redete mein erwachsenes Ich auf mich ein. Die einzige andere Person in diesem Haus war ein sehr kranker älterer Mann, der an sein Bett gefesselt war.

»Ich tue das für dich, Mum«, flüsterte ich und schob die Kellertür auf.

Ich tat es, weil ich damals mit meiner Hilfe für sie kläglich versagt hatte. Mehr als versagt hatte. Denn kurz vor dem tatsächlichen Ende muss es einen Zeitpunkt gegeben haben, an dem ich ihr meine Ängste sehr viel deutlicher hätte vermitteln müssen, sie hätte zwingen können, Cathal zur Rede zu stellen, und ihr hätte sagen müssen, dass Smithy mit ihrem Verdacht recht hatte.

Tu etwas dagegen, hätte ich meine Mutter am liebsten angeschrien, als Smithy ging. *Hindere sie daran wegzugehen. Smithy mag pedantisch, genau und aufgeblasen sein und jeden hassen, der einen Ziergegenstand auch nur um wenige Zentimeter verrückt. Aber du weißt, dass sie, was Cathal betrifft, recht hat.* Wieder blitzte dieser kleine versteckte Erinnerungsfetzen an Cathal in mir kurz auf, sodass ich glaubte, ihn fassen zu können. Dann war er wieder weg, löste sich in nichts auf.

Ohne Smithy wusste ich nicht recht, was ich mit mir anfangen sollte. Ich kehrte in die Küche zurück, die noch nach dem Reinigungsmittel roch, mit dem sie den Fußboden putzte, starrte auf ihre Schürze, die noch am Haken hinter der Tür hing, und auf das Geschirrtuch, das ordentlich gefaltet über den Wasserhähnen lag. Ich zog meinen Mantel an und ging nach draußen, blieb am See stehen und stierte ins Leere. Zum Stehenbleiben war es zu kalt, also ging ich weiter und kam dann zu der Eiche, neben der die noch unbenutzten Holzbretter unter dem Schnee lagen.

»Das wird er nie zu Ende bringen.«

Andrews Stimme schreckte mich auf.

»Nein?«

»Das Krankenhaus hat angerufen. Mum hat einen Termin verpasst.«

Das Krankenhaus. Da war sie wieder die Erinnerung, die mir im Kopf herumspukte. Aber es war nicht das Krankenhaus als solches. Ich blickte in den klaren blauen Himmel. Auch damals war es ein klarer blauer Tag gewesen, aber heiß. Mum und ich hatten im Schatten auf der Bank gesessen und auf Großmama gewartet, die hineingegangen war, um Mums Koffer zu holen. Und auf dieser Bank war noch etwas anderes passiert, etwas scheinbar Unbedeutendes. Wir waren nicht allein gewesen.

Auf der Bank hatte neben uns ein Mann gesessen und eine Zeitung gelesen, an der sein Interesse offenbar nicht so groß war, um nicht auf das zu achten, was Mum und ich redeten. Mir fiel wieder ein, dass er mich besorgt angesehen hatte, obwohl wir völlig Fremde für ihn waren. Er hatte jedes Wort belauscht. Ich rannte los, wollte ins Haus.

»Rose?« Andrew rannte mir hinterher. »Was ist los?«

»Ich weiß, warum Cathal hierherkommen wollte. Es war kein Zufall.«

»Wovon redest du?« Er zog mich am Ärmel, versuchte mich festzuhalten, aber ich stapfte unbeirrt durch den Schnee.

»Cathal. Er war damals im Sommer vor der psychiatrischen Klinik. Bekam mit, wie wir uns über Fairfleet unterhielten. Und über Mums Tabletten. Er wusste, dass sie krank war.«

Andrew schien zu zweifeln.

»Er las diesen Zeitungsartikel über den Tod von Großmama. Darin war auch ein Foto vom Haus.«

Er ließ mich los. Ich erreichte das Haus, streifte meine Stiefel ab, rannte die Treppe hoch und hatte den Griff von Mums Zimmer bereits in der Hand, als ich etwas hörte: tiefe, rhythmische Atemzüge von drinnen, ruckartig. Nicht eine Person, zwei Menschen. Jemand keuchte. Ich blieb stehen und lauschte.

»Fühlst du dich jetzt besser, Clarrie?«, fragte Cathal schließlich. »Mein armer Schatz. Hast so viel durchmachen müssen.«

»Ich weiß nicht«, sagte Mum. »Wir sollten aufstehen, die Kinder …«

»Die sind draußen, keine Sorge, sie spielen im Schnee. Und diese aufdringliche alte Frau fällt uns auch nicht mehr auf den Wecker. Wir sind frei, Clarrie. Frei, Pläne zu schmieden.«

»Schon möglich.« Mum klang geschwächt. »Ich bin so schläfrig. Ich möchte nichts überstürzen. Wir müssen das alles genau überlegen.«

»Das sollten wir tatsächlich. Aber jetzt musst du dich ausruhen, mein Schatz.« Ich hörte, wie er sich der Tür näherte.

Wie der Blitz huschte ich über den Treppenabsatz und stand hinter meiner halb geschlossenen Zimmertür, als er herauskam. An diesem Morgen wirkte er wie eine große, geschmeidige, kraftvolle Katze. Auch seine Kleidung sah in letzter Zeit adretter aus. Vielleicht bezahlte Mum neue Kleidung für ihn.

Als er die Treppe erreichte, drehte er sich um. »Rosie?«

Ich wich in mein Zimmer zurück. Und erinnerte mich an

jenen ersten Tag, an dem ich ihn dabei ertappt hatte, wie er den Boden der blauen Vase untersucht und dabei gewusst hatte, dass ich ihn beobachtete.

Cathal stand steif und mit gerunzelter Stirn am Treppenende. Sein Blick war auf das Fenster im Treppenhaus gerichtet, als wollte er sich vergewissern, dass ich noch immer mit meinem Bruder draußen war. Offenbar war er beruhigt, denn er setzte seinen Weg nach unten fort.

Ich legte mich neben meinem Bett auf den Boden und verkroch mich darunter. Das hatte ich nicht mehr getan, seit ich ein kleines Kind war. Dort fühlte ich mich sicherer. Zum ersten Mal konnte ich es mir eingestehen.

Ich hatte Angst vor ihm.

20

Zum Frühstück kam Mum die Treppe heruntergehumpelt. Sie setzte sich mit ratloser Miene an den Tisch, als wollte sie etwas sagen, wusste aber nicht mehr was. Cathal strich Butter auf ihr Toastbrot und schenkte ihr eine Tasse Kaffee ein.

»Wir brauchen Lebensmittel.« Sie klang erschöpft. »Ich sollte eine Liste schreiben und die Schränke durchgehen. Smithy hat mir sonst immer gesagt, was fehlte.«

»Das Einkaufen übernehme ich«, sagte Cathal. »Meine Güte, ich habe so viele Jahre für mich selbst gesorgt, dass ich sehr wohl in der Lage bin, mich um diese häuslichen Kleinigkeiten zu kümmern.«

»Weihnachten steht vor der Tür.« Sie legte eine Hand an ihren Kopf. »Ich muss nur richtig wach werden und alles in Ordnung bringen.«

»Überlass das alles mir.«

Ich überlegte, ihn zu fragen, ob ich mitkommen konnte. Schon seit Wochen hatte ich Fairfleet nicht mehr verlassen. Selbst von Menschen wimmelnde Supermarktgänge und gestresste Kunden, die sich für Weihnachten eindeckten, wären eine Abwechslung. Aber Mum war so schwach und verwirrt, dass ich Angst hatte, sie allein zu lassen.

»Und ich werde den hier zur Post bringen.« Er griff nach einem großen weißen Umschlag.

»O ja«, sagte sie matt.

»Wenn du dir dessen sicher bist?« Mit gesenkter Stimme ergänzte er: »Möchtest du noch einmal darüber sprechen?«

»Ich weiß Bescheid, du hast es mir bereits erklärt.«

Andrews Blick wanderte fragend zwischen den beiden hin und her.

»Er hat sie was unterschreiben lassen«, sagte er, als wir später allein auf dem Treppenabsatz waren. »Um was es dabei geht, weiß ich nicht, aber es hat was mit dem Haus zu tun.«

»Vielleicht sein Schulprojekt.«

Andrews Miene verfinsterte sich.

Cathal kam mit zwei Tragetüten voller Lebensmittel zurück. Während er auspackte, humpelte Mum in die Küche. Ich saß am Tisch und aß ein Stück Brot mit Butter, das ich mir selbst genommen hatte.

»Gänseleberpastete?« Sie musterte eine der Dosen in den Tüten. »Für Weihnachten?«

»Ich dachte, wir können sie heute Abend auf Toast essen. Köstlich.«

Er holte eine Flasche Olivenöl heraus. Mum betrachtete sie mit wacherem Blick. Earl-Grey-Tee, Bath-Oliver-Kekse, Stiltonkäse, eine Dose weiße Pfirsiche, Hummersuppe, ein Riegel Schokolade. Einige dieser Delikatessen kannte ich gar nicht.

»Hast du Milch und Brot gekauft?« Sie schaute in die zweite Tüte. »Wir brauchen auch Eier.«

»Ich kann ja noch mal fahren, wenn es sein muss.« Sein Ton war knapper als sonst.

»Auch der Reis geht uns aus.«

Cathal knallte eine Dose Austern auf den Tisch. »Ich wollte etwas Besonderes einkaufen. Damit du wieder Appetit bekommst.« Sein Gesicht war weiß. »Möchtest du, dass ich jetzt wieder über die vereisten Straßen zurückfahre, nur um diese blöde Milch und das Brot zu holen? Willst du das?«

Mum blinzelte. Gut möglich, dass sie zum ersten Mal Cathals rapide Stimmungsschwankungen mitbekam. »Ich sagte doch nur …« Ihre Wangen waren gerötet. »Pass auf, du hast dir so viel Mühe gemacht. Setz dich und entspann dich.«

Er ließ sich von ihr betütteln, und Mum hüpfte auf ihrem gesunden Bein um den Tisch herum und stellte ihm eine von Großmamas besten Porzellantassen hin, kochte dann eine Kanne Earl Grey und legte die Bath-Oliver-Kekse auf einen Teller.

Ich schlich mich hinaus und ging hoch in Mums Schlafzimmer. Es war aufgeräumt, das Bett war gemacht, was seit Smithys Weggang nicht immer der Fall war. Ich öffnete den Schrank und atmete den Sandelholzduft ein, holte das Hochzeitskleid heraus und legte es auf Mums breites Bett. Ich streifte die Plastikhülle ab und drehte das Kleid um, damit ich die vielen kleinen Knöpfe am Rücken bewundern konnte.

Als Mum dieses Kleid trug, hat sie sich bestimmt schön und geschätzt gefühlt, als könnte ihr, der geretteten Disney-Prinzessin, niemals etwas Schlimmes widerfahren. Etwas von dieser Hoffnung schien sich auf das Kleid übertragen zu haben. Noch immer war das Glück mit seinen zarten Seidenfäden verwoben.

Ich strich über den Stoff des Kleides, als wäre es eine Katze. Wie kleine rosa Eindringlinge wanderten meine Finger über das jungfräuliche Weiß. Ich beging einen Übergriff auf meine Mutter, auf den privaten Teil ihres Lebens, in den Cathal noch nicht eingedrungen war.

Mit raschem Griff zog ich das Kleid vom Bett, stülpte die Plastikhülle darüber und verstaute es dann wieder im Schrank. Beim Hinausgehen fühlte ich mich von dem kleinen Schrein auf Mums Frisiertisch angezogen. Es war verführerisch, eine der Kerzen anzuzünden, aber der Schrein war Mums ganz besonderer Ort, wo sie die Kraft fand, zu gesunden und mit all den schlimmen Dingen zurechtzukommen, die ihr widerfahren waren: Dad, der sie verlassen hatte, Großmamas Tod, Smithys Abschied. Und Cathal? Vielleicht sah Mum in ihm noch immer etwas Gutes.

Ich widerstand dem Verlangen, die Kerzen anzuzünden, wusste dabei aber, dass mir dies in Zukunft vielleicht nicht mehr gelänge. Die Flasche mit den Tabletten war leer, als ich sie schüttelte. Wir lange schon hatte Mum ihre Medizin nicht mehr genommen? Ich versuchte, mich zu erinnern, wann sie das letzte Mal im Krankenhaus gewesen war, wo sie sich regelmäßig beim Arzt melden sollte. Seit Smithy uns verlassen hatte, fiel es mir schwer, mich an Wochentage zu erinnern. Es dürften noch vier Tage bis Weihnachten sein. Oder drei. Vielleicht auch fünf. Komisch, letztes Jahr um diese Zeit hatte ich genau gewusst, wie viele Stunden es noch dauerte, bis wir unsere Strümpfe öffnen durften.

Ich stand noch immer da und hielt die leere Pillenflasche in der Hand, als ein Knarren mich umdrehen ließ.

»Wenn ich dich nicht besser kennen würde, Rosie, würde ich denken, dass du deiner Mutter nachspionierst.« Cathal begleitete seine Worte mit einem Lächeln, das seine jeansblauen Augen nur ganz kurz erreichte, und ging dann wieder.

»Bitte«, flehte ich das Foto auf dem Frisiertisch an, »bitte mach, dass er weggeht.«

»Sie muss erkennen, wie er wirklich ist«, sagte Andrew. Wir standen am folgenden Morgen am zugefrorenen See. Er warf einen Stein auf das Eis. »Er hat sie irgendwie in seinen Bann geschlagen. Wir sind ihr gleichgültig. Es ist Weihnachten, und glaubst du, dass sie auch nur ein einziges Geschenk für uns gekauft hat?«

Andrew warf noch einen Stein, der das Eis zum Bersten brachte und es in viele kleine Stücke zersplitterte, sodass es den blassen Schein der Wintersonne nicht mehr reflektierte.

»Wir sind Mum nicht gleichgültig.« Ich versuchte, meiner Stimme Überzeugungskraft zu verleihen. »Sie kümmert sich schon um die Geschenke.«

»Sie macht, was sie will.«

»Das ist nicht ihre Schuld.«

»Er hat sich hier eingeschlichen, und er kann sich auch wieder wegschleichen«, sagte Andrew mit finsterer Miene. »Was hat sie gesagt, als du es ihr erzähltest?«

Ich erzählte ihm von meinem Versuch, Mum gestern Abend allein zu sprechen, der von Cathal vereitelt worden war.

»Wir müssen ihr vor Augen führen, wie er tatsächlich

ist«, wiederholte er. »Dann wird sie auch auf uns hören. Vielleicht.«

Ich überlegte, wie wir das anstellen sollten.

»Ich lasse mir was einfallen«, versicherte mir Andrew und berührte meine Schulter leicht. Er war sich selbst genug und zeigte selten Gefühle oder Zuneigung, aber in diesem Moment wusste ich, dass er genauso empfand wie ich und mich beruhigen und der große Bruder sein wollte. Er kniff die Augen zusammen. »Schau.«

Ich drehte mich um und sah Cathal zur Einfahrt laufen. Vermutlich wollte er zum Laden.

»Lass uns doch mal oben nachsehen.«

Cathal schlief zwar, wie wir wussten, in Mums Schlafzimmer, aber einen Teil seiner Besitztümer verwahrte er in einem Schlafzimmer im zweiten Stock. Unter dem Bett fanden wir eine Plastiktragetasche und einen alten braunen Koffer.

»Flaschen«, sagte Andrew, als er die Tragetasche öffnete. »Wodka und Gin. So viel also dazu, dass er nicht trinkt.« Er zog den Koffer hervor und versuchte, ihn zu öffnen. Abgeschlossen. Andrew schnaubte verärgert. Aber ich hatte etwas gesehen.

»Sieh nur.« Ich zeigte auf die leuchtend blauen Wedel, die wie Fransen seitlich aus dem Koffer herauskamen. »Federn. *Pfauen*federn.«

Wir sahen einander an. Ich zog an den Wedeln, und nach und nach wurde das Auge sichtbar.

»Da sind noch mehr.« Andrew deutete auf die Spitze einer weiteren Feder, die jetzt unter dem Deckel herausragte. »Dann hat er die also tatsächlich in die Vase gesteckt, um

Smithy damit zu quälen. Und anschließend brachte er die Federn weg, damit sie dumm dastand.«

»Aber wie hat er das angestellt? Wir haben doch den ganzen Keller durchsucht. Er war nicht da unten. Und wenn er die Treppe hochgegangen wäre, hätten wir ihn gesehen.«

»Er ist durch diese Kellertür in den Garten hinausgegangen.«

Ich musste ihn verdutzt angesehen haben.

»Diese alte Tür, du weißt schon, die immer abgeschlossen ist. Irgendwo gibt es einen Schlüssel dazu. Aber den hat er jetzt.« Andrew erstarrte. »Ich habe eine Autotür gehört. Schnell.« Wir nahmen die Feder, die wir aus dem Koffer gezogen hatten, und rannten hinunter, sodass wir in der Küche waren, bevor Cathal hereinkam. Die Feder versteckte Andrew im Schrank unter der Spüle, wo Smithy die Spülschüssel und Ersatzgummihandschuhe verwahrte.

Man sah Andrew nicht an, dass er etwas im Schilde führte. Sein Ausdruck war so teilnahmslos wie immer. Wir saßen in der Küche und aßen zu Mittag. Cathal schlürfte seine Suppe und sah Mum dabei an.

»Der graue Pullover würde zu diesem Rock besser aussehen«, sagte er.

»Aber diesen hier kann ich leichter anziehen.«

»Ich helfe dir nach dem Mittagessen mit dem grauen.«

»Ich fühle mich wohl in dem hier, danke.«

Cathal verzog keine Miene, aber ich sah, wie seine Finger, die den Suppenlöffel hielten, sich verkrampften.

Als wir den Tisch abräumten, bat Cathal Andrew, die

Holzscheite aus dem Holzschuppen hereinzubringen und den Kamin im Wohnzimmer zu beschicken. Andrew verschränkte seine Arme.

»Ich bin müde.«

Mum starrte ihn an.

»Wir sind alle müde, Kleiner«, erwiderte Cathal amüsiert. »Wir brauchen doch nur einen Armvoll.«

»Dann machen Sie das doch selbst.«

»Wie bitte?« Die Heiterkeit verschwand aus Cathals Gesicht.

»Ich sagte, Sie können das Holz hereinbringen.«

Cathal stand auf. »Wir müssen reden. Nach draußen, Andrew.«

Andrew sah Mum an. Sie sagte nichts.

»Nein.« Andrew lehnte sich in seinem Stuhl zurück. Einerseits hätte ich ihn gern angefeuert, andererseits war ich entsetzt.

»Komm bitte mit mir nach draußen.« In seiner Zeit als Lehrer dürfte die Schärfe in Cathals Ton äußerst wirksam gewesen sein.

Andrew ignorierte ihn.

»Ich frage dich jetzt ein letztes Mal.«

Andrew zuckte mit den Schultern.

Der Schlag kam so plötzlich, dass es einen Moment dauerte, bis ich realisierte, dass Cathal meinen Bruder mit dem Rücken seiner Hand geschlagen hatte. Auf Andrews Wangenknochen leuchtete bereits ein roter Streifen. Andrew legte eine Hand darauf und schien nicht zu begreifen, woher der Schmerz kam. Keiner sah Cathal an.

Ich sprang auf und hielt das Geschirrtuch unter den Kaltwasserhahn. Das hatte Smithy immer gemacht, wenn wir als Kinder gestürzt waren oder uns gestoßen hatten.

»Press das fest drauf.« Ich drückte das feuchte Tuch an die Wange meines Bruders. Noch immer sagte keiner ein Wort. »Das hätten Sie nicht tun dürfen«, sagte ich mit zitternder Stimme zu Cathal.

Dad hatte uns ein oder zwei Mal einen Klaps auf die Beine gegeben, als wir noch jünger waren. Aber in unserer Familie hatte noch nie jemand einen Schlag ins Gesicht bekommen. Niemals.

»Wie kannst du es wagen?« Mums Worte waren wie kleine Eissplitter. Ich hätte jubeln können. Sie zog sich hoch und humpelte um den Tisch zu Andrew. »Lass mich das machen.« Sie nahm selbst das Geschirrtuch in die Hand und drückte es ihm auf die Wange. »Füll die Waschschüssel mit kaltem Wasser und bring sie her, Rose.«

Als Cathal sie hörte, fiel seine Maske lässigen Selbstvertrauens für einen Moment in sich zusammen. Um sich dann genauso schnell wieder aufzubauen. »Es tut mir leid«, sagte er. »Ich habe die Beherrschung verloren. Unverzeihlich. Darf ich dir sagen, wie leid es mir tut, Andrew?«

Andrew schwieg.

»Lass uns allein«, sagte Mum. »Geh einfach.«

Cathal zögerte. Ich fragte mich, was wohl passierte, wenn er sich weigerte. Mum konnte sich nur langsam und unter Schmerzen fortbewegen. Andrew schien von dem Schlag ganz benommen zu sein. Blieb also nur ich übrig. Mir war klar, dass es mir nicht gelingen würde, Cathal Pearse, der so groß war und so kräftige Hände und breite Schultern hatte, dazu zu bringen, die Küche zu verlassen.

Aber er ging.

»Sag's ihr, Rose«, zischte Andrew. »Sag es ihr jetzt.«

Ich erklärte ihr, dass ich Cathal damals vor dem Krankenhaus gesehen und mitbekommen hatte, wie er uns belauschte. Ich befürchtete, dass Mum mir nicht glaubte, dass es sich anhörte wie eine dieser Erinnerungen, die gar keine sind, sondern Dinge, die man sich anschließend zurechtlegte, weil man einen Sinnzusammenhang suchte. Aber sie meldete keine Zweifel an, sondern saß sprachlos da und presste das Tuch an Andrews Wange. Dann sprach sie.

»Geh hinaus zum Telefontischchen. Schau in Großmamas Adressbuch. Smithys Nichte heißt Marcy Edwards. Ruf Smithy an. Sag ihr, dass ich sie brauche. Frag sie, ob ihr Neffe sie nicht herfahren kann.«

Ich ging in die Diele und lauschte nach Cathal. Das alte in burgunderfarbenes Leder gebundene Adressbuch lag in der Schublade unter dem Telefon. Ich fand die Nummer und wählte sie. Ich hatte, abgesehen von Dad, noch nicht oft mit Erwachsenen telefoniert, und hätte mich unter anderen Umständen hilflos gefühlt, heute aber kam es mir ganz normal vor. Eine junge Frau ging ans Telefon, und ich fragte nach Alice Smith.

»Die ist mit meinem Kleinen zur Santa-Grotte«, erklärte Marcy mir. »Wer spricht denn?«

Als ich es ihr erklärte, versprach Marcy, dass Smithy zu uns kommen würde. Sie verabschiedete sich, aber das Gespräch wurde abrupt unterbrochen, als hätte sie versehentlich den Hörer aufgelegt. Ich kehrte in die Küche zurück und berichtete Mum.

»Gutes Mädchen.« Sie nahm das Tuch von Andrews Gesicht. »Ich glaube, die schlimmste Schwellung ist abgeklungen. Gott sei Dank ist die Haut nicht aufgeplatzt. Ich würde am liebsten …« Sie hielt inne.

»Jetzt ist Schluss. Cathal muss gehen. Ich glaube, ich weiß jetzt auch, warum ich ständig so müde bin. Das liegt nicht nur an den Tabletten, die der Psychiater mir gegeben hat, es sind die Schlaftabletten.«

»Ich wusste gar nicht, dass du die auch noch nimmst.«

»Der Arzt gab mir welche, als Großmama starb. Ich habe aber nicht alle genommen. Bevor ich abends zu Bett gehe, bringt Cathal mir immer etwas Heißes zu trinken. Ich glaube, er rührt die Tabletten hinein, damit ich mich duselig fühle. Manchmal weiß ich, dass mich etwas quält, aber ich kriege nicht zu fassen, was es ist.« Sie drehte den verstauchten Knöchel in beide Richtungen. »Gestern Abend hat er nicht bemerkt, dass ich den Kakao nicht getrunken habe. Ich glaube, er hat getrunken. Obwohl er behauptet, keinen Alkohol anzurühren.«

»Tut er aber.«

Wir erzählten ihr von den Flaschen unter dem Bett.

»Es gibt noch andere Dinge, die ich wissen muss«, sagte sie. »Andere Anrufe, die ich erledigen muss. Hol mir doch das Telefonbuch, Rose.«

Ich brachte es ihr. Sie blätterte es durch. »Hier ist die Nummer des Anwalts.« Sie zeigte mit ihrem manikürten Finger auf einen Namen. »Aber den Anruf muss ich selbst erledigen, das kannst du mir nicht abnehmen. Kannst du mir bitte einen Stuhl vors Telefon stellen, damit ich mich draußen hinsetzen kann?«

»Das mache ich.« Andrew stand auf. Seine Wange leuchtete noch und nahm bereits verschiedene Farbschattierungen an. Als der Stuhl draußen stand und Mum sich gesetzt und den schwarzen Hörer aufgenommen hatte, verdunkelte sich ihre Miene.

»Die Leitung ist tot.«

Mir fiel ein, wie abrupt das Gespräch mit Marcy geendet hatte.

»Er hat den Draht durchgeschnitten«, sagte Andrew. »Bestimmt ist er deswegen rausgegangen.«

»Vor dem Dorfladen gibt es einen Münzfernsprecher«, sagte Mum. »Ich schreibe dir eine Nummer auf, Rose.« Sie riss eine Seite aus dem Telefonbuch und schrieb sie zusammen mit ein paar anderen Punkten auf.

»Ruf ihn an und sag ihm, dass er in den nächsten Tagen einen Brief von mir bekommt. Ich weiß, übermorgen ist Weihnachten, aber sag ihm, dass es wichtig ist. Er möge doch in der Zwischenzeit versuchen, etwas über Cathal Pearse in Erfahrung zu bringen. Sag ihm, dass er uns gegenüber gewalttätig wurde und ich nicht mehr am Plan einer Nachhilfeschule in Fairfleet festhalten möchte.« Sie sah mich an. »Andrew muss hierbleiben, Rose. Er ist …«

Größer als du, meinte sie. Andrew war bereits im Stimmbruch und schon recht hochgewachsen. Nicht groß genug, um eine echte Herausforderung für Cathal darzustellen, aber doch bedrohlicher, als ich es war.

Die Entschlossenheit, mit der Mum mir all dies auftrug, gab mir die Gewissheit, dass die Ereignisse dieses Tages meine Mutter nicht völlig überraschten. Sie trug eine dicke Strickjacke. Ich beugte mich über ihren Arm und rollte den Ärmel hoch.

»Rose …« Sie versuchte mich aufzuhalten.

Ich sah rote Blutergüsse an ihrem Arm. Da wusste ich, dass er auch Mum misshandelt hatte. Die Quetschungen sahen recht frisch aus. Ich musste an Cathals Wutausbruch im Klassenzimmer denken, als er dachte, Andrew habe über ihn hergezogen; seinen Zorn, als die Kreide entzweibrach, und all die anderen Vorfälle, denen ich keine Beachtung geschenkt hatte.

Andrew starrte wortlos auf die Blutergüsse. Ich wusste, dass er Cathal finden und ihn für das, was er Mum angetan hatte, bluten lassen wollte. »Rose sollte auch die Polizei anrufen«, sagte er.

»Und was sollen wir sagen?«, fragte Mum mit einem kleinen Lächeln. »Dass der Mann, den ich in mein Haus eingeladen habe, dich geschlagen und mich misshandelt hat? Sie werden mehr als nur Blutergüsse sehen wollen. Sie werden sagen, es sei nur eine häusliche Auseinandersetzung.«

»*Nur*«, murmelte Andrew. Dann sah er mich an. »Geh zum Telefonhäuschen«, forderte er mich auf. »Tu, was Mum sagt, und beeil dich.«

»Ja, beeil dich.« Mum sprach gefasst, ganz Großmamas Tochter. Aber ich sah, dass die Finger ihrer unverletzten Hand sich zusammenpressten. »Aber, Rose, pass auf, welchen Weg du nimmst.«

»Ich gehe durchs Gebüsch«, sagte ich.

Der Schatten eines Lächelns umspielte Mums Lippen. »Da habe ich mich auch immer rausgeschlichen, wenn ich mir Süßigkeiten kaufen wollte, ohne dass Großmama etwas davon erfuhr.« Sie fügte ernster hinzu: »Meine Tasche ist oben in meinem Zimmer. Du wirst Zehn-Pence-Münzen brauchen. Alles, was du sagen musst, habe ich hier auf dieses Stück Papier geschrieben.«

Ich schlich nach oben und hielt für alle Fälle die Ohren gespitzt. Vor der Schlafzimmertür blieb ich stehen und legte mein Ohr ans Holz, bevor ich ganz sacht an die Tür klopfte. Keine Antwort. Ich stieß die Tür auf. Er war nicht da. Mums schwarze Tasche stand auf dem Stuhl vor dem Frisiertisch. Ich nahm die Geldbörse und schlich wieder hinaus.

Unten in der Diele drückte sie mir Silbermünzen in die Hand. Ich war schon fast an der Eingangstür, als sie mich zurückrief. »Ich weiß, ich habe als Mutter nicht viel getaugt«, sagte sie und drückte meine Hand. »Aber das wird sich jetzt alles ändern.«

Ich zwängte mich durchs Gebüsch, um zur Straße zu gelangen, und warf unterwegs immer wieder einen Blick über meine Schulter für den Fall, dass Cathal mir auf der Spur war. Wie hatte dieser Mann es angestellt, so viel Macht über uns alle zu bekommen? Diese Frage ging mir nicht aus dem Kopf, als ich durch den Schnee stapfte.

Da ich noch nie zuvor ein öffentliches Telefon benutzt hatte, studierte ich die Anweisungen sehr sorgfältig. Das Telefon läutete und läutete. Ich wollte schon auflegen, als dann doch jemand dranging.

»Von der Kanzlei sind alle beim Weihnachtsessen«, erwiderte eine Frau, als ich nach Mums Anwalt fragte. »Ich glaube nicht, dass sie heute Nachmittag noch einmal in die Kanzlei kommen. Ich arbeite im Nachbarbüro, kann ich etwas ausrichten?«

Ich versuchte, ihr Einzelheiten zu erklären, aber während des Erzählens wurde die Geschichte immer verworrener.

»Dann hat also der Freund deiner Mum deinen Bruder geschlagen, und er kann jetzt nicht mehr laufen, weil sein Knöchel gebrochen ist?«

Ich erklärte, dass der Knöchel meiner Mutter verletzt war.

»Und der Freund deiner Mutter hat diese Verletzung verursacht, weil deine Mutter dich nicht zur Schule gehen lässt?«

»Nun, nein. Vielleicht doch. Er ist zu schnell gefahren. Aber es geht nicht darum, dass meine Mutter uns nicht mehr zur Schule gehen lassen möchte. Denn wir besuchen gar keine.« Die Münzen verschwanden. Mir war kalt. Gerade rechtzeitig warf ich noch weitere Zehn-Pence-Münzen nach.

»Es gab einen Autounfall?«, hakte die Frau nach. »Und du bist eine Schulschwänzerin? Ist die Polizei denn schon bei euch gewesen, um dich zu suchen?«

»Nein«, seufzte ich. »Vielleicht ist es einfacher, wenn ich morgen Vormittag noch einmal anrufe.«

»Ich werde es den Anwälten ausrichten, sobald sie zurückkommen. Und du pass auf dich auf.«

Sie war freundlich, aber ich wusste, dass sie die Nachricht nicht so übermitteln würde, wie Mum das beabsichtigt hatte. Sie wäre entstellt.

In der Zwischenzeit würde das von Mum unterschriebene Dokument seinen Postweg gehen und Cathal das Recht einräumen, seine Nachhilfekurse mit Unterkunft in Fairfleet durchzuführen. Und ich hatte vergessen, der Frau, mit der ich gesprochen hatte, zu sagen, dass unser Telefon nicht mehr funktionierte. Vielleicht sollte ich doch gleich die Polizei anrufen und bitten, einen Wagen zu unserem Haus zu schicken. Auch wenn sie nichts tun konnte, würde das Cathal wenigstens zeigen, dass wir ihm auf der Spur waren. Wenn er sah, dass die Polizei Interesse zeigte, verschwand er vielleicht aus eigenen Stücken.

Die Ladentür öffnete sich. Eine Frau mittleren Alters kam nach draußen. »Ich hole die Kohlköpfe rein, bevor sie zu Eis werden«, sagte sie. Mir war das vor dem Laden gestapelte Gemüse gar nicht aufgefallen.

Sie sah mich an. »Du bist aus Fairfleet, nicht wahr?«

Ich nickte.

»Seit eure Großmutter gestorben ist, habe ich nicht viel von euch zu Gesicht bekommen. Nur deinen Stiefvater.«

»Er ist nicht mein Stiefvater.« Die Worte platzten fast wütend aus mir heraus. Das Interesse der Ladenbesitzerin war geweckt, und ich wusste, dass sie den anderen Kunden sicherlich erzählen würde, dass mit dieser Fairfleetfamilie etwas nicht stimmte.

Die Tür ging erneut auf. Eine Frau, die etwa so alt wie Smithy sein musste, stand zitternd auf der Türschwelle. »Brauchst du Hilfe beim Gemüse?«

»Ich komme schon zurecht, Mum, bleib du nur im Warmen.«

Aber die ältere Frau wandte mir ihre Aufmerksamkeit zu. »Du bist doch Clarissas Tochter? Was ist denn bei euch im Haus los? Ich habe ein paar der Jungs gekannt, die während des Kriegs dort lebten.«

Einen Moment lang war ich versucht, ihr alles zu erzählen. Diese Frau könnte mein Medium sein, um mit der Außenwelt zu kommunizieren. Doch dann bemerkte ich die

Neugier in ihren Augen. Ich konnte ihr unmöglich von Cathal erzählen und wie er es geschafft hatte, sich in unsere Familie einzuschleichen. Wie sollte ich Mums Schwäche erklären? Wie erklären, dass sie nicht immer so gewesen war, aber dass die Trennung von Dad, ihre Krankheit und der Tod von Großmama sie zermürbt hatten? Es wäre ein Verrat an Mum, dieser Frau so etwas zu erzählen, denn sicherlich würde sie sich dann ausmalen, wie Mum und Cathal zusammen in Mums Bett lagen und diese Geräusche machten.

»Wir sind sehr beschäftigt«, sagte ich.

»Hast du was von Alice Smith gehört? Die ist sehr plötzlich gegangen, oder?«

Ich nickte.

»Diese Kriegsjahre, das waren gute Zeiten«, sagte die Frau wehmütig.

»Geh wieder hinein, Mum«, wies ihre Tochter sie an. »Du lässt die ganze Wärme aus dem Laden.«

Ich suchte das Weite und lief, so schnell ich konnte, durch den Schnee. Schade, dass ich keine Münzen mehr hatte. Sonst hätte ich versuchen können, für Dad eine Nachricht zu hinterlassen.

Als ich Fairfleet erreichte, zwängte ich mich wieder durch das Loch im Zaun. Ich tauchte aus dem Gebüsch auf, schüttelte den Schnee von meinen Schultern. Mir war kalt, und ich war mir nicht sicher, ob meine Aktion hilfreich war.

Der Himmel hinter dem Haus sah aus wie eine graubraune Brühe. Da kam bald noch mehr Schnee herunter, und der Kontakt zu Menschen außerhalb von Fairfleet würde noch schwerer werden. Ich rannte los.

Mein Bruder fing mich hinter dem Haus ab und wedelte mit einem Kuvert. »Er ist zurück. Mum hat aber diesen Brief hier für die Anwälte geschrieben, um ihnen mitzuteilen, dass sie es sich mit der rechtswirksamen Vereinbarung anders überlegt hat.«

Ich betrachtete den Umschlag. »Da ist keine Briefmarke drauf.«

»Sie hat kein Geld mehr. Was hast du noch vom Telefonieren übrig?«

»Nichts.«

Er wurde blass.

»Wir besorgen uns etwas Kleingeld.« Cathal hatte bestimmt Geld, überlegte ich. Wir mussten es uns nur aus seinem Zimmer holen.

»Was soll ich denn in der Zwischenzeit damit machen?« Er schwenkte den Umschlag. »Der darf ihm unter keinen Umständen in die Hände fallen. Da stehen auch noch andere Dinge drin über ihren Verdacht, was Cathal in der Vergangenheit getan haben könnte. Mum glaubt nämlich, dass er nicht das erste Mal versucht, sich bei einer Familie einzuschleichen und an deren Besitz zu kommen.«

Ich ging im Geiste das Haus durch, verwarf Schränke und Schubladen. Dann fielen mir die Möbel ein, die Smithy im Keller eingelagert hatte, diese Kommoden und Nachttischchen.

»Ich werde ihn im Keller verstecken.« Ich streckte die Hand nach dem Brief aus. »Bis wir ihn morgen einwerfen können.«

Er sah aus, als wollte er mir widersprechen, aber ich wusste, dass ich leichtfüßiger war und mich über den Flur und in den Keller schleichen konnte, ohne dass Cathal mich hörte.

Um zum Haus zu gelangen, machte ich einen Umweg entlang der Gartenmauer links vom Haus, bis ich die Formschnitthecke erreichte. Ich versteckte mich hinter dem Buchsbaumelefanten mit seinem weißen Mantel aus Schnee und spähte durch das Küchenfenster. Cathal war mit Mum zusammen. Sie saß bleich am Tisch und hörte sich an, was er ihr zu sagen hatte. Ich müsste mich also an der Tür vorbeischleichen und konnte nur beten, dass die Tür zum Keller nicht abgeschlossen war. Sollte dies der Fall sein, müsste ich mich irgendwo verstecken, bis Cathal die Küche verließ und ich den Schlüssel aus dem Glas holen konnte.

Die Eingangstür ließ sich zum Glück geräuschlos öffnen. Ich zog Mantel und Stiefel langsam und bedächtig aus und stellte die Stiefel lautlos auf die Matte. Ich konnte Mum und Cathal sprechen hören. Sie sagte ihm, dass er gehen müsse, dass sie mit ihm nichts mehr zu tun haben wolle. Seine Antwort war ein tiefes Grummeln, das ich kaum verstehen konnte. Ich stopfte den Brief unter meinen Pullover.

Auf meinen Socken bewegte ich mich Richtung Küche. Die Tür stand offen. Er würde mich hören. Aber sie redeten. Er kehrte mir den Rücken zu. Mum konnte ich nicht sehen. Gut, dann bestand wenigstens keine Gefahr, dass sie mich durch eine Reaktion verriet.

Die paar Schritte entlang der offenen Tür fühlten sich an wie tausend Kilometer, als ich mich langsam vorbeitastete. Als Cathal einen Moment schwieg, erstarrte ich. Aber dann hörte ich, wie er etwas in ein Glas schüttete.

»Du sagtest doch, du trinkst nicht«, sagte Mum. »Weißt du noch? Gleich am Anfang, als du herkamst.«

Seine Antwort war unverständlich. Ich beeilte mich, zur

Kellertür zu gelangen. Der Schlüssel steckte im Schloss. Fast hätte ich vor Erleichterung geschluchzt. Ich musste ihn nicht einmal umdrehen, die Tür öffnete sich, als ich dagegen drückte. Da sie immer leicht quietschte, wenn man sie ganz öffnete, machte ich mich so schmal wie möglich und quetschte mich ganz langsam und ohne etwas zu überstürzen durch den Türspalt.

Wie gern hätte ich das Licht angemacht. Der kurze Wintertag neigte sich dem Ende zu. Doch das war zu riskant: Cathal könnte den Lichtschein unter der Tür entdecken. Mit einer tastend ausgestreckten Hand schlich ich über die Steintreppe nach unten. Dort angekommen verweilte ich und lauschte. Auf meinem Weg über den Steinboden hörte ich die tiefe, melodische Stimme Cathals. Der Raum, in dem Smithy die alten Möbel verstaut hatte, lag ganz am Ende dieses Flurs. Hätte ich doch nur Zeit gehabt, eine Taschenlampe aufzutreiben. Doch meine Augen gewöhnten sich nach und nach an das Dunkel, und ich erkannte das weiße Türrechteck, das ich suchte.

Über mir fiel etwas zu Boden. Jemand schrie. Andrew? Mum? Dann erhob Cathal seine Stimme: ein tiefes Wutgebell. Ich beeilte mich. Im Raum begrüßten mich die Formen der ausrangierten Möbel wie stille Freunde. Ich zwängte mich zwischen einem Geschirrschrank und einem Nachtkästchen hindurch und tastete nach Schubladen. Ich fand eine und zog sie auf. Das Papier, mit dem sie ausgelegt war, löste sich, als ich darin herumstocherte. Doch ich konnte es nicht ganz anheben, weil etwas Dunkles und Schweres darauf lag, vielleicht eine Ledertasche oder ein Beutel. Ich schob den Brief unter das Papier und zog dann den nicht identifizierbaren Gegenstand wieder darüber. Dann wand ich mich aus dem Möbelgewirr heraus und war schon fast wieder draußen, als ich hörte, wie die Kellertür aufging. Ich hielt die Luft an und duckte mich hinter den Geschirrschrank.

Cathals Schritte näherten sich auf dem Steinboden des Gangs. Lampen wurden ein- und wieder ausgeschaltet. Zwischen der hohen Kommode und dem Schrank war genügend Platz für mich. Keiner würde mich von der Tür aus dort entdecken. Ich bewegte mich vorsichtig und langsam, sagte mir, dass ich Zeit hatte.

Ich glitt zwischen die beiden soliden Möbelstücke und fühlte mich sicher. Jetzt war Cathal an der Tür angekommen. Das Licht ging an. Ich war ganz still, mein Atem ging leise und langsam. Er konnte mich nicht hören.

Er schaltete das Licht wieder aus. Erst als er die Kellertreppe erreicht hatte, erhob ich mich und verließ mein Versteck. Dabei stieß ich mit meinem Oberschenkel gegen das Nachtkästchen. Ich keuchte vor Schmerz.

»Rosie?« Er kehrte um, und ich hörte seine Schritte zu mir zurückkommen. »Ich weiß, dass du da drin bist. Wenn es dir im Keller so gut gefällt, dann kannst du auch dortbleiben. Die ganze Nacht.«

Ich hörte, wie er die Tür zumachte und abschloss. Dann war ich mit meiner Angst und meiner Enttäuschung allein.

21

Angst und Enttäuschung. Danach roch der Keller auch jetzt noch für mich als erwachsene Krankenschwester Rosamond Hunter. Jahrzehnte später überlagerte diese bittere Note den Duft der Äpfel, die früher hier gelagert wurden. Eine Note, die nicht einmal die Jahre, in denen der gütige Benny Eigentümer von Fairfleet war, hatten beseitigen können.

Ich zwang mich, noch ein paar Schritte zu gehen, bis ich auf den Steinfliesen des Bodens stand. Mein Vorhaben war verrückt. Bestimmt hatte man die Möbel längst aus dem Vorratsraum entfernt. Der Umschlag steckte mit Sicherheit nicht mehr in der Schublade des dort unten abgestellten Nachtkästchens. Dennoch ging ich weiter und sagte mir, dass Mums Brief vielleicht doch die Jahre hier unten überdauert hatte. Auch Benny hatte nicht viel weggeworfen, wie Sarah mir gleich anfangs erzählt hatte, und er verwahrte dort unten nur ausrangierte Möbel.

Ich ging stur den Gang entlang, mein Blick war nach vorne gerichtet, als hätte ich Angst vor lauernden Dämonen am Rande meines Gesichtsfelds, vor denen ich mich – so wollte es die kindische Hoffnung – schützen konnte, wenn ich sie nicht gewahr wurde. Man durfte einfach nicht stehen bleiben, weder nach links noch nach rechts schauen, nur immer geradeaus, das war der Trick dabei. Ich erreichte den Waschraum. Die vertrauten Umrisse von Waschmaschine und Trockner, die Schachtel mit dem Waschpulver und die Wäsche, die ich in die Maschine stopfte, sorgten für ein paar beruhigende Minuten. Als die Maschine lief, war ich versucht, wieder nach oben zu gehen, nachdem ich eine vollkommen legitime Mission erfüllt hatte.

Aber ich ging weiter den Gang hinunter, halb in der Erwartung, halb in der Hoffnung, dass der Vorratsraum abgeschlossen war. Dann hätte ich eine Ausrede, nicht hineingehen zu müssen. Aber die Tür ging auf.

Drinnen befand sich eine Ansammlung von Möbeln. Stühle, Tische, Kommoden. Lampen. Pulte. Alles zusammengeschoben. Ich erkannte nicht ein Stück davon. Es würde eine Ewigkeit dauern, die Möbelstücke auseinanderzuziehen, damit ich an die Schubladen kam. Und es wäre mit viel Lärm verbunden. Ich starrte die Gegenstände an und sah sie als eine Projektion meiner Seele: eine Ansammlung beziehungsloser Objekte, staubig aber mit dem Pulsschlag alter Emotionen. Hauptsächlich Zorn, bitterer Zorn, dessen Geschmack ich selbst jetzt noch im Mund hatte.

Cathal hatte mit seiner Drohung, mich die ganze Nacht über im Keller einzusperren, ernst gemacht.

Irgendwann in der Nacht tauchte ich aus meinem Versteck zwischen den alten Möbeln im Vorratsraum auf, ließ mich fast komatös mit tauben Beinen und vor Kälte blauen Fingern auf der Steintreppe nieder und legte meinen Kopf an die Kellertür. Ich deckte mich mit einem pelzgefütterten Mantel zu, den ich im Vorratsraum gefunden hatte, und legte mich auf einen alten Samtvorhang. Immer wieder rissen mich Albträume aus dem Schlaf.

Aus der Mauer des Kellergangs entsprang ein Teufel. Er durchsuchte die Räume, stellte sich schließlich über mich und starrte auf mich herab. Ich spürte den Hass in seinen roten Augen, die mich durchbohrten. Der Teufel warnte mich, dass ich brennen würde. Ich befand mich in der Hölle, und bald würde der Teufel die Feuer schüren und ich noch schlimmere Qualen leiden.

Mit einem Schrei auf meinen Lippen erwachte ich, aber ich war allein, nur ein leichter Luftzug vom Gang hinter mir beunruhigte mich. Ich redete mir ein, dass in einem der Räume sicherlich ein Fenster offen stand. Smithy öffnete sie manchmal sogar im Winter, damit sich keine Feuchtigkeit einnistete. Nur ein Luftzug.

Schließlich schlief ich wieder ein. Aber die Teufelsgestalt verwandelte sich in ein Ungeheuer mit einem glatten, schönen Gesicht wie dem von Cathal. Ich hätte schwören können, dass er in den Keller gekommen war, um sich über mich lustig zu machen, aber mein Kopf ruhte noch immer auf der Kellertür, die in die Diele führte, und ich wusste, dass er über mich hätte stolpern müssen. Auch Großmama kam kurz zu mir und sagte mir, ich hätte die Tür nicht aufsperren dürfen, aber ich verstand nicht, was sie meinte.

Ich hörte den Teufel oder das Ungeheuer im Vorratsraum herumfuhrwerken, aber solange ich nicht richtig wach wurde und ihn sah, konnte er mir auch nichts tun.

Als das bleiche Dämmerlicht der Nacht ihre schwärzeste Dunkelheit nahm, wurde ich richtig wach und spürte meinen schmerzenden Nacken. Keiner kam mir zu Hilfe. Mum konnte nicht wissen, was passiert war. Und wenn doch war sie bestimmt machtlos und konnte mir nicht helfen. Ich malte mir lieber nicht aus, was Cathal mit ihr angestellt haben mochte, um sie daran zu hindern herunterzukommen und mich herauszulassen. Irgendwann morgens glaubte ich, Stimmen in der Eingangsdiele zu hören, konnte sie aber niemandem zuordnen. Reifen knirschten über den beschneiten Kies der Einfahrt. Kein Auto, etwas Kleineres, Leichteres, ein Fahrrad? Schritte rannten ihm hinterher, gefolgt von Geschrei. Stille, dann wurde ein Motor angeworfen, und ein Auto brauste durch den Schnee. Da schöpfte ich Hoffnung, dass jemand zu mir kommen würde, aber niemand näherte sich der Kellertür.

In der alten Spülküche fand ich einen Eimer und pinkelte hinein, als ich nicht mehr länger einhalten konnte. Ich zog den pelzgefütterten Mantel an, mit dem ich mich nachts zugedeckt hatte, aber die Kälte kam vom Steinboden hoch und kroch mir in die Knochen. In einer Truhe fand ich ein paar mit Schaffell gefütterte, von Mäusen angeknabberte Stiefel, die ich anzog.

Jetzt wartete ich auf ihn. Er würde mich holen kommen, und es gab kein Versteck mehr für mich, keine Möglichkeit, dem zu entgehen, was mich erwartete. Aber leicht wollte ich es ihm nicht machen. Er sollte nicht sehen, dass ich Angst hatte.

Ich blinzelte in die plötzliche Helligkeit. Eine hohe Gestalt stand in dem hellen Rechteck, wo die geschlossene Tür gewesen war. Mich schauderte vor seinem kalten Blick. Er lächelte mich an, und ich wusste, dass ich klein, schmuddelig und unterlegen aussah.

»Hattest wohl Zeit nachzudenken?«

Ich sagte nichts. Mein Mund war trocken, und meine

Beine schmerzten, als ich aufzustehen versuchte. Ich taumelte gegen die Wand.

»Hat deine Mutter dir nicht beigebracht, dass man nicht lügt, Rosie?« Seine Stimme war sanft. »Vielleicht weiß sie das ja selbst nicht so genau.«

»Wo ist meine Mutter?«

Er zögerte. »Sie schläft.«

»Was haben Sie mit ihr gemacht?«

»Sie brauchte Ruhe.«

»Sie lügen.« Ich versuchte, mich seinem Griff zu entwinden, als er mich an den Schultern packte.

»Deine Mutter sorgt leider nicht für Disziplin. Jemand muss die Verantwortung übernehmen. Und manchmal bedeutet das, dass man ein Kind bestrafen muss. Zu seinem eigenen Wohl.«

»Sie sind nicht mein Vater«, sagte ich. »Sie haben nicht das Recht, mich zu bestrafen. Wir wollen Sie nicht hier haben.«

Er löste eine Hand von meiner Schulter, um die Küchentür zu öffnen.

Mein Blick fiel auf den langen Flur, der zur Eingangstür führte, und ich überlegte, ob ich wohl genügend Kraft hatte, dort hinzusprinten, während er abgelenkt war. Ich riss mich von ihm los. Aber nicht schnell genug. Er wirbelte herum und zog mich an den Haaren zurück. »Mach mich nicht wütend, Rosie. Ich gebe mir so große Mühe geduldig zu sein.«

22

Bei der Erinnerung an das Kind, das ich einmal war, fing ich an zu zittern, obwohl ich inzwischen über vierzig war. Ich versuchte, mich zusammenzureißen, und sah mich noch mal im Vorratsraum um. Sicherlich hatte vor langer Zeit jemand sämtliche Schubladen durchgesehen, um sich zu vergewissern, dass sie leer waren.

Ich zog die oberste Schublade einer hohen Kommode auf. Sie quietschte, und ich konnte nur wenige Zentimeter weit hineinspähen, weil gleich daneben ein Kleiderschrank stand. Ein dunkler, zusammengedrückter Gegenstand fiel mir ins Auge, er roch nach altem Leder. Ich zog ihn heraus. Ein Teil davon war kaputtgegangen oder das Opfer von Mäusen geworden. In das Leder waren Buchstaben eingeprägt, die meisten davon abgewetzt und unleserlich. Nur ein paar davon konnte ich noch erkennen: O, D und N. Eine alte Tasche? Nein, das war einmal ein Ball. Ich warf noch einen Blick in die Schublade. Nichts weiter. Ich legte den Ball zurück.

Danach öffnete ich die zweite, dritte und auch die weiteren Schubladen, ohne etwas zu finden. Als Nächstes wandte ich mich den zwei Schubladen des Eichenschranks zu, die ebenfalls leer waren. Auch beim Durchsuchen eines Schreibtisches und eines Nachtkästchens kam nichts weiter zutage als ein zusammengeknülltes liniiertes Blatt Papier, auf dem mit verblasster Bleistiftschrift etwas geschrieben stand, was ich nicht entziffern konnte. Meine Hände waren inzwischen ziemlich staubig. Ich schob den Schreibtisch beiseite und ging die Schubladen einer Kommode durch. Eine davon klemmte und ächzte, als ich sie aufzog. Von der zweiten Schublade hielt ich plötzlich den Griff in der Hand, es dauerte, bis ich ihn wieder anmontiert hatte.

Das war Wahnsinn. Andrew hatte recht. Wenn Benny einen Umschlag gefunden hätte, der offensichtlich an eine Kanzlei gerichtet war, dann hätte er ihn weitergeleitet. Ich kannte ihn inzwischen gut genug, um mir dessen gewiss zu sein. Wenn er ihn gefunden hätte, hätte er den Brief weder weggeworfen noch in der Schublade liegen lassen. Er hatte sich mit mir über seine Arbeit als Journalist unterhalten und mir von den Notizbüchern erzählt, die er aufbewahrt hatte, und dass er begeistert war, als es dank der Computer die Möglichkeit gab, Notizen und Kontakte in Datenbanken zu speichern. Benny war jemand, der alles sehr genau nahm.

Mein Patient Benny. Der jetzt oben allein war.

Ich blies den Staub von den Händen, und es war, als würde ich die Vergangenheit und meine Hoffnung mit wegblasen. Der Besuch dieses Kellers wäre nicht nötig gewesen, aber ich hatte mich wenigstens meinen alten Ängsten gestellt. Vielleicht war das der Grund, weshalb ich in dieses Haus zurückkehren musste.

»Du bist eine examinierte Krankenschwester und hast einen Patienten, der erwartet, dass du mit deinem Kopf bei deinem Job bist.« Ich erinnerte mich an James' Worte.

Höchste Zeit, zu Benny zurückzukehren, bevor Sarah wiederkam. Fast war es eine Erleichterung, nicht mehr nach dem Brief suchen zu müssen. Ich würde James eine SMS schicken und ihn wissen lassen, dass er recht gehabt hatte und meine Mission tatsächlich fruchtlos war. Ich wollte bei Benny bleiben und alles andere vergessen, ihm die beste Krankenschwester und Gefährtin sein.

Oben klingelte das Telefon und riss mich aus meinen Gedanken. Ich eilte hinauf und schloss gerade die Kellertür, als Sarah aus der Küche in den Flur trat. Ich hatte sie nicht kommen hören. Ein rascher Blick erklärte mir auch, warum: Schnee bedeckte ihren schwarzen Kaschmirmantel, und Schnee hatte wohl auch das Geräusch ihrer Schritte im Garten geschluckt.

»Ich habe nur nachgesehen, ob Bennys Wäsche in den Trockner muss«, erklärte ich ihr.

Wieder läutete das Telefon. »Entschuldigen Sie.« Sie nahm den Anruf entgegen. Wieder einer von Bennys Freunden. Ich folgte ihr in die Küche.

»Melden Sie sich bitte später wieder«, sagte sie zum Anrufer. »Ich werde ihm ausrichten, dass Sie angerufen haben, dann wird er Sie auf seinem Mobiltelefon zurückrufen. Er freut sich, von Ihnen zu hören.«

»So viele Anrufe.« Sie legte den Hörer auf. »So viele Leute wollen wissen, wie es ihm geht, fragen, ob sie ihm Bücher oder Zeitschriften schicken dürfen. Sie möchten ihn besuchen. Aber bei diesem Wetter …«

Sie schaute aus dem Fenster. »Hoffentlich kommen Bennys Freunde sicher hier an. Der Schnee bleibt jetzt liegen.«

»Kalt genug ist es bestimmt.«

»Ich muss jemanden finden, der die Einfahrt und die Wege räumt.« Sie griff nach dem Block neben dem Telefon und schrieb sich eine Notiz. »Im letzten Jahr war es draußen wie auf einer Schlittschuhbahn. Wenn wir einen Notfall haben, kommt keiner zu uns durch.«

»Ich gehe jetzt besser zu Benny hinauf«, sagte ich. »Und mache ihn empfangsbereit für seine Gäste.«

Sie nickte mir zu. Ich glaubte, in ihrem gepflegten Gesicht eine Spur Neugier zu entdecken. Vielleicht vermutete sie, dass ich im Keller herumgeschnüffelt hatte.

Leise öffnete ich Bennys Tür. Er döste in seinem Sessel. Ich nahm den Laptop von seinem Schoß und stellte ihn auf den Frisiertisch. Der Bildschirm war im Schlafmodus. Ich deckte ihn mit einem Tuch ab. Neben Benny lag ein großes Album mit Zeitungsausschnitten auf dem Boden. Ich legte es ebenfalls auf den Frisiertisch. Offenbar hatte er sich Artikel angesehen, die er vor Jahren geschrieben hatte, und zwar ganz am Anfang seiner journalistischen Karriere. Ein kurzer Artikel über eine Einbruchserie in Kingston-upon-Thames. Ein längerer Artikel über einen Spaniel, der eine Familie in New Maldon, Surrey, davor gerettet hatte, in ihrem Haus zu verbrennen. Ich blätterte weiter. Ende der Fünfziger-, Anfang der Sechzigerjahre hatte er längere Artikel geschrieben, aber noch immer für Lokal- oder Regionalzeitungen. Danach schrieb er für überregionale Zeitungen. Ich überflog einen Bericht über den Sechstagekrieg für *The Times*, bevor ich das Album zuklappte.

Ein Blick auf Benny sagte mir, dass er einen unruhigen Schlaf hatte und ihn offenbar Träume heimsuchten. Der Arzt hatte die Medikation geändert. Ich las die Anweisungen noch einmal durch, um sicherzugehen, dass ich ihm die richtigen Medikamente zur richtigen Zeit gab.

Er bewegte sich im Schlaf. Murmelte etwas. Ich beugte mich über ihn, um ihn zu verstehen.

»... hätte nicht im Zug sein dürfen. Ein anderer. Sag Vati nichts.«

Mir viel ein, dass Vati das deutsche Wort für Daddy war. Warum sollte sein Vater nicht erfahren, dass er in dem Zug saß, der ihn in Sicherheit brachte? Doch dann sagte ich mir, dass das, was wir träumen, selten einen logischen Sinn ergibt.

Dann sagte er noch mehr über den Zug, über kleine Kinder, die mit ihm im Abteil zu sein schienen. In seinem Traum war wieder 1939, und er versuchte, Deutschland zu verlassen, aber er war offenbar in großer Sorge und unsicher, ob er überhaupt im Zug sein sollte.

»Nehmt einen anderen«, murmelte er wieder. »Beeilt euch. Es ist schon fast zu spät. Und versteckt die Vase, die ich zerbrochen habe. Sagt ihnen, dass es Rudi war.« Damit schlug er die Augen auf, sah sich erst im Raum um, dann schaute er mich an und schien sich zu entspannen, während er richtig wach wurde. Ich beobachtete, wie er die Träume abschüttelte und wieder in die Rolle des zwanglosen Benny Gault schlüpfte.

»Hallo.«

»Hallo, Benny.« Ich schenkte ihm Wasser ein und reichte es ihm. Er hatte beim Aufwachen immer einen trockenen Mund, wie er mir verraten hatte.

»Sie haben geträumt«, teilte ich meinem Patienten mit. »Von Reisepapieren und Zügen.«

»Was habe ich gesagt?«, erkundigte er sich vorsichtig.

»Sie sagten jemandem, er soll sich beeilen. Dann ging

es um eine zerbrochene Vase? War ihr Vater wütend? Und dann gab es jemanden, der Rudi hieß.«

Als ich diesen Namen erwähnte, riss er die Augen auf. Wer war Rudi? Ein Freund? Ein Bruder? Ich wollte nicht nachfragen. Aus Bennys engstem Umkreis seiner Kindheit dürften viele umgekommen sein. Von Sarah wusste ich, dass er es vermied, darüber zu sprechen.

»Was für ein Unsinn geht mir da durch den Kopf, während ich schlafe.« Er grinste. »Könnten Sie mir bitte helfen, mich frisch zu machen und anzukleiden?«

Als er angezogen war und ich sein Zimmer aufgeräumt hatte, ging ich wieder in die Küche hinunter. Mir war klar, dass ich bei Sarah Verdacht geweckt hatte, und war entschlossen, diesen zu zerstreuen, indem ich gelassen auftrat.

Sie hatte die Backzutaten und Bleche in der Küche beiseitegeräumt, und wir aßen von weihnachtlichen Düften umgeben am Tisch. Schon lange war mir die Vorfreude auf dieses Fest verloren gegangen, aber jetzt meldete sie sich leise wieder, denn der Duft der süßen Mince Pies versetzte mich in eine längst vergangene, unschuldige Zeit. Ich erinnerte mich, dass Großmama für uns das Weihnachtsessen zubereitete: Nachtische kochte, Kuchen rührte. Auch meine Mutter hatte Weihnachten geliebt und diese Liebe an mich weitergegeben. Aber ich war die Letzte unserer Linie und würde kein Kind haben, an das ich die Tradition des Backens und Schmückens weitergeben konnte. Meine Hand wanderte zu meinem Unterleib.

»Sie kommen gerade rechtzeitig, um das hier zu kosten.« Sarah holte ein frisch gebackenes Mince Pie vom Abkühlrost und servierte es mir auf einem Teller. Mit einem unverändert freundlichen Gesicht gab sie mir noch einen Klacks Crème double dazu. Das Gebäck zerging mir auf der Zunge, die Fruchtfüllung war aromatisch und saftig. Ich lobte es. »Es ist nicht mehr lang bis Weihnachten«, sagte sie. »Ich hoffe nur, dass er durchhält. Andererseits möchte ich ihm auch nicht das Gefühl geben, dass er Weihnachten hier sein muss. Nicht, wenn es zu …« Sie drehte mir kurz den Rücken zu. »Tut mir leid. Benny und ich kennen uns schon so lange. Ich war bereits hier, als seine Frau Lisa krank wurde und starb, und jetzt muss ich auch das hier noch mit ansehen.«

Mein Selbstmitleid verschwand.

»Er könnte es schaffen, Weihnachten noch zu erleben«, sagte ich. »Verführen Sie ihn später mit einer Ihrer Pies und versetzen Sie ihn damit in Feststimmung.« Vielleicht schaffte er keine ganze Pie, aber ein kleines Stück dieses butterzarten Gebäcks mit seiner köstlichen Füllung war sicherlich unwiderstehlich.

In ihren Augen flackerte Hoffnung auf.

»Aber wir werden trotzdem mit den Marie-Curie-Krankenschwestern sprechen müssen«, sagte ich. »In den kommenden Nächten werden wir sicherlich mehr gefordert sein.« Die vergangene Nacht hatten Sarah und ich uns im Sessel neben Bennys Bett abgewechselt: Eine von uns wachte bis Mitternacht, die andere übernahm die Zeit bis sechs Uhr morgens.

Ich sah mich in der teuer ausgestatteten Einbauküche aus Eiche mit ihren Edelstahlgeräten um und musste dabei an die zusammengewürfelten Möbel denken, die zu Großmamas Zeiten hier gestanden hatten. Zusammengewürfelt, aber schön und von Smithy immer makellos sauber gehalten. Als junge Frau hatte Großmama nie selbst kochen müssen. Selbst von Smithy hatte man nicht erwartet, dass sie kochte, als sie vor dem Krieg hier anfing. Das hatten sie beide erst lernen müssen. Meine Mutter war in die Schweiz geschickt worden, damit sie es auch lernte.

Meine eigene Familiengeschichte brachte mich zu Benny und seinen schlimmen Träumen zurück. Die mich nicht überraschten nach allem, was er in Deutschland kurz vor seiner Abreise durchgemacht hatte. Die Kristallnacht, als die Nazis Synagogen in Brand setzten und die Schaufenster jüdischer Geschäfte einschlugen, lag noch keine zwei Monate zurück.

»Während der letzten Wochen in Deutschland herrschte bestimmt Panikstimmung«, sagte ich. »Er träumt davon, nicht wahr?«

»Es könnte an den Medikamenten liegen«, sagte Sarah. »Allerdings hatte er als Junge weiß Gott genug Grund zur Panik in Deutschland. Doch über diese Zeit spricht er kaum.« Sie nahm eine Orange aus einer Schüssel auf der Arbeitstheke und begann, die Schale auf einen Teller zu reiben.

Ich nahm mir vor, mit dem Arzt noch einmal über die Morphingabe zu sprechen, obwohl ich sie nicht für die Träume verantwortlich machte.

»Wer ist Rudi?«, fragte ich. »Hatte Benny Brüder und Schwestern? Es muss schrecklich für ihn gewesen sein, geliebte Menschen zurückzulassen.«

Sie sah mich überrascht an. »Er war ein Einzelkind. Und die Familie war nicht weitläufig, nach allem, was ich mitbekommen habe. Einen Rudi hat er nie erwähnt.«

Doch der Name hatte sich in meinem Kopf festgesetzt.

Sarah gähnte. »Ich werde mich mit meinem Buch eine halbe Stunde hinlegen, wenn Bennys Gäste gekommen sind. Ich liebe die Weihnachtsvorbereitungen, aber sie schlauchen mich auch.«

»Sie haben so viel gearbeitet«, sagte ich. »Und bekommen nicht genügend Schlaf.«

»Mir ist es wichtig, alles ein bisschen festlich zu gestalten. Und es ist ja nicht mehr lang hin.« Für einen Moment wirkte sie wie ein kleines, aufgeregtes Mädchen. Der Zweifel, den ich an ihr bemerkt hatte, als sie mich bei meiner Rückkehr aus dem Keller ertappt hatte, war verschwunden.

Ich fragte mich, wer wohl nach Fairfleet kommen würde, um den Weihnachtstag mit den beiden zu verbringen. Ich würde vermutlich hier sein. James verbrachte die Feiertage mit seiner Tochter Catherine. Er wäre also versorgt. Bei diesem Gedanken fühlte ich mich einsam. Nicht zum ersten Mal gelobte ich mir, ihm mehr Zeit zu widmen, wenn ich diesen Job beendet hatte. Während Sarah Zutaten abwog, überprüfte ich die Nachrichten auf meinem Telefon.

Wie erwartet gab es eine von James, der sich nach meinem Befinden erkundigte. Ich textete rasch eine positive Antwort.

Kennengelernt hatten wir uns vor zwei Jahren in London auf einer Wohltätigkeitsveranstaltung, bevor ich nach Singapur ging. James war ein verwitweter Lehrer für Englisch und Theaterpädagogik an einer weiterführenden Schule im Südosten von London. Keiner von uns fand großen Gefallen an Weißwein-und-Kanapee-Events, und so gestaltete sich das Gespräch mit ihm recht entspannt, wir entdeckten, dass uns der Sinn für Humor und die Begeisterung für viktorianische Romane verband. Während der Schulzeit hielten ihn die Proben für Schüleraufführungen auf Trab, und in seinen Ferien verbrachte er gern Zeit in Antiquariaten. Wir schienen wie füreinander geschaffen: Wir waren nicht allein, aber auch nicht ständig zusammen. Während der Semesterferien war auch Catherine oft bei uns, und er unternahm gerne etwas mit ihr. Eigentlich hatte ich nicht damit gerechnet, dass diese Beziehung meine zwei in Fernost verbrachten Monate überdauern würde.

Doch als ich aus Singapur zurückkam, setzten wir unsere Beziehung fort. Er vermietete das Haus, das er während seiner Ehe bewohnt hatte, und zog in meine Wohnung ein, die für seine vor Kurzem neu angenommene Lehrerstelle im Osten von London sehr günstig lag. Fast wären wir eine richtige Einheit, ein kleiner Haushalt, eine Familie geworden. Fast.

Sich nach Fairfleet zurückzuziehen, war vermutlich nicht der beste Weg, unsere Beziehung zu pflegen. Und es war, wie James und Andrew nicht müde wurden mich zu erinnern, ein hochriskantes Unterfangen. Sollte Sarah dahinterkommen, wer ich war, beendete sie womöglich meine Anstellung. Im Moment jedoch bestand diese Gefahr nicht. Wer würde sich schon an ein blasses, dünnes Mädchen erinnern, das hier Anfang der Achtziger ein paar Monate lang gelebt hatte? Die alte Frau im Laden? Vielleicht. Aber sie wäre nicht in der Lage, Rose Madison, die noch keine dreizehn war, mit Rosamond Hunter in Verbindung zu bringen, einer Krankenschwester in den Vierzigern.

Als wir uns von den unmittelbaren Auswirkungen der

Geschehnisse hier in Fairfleet erholt hatten, brachte Dad uns in Schulen einer anderen Grafschaft unter. Es blieb keine Zeit, uns von den paar Leuten zu verabschieden, die wir im Ort kannten.

Nachdem ich mich von meiner Karriere als Ärztin verabschiedet hatte, arbeitete ich in ganz Europa: Ich unterrichtete hauptsächlich in Italien und Frankreich Englisch und kümmerte mich um Kinder. Vielleicht hatte das von meinem Vater hartnäckig verfolgte Lebensmotto ständiger Bewegung und Ablenkung auf mein Erwachsenenleben abgefärbt und verhindert, dass ich Wurzeln schlug. Vielleicht ließ sich damit auch erklären, warum ich mich nirgendwo heimisch fühlte und keinen Bezug zu Besitz hatte. Mein Vater hatte dabei nur die bestmöglichen Absichten verfolgt.

Es gab noch eine Nachricht von meinem Bruder auf dem Telefon: *Hoffentlich geht es dir gut. Mache mir noch immer Gedanken, warum du dir das antust.*

Dabei dachte er bestimmt an das Ereignis vor einem Monat, an meinen letzten Verlust. Ich hatte Andrew erklärt, dass die Arbeit in Fairfleet mir wie ein Wink des Schicksals erschienen war, das mich zu diesem Haus zurückzog.

»Du gibst dir noch immer die Schuld am Feuer, nicht wahr?«, hatte er erwidert.

»Ja.« Was blieb mir anderes übrig?

»Wir sind das doch hundertmal durchgegangen. Es war nicht deine Schuld.«

In Fairfleet läuft alles gut, textete ich ihm jetzt.

Ein Geräusch vor dem Küchenfenster ließ mich aufmerken. Ein Mann schaufelte den Weg frei.

»Habe ich Ihnen das schon erzählt?«, fragte Sarah. »Ich

habe jemanden gefunden, der alle Wege und die Einfahrt freiräumt. Ich weiß, es wird wieder schneien, aber dann haben wir einen Teil wenigstens schon mal erledigt.«

Ich beobachtete den Mann, der in ruckartigen Bewegungen arbeitete. Er trug eine Wintermütze, die das Gesicht verdeckte, und ich fragte mich, wie kalt es jetzt wohl draußen sein mochte. Ich war noch nicht an der frischen Luft gewesen. Bleich und zaghaft kam die Sonne heraus. Mehr als eine halbe Stunde blieb ihr nicht mehr.

Es klingelte. »Das werden Bennys Freunde sein.« Sarah ging, um sie hereinzulassen.

Ich entschuldigte mich, wickelte mir einen Schal um, setzte einen Hut auf und zog meine Stiefel an. Die Luft war anfangs rau auf meiner Haut, aber beim Gehen bekam ich einen klaren Kopf. Ich lief zum See und bewunderte die Lichteffekte der tief stehenden rosa gefärbten Sonne auf der Eisfläche. Es kam nur selten vor, dass das Wasser ganz zufror. Ich konnte mich nur an wenige Jahre erinnern, in denen es so kalt war. Ein Fischreiher flog sehr tief über den See, als hielte er Ausschau nach einer Bruchstelle im Eis, aber da war keine, und so flog er ans Ufer, von wo ein kleiner Steg ins Wasser führte.

Als Mum, Dad, Andrew und ich einmal hier auf Besuch bei Großmama waren, hatten wir Schlittschuhe im Keller gefunden und waren dann aufs Eis gegangen. Ich war noch sehr klein, vier oder fünf vielleicht. Wir hatten uns alle an den Händen gehalten, und Mum und Dad hatten uns Kinder in die Mitte genommen. Mum balancierte in perfekter Haltung auf ihren Schlittschuhen, hielt meine Hand und sorgte dafür, dass ich nicht hinfiel.

Der Reiher stakste auf den Steg und beobachtete mich von dort aus, während ich meinen Erinnerungen nachhing. Aber um länger zu verweilen, war es zu kalt, und ich lief an der Hecke und dem Zaun entlang, die Fairfleet von den Häusern trennten, die dort in den Achtzigern gebaut worden waren. Von dieser Stelle aus wirkte das Haus wie in Blut getaucht, als die Sonne im Westen unterging. Ich beschleunigte meinen Schritt.

Ich war fast schon wieder an der Küchentür, als der Mann, den Sarah zum Schneeräumen eingestellt hatte, heranschlurfte. Von seinem Gesicht konnte ich wegen der Wintermütze nur die Augen erkennen: rot gerändert, aber sehr blau. Mir fiel auf, dass die Hand, die den Spaten hielt, zitterte, als hätte ihn die Anstrengung überfordert. Seine Bewegungen waren steif, als hätte die Kälte sich in seine Knochen gefressen.

»Alles in Ordnung mit Ihnen?«, fragte ich. »Hätten Sie gern etwas Heißes zu trinken?«

Er schüttelte hastig den Kopf und murmelte etwas, starrte mich aber einen Moment lang an. Meine Hand wanderte zu meinem Arm und rieb durch die mehrschichtige Winterkleidung die vernarbte Haut.

»Er muss durchgefroren sein«, sagte Sarah, als ich in die warme Küche kam. Offenbar hatte sie meinen Wortwechsel verfolgt, wenn man von einem solchen sprechen konnte. »Aber er war ganz versessen darauf, die Arbeit anzunehmen. Ich war überrascht, so schnell eine Zusage zu bekommen. Heutzutage sind viele froh, wenn sie Arbeit bekommen.« Ich stellte Teetassen, Untertassen und Teller mit Mince Pies für die Gäste auf ein Tablett.

Ich spähte hinaus. Der Mann schlurfte davon und hielt den Spaten merkwürdig, als hätte er Schmerzen in der Hand. Man konnte leicht vergessen, dass es Menschen gab, die so notwendig Geld brauchten. Vor allem in dieser Zeit des Jahres. Ich konnte mich glücklich schätzen, ich hatte Geld. Ich hatte Arbeit in einem warmen und angenehmen Haus bei einem intelligenten und liebenswerten Patienten. Es gab Menschen in meinem Leben, die mich liebten. An diese Dinge musste ich mich immer wieder erinnern.

»Soll ich die Rollos zuziehen?«, fragte ich, weil ich den verglühenden Nachmittag aussperren wollte.

23

Erzählen Sie mir doch mehr von sich«, forderte Benny mich auf und lehnte sich beobachtend zurück. Es waren nur noch wenige Tage bis Weihnachten. Der Besuch seiner Freunde am Nachmittag des Vortags hatte seinen Geist beflügelt, seinen Körper aber erschöpft. Ich hatte sie alle lachen gehört und wäre fast neidisch geworden. Jetzt saß er in seinem Sessel und wirkte trotz seines hageren Gesichts so wach wie während seiner Tage beim Fernsehen. Seine Hand zitterte, als er die Zeitung neben dem Laptop ablegte. »Wo haben Sie als Kind gelebt? Haben Sie Geschwister?« Er verdrehte die Augen, und mein geschultes Auge bemerkte sofort, wie gelb das Weiß seines Augapfels geworden war. »Ist das zu fassen? Schon bin ich im Interviewmodus. Oder auch einfach nur neugierig, wie meine Frau zu sagen pflegte.«

Ich war darauf vorbereitet und hatte mir eine redigierte Fassung meines Lebens zurechtgelegt, die bei der Trennung von Mum und Dad ansetzte, in deren Folge wir dann bei Dad lebten. Mums Tod erwähnte ich nur nebenbei, und Fairfleet kam gar nicht vor.

Ich erzählte von der Zeit, die ich in Internaten verbracht oder sechs Monate vor Beginn meines Studiums in Lyon gearbeitet hatte, um dort fließend Französisch sprechen zu lernen. Danach wartete ich mit Geschichten aus meinem Arbeitsleben in Frankreich und Italien auf. Ich erzählte von den Familien, die ich geliebt, und von denen, mit denen ich Probleme hatte. Ich schilderte ihm die Mailänder Familie, die versucht hatte, mich mit einem fehlgeleiteten Neffen zu verheiraten, weil sie dachten, ich könnte ihn auf den rechten Weg zurückführen, und die Familie, bei der ich täglich nur eine kleine Mahlzeit bekam und deshalb gezwungen war, mich von den Croissants aus der Bäckerei gegenüber zu ernähren. Meinen ursprünglichen und nicht zu Ende verfolgten Berufswunsch ließ ich unerwähnt.

Er hörte mir mit interessierter Miene zu. Als ich fertig war, strich ich mit meinen Fingern über den Umschlag von *Große Erwartungen*, das ich auf dem Schoß liegen hatte.

»Lebt Ihr Vater denn noch?«, erkundigte er sich.

Ich erzählte ihm von Dad und seiner zweiten Frau, der Tennisspielerin Marie, die zu einer geliebten Stiefmutter geworden war, und ihrem Haus in den französischen Alpen.

»Sie haben eine Wohnung in den Docklands, sagten Sie, als wir uns das erste Mal trafen.«

Ich nickte. Er schwieg einen Moment. Wunderte er sich vielleicht, wie ich mir bei meinem Job derartiges Eigentum leisten konnte?

»Manchmal meine ich, ich hätte Sie schon einmal gesehen«, sagte er ohne Umschweife.

Ich sah ihn an und erwiderte seinen Blick, ohne mit der Wimper zu zucken.

»Sind wir uns schon einmal begegnet? Sie waren nicht zufällig während eines Interviews im Publikum des Studios?«

Ich schüttelte den Kopf. »Vielleicht habe ich eine Doppelgängerin.« Ich lächelte forsch, aber dann sagte ich mir, dass dies möglich wäre. Ich stellte mir eine geisterhafte Version meines früheren Selbst vor. Vielleicht hatte Benny eine Alternative von mir entdeckt: das Ich, das sich womöglich entwickelt hätte, wenn Cathal nicht aufgetaucht wäre, die erwachsene Version eines Mädchens, das auf dem sonnenbeschienenen Gänseblümchenrasen mit Bruder und Mutter gelegen hatte.

Dann warf mir die Erinnerung ein Bild vor Augen, das so scharf war, dass ich fast aufgeschrien hätte. Ich betete, dass Benny mein Entsetzen nicht bemerkt hatte. Er *hatte* mich gesehen. Er war kurz in meine Kindheit eingetaucht. Es musste etwas mit jenem Sommernachmittag auf dem Rasen zu tun haben. Das musste es sein.

Kurz bevor Cathals Fahrrad sich quietschend auf uns zubewegte, hatte ich einen Mann im weißen Anzug mit Panamahut entdeckt. Der am anderen Ufer des Sees stand und zu uns herüberstarrte. Er hatte gelächelt und mir zugewinkt. Es war ein wunderbarer Tag gewesen: warme, über dem See schimmernde Luft, der Duft von Blumen aus den zugewachsenen Blumenbeeten. Cathal war noch Minuten davon entfernt, seine Fühler nach Mum auszustrecken. Ach könnte ich nur in der Zeit zurückreisen und ihm einen Stock zwischen die Speichen seines Fahrrads klemmen und ihn daran hindern, die Straße hochzuradeln!

Aber wie sollte Benny mich mit einem dreizehnjährigen Mädchen in Verbindung bringen, das er nur ganz kurz gesehen hatte? Irgendetwas an mir schien ihn an meine Großmutter zu erinnern.

Ich musste auf der Hut sein, obwohl ich das gar nicht wollte. Ich wollte mein Geheimnis loswerden und ihm erzählen, wer ich war. Mein Mund öffnete sich.

Es klopfte an der Tür. Sarah. »Der Doktor ist da«, sagte sie. »Er kam gerade vorbei und meinte, er wolle lieber zeitig kommen und sich am Nachmittag den Weg über die vereisten Straßen ersparen. Es macht Ihnen doch nichts aus, ihn jetzt schon zu empfangen, Benny?«

In einer Mischung aus Erleichterung und Bedauern stand ich auf, um Bennys Medikamente und die Notizen über seinen Zustand zu holen.

Der Arzt, ein müde wirkender Mann, der schon fast im Rentenalter war, hörte Bennys Brust ab und maß den Blutdruck. Er stellte Benny ein paar Fragen zu dem, was er aß, und dem, was er mit Absonderungen umschrieb, und wollte wissen, ob er Schmerzen hatte. Benny antwortete in kurzen Sätzen.

»Mir ist das alles verhasst, wissen Sie. Oh, Sie nicht, Doc«, sagte er und strahlte ihn dabei an. »Aber dieses ganze Geschäft des Sterbens. Nicht der Gedanke an den Tod an sich. Damit komme ich klar.« Er schielte dabei auf das Foto seiner Frau, vielleicht zur Bestätigung, dass sie ihm auf diesem Weg vorausgegangen war und er ihr folgen würde. »Aber alles andere, was davor kommt.«

Der Arzt beugte sich über ihn. »Ich verspreche Ihnen, Benny, dass wir mit allen Mitteln versuchen werden, dafür zu sorgen, dass Sie niemals Angst oder Schmerzen haben müssen.«

»Das verspreche ich auch«, sagte ich, und die Worte kamen mir impulsiver über die Lippen als beabsichtigt. Der Arzt und ich tauschten einen Blick. Ich wusste, dass wir dasselbe dachten: Der Tod kam näher.

»Das ist es nicht.« Benny seufzte. »Obwohl die Aussicht,

keine Schmerzen leiden zu müssen, sich gut anhört. Es sind die verdammten Träume.«

»Vielleicht liegt es an den Medikamenten.« Der Arzt prüfte Bennys Krankenblatt.

»Sie sind real«, murmelte Benny. »Die Dinge, die ich sehe. Sie haben sich tatsächlich zugetragen.«

Der Arzt musterte ihn schweigend. »Ich weiß nur sehr wenig über die Umstände, unter denen Sie als Junge Deutschland verlassen haben. Aber es überrascht mich nicht, wenn diese Erlebnisse nun zurückkommen und Sie heimsuchen. Möchten Sie vielleicht einen …«

»Nein danke, keinen Priester und auch keinen Seelenklempner«, warf Benny rasch ein.

»Ich kann Ihnen etwas verschreiben, damit Sie ruhiger werden«, schlug der Arzt vor.

»Ich möchte auch keine Sedativa. Ich und mein Unterbewusstsein müssen einfach einen Weg finden, um miteinander klarzukommen.«

Es war eine locker hingeworfene Bemerkung, aber ich spürte, wie verunsichert Benny war. Was auch immer seinen Schlaf quälte, musste vertrieben, exorziert werden. Ich überlegte, ob er sich mir anvertrauen würde, ob es ihm helfen würde, wenn er es könnte.

»Geben Sie mir über die Entwicklung während der nächsten vierundzwanzig Stunden Bescheid«, sagte der Arzt leise zu mir. »Er wird bald eine Pumpe für das Morphium benötigen. Und das wird seinem Schlaf nicht förderlich sein.«

Wir sprachen über Schmerztabletten, deren Darreichungsformen und über Antipsychotika. Ich machte mir Notizen.

Der Arzt sah mich anerkennend an. »Sie sind über Pharmazeutika sehr gut informiert.«

Ich lächelte und sagte nichts. Der Arzt ging, und ich kehrte zu Benny zurück, der wieder schlief, einigermaßen ruhig, wie es schien.

Mein erster Mann hatte nicht verstehen können, warum ich die Nähe genoss, die ich zu Patienten aufbaute. Bei James hatte ich das Gefühl, dass er eine Ahnung davon hatte, warum mich dieser Aspekt meines Berufs ansprach. Vielleicht, weil auch er in einem Beruf arbeitete, der zwischenmenschliches Vertrauen voraussetzte, in seinem Fall zu Teenagern, von denen einige problembeladene und schwierige junge Menschen waren.

James. Er wusste noch immer nicht, dass ich nach meiner Exkursion in den Keller die Suche nach dem Brief aufgegeben hatte. Da Benny schlief, ging ich in mein Zimmer, um James anzurufen, bekam aber nur den Anrufbeantworter. Ich schickte ihm stattdessen eine SMS.

Alles läuft gut. Scheine eine Beziehung zu Benny aufzubauen. Viel Schnee. Kein Anzeichen von Mums Brief, aber das zählt nicht mehr. Denke, dass ich die Dämonen hinter mir gelassen habe.

Nachdem ich die Nachricht abgeschickt hatte, fühlte ich mich besser. Der Schneefall hatte nachgelassen, und immer wieder verirrte sich ein Sonnenstrahl in den Garten, wenngleich sich weitere Wolken zusammenbrauten und mit neuem Niederschlag drohten. Ich beschloss, ein wenig frische Luft zu schnappen, und zog mich entsprechend an.

Die paar Minuten im Garten waren sehr belebend. Diese perfekte Winterstimmung ließ einen nicht ungerührt. Man müsste die Zweige der Bäume und Büsche von ihrer weißen Last befreien, damit sie keinen Schaden nahmen, aber das wäre auch schade. Besonders bezaubernd waren die Buchsbaumformen. Ich machte davon ein Foto nach dem anderen mit meinem Mobiltelefon, bevor ich zu Benny zurückging. Kaum war ich im Haus, fielen schon wieder neue Flocken.

Das Zimmer war aufgeräumt, und es gab nichts zu tun, also setzte ich mich und beobachtete ihn, bis er aufwachte.

»Draußen schneit es wieder heftig«, sagte ich. »Der Arzt hat gut daran getan, seinen Besuch vorzuverlegen.«

»Aber es hat auch etwas Aufregendes.« Benny klang wie ein kleiner Junge, den die Aussicht auf schulfreie Tage begeisterte.

»Ich habe diese Fotos von der Formschnitthecke in ihrem Winterkleid gemacht.« Ich zeigte ihm die Fotos meines Mobiltelefons.

»Wie Weihnachtsplätzchen und Kuchen mit Zuckerguss. Aber ich vermisse die Buchsbaumtiere.«

Ich wusste, was er meinte. Auch ich vermisste die Freunde meiner Kindheit: den Fuchs, den Elefanten, das Schwein. Und die Spitfire.

»Sie haben noch immer ganz rosige Wangen, Rosamond.« Er gab mir mein Telefon zurück. »Können Sie mir ans Fenster helfen? Ich würde mir so gern die Bäume vor dem Haus ansehen. Ich liebe diese alten Eichen und Kastanien.«

Ich legte ihm seinen Morgenmantel um die Schultern und half ihm aus dem Sessel. Beim Aufstehen zuckte er zusammen und ärgerte sich, als er bemerkte, dass es mir aufgefallen war. Wir standen am Fenster und sahen auf die weißen Bäume hinaus. Zwei parallele Spuren zeigten uns, wo

Sarah die Einfahrt hinaufgefahren war. Ich versuchte, dabei nicht an den Schlitten meiner Mutter auf derselben Route zu denken, als sie bei Cathals rasanter Fahrt abgeworfen worden war.

»Hoffentlich fährt Sarah vorsichtig«, sagte Benny. »Aber sie ist vernünftig. Ich war überrascht, dass sie mich nicht im Stich gelassen hat, als ich krank wurde, und sich eine Arbeit suchte, die mehr Spaß machte. Wir hielten hier früher Dinnerpartys ab. Hatten Gäste übers Wochenende. Es war ein Kommen und Gehen.« Er lächelte bei der Erinnerung daran. »Das hat Sarah gefallen. Sie und meine Frau Lisa brachten Stunden damit zu, Menüs zusammenzustellen und zu planen, wer wo schlief. Sarah brütete über den Details aus Sorge, wir könnten irgendwas übersehen haben.«

Sarah hatte jetzt etwas übersehen, als sie mich nach Fairfleet kommen ließ. Mich schauderte bei der Vorstellung, wie sie reagieren würde, wenn sie herausfand, wer ich war. Vielleicht hatten James und Andrew doch recht: Hätte ich es ihnen von Anfang an gesagt, hätten sie mich vermutlich trotzdem als Krankenschwester genommen. Doch indem ich meine Identität verleugnete, machte ich mich verdächtig. Sollte die Wahrheit doch noch herauskommen, könnte ich mein Verhalten kaum plausibel machen. Sie könnten auf die Idee kommen, ich sei zurückgekehrt, um Einfluss auf sein Testament zu nehmen. Ich sah Benny an, und mir wurde übel. Es wäre furchtbar, wenn er denken würde, ich sei gekommen, um mich zu bereichern. Hoffentlich hatte er das Gespräch vergessen, das wir zu einem früheren Zeitpunkt geführt hatten.

Benny verharrte fast fünf Minuten am Fenster und verinnerlichte diese Szenerie wohl für den Fall, dass er zum letzten Mal so viel Schnee sah.

»Das erinnert mich an Deutschland«, sagte er.

»Dort hatten Sie vermutlich jedes Jahr einen richtigen Winter«, sagte ich. In meinem Gedächtnis war nur ein ganz besonders strenger englischer Winter vor dreißig Jahren haften geblieben.

»Ich erinnere mich, dass ich an einem Abend mit einem Freund draußen im zugeschneiten Garten war. Der Mond schien, und in seinem Licht glänzten die weißen Büsche und der Rasen. Wir mussten uns verstecken, weil …« Er sprach nicht weiter.

Vielleicht tauchte wieder eine Erinnerung auf, der er sich nicht stellen konnte. Er ließ seinen Blick noch einen Moment auf der Schneelandschaft ruhen.

»Ich würde mich jetzt gerne wieder ins Bett legen«, sagte er. »Ich glaube nicht, dass ich noch einmal aufstehen werde.«

Ich half ihm, sich hinzulegen, und kehrte dann ans Fenster zurück, um die Vorhänge zuzuziehen. Sarahs Schneeräummann schob eine Schubkarre voller Salz und Splitt am Haus vorbei. Er blieb stehen und rieb sich den Arm. Muskelschmerzen waren in dieser Eiseskälte und bei schwerer körperlicher Arbeit wie dieser ganz normal. Und er war nicht mehr jung. Er bewegte sich steif. Manchmal rieb er auch über seine Wintermütze, als bereite die Kälte ihm Kopfschmerzen.

Ich wandte mich wieder Benny zu. Er wirkte heute älter, kränker. Ich wollte ihn nicht allein lassen. Also setzte ich mich still neben ihn. Nachdem er erst ruhig und offenbar traumlos geschlafen hatte, wurde er unruhig und begann wieder, vor sich hinzumurmeln.

Ziemlich deutlich sagte er: »Sag ihnen, dass es ein Fehler war.« Selbst im Schlaf spiegelte sein Gesicht die Sorge um diesen Freund.

»Was war ein Fehler?«, flüsterte ich ihm zu, ohne damit zu rechnen, dass er auf diese Frage antworten würde. Aber seine Augen zuckten und öffneten sich kurz.

»Ich könnte es Ihnen nicht begreiflich machen.« Seufzend schloss er die Augen und schien wieder in seinen unruhigen Schlaf zu verfallen. »Rudi wollte doch nur helfen.«

Ich stellte den Laptop neben ihm auf das Nachtkästchen für den Fall, dass er ihn benötigte, wenn er aufwachte.

24

Benny träumte, das wusste er. Sein reales Leben verbrachte er mit Rosamond Hunter, dieser Krankenschwester, die unmöglich diejenige sein konnte, für die er sie manchmal hielt, denn Harriet Dorner war inzwischen dreißig Jahre tot.

»Harriet hatte eine Blinddarmentzündung und ist daran gestorben«, erklärte er dem Jungen, der manchmal neben seinem Bett stand. Benny nahm an, dass der Junge in den kurzen Hosen, die man in seiner Kindheit trug, nur die Manifestation eines Traums war und nicht real. Doch darauf kam es nicht an, seine stille Gesellschaft hatte etwas Tröstliches.

»Aber Harriets Tod war Jahre später. Lass uns an den Anfang zurückkehren.« Zurück in jene Kleinstadt in Deutschland, in der sie beide aufgewachsen waren. »So schlecht war es gar nicht, als wir noch klein waren, oder?« Benny erinnerte sich an Weihnachten, an Tage im sommerlichen Garten, an denen die Sonne nie unterzugehen schien und die Erwachsenen mit ihm gelacht und gespielt hatten.

Bevor alles kompliziert wurde.

»Mit einer zerbrochenen Vase hat alles angefangen«, teilte er seinem Gefährten mit. »Erwachsene können so wütend werden, und das führt dann zu allen möglichen anderen Problemen.«

Sein Freund nickte.

Benny beobachtete Rudi, der mit Scherben in der Hand, die offenbar zu einer zerbrochenen Vase gehörten, über den schneebedeckten Rasen hinter seinem Haus kam. Rudi zitterte, als er sich dem Gebüsch näherte, hinter dem Benny auf ihn wartete.

»Hast du die zerschlagen?«, erkundigte sich Benny.

Rudi nickte. »Ich habe den Ball gegen die Wand neben dem Fenster gekickt.«

Offenbar ging der Schuss daneben. »Ups.«

Rudis Vater war bestimmt wütend. Benny konnte sich noch erinnern, dass es so ziemlich das Schlimmste war, wenn man versehentlich etwas kaputt machte. In den letzten Monaten schien es allerdings hinnehmbar geworden zu sein, mutwillig den Besitz anderer Menschen kaputt zu schlagen. Die wütenden Jugendlichen in ihren Uniformen schlugen mit besonderer Begeisterung Fensterscheiben ein.

Aber der arme Rudi. Er konnte nichts dafür, dass sein Vater so war, wie er war. Und auch nicht, dass er kein Jude war und die viel größeren Ängste, die das Leben einem bescherte, nicht nachvollziehen konnte.

»Was soll ich tun?«, flüsterte Rudi.

»Steck die Scherben in einen Karton und wirf sie weg. Dann denkt er vielleicht, dass ein Einbrecher die Vase hat mitgehen lassen.«

Aber Einbrüche waren in letzter Zeit selten geworden. Außer in jüdischen Haushalten, wie Bennys Mutter sagte. In diesem Fall war es der Staat, der die Menschen beraubte.

»Eine gute Idee.«

Während Rudi ins Haus rannte, um einen Karton zu suchen, überprüfte Benny seinen Standort. Auf dem weißen Rasen war er exponiert wie ein Käfer auf einem weißen Laken. Er trat hinter einen Baum, um zu warten.

Rudi kam zurück, und die Anspannung war aus seinem Gesicht gewichen. »Ich habe einen Schuhkarton gefunden. Vati kommt ohnehin erst in ein paar Tagen zurück.«

»Dann mach dir bis dahin keine Gedanken.«

Es reichte, sich Gedanken um ganz unmittelbare Probleme zu machen: was man essen würde, ob die Stiefel dem Schnee noch standhielten, ob die Mutter einen Arzt fand, der bereit war, sie zu untersuchen.

Aber im Moment zählte das alles nicht, jetzt ging es nur darum, mit Rudi den Ball durch den Garten zu kicken und für kurze Zeit so zu tun, als wäre alles wieder normal. Benny sah sich noch einmal um, weil er sichergehen wollte, dass keiner sie vom Fenster aus beobachtete, aber Rudis Haus war nicht einsehbar. Und so rollte er seinen braunen Lederball beruhigt über den Schnee. Seine Mutter hatte ihm diesen Ball zu seinem letzten Geburtstag gekauft. Wie ihr das gelungen war, wusste er nicht. Sie hatte sogar seinen Namen in kleinen goldenen Lettern einprägen lassen.

Benny schaffte es, mit einem Dropkick des Balls den schmalen Stamm eines Kirschbaums zu treffen. Rudi versuchte ein ähnliches Manöver. Doch sein Schuss ging daneben.

Ein Fenster im zweiten Stock öffnete sich knarrend. Benny erstarrte. Wenn man ganz stillstand, übersahen einen die Leute manchmal. Er hatte gelernt, alle seine Muskeln zu kontrollieren und nur noch seine Augen zu bewegen, die aber schossen hin und her und suchten nach Verstecken.

»Das ist nur Olga, unsere Haushälterin«, sagte Rudi. »Ihr

ist es egal, was ich draußen mache, vermutlich hat sie nicht einmal ihre Brille auf.«

Die ältere Frau schüttelte einen Staublappen aus und schlug das Fenster dann wieder zu. Auch Rudi wirkte jetzt besorgt. Aber womöglich nicht nur, weil Benny hier im Garten bei ihm war. Benny hoffte, dass sein Freund den Schuhkarton gut unter seinem Bett verstaut hatte. Wenn die Haushälterin die Scherben der Vase fand, fühlte sie sich womöglich verpflichtet, es Rudis Vater zu sagen. Andere Leute zu verraten, war in dieser Stadt gang und gäbe.

Er hob seinen Ball auf und fixierte ihn, um sich daran zu erinnern, was er sich vorgenommen hatte. »Da«, er warf ihn Rudi zu. »Du behältst ihn besser.«

»Willst du ihn denn nicht mehr?«

Wieso sollte Benny diesen wunderschönen Ball verschenken? Er zuckte hilflos die Achseln.

»Du gehst weg, nicht wahr?«, fragte Rudi.

»Wir müssen bis morgen früh ausgezogen sein. Wir ziehen bei meiner Tante ein.« Was brachte es schon, in einem großen Haus zu wohnen, an dessen Vorderfront die Scheiben eingeschlagen waren, die man nicht ersetzen konnte, obwohl das Haus einmal ein Musterbeispiel moderner Architektur gewesen war, wie Bennys Mutter sagte.

Plötzlich war er erschöpft. Das schien jetzt auch Rudi aufzufallen.

»Du siehst seltsam aus Benny. Du hast graue Schatten unter den Augen, und deine Lippen sind blau«, sagte Rudi besorgt.

»Ich habe ein bisschen Halsweh.« Aber wenn er ehrlich zu sich war, tat ihm der Hals schon ziemlich weh. Er hustete, und der Hustenreiz schien gar nicht nachzulassen. Außerdem war ihm heiß. Vielleicht vom Herumrennen.

»Wie ist denn die Wohnung deiner Tante?«, fragte Rudi, als Benny zu husten aufhörte.

»Zwei Zimmer für uns drei. Aber meine Mutter kommt heute ins Krankenhaus. Meine Tante meint, dort sei sie am besten aufgehoben.« Benny zupfte an einem losen Faden seines Ärmels. »In der neuen Wohnung gibt es wenigstens nicht so viele Fenster. Wenn die eingeschlagen werden, kostet es nicht so viel, sie zu reparieren.«

All das moderne Glas, auf das sein Vater so stolz gewesen war, war zu Bruch gegangen.

»Es gibt noch eine Neuigkeit«, erzählte Benny im Flüsterton und mit unruhig hin und her huschenden Augen, die sich vergewissern wollten, dass keiner sie belauschte. »Man schickt mich weg.« Das waren die großen Neuigkeiten, die Neuigkeiten, die er selbst noch gar nicht hatte begreifen können, bis er sie in Worte fasste und aussprach.

»Weg?«

»Nach England.« Benny ließ sich auf die Gartenbank fallen. Wieso war er so müde, er hatte sich doch kaum angestrengt?

»In Ferien? Beim Feind?«

»Noch ist es nicht der Feind.«

»Aber bald werden sie es sein, sagt Vati.«

Rudis Vater wusste gut Bescheid, denn er arbeitete bei der Eisenbahn. Herr Lange musste die Schließung ganzer Strecken bewilligen, damit die Truppen zu ihrem Drill kamen. Er kannte sich mit den Größen der Loks und den Spurbreiten aus, wenn die Züge von einem Land ins andere fuhren. Abends nahm er in seinem Arbeitszimmer Anrufe entgegen und erhob seine Stimme, wenn er dem Anrufer zu erklären versuchte, dass die Lösung eines Problems sich nicht so einfach gestaltete. Wenn Rudi etwas aufgeschnappt hatte, erzählte er Benny manchmal davon, obwohl sie beide wussten, dass es leichtsinnig und dumm war, derartige Informationen auszutauschen. Man wurde schon für geringere Vergehen ins Lager gesteckt. Das hatten sie nämlich mit Bennys Vater gemacht, der nicht einmal praktizierender Jude war. Keiner in ihrer Familie war das.

Benny konzentrierte sich auf den losen Faden an seinem Ärmel. »Für jüdische Kinder ist England sicherer, sagt meine Tante.«

Rudi schien in die Betrachtung der goldenen Buchstaben auf dem Fußball vertieft zu sein, aber Benny wusste, dass er einfach nicht wusste, was er dazu sagen sollte.

»Hast du etwas zu essen?« Bis er sie aussprach, hatte Benny nicht gewusst, dass er diese Frage stellen würde. Rudi sah ihn bestürzt an. »Es gab bei uns nicht viel zum Frühstück. Meine Mutter findet kaum noch einen Laden, der …«

Der sie bediente.

»Wenn du also ein bisschen Brot oder ein Stückchen Käse oder so …«, ergänzte er salopp.

Rudi bekam gut zu essen, das wusste Benny. Trotz der Fleischrationierung bekam er noch immer ein paarmal in der Woche Kalbfleisch und Schweinefleisch. Mit einem Nicken schlich Rudi sich ins Haus zurück. Benny hoffte, dass Olga noch immer oben beschäftigt war. Aber selbst wenn sie Rudi in der Küche erwischte, würde sie nie auf die Idee kommen, dass er einen jüdischen Jungen versorgte.

Manchmal fragte Benny sich, wie sein Freund sich wohl während des Unterrichts in Rassentheorie verhielt. Vermutlich senkte Rudi seinen Blick auf das Pult, damit keiner seinen Gesichtsausdruck sah. Oder vielleicht lachte er auch, wenn die anderen Kinder über die Bilder lachten, die der Lehrer ihnen zeigte.

Die Jungs spielten immer in Rudis Garten, wenn Herr Lange bei der Arbeit war. Im Park war es zu gefährlich. Wenn es regnete, setzten Rudi und Benny sich in den Schuppen auf die umgedrehten Tontöpfe, für die sie zwischen den Gartengeräten und dem Rasenmäher Platz geschaffen hatten.

Jetzt im Winter war es im Schuppen zu kalt. Sehnsüchtig überlegte Benny, Rudi zu bitten, ihn ins Haus zu schleusen, damit er dort essen konnte. Wie gern würde er sich nur für zehn Minuten neben den Ofen setzen und seine kalten Glieder wärmen.

Zu gefährlich. Die Haushälterin könnte ihn sehen. Sie brauchten die Deckung der Bäume und Sträucher.

Rudi kam zurück.

»Hier.« Er drückte ihm einen Teller in die Hand. Zwei Koteletts, ein Stück Brot und ein Apfel. Benny stopfte sich das Brot in den Mund.

»Den Rest hebe ich mir für später auf.«

»Bring mir morgen den Teller zurück, dann gebe ich dir wieder was.« Rudi beobachtete ihn. »Wirst du nach London gehen? Dort gibt es ein paar gute Fußballklubs.«

»Ich denke, ich werde wohl irgendwo auf dem Land wohnen.« Benny rieb sich mit seinem schmuddeligen Ärmel den Mund ab.

»Wirst du lange wegbleiben?«, fragte Rudi.

Benny zuckte mit den Schultern.

»Und deine Mutter?«

»Die ist nicht reisefähig. Selbst wenn man sie rechtzeitig aus dem Krankenhaus entließe. Außerdem würden die Engländer sie nur aufnehmen, wenn sie Arbeit als Bedienstete oder so annähme. Aber sie hat nie gearbeitet.« Eine neue Angst befiel Benny. »Ich weiß nicht mal, ob ich fahren kann.« Er hustete wieder. »Ich muss eine ärztliche Untersuchung machen lassen und benötige ein Gesundheitszeugnis.«

»Olga erzählte mir was von einer Krankheit, die Diphth… irgendwas heißt. Es fängt im Hals an und versucht, dich zu ersticken.«

»Aha.«

»Manchmal gelingt es, durch einen Schnitt in den Hals die Atemwege zu befreien.« Rudi sah Bennys Gesicht womöglich an, dass diese Informationen nicht sehr beruhigend waren, denn er sprach nicht weiter.

»Morgen geht es mir bestimmt schon besser.« Vielleicht fühlte er sich sogar jetzt schon besser. Das lag sicher am Essen. Aber kaum hatte Benny ausgesprochen, schüttelte ihn schon ein neuer Hustenanfall. Er ließ sich auf die Bank zurückfallen.

»Das muss aber viel besser werden.« Rudi sah ihn bang an. Vielleicht war er auch in Sorge, dass jemand das Husten hören könnte.

»Das wird schon wieder.« Wenn ihm doch nur der Hals nicht so wehtäte! »Ich bringe dir dann morgen den Teller zurück.« Dann fiel ihm noch was ein. »Pass du auch auf dich auf, Rudi.«

Sie hatten nach einer zufälligen Begegnung auf der Straße wieder an ihre Freundschaft angeknüpft. Rudi hatte die Nebenstraße erwähnt, die an den Garten seiner Familie grenzte. »Komm doch so gegen zehn vorbei. Kick deinen Ball über die Mauer. Wenn ich ihn sehe, lasse ich dich durchs Tor rein. Keiner wird etwas mitkriegen.« Rudi wohnte etwas außerhalb vom Stadtzentrum, wo es mehr Bäume und Büsche gab, hinter denen man sich verstecken konnte. Auch Bennys Haus stand auf einem großzügigen Grundstück, war aber von offenen Rasenflächen umgeben. Also bot sich Rudis Garten an.

Anfangs gingen sie sehr zaghaft miteinander um und spürten die Differenzen. Benny wusste, dass die Kleidung, die ihm seine Mutter in den edelsten Kaufhäusern von Berlin gekauft hatte, nun schäbig und zu klein war. Doch nachdem sie den Ball zehn Minuten herumgekickt hatten, war die Peinlichkeit verflogen.

»Du weißt schon, dass du in großen Schwierigkeiten steckst, wenn sie mich hier erwischen?«, fragte Benny, als sie ihr erstes Spiel beendet hatten.

Rudi hatte darauf mit lässigem Achselzucken reagiert. »Mein Vater ist immer weg zum Arbeiten, und unsere Haushälterin ist kurzsichtig. Wegen der Mauer und der Büsche kann uns keiner sehen, sofern wir hierbleiben.«

Benny schielte auf die hohe Mauer, die Büsche und kleinen Bäume im Garten und nickte. Von da an tauchte er einoder zweimal in der Woche in Rudis Garten auf. Bis auf die vierzehn Tage im November, als er zu Hause blieb, weil seine Mutter krank geworden war. Danach hatte sie angefangen, mit Benny über England zu sprechen.

Rudi war mit Bennys Ball unterm Arm fast an der Hintertür angekommen, als er stehen blieb und zurückkam.

»Ich könnte morgen für dich zum Arzt gehen.«

»Was?«

»Du bist bis jetzt doch gesund gewesen, oder? Du hast doch bisher keinen Arzt benötigt?«

»Stimmt.« Bis zu diesem Morgen war er absolut gesund gewesen. »Aber wir haben eigentlich keinen Arzt mehr. Er ist weg.« In die Schweiz geflohen vermutlich.

»Wir haben beide braune Haare und Augen. Du siehst nicht aus wie ein …« Rudi hielt errötend inne.

»Nicht wie einer dieser Karikaturjuden mit einer langen Nase und schwarzen fettigen Haaren«, beendete Benny den Satz für ihn.

Benny beobachtete ihn. »Und?«

»Wem sollte es also auffallen, wenn ich morgen für dich zu dieser Untersuchung gehe?«

»Es gibt ein Formular. Mit meinem Foto darauf.« Benny überlegte. »Aber du hast recht, wir unterscheiden uns nicht sehr im Aussehen.« Sie musterten sich gegenseitig. Rudis Gesicht war voller, und er war nicht ganz so groß wie Benny. Sein Haar war glatter und feiner. Aber wem würden diese Unterschiede auffallen, wenn man ein Schwarz-Weiß-Foto vor sich hatte? Und Rudi war gesund an Brust und Hals. Einen Jungen wie Rudi Lange musste man für fit erklären, um nach England zu reisen.

»Sie werden mir nur eins dieser kalten Stethi-dingsbums aus Metall an meine Brust halten und mir einen Holzspatel in den Mund stecken«, fuhr Rudi fort. »Dann lassen sie mich husten, damit meine Mandeln runtergehen. Schließlich werden sie das Papier unterschreiben, und du kannst nach England fahren. Das ist mein Dankeschön dafür, dass du mir den Fußball schenkst.«

Wie konnte man nur so beschränkt sein? Aber Rudi meinte es gut. »Wenn sie sich dein Ding ansehen, hast du keine Chance«, sagte Benny, weil ihm plötzlich klar wurde, wie sinnlos dieser Plan war.

Rudi zögerte. »Ich verstehe nicht … Oh.« Er wurde krebsrot. »Kann ich nicht einfach sagen, dass ich … dass man es bei mir nicht gemacht hat?«

Benny schüttelte den Kopf. »Wir werden alle als Babys beschnitten.«

»Vielleicht war ich krank? Und der Arzt riet meiner Mutter zu warten, bis ich älter war.«

Benny überlegte. »Aber dann kamen die Nazis an die Macht, deshalb entschloss sie sich, es gar nicht machen zu lassen.« Er konnte nur hoffen, dass seine Geschichte zuversichtlicher klang, als er sich fühlte.

Man hörte Stimmen aus dem Haus. Rudi verspannte sich. »Mein Vater ist früher zurückgekommen. Sag mir schnell, wann der Termin ist und wo.«

Benny fand einen Bleistiftstummel in seiner Tasche. Er hatte kein Papier, aber Rudi hatte ein Taschentuch, auf das man schreiben konnte.

»Leg das Formular auf den Teller, wenn du ihn morgen früh zurückbringst«, zischte Rudi ihm zu und lenkte seine Schritte bereits Richtung Haus, vermutlich war er starr vor Angst, seinem Vater könnte auffallen, dass die Vase fehlte.

»Danke«, rief Benny ihm leise hinterher.

Als Benny über die Mauer kletterte, fiel ihm ein, dass

Rudi nicht immer Angst vor seinem Vater gehabt hatte. Er hatte auch noch eine dunkle Erinnerung daran, dass Herr Lange ihn und Rudi zur Besichtigung mit in einen Zug genommen hatte, sogar in die Lokomotive durften sie und dem Lokführer beim Kohlenschaufeln helfen. Benny hatte die Pfeife betätigt, und alle hatten gelacht. Herr Lange hatte ihm das Haar zerzaust.

Er hatte sich angewöhnt, gute Erinnerungen wegzustecken. Benny legte diese zusammen mit denen ab, die er an seinen eigenen Vater hatte, der schon lange in irgendeinem Lager am anderen Ende des Landes war.

Der Weg zurück nach Hause dauerte länger als sonst. Und das nicht nur, weil an diesem Nachmittag mehr Jugendliche in Uniform unterwegs waren: Benny wusste, wie er ihnen ausweichen konnte, kannte alle Durchgänge und Nebenstraßen, die dunklen Ecken, in denen man warten konnte, bis sie vorbei waren. Nein, es war der Schmerz in seinem Hals, der ihn langsamer werden ließ. Sein Hals fühlte sich an, als hätte jemand das Gewebe durch eine alte Ledersohle ersetzt. Er bekam kaum Luft. Vor einem Laden blieb er stehen, um sich auszuruhen, und beugte sich nach vorn, weil er dann besser atmen konnte. Offenbar war er ein schrecklicher Anblick, denn eine alte Frau blieb stehen und fragte ihn, ob mit ihm alles in Ordnung sei.

So etwas kam nicht mehr allzu häufig vor.

25

Rosamond

Wovon habe ich gesprochen?«, wollte Benny wissen. »In meinen Träumen. Ich muss das wissen.«

»Von jemandem namens Rudi, und wie er Ihnen geholfen hat.«

Benny wälzte sich im Bett herum. Ich ging, um seine Kissen aufzuschütteln.

»Nein, die Kissen sind gut so.« Er streckte eine Hand aus, um mich davon abzuhalten. »Rudi versuchte zu helfen, ja. Aber er hat offenbar nicht begriffen, was vor sich ging, nicht wirklich. Das konnte keiner, der nicht selbst Jude war. Aber er tat sein Bestes.«

»Was meinen Sie?«

»Wenn man krank war, schlimm krank, dann durfte man nicht in den Zug nach England. Dazu musste man gesund sein. Rudi hat geholfen, indem er zur ärztlichen Untersuchung ging anstelle von …«

»Ihnen«, fiel ich ihm ins Wort.

»Rudi ging zum Arzt«, sagte Benny. »Und dem Arzt fiel nicht auf, dass er kein Jude war.«

Es dauerte einen Moment, bis ich verstand, was er sagen wollte. »Rudi war nicht beschnitten?«

»Nein. Aber der Arzt sah offenbar nur einen hübschen

gesunden Jungen und hatte nicht das Gefühl, ihn genauer untersuchen zu müssen. Rudi war recht zufrieden mit sich. Er hatte etwas Gutes für seinen Freund getan.«

Bennys Art, über Rudi zu sprechen, war leidenschaftslos, wie mir auffiel. »Es hat ihm bestimmt leidgetan, dass Sie nach England gingen?«

Er dachte über die Frage nach. Wohl weil Benny Gault früher selbst Interviews geführt hatte, schien er alles, was ich ihn fragte, zu analysieren, als suchte er nach einem Haken.

»Er spielte gern Fußball mit mir. Aber Jungs reflektieren ihre Beziehungen in diesem Alter nicht besonders, es geht nur darum, etwas gemeinsam zu unternehmen.« Benny nickte. »Man mag über die Nazis sagen, was man will, aber sie waren sehr gut darin, gesunden Jungs Gelegenheit zu geben, sich mit Gleichaltrigen zu verbünden. Wenn man nichts gegen Uniformen und widerwärtige Marschlieder hatte.«

»Schauderhaft. Sie haben Rudi den Fußball als Souvenir zum Dank dafür überlassen, dass er bei der Untersuchung für Sie eingesprungen ist. Was ist aus ihm geworden? Haben Sie nach dem Krieg nach ihm gesucht?«

»Nein«, erwiderte er ganz leise.

»Darf ich Sie etwas fragen, Benny?«

Er sah mich überrascht an.

»Haben Sie Schuldgefühle, weil Rudi an Ihrer Stelle zum Arzt ging?« Seine Augen blitzten auf. Ich biss mir auf die Zunge.

»Schuldgefühle?«

»Es hörte sich nur so an, als würde dieser Tausch Sie bedrücken.« Vielleicht hatte er das Gefühl, unter falschen Voraussetzungen in dieses Land gekommen zu sein. »Als Sie England erreichten, muss es Ihnen doch wieder gut gegangen sein, sonst hätte man sie nicht hereingelassen. Also ist doch eigentlich nichts passiert, oder?«

»Nichts passiert«, wiederholte er müde.

»Wir haben zu viel geredet«, sagte ich.

»Nein«, sagte er heftig. »Ich möchte Ihnen erzählen, was passiert ist. Da ist noch mehr.«

»Warum mir?«, fragte ich erschrocken.

»Ich glaube zu wissen, wer Sie sind, Rose.«

Seine Augen waren die eines Interviewers, gewitzt und bohrend.

26

Diesen Moment hatte ich gefürchtet und immer wieder geprobt, was ich sagen wollte. Doch jetzt waren alle Sätze wie weggeblasen. Ich rang um Worte, weil ich wusste, dass ich mich aus dieser Konfrontation nicht herauswinden konnte.

»Es ist dreißig Jahre her«, sagte Benny. »Warum kommen Sie jetzt hierher zurück, Rose?« Ganz abrupt hatten wir die Rollen getauscht, jetzt war ich die Befragte. »Sie hätten schon eher herkommen können. Es wäre mir eine Freude gewesen, Ihnen das Haus zu zeigen. Ich hätte Sie gern kennengelernt.«

Anfangs brachte ich kein Wort heraus.

»Der Job wurde mir angeboten. Ich wusste, dass ich ihn nicht annehmen sollte, aber der Versuchung, Fairfleet wiederzusehen, konnte ich nicht widerstehen. Es kam mir vor wie ein Wink des Schicksals.« Wieder legte sich meine Hand unwillkürlich auf meinen Unterleib. »Ich glaubte, dass es der richtige Zeitpunkt war wiederzukommen.«

Ich sah ihn in der Erwartung an, ihn schockiert, wütend oder einfach nur traurig zu sehen. Doch seine Miene spiegelte nichts dergleichen. Er war ganz der Interviewer, der er einmal gewesen war: Interessiert und hellwach.

»Ein Wink des Schicksals? Mein Sterben war die Gelegenheit, die Sie brauchten?«, fragte er flapsig.

»Nein! So meine ich das nicht. Es ist etwas anderes.« Ich betete, dass er mich nicht bedrängte.

»Ich weiß, dass Ihre Mutter in einem Feuer umkam und Sie und Ihr Bruder anschließend weggingen, um bei Ihrem Vater zu leben. Als Ihre Mutter starb, war ein anderer Mann im Haus, nicht wahr?«

»Cathal Pearse.« Ich verspannte mich schon, wenn ich den Namen nur aussprach.

»Ich erinnere mich, diesen Namen gehört zu haben. Er stand im Ruf, Frauen auszunehmen, habe ich recht?«

»Er unterhielt Beziehungen mit einigen reichen Frauen. Zog von einer zur anderen und blieb so lange, bis sie seiner überdrüssig wurden oder er selbst es nicht mehr bei ihnen aushielt.« Dad hatte nach dem Feuer mehr über Cathal herausgefunden.

»Die arme Clarissa.« Benny sagte es mitfühlend, wie zu sich selbst. »Ich bin ihr nie begegnet, habe sie, wie ich glaube, nur einmal gesehen.«

»Am See, an einem Sommernachmittag.«

»Das ist richtig. Kurz nach dem Tod Ihrer Großmutter. Ich verspürte den Drang, das Haus wiederzusehen. Um mich in ihrem geliebten Fairfleet von ihr zu verabschieden.« Jetzt hatte er seine Augen geschlossen, als sähe er jenen Sommernachmittag wieder vor sich. »Ich hätte rüberkommen und mich vorstellen sollen. Ich sah euch drei dort, aber ihr saht so vollkommen, so unberührbar aus. Mich überkam eine Scheu, als wäre ich ein Eindringling. Also zauderte ich. Ich verweilte noch, doch bei meinem nächsten Blick über den See war da ein anderer Mann. Und da ich davon ausging, dass ihr Besuch erwartet hattet, ging ich wieder.«

»Das war kein Besucher«, sagte ich. »Das war er, Cathal.« Ich spuckte seinen Namen aus.

Cathal, der Eindringling. Aber was mit Mum geschah, war dennoch mein Fehler. »Ich gebe mir noch immer die Schuld«, flüsterte ich. »Ich sagte ihr, sie solle ihm Arbeit geben, aber dann nistete er sich bei uns ein. Doch das ist noch nicht alles. Auch das Feuer war meine Schuld.«

Benny sah mich ausdruckslos an.

»Erzählen Sie es mir, Rose.«

Cathal hatte mich, nachdem ich die Nacht allein in der Kälte verbracht hatte, aus dem Keller freigelassen. Er schleifte mich über den Flur in die Küche. Er roch nach Alkohol.

»Rose!« Andrew kam uns entgegen, sein Gesicht war eine weiße, verängstigte Maske. »Wir dachten, du seist … Er sagte uns, er habe überall nach dir gesucht. Wo warst du?«

»Im Keller eingesperrt.«

»Sie haben behauptet, dort nachgesehen zu haben.« Andrew bedachte Cathal mit wütenden Blicken.

»Ich muss ihr ein paar grundlegende Dinge beibringen«, lallte Cathal.

»Lassen Sie meine Schwester in Ruhe. Lassen Sie uns alle in Ruhe. Ich habe die Polizei bereits vom Telefonhäuschen aus angerufen.«

Cathal richtete sich auf wie ein Tier, das sich für den Kampf wappnet.

»Ich habe mich davongeschlichen, als Sie wie ein Schwein geschnarcht haben«, trumpfte Andrew auf.

»Die Polizei? Was soll die schon machen, Kleiner? Das ist eine Familienangelegenheit.«

»Sie gehören nicht zur Familie«, sagte ich und versuchte, mich zappelnd zu befreien. »Das ist unser Zuhause und nicht Ihres. Mum möchte, dass Sie gehen.«

Cathal verdrehte mir das Handgelenk, sodass es wehtat. »Ich gehe nirgendwohin, Rosie. Das hier ist jetzt auch mein Zuhause. Deine Mutter und ich sind Partner. Aufgrund einer legalen Übereinkunft. Wenn wir im neuen Jahr hier mit der Nachhilfeschule beginnen, wird es einige Veränderungen geben.«

»Sie wird keine Schule mit Ihnen aufmachen.« Mein Blick wanderte zur Treppe. »Wo ist sie? Wo ist Mum?«

»Sie schläft.«

»Wahrscheinlich hat er ihr Schlaftabletten gegeben«, sagte Andrew.

Ich schüttelte den Kopf. »Sie können sie unmöglich vergessen lassen, was sie über Sie weiß, Cathal.«

Daraufhin verdrehte er mir noch einmal das Handgelenk und ließ mich dann los. »Deiner Mutter geht es gut. Geh doch hinauf und sieh nach ihr.«

Ich rieb mir mein wehes Handgelenk und rannte, so schnell meine noch immer klammen Beine mich trugen, nach oben. Die Schlafzimmertür sprang sofort auf, als ich sie berührte. Mum saß auf dem Bett. Sie wandte sich blinzelnd um, als ich eintrat, und sah mich erstaunt an. »Rose. Gott sei Dank geht es dir gut.«

»Ich war im Keller.«

»Er sagte, er habe dort nachgesehen, aber da warst du nicht. Andrew schickte er in den Garten hinaus, um nach dir zu suchen, und ließ ihn den See umrunden. Ich dachte …« Sie legte eine Hand an ihren Hals.

Dass ich im Eis eingebrochen war.

»Ich bin auch hinausgegangen, um nach dir zu suchen, aber ich kam nicht weit.« Sie sah auf ihren Fuß hinab. Er war frisch verbunden. »Ich bin ausgerutscht.« Sie strich mit einer Hand über ihre Augen. »Ich bin so erbärmlich. Verzeih mir, Rose. Es wird sich alles ändern.« Sie senkte ihre Stimme. »Hast du den Brief versteckt?«

»Er liegt in einer Schublade im Vorratsraum«, flüsterte ich.

Ich setzte mich neben sie. Sie zog mich an ihren warmen Körper. Ich war sicher, alles würde gut werden, und wir würden Cathal jetzt loswerden.

»Smithy kam zum Haus«, sagte sie.

»Was?« Ich erstarrte.

»Als du unten im Keller warst und Andrew nach dir suchte. Ich war ebenfalls draußen und habe um den See herum gesucht für den Fall …« Sie gab einen erstickten Laut von sich. »Aber mein dummer Fuß … Ich dachte, ich könnte zum Dorfladen humpeln und Hilfe holen, aber ich bin auf dem Eis ausgerutscht, und es dauerte, bis ich wieder auf die Beine kam. Ich wusste, dass ich es niemals schaffen würde, die Straße hinunterzulaufen.«

Ich stellte mir meine Mutter vor, wie sie versuchte, sich mithilfe ihrer nicht verletzten Hand aufzurichten, und zusammenzuckte, als sie endlich auf dem Fuß mit dem verletzten Knöchel stand.

»Cathal scheint sie weggeschickt und ihr erzählt zu haben, dass ich einkaufen sei oder einen Arzttermin habe und euch beide mitgenommen habe. Andrew sah Smithy, als sie vom Haus wegradelte, konnte aber nicht schnell genug rennen, um sie einzuholen. Er schrie, aber sie hörte ihn nicht.«

Ich erinnerte mich an die Geräusche, die ich gehört hatte: Es war Smithys Fahrrad, das über den eisigen Kies rutschte und schlidderte. Und das Auto, das ihr folgte.

»Warum habt ihr nicht im Keller nach mir gesucht? Andrew wusste doch, dass ich runtergegangen war?«

»Als ich ins Haus zurückkam, hielt Cathal den Schlüssel in der Hand und sagte, dort unten müsse keiner mehr nachsehen. Andrew versuchte dann, den Schlüssel für die Gartentür zu finden, aber auch den hatte Cathal an sich genommen.«

Die Stimme meiner Mutter bebte, und mir wurde klar, dass es nicht aus Angst war. Mum war jetzt wütend.

»Smithy hat bestimmt allen erzählt, dass etwas nicht in Ordnung ist.« Mum drückte beruhigend meine Schulter. »Sie hat bestimmt auch die Polizei informiert. Vermutlich bringt sie den Mann ihrer Nichte dazu, sie heute Vormittag noch einmal vorbeizufahren, um zu sehen, was los ist.«

Mum hatte recht. Smithy hatte sich bestimmt nicht von der Einkaufs- oder Arztgeschichte überzeugen lassen oder von anderen Lügen, die Cathal ihr aufgetischt haben mochte. Sie würde sich nicht davon abbringen lassen herauszufinden, was sich hier abspielte.

»Es wird nicht mehr lang dauern, Rose. Wir müssen einfach noch ein wenig durchhalten, bis jemand zu uns kommt und uns hilft. Wenn es uns gelingt, Andrew zu uns hochzuholen, schließe ich die Tür ab. Cathal ist noch immer betrunken. Offenbar hat er den Whisky und den Brandy im Wohnzimmer geleert, weiß Gott, wie viel er intus hat.«

»Andrew hat auch die Polizei angerufen.«

»Wenn sie zwei Anrufe zum selben Problem bekommen, werden sie das sicherlich ernst nehmen.« Sie drückte mich wieder. »Lass uns die Ohren offen halten, wenn Andrew kommt. Oder die Polizei. Wir können vom Fenster hinunterrufen.«

Jemand klopfte an der Tür. »Wirst du rauskommen, oder soll ich reinkommen und dir das, was ich dir zu sagen habe, vor dem Kind sagen, Clarissa?« Cathal klang ruhig, vernünftig. »Lass uns erst einmal reden. Wenn du möchtest, dass ich gehe, werde ich natürlich gehen. Du brauchst keine Polizei einzuschalten.«

Wir sahen einander an. »Glaub ihm nicht«, flüsterte ich. Sie stand auf und verzog das Gesicht, als sie ihren Knöchel belastete.

»Lass mal sehen, ob wir uns nicht doch einigen können.«

»Sperr die Tür ab«, flüsterte sie mir zu. Ich tat es.

»Andrew ist jetzt bei mir, Clarissa«, sagte Cathal. »Soll ich ihm sagen, dass du nicht herunterkommen wirst?«

Mum wurde noch blasser. Ich wusste, dass sie in Sorge war, Cathal würde Andrew etwas antun. Sie sah mich an.

»Ist schon gut«, flüsterte ich. »Ich werde hier oben warten, bis Hilfe kommt. Geh nach unten.«

»Ich lasse dich ungern allein.«

»Geh«, zischte ich.

Sie humpelte mit schmerzverzerrter Miene zur verschlossenen Tür.

Ich legte mich aufs Kissen. Cathal hatte darauf eine Geruchsspur hinterlassen, offenbar war dies seine Seite des Betts. Bei diesem Gedanken wurde mir übel. Ich warf das

Kissen gegen den Kleiderschrank. Es traf die Tür, die daraufhin aufsprang. Ich sah Mums Kleider hängen, das Hochzeitskleid dominierte lang und weiß.

Ich musste dieses seidige Material wieder zwischen meinen Fingern spüren. Ich berührte das Kleid unter der Plastikhülle. Plötzlich überfiel mich eine Sehnsucht, das Kleid an mir zu spüren. Ich zog es aus seiner Hülle, trat vor den Spiegel, hielt es mir vor den Körper und kam mir dabei vor wie ein Geist: das Überbleibsel einer glücklichen Vergangenheit. Das Dezemberlicht zeigte mir mein bleiches Gesicht und die dunklen Ränder unter den Augen. Da fielen mir die Kerzen ein, ich sollte sie jetzt anzünden, um zu sehen, ob ich einen Zauber bewirken konnte, der mir half, Cathal aus Fairfleet zu vertreiben.

Die Zündhölzer lagen noch neben den Kerzen. Ich legte das Kleid auf das Bett und zündete ein Streichholz an. Rasch brannten die fünf Kerzen, und mein Spiegelbild wirkte gleich wärmer, strahlender. Als ich daraufhin die weiße Seide wieder an mich hielt, entzog sie meinen bleichen Zügen keine Farbe mehr. Ich schloss die Augen.

»Mach, dass er weggeht. Heute noch. Lass uns wieder zu dritt sein.«

Ich wünschte es mir mit aller Macht, so heftig, dass ich beinahe spürte, wie der Wunsch sich in mein Herz bohrte und Teil der mich umgebenden Luft wurde. Ich malte mir aus, wie er über die Treppe nach unten wanderte und Cathal einhüllte, sodass er gezwungen war, seine paar Habseligkeiten zu packen und zu gehen. Ich sah ihn über die verschneite Einfahrt trotten, ohne einen Blick zurückzuwerfen, und er ließ uns für immer in Ruhe.

Ich beugte mich über das Foto auf dem Frisiertisch und vertrieb Cathal mit meiner Willenskraft auf die andere Seite der Erde.

»Ich will dir alles geben, wenn du dafür sorgst, dass wir ihn loswerden«, sagte ich zu dem Foto, ohne eigentlich zu wissen, wen genau ich anflehte oder was ich versprach. »Alles.« Selbst wenn Mum und Dad nie wieder zusammenkamen, wäre es diesen Preis wert. Selbst wenn wir Fairfleet für immer verlassen mussten.

Ich atmete die Luft aus, die ich angehalten hatte. Jetzt musste ich das Kleid wieder in den Schrank zurückhängen. Ich wandte mich vom Frisiertisch ab. Dabei berührte der rechte Ärmel eine Kerze. Ich spürte nur eine sanfte Wärme, die an einem so kalten Tag fast angenehm war. Ich ließ das Kleid fallen. Aber als ich nach unten sah, brach bereits eine orangene Blüte aus dem Ärmel meines Wollpullovers. Die Hitze brannte auf meiner Haut.

Ich schrie nach meiner Mutter und betete, dass sie oder Andrew mich hörten und mir zu Hilfe eilten. Gott allein weiß, wie sie es schaffte, mit diesem Knöchel so schnell nach oben zu kommen. Als sie im Zimmer war, ging sie neben mir in die Hocke, drückte mich zu Boden und griff mit ihrer linken Hand nach dem am Bettende liegenden zusammengefalteten Quilt, um damit das Feuer zu ersticken. Aber der Quilt war schwer und ihre linke Hand zu schwach, um dies allein zu bewerkstelligen. Enttäuscht schnaubend zog sie fester.

Der Quilt rutschte vom Bett herunter und lag nun unerreichbar hinter mir. Sie bewegte sich auf allen vieren darauf zu, doch dabei streifte ihr eigener Ärmel die Flammen des fallen gelassenen Hochzeitskleids. Sofort stand ihr Arm in Flammen. Sie keuchte.

»Alles ist gut.« Selbst da noch tröstete sie mich. »Ich werde das Feuer löschen.«

Aber wegen ihres verletzten Knöchels und der Handgelenksverletzung waren ihre Bewegungen unbeholfen. Sie versuchte aufzustehen, rutschte aus und fiel wieder auf den Teppich.

»Andrew«, schrie ich, während ich gleichzeitig den heruntergefallenen Quilt zu erreichen versuchte. »Hilf uns!«

Niemand kam. Ich zog mich hoch, jetzt züngelte die Flamme bereits zu meiner Schulter hoch. In Mums Zimmer gab es ein Waschbecken. Ich füllte Wasser in ihren Zahnbecher und goss das Wasser über meine Schulter und meine Brust, weil mir klar war, dass ich meiner Mutter erst helfen konnte, wenn ich mir selbst geholfen hatte. Beißender Rauch stieg mir in die Nase, und ich bekam kaum mehr Luft. Der erste Becher war wirkungslos. Ich hielt meinen Arm unter den Wasserhahn. Dampf zischte.

Hinter mir stöhnte Mum. »Beeil dich«.

Unter dem Handwaschbecken hing ein Handtuch. Ich machte dieses unter dem fließenden Wasser nass und wickelte mich dann darin ein. Mein Pullover brannte nicht mehr, aber jetzt züngelten die Flammen nach den Laken, die vom Bett herabhingen, und leckten gleich darauf an den Behängen und dem Kopfteil und näherten sich auch den Nachttischen und den Morgenmänteln, die an der Schlafzimmertür hingen. Mum versuchte, sich auf dem Boden hin und her zu wälzen. Ich drückte sie nach unten.

Dann griffen kräftige Hände nach mir und zogen mich

zurück. Ich roch den sauer nach Whisky riechenden Atem. »Überlass das mir.«

Cathal. Er drängte mich aus dem Zimmer. »Geh nach unten, Rosie.«

»Aber Mum …!«

»Ich kümmere mich darum. Geh jetzt nach unten.«

Seinen starken Armen vermochte ich keinen Widerstand zu leisten. Ich fiel aus dem brennenden Zimmer, Rauch brannte in meinen Lungen.

Andrew kam die Treppe hochgerannt. »Wo ist das Feuer? Wo ist Mum?«

»Sie ist in ihrem Zimmer. Cathal ist bei ihr.«

Er schien den verbrannten Ärmel zu bemerken und meine komische Armhaltung. »Rose?«

»Mir geht es gut. Geh und ruf die Feuerwehr. Beeil dich.«

»Ich werde an einem der Häuser an der Straße anklopfen«, schrie er, als er loslief.

Der Rauch wand sich wie eine Locke dünnen grauen Haars die Treppe hinunter. »Rose.« Mum schien sich an Cathal vorbeigedrängt zu haben, der Schmerz verlieh ihr eine verzweifelte Kraft. Sie kam ganz langsam, fast gelassen die Treppe herunter und hielt die Arme vor sich ausgestreckt, auf denen orangene Flammen über die Pulloverärmel züngelten.

Der Gestank. Der verbrannte Stoff. Brennende Haare und Haut. Dieser schreckliche Gestank.

Die Flammen liefen bereits über Mums Oberkörper und kicherten dabei wie Kobolde.

Ich rannte über den Flur in die Küche, um die Waschschüssel mit Wasser zu füllen, kehrte dann zur Treppe zurück, ohne darauf zu achten, dass das Wasser mir auf die Füße schwappte.

Ich war nur ganz kurz weg gewesen, und schon wurde Mums Gesicht ein Raub der Flammen, die jetzt auch über das Geländer herfielen. Ich schüttete das Wasser auf sie. Für einen kurzen Moment erstarb das Feuer, und ich konnte Mums Gesicht wiedererkennen, verzerrt mit gebleckten Zähnen. Sie schrie, aber ich konnte es nicht hören: Die Welt war stumm geworden. Ich rief Mum irgendetwas zu, ein Versprechen, das Feuer aufzuhalten, und rannte dann zurück, um die Waschschüssel trotz der Proteste meines verletzten Arms erneut zu füllen.

Aber das Wasser zischte nur, als es sie traf. Ich packte den Perserteppich, der im Flur lag, und stieß Mum zu Boden. Dann tauchte Cathal hinter mir auf, schrie etwas und zog mich von Mum weg, natürlich überwältigte er mich mit seinem kräftigen Körper, wie er auch unsere Familie seit dem Moment überwältigt hatte, als er auf seinem Fahrrad in unsere Einfahrt kam. Er murmelte etwas Unverständliches.

Plötzlich hatte ich die blaue Vase, die auf dem Konsolentisch neben der Eingangstür stand, in der Hand. Dann lag Cathal auf dem Boden, und Blut sickerte aus seinem Kopf. Ich sah die Vase an, die ich noch immer umklammert hielt, und ließ sie auf den Parkettboden fallen, wo sie zu Bruch ging. Andrew war wieder im Flur und schrie mir zu, er könne die Sirenen hören. Zu spät. Rauch waberte über den Boden, auf dem Mum und Cathal reglos lagen.

»Geh nach draußen«, brüllte er. »Hilfe ist unterwegs. Sag ihnen, dass sie sich beeilen sollen.«

Ich drehte mich um und taumelte über den Flur und zur Tür hinaus. Ein Hustenanfall zerrte an meinen Lungen. Die Haut an meinem Arm fühlte sich schwer an, als hätte sie sich abgelöst. Als ich sie berührte, schmerzten meine Finger von der Hitze der Haut. Über allem hing der Gestank brennenden Fleisches: Er saß in meinen Kleidern, meinen Haaren, war in meinem Körper. Blaulicht blinkte und wurde im weißen Schnee reflektiert.

»Ich habe nur den Ritus wiederholt, den sie mir gezeigt hat.« Meine Worte waren ein Flehen, an wen, wusste ich nicht. Ich hatte die Kerzen des Schreins entzündet und um ein Wunder gebetet. Dabei hatte ich ein Unheil ausgelöst. Anstatt meiner Mutter zu helfen, hatte ich dafür gesorgt, dass sie verbrannte. Ich hätte anstelle von Mum in Flammen stehen sollen. Das Feuer hätte sich in mein Fleisch fressen sollen, nicht in ihres.

Ein Krankenwagen, ein Feuerwehrwagen und ein Polizeiauto kamen schlitternd vor der Tür zum Stehen.

Meine Haut fühlte sich an wie glühende Schlacke. Ich hörte jemanden schreien und merkte dann, dass ich es war.

27

Benny wartete ab, ohne etwas zu sagen, weil er wusste, dass noch mehr kam. Er hätte mir auch als Priester die Beichte abnehmen können. Leute zu interviewen und dazu zu bringen, mehr von sich selbst preiszugeben, als sie je vorgehabt hatten, war sein Job gewesen.

»Es war meine Schuld. Ich war achtlos. Ich habe das Feuer in Gang gesetzt.«

»Sagen Sie mir doch noch einmal, wie alt Sie waren?«

»Fast dreizehn.«

»Und Cathal? Welches Spiel hat er gespielt?«

»Für mich sah es so aus, als wollte er mich daran hindern, ihr zu helfen. Die Polizei verhörte ihn im Krankenhaus, aber er behauptete, sich wegen der ihm von mir zugefügten Kopfverletzung an nichts mehr erinnern zu können, was mit dem Feuer zu tun hatte.«

»Wieso sollte er Sie gehindert haben?«

»Ich weiß es nicht. Vielleicht war er wütend, weil Mum die Beziehung beendet hatte und man ihn aus Fairfleet rausschmeißen würde. Aber er war auch total betrunken und deshalb womöglich nicht ganz bei Sinnen.«

»Nach allem, was Sie mir über seine Stimmungsschwankungen und Gewaltausbrüche erzählt haben, könnte er ein Psychopath sein.«

»Wir haben den Brief an die Anwälte, mit dem Mum die

mit Cathal getroffene rechtsgültige Vereinbarung aufheben wollte und worin sie schrieb, was sie über Cathal herausgefunden hatte, nie gefunden.«

»Und was war das?«

»Ich denke, dass sie ihn verdächtigte, auch schon andere wehrlose Frauen ausgenommen zu haben. Und dass er versucht hatte, sich ihres Besitzes zu bemächtigen.«

»Schade«, sagte Benny. »Wenn sie ein paar handfeste Beweise gehabt hätte, hätte ihn das vielleicht vor Gericht gebracht.«

Die Suche nach dem Brief kam in Gang, als wir einen Brief von Cathals Anwalt erhielten.

Seit dem Brand war ein Monat vergangen, und wir wohnten nun mit Dad und Marie, Dads Freundin, in dem Haus, das er auf die Schnelle in Abingdon gemietet hatte, um uns wieder ein Zuhause zu geben. Der Brief von Cathals Anwalt war an Dad als Vater von Rosamond Madison adressiert, einer Minderjährigen, die Cathal Pearse gravierende Verletzungen zugefügt hatte.

Cathal machte aufgrund der ihm von mir zugefügten Verletzungen und der ihm durch den Brand in Fairfleet entgangenen Einnahmen Ansprüche auf Mums Vermögen geltend. Das Schreiben informierte uns auch, dass die Polizei wegen möglicher Brandstiftung Ermittlungen anstelle und in diesem Fall den zivilrechtlichen Forderungen noch eine strafrechtliche Anklage folgen könnte.

Ich saß am Küchentisch und starrte den aufgerissenen weißen Umschlag an.

»Das ist doch Wahnsinn«, sagte Dad. »Dass er Rose beschuldigt und Ansprüche aufs Vermögen erhebt, es ist nicht zu fassen. Mach dir keine Sorgen, meine Kleine.« Er zog mich an seine breite Brust. Wie sehr hatte ich die physische Nähe meines Vaters vermisst, als er weg war. Jetzt wäre ich am liebsten mit seinen Armen verschmolzen. »Ich spreche mit Meadows.«

Dad hatte einen Anwalt beauftragt, Andrew und mir bei der Abwicklung von Mums Nachlass zu helfen.

»Meadows ist Anwalt für Immobilienrecht«, gab Marie zu bedenken. »Er wird nicht in der Lage sein, gegen einen derartigen Anspruch vorzugehen.«

»Aber er kennt vielleicht jemanden in der Kanzlei, mit dem wir sprechen können.«

»Wenn wir doch nur Mums Brief finden könnten, der würde belegen, wie Cathal sich verhalten hat«, warf ich ein.

»Welchen Brief denn, meine Kleine?«, fragte Dad.

»Mum hat alles aufgeschrieben: Alles, was Cathal getan hat. Und was er vorher schon angestellt hat. Es war nicht das erste Mal, dass er …« Mir fehlten die Worte für das, was er getan hatte, um sich Mums Zuneigung zu erschleichen und dann das Heft in die Hand zu nehmen. »Ich legte den Brief im Vorratsraum des Kellers in eine Kommode. Deshalb war ich ja überhaupt dort unten, als Cathal mich einschloss.«

Marie drückte meinen Arm. Instinktiv begann ich, von ihr abzurücken, aber ich spürte die aufrichtige Wärme, die in dieser Geste lag. »Deine Mutter hat sehr vernünftig und überlegt gehandelt …«

Dad schnalzte abfällig mit der Zunge. Marie gab meinem

Vater mit einem Blick zu verstehen, dass er seine Ansicht über Mums Geisteszustand für sich behalten sollte. »Sie tat, was ihr mit ihrem gebrochenen Handgelenk und dem verstauchten Knöchel möglich war.«

»Wir werden im Keller nachsehen.« Dad legte seine Hand auf meine.

Dad und Marie kehrten nach Fairfleet zurück. Sie durchsuchten sämtliche Räume vom Dachgeschoss bis in den Keller nach Dokumenten oder Briefen. Sie luden unsere Kleider und sonstigen Sachen und das, was Mum gehörte, in einen Lieferwagen.

»Cathal ist schon im Haus gewesen, um seine Sachen abzuholen. Offenbar in Begleitung eines Polizisten, der aber allem Anschein nach nicht gut genug aufgepasst hatte. Er hat das ein oder andere mitgehen lassen.« Dad schlug die Tür des Lieferwagens zu. »Es war wie beim Kim-Spiel: Man geht in einen Raum und versucht herauszufinden, wie viele Ziergegenstände und Uhren sich dort einmal befanden. Zweifellos hat er eurer Mutter nach dem Tod eurer Großmutter bei einer Bestandsaufnahme des Hauses geholfen. Er wusste genau, was mitzunehmen sich lohnte.«

»Wo ist er jetzt?« Ich versuchte, diese Frage ganz beiläufig zu stellen, aber Marie bedachte mich mit einem mitfühlenden Blick.

»Offensichtlich wird er noch einmal operiert. Er ist auf eigene Verantwortung entlassen worden, um nach Fairfleet zurückzukehren und seine Sachen zu holen. Dann brach er in dem Bed & Breakfast zusammen, wo er sich eingemietet hatte.«

»Gut.«

»Habt ihr was gefunden?«

»Leider nein.« Marie drückte meine Hand.

»Da ist noch etwas.« Dad warf einen Blick auf Marie. »Wir haben es mehr oder weniger durch Zufall von der Frau im Dorfladen erfahren, als wir dort anhielten, um Zigaretten zu kaufen ... Es geht um Alice, Miss Smith. Leider hatte sie einen Unfall.«

»Smithy?« An sie hatte ich nach dem Brand so gut wie nicht mehr gedacht. Der Verlust meiner Mutter hatte alles andere verdrängt.

»Ist von ihrem Fahrrad gefallen«, sagte Dad kopfschüttelnd. »Ich fand es merkwürdig, dass sie nicht zur Beerdigung eurer Mutter gekommen ist. Die Familie hat ihr alles bedeutet.«

»Smithy ist tot?«

»Leider.«

»Wann ist sie gestorben?«

»Erst vor etwa einer Woche. Aber sie lag eine Weile im Koma. Kopfverletzung.«

Die arme Smithy, sie hatte das Haus, meine Mutter und Großmutter geliebt.

Dad und Marie kämpften darum, dass wir das Haus behalten konnten. Der Anwalt, den Dad gefunden hatte, schrieb an Cathals Anwalt und wies beide Ansprüche zurück. Die Polizei hatte keinerlei Interesse daran, gegen mich wegen Brandstiftung zu ermitteln.

Aber Andrew und ich schuldeten dem Staat die Erbschaftssteuer für Fairfleet: Das waren mehrere Zehntausend Pfund. Dad saß mit seinen Kontoauszügen und einem Taschenrechner in seinem Büro, um zu prüfen, ob er genug Geld auftreiben konnte, um das Haus für uns zu erhalten.

»Es geht leider nicht«, sagte er. »Alles auf einmal kriege ich nicht zusammen. Es tut mir sehr leid. Ich weiß, wie wichtig es eurer Großmutter und eurer Mutter war, dass ihr das Haus bekommt.«

Also beauftragte der Testamentsvollstrecker meiner Mutter, ein ortsansässiger Anwalt, einen Immobilienmakler, Fairfleet zu verkaufen.

»Der Brief hätte nichts am Verkauf geändert.« Andrew versuchte, mich aufzuheitern. »Was auch immer passiert wäre, wir könnten uns den Unterhalt von Fairfleet nicht leisten.«

»Aber Mum war es wichtig, Fairfleet zu halten.«

»Der Brief und der Bericht über all das, was seit Cathals Ankunft passiert war, und das, was sie über ihn herausgefunden hatte, waren ihr wichtig, weil es zeigte, dass sie alles daransetzte, den Schaden wiedergutzumachen«, sagte Benny, als verstünde er tatsächlich, was meiner Mutter am Tag vor ihrem Tod durch den Kopf gegangen war. »Ich habe aber nichts dergleichen in Fairfleet gefunden und kenne wirklich jeden Zentimeter in diesem Haus.« Er sprach sehr leise. »Wir werden darüber noch einmal sprechen, Rose, das heißt, sofern Sie das möchten.« Er warf mir einen beinahe scheuen Blick zu. »Aber jetzt muss ich, glaube ich, wieder schlafen.«

Ich fiel wieder in meine Rolle als Krankenschwester, die ihn bettete. Danach blieb ich im Stuhl neben seinem Bett sitzen und dachte daran, was nach der ergebnislosen Suche nach Mums Brief passiert war.

Wir gingen auf unsere neuen Schulen. Damals hatte ich bereits die erste Operation an meinem verbrannten Arm hinter mir. Er sah schon viel besser aus, wie Andrew meinte. Marie unterrichtete eine Reihe von Turnlehrern darüber, dass ich beim Sport keine kurzärmeligen Artex-Hemden tragen konnte. Die meisten zeigten Verständnis. Einige der Mädchen waren weniger verständnisvoll, aber nachdem ich eine meiner Peinigerinnen in einen Rosenbusch gestoßen hatte, hatte ich weniger Probleme.

Dad fand Arbeit in London und kaufte ein Haus. Es machte mir nicht allzu viel aus, als er und Marie mit mir und Andrew als einzigen Gästen standesamtlich heirateten. Die meisten Ferien verbrachten wir im Ausland.

Mums Nachlassverwalter kümmerte sich darum, dass das von Feuer und Rauch beschädigte Schlafzimmer, die Treppe und die Eingangsdiele von Fairfleet rasch repariert und frisch gestrichen wurden und man das Holz erneuerte. Dad konnte es kaum erwarten, Fairfleet verkauft zu sehen. Wir wussten, dass eine bekannte Persönlichkeit das Haus gekauft hatte, aber der Name Benny Gault sagte Andrew und mir nicht viel. Wir wussten nur, dass er früher schon im Haus gewohnt hatte, als einer von Großmamas Flüchtlingsjungs.

»Vergesst Fairfleet«, sagte Dad, nachdem der Verkauf über die Bühne gegangen war und man die letzten Gemälde und das Silber aus dem Haus geholt und für uns verkauft hatte. »Schließt damit ab. Ihr habt beide vom Verkauf eine anständige Summe bekommen, selbst nach Abzug der Erbschaftssteuer bleibt genug übrig. Ihr könnt in eurem Leben vermutlich tun, was euch gefällt, ohne jemals Geldsorgen zu haben.« Wir saßen beide neben ihm am Tisch eines Schweizer Berggasthofs, wo wir Skiurlaub machten. Er hatte seine Arme um uns gelegt. »Nichts vermag eure Mutter zu ersetzen. Aber ihr müsst versuchen, nach vorn zu schauen.«

Ich betrachtete die von der Sonne beschienenen Berge, die genauso gut die Barriere zwischen mir und jeder erstrebenswerten Zukunft hätten darstellen können.

Andrew ging zur Universität, studierte Naturwissenschaften und investierte dann fast sein ganzes Kapital in ein eigenes Labor im Süden von Kalifornien, wo er Forschungen über alle möglichen neuen Medikamente anstellte. Manchmal las ich einen Artikel auf den Wissenschaftsseiten der *Times*, in der die Firma meines Bruders erwähnt wurde, und empfand Stolz. England besuchte Andrew mit seiner Familie nur äußerst selten.

Auch ich hatte eine naturwissenschaftliche Begabung und hatte im Abitur so gute Noten in Physik, Chemie und Biologie, dass ich an einer medizinischen Fakultät angenommen wurde.

Während meines nachklinischen Praktikums kam ich in das Brandverletztenzentrum eines Londoner Krankenhauses, um ein Wahlfach abzuschließen. Ich hatte keinerlei Bedenken, dass dieses Umfeld alte Wunden aufreißen könnte. Das Medizinstudium hatte mich desensibilisiert, wie ich mir einredete. Schließlich war ich schon während meiner Zeit in der Notaufnahme und auch anderswo mit schrecklichen Dingen konfrontiert worden. Ich war Profi.

Zu den Patienten auf dieser Station gehörte auch eine Asiatin Ende dreißig. Sie war von ihrem Ehemann des Ehebruchs bezichtigt worden, und er hatte ihr eine Pfanne heißes Fett übers Gesicht gekippt. Ich stand mit dem Facharzt an ihrem Bett, als er ihr erklärte, welche Art von Behandlung sie benötigte.

Während er redete, versuchte ich, mich auf den Ständer zu konzentrieren, an dem die Infusion der Frau hing, um nicht auf ihr bandagiertes Gesicht schauen zu müssen. Inzwischen hatte ich schon viele Brandopfer gesehen. Ich versuchte, rational damit umzugehen. Was hatte es schon zu bedeuten, dass diese Patientin eine Mutter Anfang dreißig war. Selbst wenn ich ihre ursprünglichen Züge unter den Bandagen hätte sehen können, hätte sie keinerlei Ähnlichkeit mit meiner Mutter gehabt. Mein Geist versuchte, mir ein Bein zu stellen. Am besten ignorierte ich es und konzentrierte mich auf den Infusionsständer, die halb volle Plastikflasche mit Wasser auf dem Nachttisch und die abblätternden Farbflocken an der Wand.

Ich roch verbranntes Fleisch. Ich versuchte mir einzureden, dass es nichts weiter war als der widerliche Krankenhausgeruch. Aber ständig musste ich daran denken, wie mein eigener verbrannter Arm an jenem Tag in Fairfleet gerochen hatte. Und wie Mums verbrannter Körper gerochen hatte. Anfangs gelang es mir noch, Interesse vorzugaukeln, indem ich nickte, als der Facharzt sich an mich wandte, um mir etwas mitzuteilen. Ich beantwortete sogar seine Fragen und schrieb etwas mit – bedeutungsloses Gekrakel.

»Stimmen Sie mir da zu?«, fragte er mich.

Ich hob meinen Kopf von meinem Notizblock. Die Station hatte nicht die gewohnte feste Struktur – sie drehte sich langsam. Dann kräuselte sich der Fußboden unter mir, als würde er schmelzen. Ich hatte einen Klingelton im Ohr, den ich nicht zuordnen konnte.

»Alles in Ordnung mit Ihnen?« Der Facharzt sah mich streng an.

Ich fing an, ihm zu erklären, dass mir schwindelig war und ich frische Luft benötigte, hatte dann aber plötzlich das Gefühl, als würde dem Raum jeglicher Sauerstoff entzogen, sodass ich keine Luft mehr bekam. Langsam glitt ich auf den Linoleumboden, der sich unter mir kräuselte und Blasen warf.

Man sagte mir, es sei eine Panikattacke, nichts allzu Ernstes. Man wollte mich auf Schlüsselreize untersuchen, und ich sollte eine Therapie machen.

»Wir wissen, was Ihrer Mutter Schreckliches widerfahren ist«, sagte die Therapeutin bei meiner ersten Sitzung sehr sanft. »Ihr Vater hat mit uns gesprochen. Haben Sie sich darüber schon einmal mit jemandem ausgetauscht?«

Ich schüttelte den Kopf.

»Möchten Sie vielleicht mit mir darüber sprechen?«

Sie war freundlich. Ich mochte sie. Vielleicht hätte es geholfen. Aber es war mir unmöglich, wieder auf den Brand zu sprechen zu kommen, das alles musste sicher verkapselt in meiner Erinnerung bleiben, wo es mich nicht überwältigen konnte.

Ich packte meine Sachen und schrieb einen Brief, der besagte, dass ich meine Meinung geändert hatte und meine medizinische Laufbahn nicht weiter verfolgen wollte. Dann fuhr ich für sechs Monate nach New York, damit ich nicht erreichbar war. Bevor ich aufbrach, begründete ich gegenüber meinem Vater meinen Entschluss mit den anstrengenden Schichtdiensten, die man als Arzt im Praktikum machen musste, und den ständigen Prüfungsvorbereitungen, die mich überforderten. Er sah mich an und konnte nicht verbergen, wie sehr ihn meine Entscheidung schmerzte.

»Ich hätte damals nicht nach Saudi-Arabien gehen dürfen«, sagte er. »Wäre ich im Land gewesen, hätte ich einschreiten und euch von Fairfleet und diesem Mann wegbringen können.«

Aber dann wäre Mum mit Cathal ganz allein gewesen. Dad schien mir anzusehen, was ich dabei empfand.

»Ihr fühltet euch verpflichtet, euch um eure Mutter zu kümmern, du und Andrew, nicht wahr, Rose?«

»Ja.« Und wir hatten dabei versagt. Vor allem ich.

»Du hättest es als Ärztin weit bringen können«, sagte Dad traurig.

Vielleicht hätte ich es weit bringen können, aber es war mir auf dem von mir eingeschlagenen Berufsweg nicht schlecht ergangen, auch wenn mein Privatleben eine ziemliche Katastrophe war, bis ich James kennenlernte. James. In meiner Klausur mit Benny erlaubte ich mir, James zwischen den Anrufen und Textnachrichten zu vergessen. Ich hatte mir eingeredet, dass nur ich wegen unseres Verlustes litt. Aber ihn dürfte er genauso getroffen haben. Ich betrachtete meinen Patienten. Benny war eingenickt, und ich erlaubte mir, weitere Betrachtungen über mein Leben anzustellen.

Nach meiner gescheiterten Ehe wanderte ich von einer kurzen Beziehung zur nächsten. Dann lernte ich James kennen. Trotz oder vielleicht gerade wegen unserer jeweiligen traurigen Biografien – er war verwitwet – verstanden James und ich uns auf Anhieb. Er zog schon bald bei mir ein. Vielleicht war dies nicht die beste Idee gewesen.

»Du hast so etwas Provisorisches an dir, Rosamond«, hatte er mit Blick auf meine geräumige Wohnung gemeint. »Du bist nie richtig hier angekommen, nicht wahr? Wo sind deine Bücher? Deine Möbel?«

»Ich mag kein Gerümpel.«

»Du könntest dir alle Designermöbel von Heals in diese Wohnung stellen und hättest dann immer noch Platz für ein Fußballfeld.«

Ich zuckte mit den Achseln. »Mir gefällt es so.«

»Vielleicht liegt es ja daran, dass du immer unterwegs bist.«

»Vielleicht.«

»Du bist nie lange an einem Ort geblieben, oder? Bis jetzt.«

Sein Gesichtsausdruck löste Unbehagen in mir aus. »Ich habe es genossen, durch die Welt zu ziehen und verschiedene Orte kennenzulernen.«

»Ja.« Er starrte mich noch immer an. Langsam wurde ich ärgerlich.

»Bedauerst du es, bei mir eingezogen zu sein?«

»Nein. Ich frage mich nur, ob auch du damit klarkommst.«

»Ich genieße es.« Und das tat ich auch, obwohl es merkwürdig war, James jeden Abend zu sehen, seine Bücher, Bilder, Kleider und Töpfe in meiner Wohnung zu haben. Aber wir wurstelten uns gemeinsam durch. Bis zu dem Tag, als ich mit vierzig feststellte, dass ich schwanger war. Dass ich bereits in der neunten Woche war.

Als ich die Neuigkeit verkündete, sagte erst einmal keiner etwas. »Ich dachte, es läge am Alter«, sagte ich schließlich. »Ich bin immerhin vierzig! Da verändert sich der Körper.«

»Catherine ist zwanzig.« James schluckte. Ich wusste, dass er sich fragte, wie er seiner erwachsenen Tochter beibringen sollte, dass sie ein Geschwisterchen bekommen würde.

Ich ging zum Kühlschrank und holte den Chablis heraus. »O Gott …« Als mir einfiel, dass ich nicht mehr trinken durfte, schenkte ich nur ein Glas für James ein. Während ich an einem Glas Leitungswasser nippte, versuchte ich, die Neuigkeit zu verdauen. »Wie kann ich im dritten Monat schwanger sein, ohne es gemerkt zu haben?«

»Ich fand schon, dass du ein wenig spitz aussahst.« James trank einen großen Schluck aus seinem Glas. »Aber du hast diesen schwierigen Job, ich dachte, es hat damit zu tun.«

Ich hatte eine Arbeitsstelle mit weitem Anfahrtsweg, ohne die Möglichkeit, dort wohnen zu können. Ich musste viel Zeit bei einer Patientin in ihrem überheizten Haus verbringen. Mir war häufig schwindelig, wenn ich bei ihr saß.

»Was sollen wir tun?« Ich sah mich in der Wohnung um. »Ich meine, hier mit einem Baby?«

Der nächste Park war mindestens eine Viertelstunde entfernt. Aber ich hatte einen Balkon. Von dem aus es zehn Stockwerke in die Tiefe ging.

Er nahm meine Hand. »Wir werden tun, was du für richtig hältst, Rosamond.«

Die nächsten Wochen waren eine Achterbahnfahrt zwischen der völligen Verweigerung anzuerkennen, dass ich

Mutter wurde, und überschäumender Freude. Am Ende der zwölften Woche meiner Schwangerschaft gewann letztere die Oberhand. James und ich waren übereingekommen, uns nach einem Haus umzusehen. Ich wollte meine Wohnung und er wollte sein Haus verkaufen, um dann etwas Passendes für unsere kleine Familie zu suchen. Etwas Überschaubares, aber mit Garten. Am Ende der vierzehnten Woche ließ die Übelkeit nach. Eine Ultraschalluntersuchung zeigte, dass das Baby sich gut entwickelte. Ich rief meinen Vater und Andrew an. Ihre Freude zeigte mir, wie sehr sie sich das für mich gewünscht hatten. Catherines Reaktion darauf, ein sehr viel jüngeres Geschwister zu bekommen, hatte mich mit gespannter Sorge erfüllt, aber sie schien die Nachricht gelassen aufzunehmen und nahm mich in den Arm, als wir uns zum Mittagessen trafen.

Einen Tag darauf begannen Blutungen.

»Vielleicht solltest du eine Therapie in Betracht ziehen.« Wir saßen in meiner leeren Wohnung, und James hielt meine Hand.

Vielleicht sollte ich das. Bei der Therapeutin, die ich nach meinem Zusammenbruch auf der Station aufsuchte, hatte ich nicht lange durchgehalten. Sie war freundlich und zweifellos kompetent, aber ich war ausgestiegen. Doch wenn man es positiv sah, hatte ich es schließlich auch ohne Hilfe geschafft, oder? Ich war nicht völlig zusammengebrochen. Also würde ich auch diese Runde überstehen. Der Verlust eines gerade mal fünfzehn Wochen alten Embryos, der noch gar kein richtiger Mensch war, ließe sich mit dem größeren Verlust, den ich erlitten hatte, nicht vergleichen.

Das jedenfalls redete ich mir ein. Ich nahm mir einen

Monat lang frei, dann wurde mir der Job in Fairfleet angeboten. Ich hatte zu widerstehen versucht, aber der Sog von Fairfleet war zu stark gewesen.

Benny wurde halb wach und schien sich unwohl zu fühlen. Ich sah nach, wie spät es war.

»Sie müssen Ihre Medizin nehmen. Ich bette Sie bequemer.« Ich sorgte dafür, dass er sich wohler fühlte, und sobald er seine Tabletten geschluckt hatte, schlief er wieder ein. Ich überlegte, wie viel von unserem Gespräch ihm wohl noch erinnerlich war, wenn er aufwachte. Vielleicht war sein fürsorgliches Interesse ja doch nicht so groß, wie ich befürchtete. Wenn er die erwachsene Rosamond Hunter mochte und diese ihren Job gut machte, erlaubten ihm diese Faktoren vielleicht, mir zu verzeihen, dass ich ihn anfangs getäuscht hatte. Beziehungsweise die Unterlassungssünde begangen hatte, ihn nicht darüber aufzuklären, dass Rosamond Hunter und Rose Madison dieselbe Person waren.

Ich schaltete mein Mobiltelefon ein, um mir die Fotos von Großmama und Mum anzusehen. Letztere stand als junge Frau auf den Eingangsstufen und lächelte in die Kamera, damals war sie noch Jahre von der Geisteskrankheit entfernt, die später von ihr Besitz ergreifen sollte. Großmama kletterte aus einem Flugzeug, trug ihre geliebte Fliegerjacke, das Haar zurückgesteckt, strahlend. Eigentlich hätten die Fotos mich traurig stimmen sollen, oder wenigstens wehmütig. Aber das taten sie nicht, vielleicht weil ich Benny mein Herz ausgeschüttet hatte. Und zugelassen hatte, über die Fehlgeburt nachzudenken. So fühlen sich womöglich Katholiken, wenn sie ihre Sünden einem Priester gebeichtet haben: körperlich erleichtert, beinahe leicht.

Ich ging nach unten, um Bennys Wasserkrug und Glas auszuspülen und neu zu füllen. Der Mann, der den Schnee räumte, würde sich bestimmt über etwas Heißes zu trinken freuen. Ich bereitete einen Kaffee für ihn zu und zog dann Stiefel und Mantel an, um ihn zu suchen. Er saß auf dem niedrigen Mäuerchen der rückwärtigen Terrasse und starrte zum See hinüber. Als ich mich ihm näherte, drehte er sich um. Seine Augen waren heute weniger gerötet. Das Blau seiner Iris war intensiver.

Aus dem Becher schwappte ein wenig Kaffee auf den Schnee, schmolz das Weiß und ließ einen Fleck zurück.

»Sie«, sagte ich.

»Hallo, Rosie«, sagte Cathal Pearse.

28

Cathal nahm den Becher aus meiner zitternden Hand. »Vorsicht, sonst verschütten Sie noch etwas. Was für ein Zufall, dass wir beide zur gleichen Zeit hier in Fairfleet auftauchen.«

»Das ist kein Zufall. Sie haben mich in Oxford gesehen. Sie waren an dem Nachmittag, als ich dort einkaufen ging, am Cornmarket und haben mich am Ärmel gepackt. Dann haben Sie mich bis hierher verfolgt.« Ich hatte Mühe, das Beben meiner Stimme in den Griff zu bekommen.

Er trank einen Schluck Kaffee und atmete die warme Luft aus. Der Dampf hing wie ein schlechter Traum über uns beiden.

»Dies ist ein freies Land. Ich leiste hier gute Arbeit.« Dabei zeigte er auf den Pfad, den er um den hinteren Teil des Hauses freigeschaufelt hatte.

»Warum sind Sie hier?«

»Ich wollte meine Vergangenheit besuchen. Mir ansehen, was mir hätte gehören können.«

»Ihnen?«

»Deine Mutter und ich hatten Pläne für Fairfleet. Ich könnte jetzt noch hier unterrichten. Wenn Sie nicht gewesen wären, Rosie.«

»Sie hätte nie zugelassen, dass Sie eine Nachhilfeschule aus Fairfleet machen.«

»Sie hat die Papiere unterschrieben.«

»Und es sich dann anders überlegt.«

Er zuckte die Achseln. »Sie und Ihr Bruder hätten das Haus hier ohnehin nicht halten können. Bei den Erbschaftssteuern heutzutage. Daran haben Sie wohl nicht gedacht, als Sie Ihre eigene Mutter töteten.«

»Scheren Sie sich zum Teufel!« Schweiß lief mir über den Nacken, mein Magen rebellierte.

Er trank langsam den nächsten Schluck Kaffee, ehe er antwortete. »Ich nehme meine Anweisungen von Sarah Smith entgegen, zum Glück. Sie möchte, dass ich hier jeden Tag Schnee schaufele, solange das schlechte Wetter anhält.« Er reichte mir den Becher. »Damit der Arzt über die Einfahrt kommt, sobald es danach aussieht, dass der alte Mann den Löffel abgibt.«

»Wenn sie wüsste, wer Sie sind …«

»Wenn sie wüsste, wer *Sie* sind.«

Benny wusste es bereits. Sarah jedoch nicht. »Sagen Sie ihr, dass Ihnen Ihr Arm wehtut, und gehen Sie. Was wäre, wenn Sarah dahinterkäme, dass Sie sich hier unter Vorspiegelung falscher Tatsachen aufhalten?«, fragte er. »Würde sie Sie dann nicht rauswerfen, Rosie?«

»Ich bin nicht unter Vorspiegelung falscher Tatsachen hier. Ich benutze meinen legalen Namen, ich …«

»Sie haben mich ernsthaft verletzt, als Sie auf mich einschlugen.« Er führte eine Hand seitlich an den Kopf.

»Sogar Ihre eigenen Anwälte kamen zu dem Schluss, dass Sie keine Chance haben, mich für das verantwortlich zu machen, was Ihnen passiert ist. Auch die Polizei hat Ihre Version der Ereignisse nicht bestätigt.«

»Sie waren ein Kind, Rosie, ein Kind. Die wollten nichts Schlechtes von Ihnen denken. Jemand musste der Sündenbock sein, und dazu hat man mich auserkoren. Schon seltsam, denn schließlich habe ich das Streichholz nicht angemacht und das Feuer nicht entzündet. Außerdem habe ich versucht, Ihrer Mutter zu helfen.«

»Nach Hilfe sah das nicht aus, sondern eher, als würde ein Betrunkener versuchen, uns Kinder davon abzuhalten, ihr zu helfen.« Ich trat den Rückzug an und nahm mir vor, ihm meine Angst nicht zu zeigen, indem ich schneller lief.

»Sie haben mich dazu gebracht, wieder zu trinken«, schrie er. »Ich hatte es aufgegeben, bevor ich nach Fairfleet kam.«

Ich beachtete ihn nicht.

»Wahrscheinlich tut es Ihnen leid, dass ich nicht gestorben bin«, rief er mir nach. »Schade, dass man das Feuer gelöscht hat, bevor es auch mich zu Asche verbrannte.« Da rannte ich los, rutschte durch den Schnee.

»Ich könnte noch immer Ansprüche gegen Sie geltend machen, wissen Sie«, schrie er. »Dafür, dass Sie mit den mir zugefügten Verletzungen mein Leben zerstört haben.«

Ich schlug die Küchentür zu und schob die Riegel vor, was meinen zitternden Händen nicht leichtfiel. Durch die Eingangstür würde er jedenfalls nicht ins Haus kommen. Drinnen war ich vor ihm sicher. Aber wie lange? Ich ließ mich auf einen der Küchenstühle fallen und hielt mir die Hände vors Gesicht. Ich war nicht länger Rosamond Hunter, eine Krankenschwester von vierzig Jahren, ruhig, gesetzt und professionell. Ich war Rose Madison, noch keine dreizehn. Mit einer manisch-depressiven Mutter, die sich dem Einfluss eines Mannes mit einer gewaltigen Persönlichkeitsstörung nicht entziehen konnte. Einem charmanten Narzissten mit gewalttätigen und kontrollsüchtigen, womöglich psychopathischen Neigungen. Dies waren Beschreibungen, die mein erwachsenes Ich fand, um Cathal zu beschreiben. Das kindliche Ich hatte keinen dieser Begriffe gekannt.

Ich hatte nur gewusst, dass Cathal gefährlich war.

Das Kind, das noch immer in mir wohnte, wusste, dass ich nicht auf Fairfleet bleiben konnte, solange er hier war.

29

Sarah kam mit sauberen Geschirrtüchern und Spüllappen in die Küche. »Es erstaunt mich immer wieder, wie viele ich davon in der Vorweihnachtszeit brauche, ich …« Sie starrte mich an. »Rosamond?«

»Der Mann, der bei uns Schnee räumt.« Ich schluckte. Ich musste eine Entscheidung treffen. Ich könnte ihr erklären, warum ich Angst vor ihm hatte, wer er war und warum er nach Fairfleet gekommen war. Oder ich könnte einfach irgendeine Geschichte über ihn erfinden, die ihn als Verrückten abstempelte, der zwar keine direkte Bedrohung für mich darstellte, aber nicht zu den Leuten gehörte, die man gern in der Nähe eines Hauses sah, dessen Bewohner zwei Frauen und ein sehr kranker älterer Herr waren.

»Was ist mit ihm?«

»Er ist …« Ich schluckte. »Hören Sie, Sarah, das hört sich jetzt verrückt an. Aber er kennt mich, er weiß, wer ich wirklich bin.«

Sie legte den Stapel sauberer Tücher ab, den sie hielt. »Was wollen Sie damit sagen?«

»Ich habe hier gelebt, Sarah, vor vielen Jahren. Dies war das Haus meiner Großmutter.« Ich beobachtete sie und rechnete mit Verwunderung. Sie nickte.

»Ich hatte schon vermutet, dass Sie früher schon einmal hier gewesen sind. Sie kennen sich im Haus viel zu gut aus und wissen, wo die Schränke sind, wo man unter dem Balken den Kopf einziehen muss. Dinge, die keiner wissen kann, der nicht schon einmal hier gelebt hat. Aber Benny ist zufrieden mit Ihnen.«

»Ich dachte, Sie würden mir den Job nicht geben, wenn Sie es wüssten.«

Sie zuckte die Achseln. »Vielleicht nicht. Aber jetzt sind Sie hier.« Mit ernsterer Miene ergänzte sie: »Ich kann nicht zulassen, dass Sie alte Familiengeschichten hier hereintragen und Benny damit beunruhigen, das verstehen Sie doch, Rosamond? Was ist mit dem Mann, der unseren Schnee wegräumt?«

»Er ist der Mann, der sich ins Leben meiner Mutter eingeschlichen hat, als sie verwundbar war.« Ich erzählte Sarah, wie Cathal ins Haus gekommen war und sich Mums fragilen Geisteszustand zunutze gemacht, Smithy aus dem Haus vertrieben hatte und nach und nach immer gewalttätiger geworden war.

Sie hörte mir schweigend zu. »Soll ich die Polizei anrufen?«

»Das würde ich gern«, sagte ich. »Aber sie fanden schon damals nichts, wessen man ihn hätte anklagen können, und daran hat sich meines Wissens nichts geändert. Er hat hier nichts angestellt.«

»Außer Ihnen Angst gemacht.«

»Was er vermutlich abstreiten würde.«

»Ich werde ihm sagen, dass er gehen soll«, sagte sie. »Er bekommt sein Geld und soll gehen. Ich möchte einfach keinen Ärger, Rosamond.«

»Nein.«

Sie nahm ihren Geldbeutel vom Küchentisch und zog Stiefel und Mantel an.

»Möchten Sie, dass ich mit Ihnen rauskomme?«, fragte ich.

»Das erledige ich wohl am besten allein«, sagte sie entschlossen. »Ich habe im Lauf der Jahre Erfahrungen im Entlassen von Leuten gesammelt. So etwas kommt vor. Köchinnen trinken, Reinigungskräfte putzen nicht, Gärtner sitzen im Schuppen und rauchen Dope, mir sind alle möglichen Klischees untergekommen. Machen Sie sich wegen dieses speziellen Falls keine Sorgen, er wird gehen.«

Ich beobachtete sie, wie sie über den verschneiten Rasen schritt und Cathal ansprach. Er breitete seine Arme zu jener mir von damals vertrauten offenherzigen Geste aus. Er schüttelte den Kopf. Sarah gab ihm Geldscheine. Er nahm sie, warf sie aber in den Schnee. Sie zog ein Mobiltelefon aus der Tasche. Er bückte sich, hob das Geld auf und trottete davon. Sarah verfolgte ihn eine Weile und kehrte dann ins Haus zurück.

»Ich musste ihm tatsächlich mit der Polizei drohen, bevor er ging«, sagte sie, während sie ihre Stiefel auf der Fußmatte abtrat. »Er war höchst sonderbar«, meinte sie erstaunt, aber nicht weiter beunruhigt, streifte ihre Stiefel ab und hängte ihren Mantel auf.

»Was hat er gemacht?« Dabei drehte sich mir der Magen um.

»Er ließ sich über allen möglichen Blödsinn aus. Behauptete, das Haus sollte ihm gehören. Fast tat er mir leid, aber meine Hauptsorge gilt Benny.«

Sie wusch ihre Hände unter dem Wasserhahn und griff

nach dem Rührbesen, nachdem sie mir mit einem scharfen Blick zu verstehen gegeben hatte, dass Benny und sein Wohlbefinden für sie oberste Priorität hatten.

»Es tut mir leid, dass ich Ihnen verschwiegen habe, schon einmal hier gelebt zu haben.«

»Es gab keinen Grund mir das zu sagen.« Aber sie wirkte wachsam.

»Ich dachte erst, dass ich den Job nicht annehmen sollte. Tat es dann aber doch.«

»Warum?«

»Das weiß ich noch immer nicht. Mir gefiel es, wie Benny sprach, und die Agentur meinte, wir würden gut miteinander auskommen. Es schien ein guter Zeitpunkt, um hierher zurückzukommen, zu einem Patienten, um den ich mich kümmern musste.«

Und der mich ablenken würde, wenn meine eigene Geschichte mich heimsuchte.

Sie beäugte mich noch immer.

»Ich hatte nicht erwartet, mich hier so zu Hause zu fühlen«, fuhr ich fort. »Obwohl dies einmal mein Zuhause war, dachte ich, ich würde mich wie eine Außenstehende fühlen. Aber das ist nicht der Fall. Das liegt an Ihnen. Und an Benny.«

Sie nickte. »Was auch immer ihn quält, versuchen Sie, ihm dabei zu helfen.«

Ihr Gesichtsausdruck verriet mir, dass sie aus diesem Grund glücklich war, mich im Haus zu haben. Sie brauchte mich, um Benny von der Last zu befreien, die ihn quälte. Nur Gott weiß, weshalb sie so überzeugt war, ausgerechnet ich könnte ihm helfen.

30

Ich wachte die ganze Nacht bei Benny, döste aber gelegentlich ein. In den frühen Morgenstunden versorgte ich ihn erneut mit Medikamenten und half ihm, einen Schluck Wasser zu trinken. Um fünf Uhr löste Sarah mich für ein paar Stunden ab. Als ich um sieben Uhr zurückkam, um ihm Medikamente zu geben und beim Waschen zu helfen, war Benny wach. »Gestern hörte ich Stimmen draußen im Garten«, sagte er. »Ich dachte erst, geträumt zu haben, aber das stimmt wohl doch nicht. Wer war es denn?«

Ich erzählte ihm, wer den Schnee geräumt hatte. Seine Augen wurden groß. »Er ist hierher zurückgekehrt?«

»Sarah hat ihn weggeschickt.«

Er verzog das Gesicht. »Sie kann ziemlich resolut sein, wenn es nötig ist.«

»Jetzt wissen Sie alles über mich …« Dies unterstrich ich mit einer weit ausholenden Geste.

»Ja. Und ich bin froh darum. Ich habe Ihrer Großmutter versprochen …«

»Was haben Sie Großmama versprochen?«

»Dass ich immer ein Auge auf Fairfleet haben werde. Das war lange, bevor es mir gehörte. Ich habe es so verstanden, dass ich mich auch um ihre Familie kümmern werde.«

»Aber Sie waren viel jünger als sie.« Er war doch ein kleiner Junge gewesen! Viel jünger als Großmama. Aber dann fiel mir ein, wie jung sie gewesen war, als sie ihren ersten Mann geheiratet hatte, gerade einmal neunzehn.

»Ich weiß. Es klingt seltsam, nicht wahr? Fast vermessen. Aber gegen Kriegsende begann sich das Verhältnis zwischen uns zu verändern.«

Dabei bekam er einen Gesichtsausdruck, den ich nicht zu deuten wusste.

»Es war, als würde der Altersunterschied zwischen uns dahinschmelzen. Bei Kriegsende 1945 war ich der Letzte in der Reihe von Jungs, die in eine vielversprechende Zukunft aufbrachen. Vielleicht wirkte ich dadurch älter, als ich war.« Er überdachte das eben Gesagte. »Vielleicht vergaßen wir beide, dass ich eigentlich noch recht jung war.«

Rainer, David, Richard, Ernst, Paul. Im Sommer 1945 waren sie in alle Winde verstreut. Lord Dorner hatte seine Beziehungen spielen lassen, denn Jungen deutsch-jüdischer Herkunft betrachtete man noch immer mit Argwohn. Rainer und David waren zum Militär gegangen. Richard war nach Deutschland zurückgekehrt und übersetzte in Hamburg für einen britischen Major, um verdächtige Nazis aufzuspüren. Richard war älter als er – neunzehn. Eigentlich war auch er zu jung, wie Dr. Dawes zu Benny meinte. Zu jung für das, was er in Deutschland zu sehen und zu hören bekäme. Aber vielleicht war es auch nützlich, dass einer ihrer kleinen Gruppe drüben und somit näher am Roten Kreuz und den Flüchtlingsorganisationen war.

»Vielleich findet Richard ja jemanden, der weiß, was mit deinem Vater passiert ist, Benny«, sagte er.

Sie waren an diesem Julivormittag im ummauerten Garten und halfen Lady Dorner bei der Gartenarbeit. Ein Tag, der zu schön war, um ihn im Haus zu verbringen, meinte Dr. Dawes. Und Benny hatte sich eine Pause beim Lernen verdient.

Bennys Vater, Josef Goldman, hatte einen glänzenden Mercedes gefahren und war immer chic gekleidet gewesen. Mit seinem offenen Gesicht hatte er ausgesehen, als würde er lächeln oder stünde kurz davor. Er hatte keinerlei Ähnlichkeit mit jenen von der Propaganda abgebildeten hakennasigen Juden gehabt, deren Augen immer ganz nah beisammenstanden.

»Er ist schon ganz zu Anfang in einem Lager verschwunden«, sagte Benny. »Noch vor der Kristallnacht.« Das schien jetzt eine Ewigkeit her zu sein.

Dr. Dawes ging erst nicht darauf ein. Benny wusste, dass er es für unwahrscheinlich, ja unmöglich hielt, dass Herr Goldman überlebt haben könnte. Er war schon lange tot, seine Leiche hatte man bestimmt in Polen in eine Grube geworfen oder als Asche auf einem öden Feld verteilt. Aber angenommen, sein Vater gehörte zu den wenigen, die all die Schrecken überlebt hatten?

Angenommen, er versuchte, seinen Sohn in all den Wirren, die der Ausbruch der Diphtherie und die Kindertransporte nach England mit sich gebracht hatten, aufzuspüren, und kam dann herüber, um ihn zu holen? Benny stellte sich einen Mann in den Vierzigern vor, der aufgerieben durch die schlimme Behandlung, der er ausgesetzt gewesen war, älter, krank und schwach aussah. Er stellte sich vor, wie er in dieses Haus kam, seinen Hut absetzte und sich in diesen Räumen mit ihren schönen Möbeln und den warmen, wenn auch etwas abgenutzten Teppichen umsah. Benny hörte im Geiste, wie er sich in stockendem Englisch an Lady Dorner wandte und erklärte, wer er war.

»Ich bin gekommen, um Benjamin, meinen einzigen Sohn, zu holen.«

Lady Dorner würde Josef Goldman ins Wohnzimmer führen und zum Tee einladen. Dann würde sie Dr. Dawes kommen lassen und diesen bitten, seinem Schüler Benjamin Goldman, hier als Benny bekannt, mitzuteilen, dass er nicht wie vermutet Waise war, sondern noch an diesem Tag mit seinem Vater heimkehren würde, der dem Tode entronnen war, um ihn zu holen. Ein Wunder.

Benny malte sich Josef Goldmans Gesicht aus, wenn er die neue, anglisierte Version von Benjamin Goldman sah und den geliebten kleinen Jungen in den Zügen des Siebzehnjährigen zu finden versuchte. Es war warm im ummauerten Garten, aber Benny bekam eine Gänsehaut auf den Armen. Er musste schlucken.

»Ich weiß, wie schrecklich es für dich ist, wenn dies alles wieder aufgewärmt wird.« Dr. Dawes' Hand ruhte warm auf seiner Schulter. Er warb um sein Vertrauen. »Wenn ich dir irgendwie helfen kann, brauchst du nur zu fragen.«

»Es ist die Ungewissheit.« Benny zog mit aller Kraft am Stängel eines Queckengrases im Blumenbeet.

»Das ist das Schlimmste, ich weiß. Wir haben versucht, euch abzulenken, damit ihr nicht allzu viel über eure Familien nachdenkt. Alle meinten, das sei das Beste. Vielleicht war es das aber doch nicht.« Dr. Dawes sah ihn besorgt an. »Vielleicht hätten wir offener über die schrecklichen Verluste mit euch sprechen sollen, die ihr alle erlitten habt.«

Er hatte sich wirklich mit großer Fürsorge um die sechs Jungs gekümmert, fand Benny. Sie waren für ihn nicht nur ein Ersatz für interessantere akademische Beschäftigungen während des Krieges gewesen. Sechs Jahre lang hatte er sie unterrichtet und angeleitet. Als Knaben waren sie nach Fairfleet gekommen, jetzt waren sie junge Männer. Dr. Dawes war streng gewesen, hatte aber niemals seine Hand erhoben. Das Schlimmste, was jedem von ihnen als Strafe passiert war, war ein nachmittäglicher Hausarrest oder der Ausschluss von einem Kinobesuch.

Damals hatten sie seine Fürsorglichkeit als gegeben hingenommen, aber jetzt fragte Benny sich, was ihn dies wohl gekostet hatte. Sechs junge Männer einer feindlichen Kultur anzuleiten und aus ihnen Engländer zu machen. Oder es zu versuchen. Einige der älteren Jungs hatten sich nicht mehr so leicht formen lassen und würden trotz ihrer Einberufung in die Armee und ihrer britischen Erziehung immer als Deutsche erkennbar bleiben. Alle würden Universitäten besuchen. Dafür hatten Lord Dorner und Dr. Dawes gesorgt. Aber dennoch würde ihr Anderssein ihnen anhaften und in der Aussprache von »r« oder »w« oder dem Umgang mit dem Besteck zum Ausdruck kommen.

»Wir sind heute Nachmittag gut vorangekommen.«

Benny blinzelte. Er hatte Lady Dorner vergessen, die mit einem kleinen Gartenkorb voller Gartenwerkzeug vor ihnen stand und ihn jetzt ansah. Die sich vielleicht wunderte, warum er ins Leere starrte.

»Entschuldigung«, sagte er. »Ich habe geträumt.«

»Es war klug von dir, eine Pause zu machen. Es ist heiß hier draußen.« Sie bückte sich, um den Grünschnitt vom

Kiesweg aufzuheben. »Wie sehen deine Pläne für den Sommer aus, Benny? Du hast noch drei Monate Zeit, bis du deinen Militärdienst antrittst.«

Er zuckte die Achseln. »Ich mache eine Radtour. Vielleicht in die Cotswolds. David meint, er werde irgendwann ein paar Tage zu Hause verbringen. Wir könnten die Tour zusammen unternehmen.«

»Klingt gut.« Sie begann, Winden auszuziehen. Ihre Finger waren lang und kräftig, die Nägel manikürt, aber nicht lackiert. Er half ihr dabei. Winden auszurupfen war befriedigender, als Quecken zu jäten. Man glaubte, nur einen kleinen Wedel erwischt zu haben, doch wenn man daran zog, hatte man plötzlich einen Meter oder mehr von diesem Zeug in der Hand.

»Achte darauf, dass du sie mit der Wurzel herausziehst«, sagte sie. »Sonst wachsen sie gleich wieder nach.«

»Ich lasse dich jetzt mit Lady Dorner allein, Benny.« Dr. Dawes klang müde.

»Danke«, sagte sie. »Kümmer du dich bitte weiter um die Winden und wirf sie in die Schubkarre. Ich versuche, ob ich einige der Blumen wieder zum Blühen bringe.« Hier und da behauptete sich zwischen dem Gemüse noch Rittersporn. Jahrelang hatte keiner Zeit für Blumen gehabt, aber der Duft derer, die noch übrig geblieben waren, führte Benny zusammen mit dem Geruch frisch gemähten Grases zurück in seine Kindheit, zu den Sommernachmittagen, als seine Mutter noch lebte und bei der Gartenarbeit war.

Harriet Dorners Hände bewegten sich zwischen den Stängeln, schnitten, richteten auf und banden fest. Er konnte sich diese Hände gut bei der Kontrolle über ein Cockpit vorstellen. Eine halbe Stunde lang arbeiteten sie schweigend weiter.

»Wenn wir hier fertig sind, sollte ich mich um das arme alte Topiary kümmern«, sagte sie. »Wir haben während des Kriegs unser Bestes gegeben, aber die Tiere tun mir leid. Sie sind alle aus der Form geraten.« Sie lachte. »Ich bin albern, ich weiß.«

Benny konnte sich noch an die Buchsbaumtiere erinnern. Den Elefanten mit seinem erhobenen Rüssel. Das Schwein, das Huhn und den Fuchs. »Dann sehen wir sie uns doch einmal an«, schlug er vor.

Offenbar hatte in seiner Stimme ein drängender Unterton gelegen, denn sie blinzelte. Vielleicht spürte er, dass sich alles veränderte, in Bewegung war: Die älteren Jungs verließen Fairfleet, und er befand sich kurz vor dem Sprung ins Erwachsenenleben. Er durfte nicht vergessen, wie es war, als er hierherkam. Aber vielleicht ging es auch um mehr. Vielleicht wollte er nicht, dass dieser Nachmittag zu Ende ging, an dem Harriet Dorner und er gemeinsam in einvernehmlichem Schweigen im Sonnenschein arbeiteten. Obwohl es so vieles gab, was er ihr gern gesagt hätte.

»Na, dann komm.« Sie hob den Korb auf und folgte ihm.

Während der vergangenen fünf oder sechs Jahre hatten alle möglichen Leute versucht, die Formen der Buchsbaumtiere zu erhalten. Einige hatten dabei mehr Geschick bewiesen als andere. Der Elefant hätte auch eine Kuh sein können, fand Benny. Der Fuchs war zu einer Art Krokodil mit Halskrause mutiert. Das Huhn hätte alles sein können: eine Eidechse oder ein halb vollendeter Schwan.

Harriet verdrehte die Augen und reichte ihm eine Gartenschere. »Versuch dein Bestes, Benny. Eine fast unmögliche Aufgabe, fürchte ich.«

Er öffnete die Gartenschere und schnitt ein paar Zweiglein vom Rücken des Huhns. Vor dem Krieg hatte es ausgebreitete Flügel gehabt, wie er sich erinnerte. Schwer vorstellbar, wie man aus einem Gewirr von Ästen und kleinen Blättern die Form eines Huhns herausarbeiten sollte. Er schnitt noch etwas mehr weg. So war es schon besser: Die Form war jetzt glatter. Der geschnittene Buchs roch frisch und streng.

Harriet arbeitete mit der Heckenschere am Elefanten. »Ich kann jetzt den Rüssel wiedererkennen«, verkündete sie fröhlich und schien in ihrer Aufgabe aufzugehen.

Benny beschnitt den ausgewachsenen Buchsbaum weiter und betrachtete dann sein Werk. Nun hatte er um den Kopf des Huhns herum zu viel abgeschnitten, sodass es seinen Hals verloren hatte und der Kopf direkt auf dem Körper zu sitzen schien. Der Schnabel war ausgewachsen und erinnerte an einen Propeller. Er versuchte, seitlich mehr wegzunehmen, machte dadurch aber alles noch schlimmer: Jetzt war die Form zu zylindrisch geworden und erinnerte überhaupt nicht mehr an einen Vogel. Was war er nur für ein Dummkopf!

Verzweifelt betrachtete er die Form. Vielleicht half es ja, wenn er den Bewuchs an den Flügelseiten weiter zurückschnitt, damit die Proportionen zum Hühnerkopf wieder stimmten. Aber als er mit den Flügeln fertig war, erinnerte nichts mehr an einen Vogel. Es sah eher wie ein Flugzeug aus. Da hatte er einen Gedankenblitz. Er schnitt noch ein paar Zweige ab, rascher jetzt. Dann stellte er sich vor den

Buchsbaum und studierte die von ihm geschnittene Form. Es könnte gehen. Der ausgewachsene Schnabel könnte tatsächlich ein Propeller sein. In Gedanken kehrte er wieder ins Jahr 1943 zurück. Ein Flugzeug schnitt durch den blauen Himmel, seine Flügel glänzten in der Sonne. Flügel. Heck. Benny schnitt weg. Harriets Anwesenheit war ihm erst wieder bewusst, als sie neben ihm stand.

»Du hast sie gut getroffen«, sagte sie leise. »Eine Spitfire. Meine schöne Spitfire. Festgehalten in einem Stück Buchsbaumhecke.«

Er schloss die Gartenschere. Harriet umkreiste jetzt die Buchsbaumhecke und nahm sie von allen Seiten in Augenschein. »Auf dieser Seite sollte vielleicht noch ein klein wenig weg, wenn du diesen Backbordmotor perfekt hinbekommen möchtest.«

Er öffnete die Gartenschere wieder und schnitt noch ein paar Zweige ab. Er hörte, wie sie die Luft anhielt, und wandte sich ihr sofort zu.

»Es ist nichts.« Sie lächelte unsicher. »Ich dachte nur einen Moment lang, du würdest zu viel wegschneiden, ich dachte …« Ihr goldener Teint war bleich geworden. »Ich könnte nicht ertragen, wenn es verdorben wäre.« Er sah sie verständnislos an.

»Eine schlimme Erinnerung, mehr nicht.« Sie richtete sich auf. Er wusste nicht, was er sagen sollte, wünschte, er wäre älter, klüger und geübter darin, sich mit Menschen wie Harriet Dorner zu unterhalten. Sie musste schlimme Erfahrungen gemacht haben, Pilotenfreunde hatten bei ihren Flugeinsätzen ihr Leben verloren oder auch nur Unfälle gehabt, Motorschäden, Fehleinschätzungen.

»Sie ist perfekt.« Sie berührte seine Hand. »Ein wunderbares Dokument einer wunderbaren Maschine. Manchmal …« Sie verwarf den Gedanken mit einem Kopfschütteln. »Ich danke dir, Benny.«

Alles, was er sagen wollte, drängte zu seinen Lippen und verhaspelte sich dort, konnte nicht ausgesprochen werden.

»Ich muss ins Haus.« Sie klang wieder kurz angebunden wie Lord Dorners Ehefrau. »Eine Freundin kommt zum Tennisspielen.« Im Gehen wandte sie sich mit einem Lächeln an ihn. »Klingt fast so wie in alten Zeiten, nicht wahr? Bleib nicht zu lange hier draußen.«

Er harkte zusammen, was er abgeschnitten hatte, und holte die Schubkarre. Unter der sengenden Sonne schob er sie zum Komposthaufen. Sein Kopf pochte, als er das Gartenwerkzeug in den Schuppen stellte und zum Haus zurückging. Er vermied es, noch einmal am Topiary vorbeizugehen, damit er die Spitfire nicht wiedersehen musste. Ob Harriet Dorner sich jetzt mit ihrer Freundin darüber und über ihn lustig machte? *Du kommst nie darauf, was dieser komische Junge gemacht hat* … Er trat gegen die Wurzeln einer alten Araukarie.

Zu Mittag gab es Sandwiches, die in der Küche serviert wurden, weil das weniger Arbeit machte und man keine Vollzeitköchin mehr beschäftigte. Harriet Dorner kam nicht. Vermutlich aß sie in ihrem Zimmer, wo sie sich zum Tennis umzog. Benny schlang seine Brote in sich hinein und trank dann mehrere Gläser Wasser hinterher, um seine Kopfschmerzen zu vertreiben.

Er ging nach oben zu seinen Büchern. Sein Zimmer war nun wieder das im ersten Stock, das er schon einmal während der Diphtherieerkrankung seiner Kameraden bezogen hatte. Dort hatte er mehr Platz für den Schreibtisch und die Bücher.

»Ich kann dir nicht mehr viel beibringen«, hatte Dr. Dawes ihm gesagt, als er sein Abiturzeugnis bekommen hatte. »Du hast bei deinen Prüfungen gut abgeschnitten, Benny. Wir konzentrieren uns jetzt darauf, dich auf die Prüfungen für ein Oxfordstipendium vorzubereiten. Du musst lernen, Essays zu schreiben, Benny. Und du musst lesen, lesen, lesen.«

Also schrieb er diesen Nachmittag über den freien Willen. Sein eigener Wille kam ihm völlig versklavt vor, denn er zog ihn vom liniierten Papier weg zu den Geräuschen, die von außerhalb des Hauses kamen.

Plopp, klatsch, plopp. Wieherndes Gelächter. Er sah aus dem Fenster. Harriet und eine Freundin spielten auf dem Tennisplatz neben dem ummauerten Garten. Man hatte ihn glatt planiert, Grassamen eingesät und den Boden dann gewalzt. Offenbar hatte Lord Dorner die sehnsüchtigen Blicke seiner Frau gesehen, als sie die Fliegerei an den Nagel gehängt hatte.

Einige ihrer Freundinnen flogen weiterhin für kommerzielle Luftfahrtgesellschaften, hatte sie ihnen erzählt. Einige schmiedeten sogar Pläne, nach Südafrika oder Argentinien zu fliegen, das stelle man sich nur vor! Aber die Ehefrau von Lord Dorner konnte in Friedenszeiten keiner bezahlten Arbeit nachgehen, obwohl sie vermutlich zu den besten Piloten des Landes zählte, egal, ob männlich oder weiblich.

»Jetzt wird sie sich wieder damit begnügen müssen, Wohltätigkeitsbälle zu organisieren und in Krankenhauskomitees zu sitzen«, hatte Rainer bei einem seiner seltenen Besuche gemeint.

Benny selbst dürfte womöglich auch nicht viel Gelegenheit haben zu sehen, wie sie mit dieser Rolle zurechtkam. Er wusste noch nicht, was er während der Ferien von Wehrdienst und Universität mit sich anfangen sollte. Vielleicht sollte man besser nicht nach Fairfleet zurückkehren, wenn man es einmal verlassen hatte. Vielleicht überzog man damit Lord und Lady Dorners Großzügigkeit. Benny hätte dazu gern Dr. Dawes befragt, wollte aber auch nicht allzu hilflos wirken. Er wandte sich wieder Harriet Dorner auf dem Tennisplatz zu.

Sie und ihre Freundin, eine dunkelhaarige Betty Soundso, die Benny von Dinnerpartys vor vielen Jahren kannte, lachten über ins Aus gegangene Bälle und verpfuschte Aufschläge. »Wir haben *so* lange nicht gespielt«, sagten sie zueinander, und ihre Worte drangen durch die stille Luft zu Bennys Fenster hoch. Die Schuhsohlen von Harriets Tennisschuhen waren verschwunden. Mäuse, diese kleinen Teufel, hatten das Holz des Tennisschlägers ihrer Freundin angeknabbert. Die weiße Kleidung, die sie zuletzt 1939 angehabt hatten, war vergilbt und von Motten angefressen.

»Ich werde nie wieder einen Aufschlag hinbekommen«, rief Betty. Aber nach zwanzig Minuten hatten sie sich eingespielt und ihren Rhythmus gefunden. Harriet bewegte sich mit der Leichtfüßigkeit einer Tänzerin über den Platz und ließ es aussehen, als wäre Tennisspielen das Leichteste auf der Welt, indem sie mit ihrer Vorhand Bälle schlug, die beim Aufkommen kleine Staubfontänen aufwirbelten, und Betty präzise Volleybälle zurückschlug. Vielleicht würde sie es ihm ja beibringen. Aber warum sollte sie? Warum sollte Harriet Dorner noch mehr für den Flüchtlingsjungen tun?

Er verfolgte das Spiel der Damen noch eine Weile, bis ihn Schuldgefühle wegen des unfertigen Essays plagten und er sich zwang, seinen Kopf wieder in sein Übungsheft zu stecken. *Einfach ausgedrückt bedeutet freier Wille die Fähigkeit, sein eigenes Handeln zu bestimmen…*

Die Fähigkeit, sich nicht mehr von Harriets kräftigen, wohlgeformten Beinen im Tennisrock ablenken zu lassen. Die Thematik für diesen Essay war völlig falsch gewählt, er konnte nur scheitern. Er würde neu anfangen. Er wählte ein anderes Thema, diesmal über Schuld. Er schraubte die Kappe auf den Füllfederhalter, damit die Feder während seiner langen Denkpausen nicht austrocknete, und kritzelte mit seinem Bleistift auf ein Stück Löschpapier. Der Anfang dieses Essays fiel ihm leichter, fast zu leicht. Bleib objektiv, ermahnte er sich. Es geht nicht um dich.

Ihre Schritte auf dem blanken Boden des Treppenabsatzes ließen ihn aufblicken. Er hörte, dass Betty das Gästebad ansteuerte. Lady Dorners Schritte kamen an seiner offenen Zimmertür vorbei.

»Wie ging's beim Tennis, Lady Dorner?«, rief er lässig und freundlich. Ein junger Mann, der Zeit mit der Frau seines Vormunds verbrachte.

»Wunderbar.« Sie kam ins Zimmer und reckte ihren Hals, als wollte sie sehen, was er machte. »Darf ich, Benny?«

»Nur zu.«

Sie trat an seinen Schreibtisch und sah ihm über die Schulter. »*Erfüllt Schuld tatsächlich einen echten Zweck?* Das ist ein großes Thema.«

Das sah er genauso.

»*Schuld ist immer eine richtige Reaktion; wenn jemand Schuld empfindet, empfindet er diese vermutlich zu Recht*«, las sie. »Ein wenig ernst, Benny.«

»Es sind meine Gedanken dazu«, verteidigte er sich. »Ich weiß, ich habe es nicht sehr elegant formuliert. Gemeint habe ich damit, dass Schuld ein Mechanismus ist, der uns auf die Dinge aufmerksam macht, in denen wir gefehlt haben.«

Sie richtete die Bleistifte auf seinem Schreibtisch aus.

»Aber das kennen Sie natürlich nicht«, ergänzte er. »Sie haben in Ihrem Betragen sicherlich noch nie gefehlt.«

Sie lachte leise. »Das glaubst du wohl selbst nicht? Wir alle machen manchmal Fehler.«

»Sie sind eine Kriegsheldin. Sie haben dafür gesorgt, dass die RAF die Maschinen an den richtigen Plätzen hatte.«

Sie schnippte gegen die Bleistifte, und einer davon schoss über den Schreibtisch hinaus und fiel zu Boden. Sie bückte sich, um ihn aufzuheben, hielt ihn fest und betrachtete ihn. »Wenn ein Flugzeug einen Berg rammt, sieht das so aus.« Sie zerbrach den Bleistift in zwei Teile. »Natürlich nicht ganz so ordentlich. Metallteile, Stoff und Körperteile fliegen herum. Die persönliche Habe zu sehen, das ist das Schlimmste: Zigarettenetuis, Schals, Lippenstift.«

»Wessen Körper?« Er merkte jetzt, dass er sich mehr als dumm verhalten hatte, wenngleich er den Grund dafür nicht hätte formulieren können.

»Eine Pilotenfreundin von mir. Jenny Hayes. Ein Mädchen. Gerade mal zweiundzwanzig. Sie blickte zu mir auf, Benny, sie vertraute mir.«

Harriet ließ die zwei Hälften des Bleistifts auf den Schreibtisch fallen. »Ich hätte sagen sollen, dass wir für diesen Tag genug getan hatten. Die Sicht wegen der Wolken zu schlecht war. Man hat uns beigebracht, kein Risiko einzugehen. Aber ich war ungeduldig. Man hatte mir versprochen, dass ich wieder eine Spitfire fliegen dürfte, verstehst du. Ich wollte einfach die Oxfords abliefern, diese alten Dinger, die so zuverlässig wie Busse waren. Ich wollte rechtzeitig für die Spit zurück sein. Wenn wir jetzt eine Pause machten und bis morgen warteten, würde ich diese Gelegenheit verpassen. Als sie mich fragte, ob wir nicht lieber warten sollten, sagte ich: ›Nein. Lass es uns zu Ende bringen.‹ Alles würde gut gehen. Wir hatten diese Oxfords schon öfter unter vergleichbaren Bedingungen über diesen Teil des Landes geflogen. Ich sah die Wolke, bevor wir eintauchten. Bevor jegliche Sicht unmöglich war, sah ich noch Jennys Gesicht.«

Sie atmete tief durch. »Sie war starr, gelähmt. Da wusste ich, dass sie es nicht schaffen würde, aber es war zu spät. Die Wolke verschluckte uns. Wenige Minuten später hörte ich eine Explosion und wusste Bescheid. Ich wusste es einfach. Als ich landete, schickte ich einen Krankenwagen los. Jemand fuhr mich an die Stelle, wo sie meiner Vermutung nach abgestürzt war, in der Nähe von Devizes. Ich überredete die Sanitäter, mich mitzunehmen, Benny, ich sah die Maschine. Ich sah … Jenny. Sie war … ihr Körper …« Sie hielt sich die Hand vor den Mund. »Der Treibstoff hatte sich entzündet, die Maschine war ausgebrannt.«

Er sah es vor sich, als wäre er Harriet: die verkohlte Leiche der jungen Frau, die schwelende, auseinandergebrochene Maschine.

»Es war nicht Ihr Fehler.«

»Das war es doch. Mehr als alles andere wollte ich die auf mich wartende Spitfire fliegen. Es war wie eine Sucht. In der Maschine fühlte ich mich so lebendig wie nie.«

Er sagte nichts dazu. Was sie ihm anvertraut hatte, hing dick wie die Wolke, die ihre Fliegergefährtin hatte abstürzen lassen, zwischen ihnen.

»Das ist also mein schuldbeladenes Geheimnis.« Sie lachte kurz auf. »Und was ist deines, Benny? Sag es mir.« Aus der Tasche ihres Tennisrocks zog sie ein schmales Zigarettenetui und entnahm mit zitternder Hand eine Zigarette. Er hatte angefangen, gelegentlich zu rauchen, zog ein Streichholz aus der Schreibtischschublade, um ihr Feuer zu geben, und schob ihr dann den Aschenbecher hin.

»Es ist nicht wichtig.« Er sah noch immer das Flugzeugwrack und den verbrannten Körper der Pilotin vor sich.

»Ich denke schon, dass es wichtig ist, Benny.« Sie nahm die Zigarette in die linke Hand und legte ihm ihre rechte auf seine Schulter. Er spürte deren Wärme durch sein Airtex-Hemd. »Ich war viel zu lang weg von Fairfleet. Vielleicht hätte ich mehr Zeit mit euch Jungs verbringen sollen. Siehst du, schon wieder etwas, weswegen ich mich schuldig fühlen sollte. Ich war weg und habe mich mit meinen Flugzeugen amüsiert, während ihr hier erwachsen wurdet.« Sie nahm einen Lungenzug. »Ich überließ euch einfach Dr. Dawes.«

Darüber hatte er sich bisher noch keine Gedanken gemacht. Er hatte es immer als richtig empfunden, dass dieses goldene Geschöpf oben am Himmel war, in der Luft, wo es hingehörte. Er war es ohnehin nicht gewohnt, weibliche

Wesen um sich zu haben. Manchmal sprach einer der anderen Jungs von einer Mutter oder Schwester, die er vermisste, aber das kam nicht oft vor. Doch jetzt fand er nicht die richtigen Worte, es so auszudrücken, dass es sich nicht anhörte, als hätte er sich über ihre ständige Anwesenheit nicht gefreut. Denn das wäre gelogen gewesen. So oft hatte er daran denken müssen, wie sie für ihn das blassrosa Kreuz auf die Baumrinde gemalt hatte.

»Sag mir doch, was mit dir los ist, Benny.«

»Sie sind so gut zu mir gewesen. Sie beide. Sie haben mich so freundlich aufgenommen, ohne mich zu kennen.« Er zwang sich, sie anzusehen.

Sie zog eine kleine Schnute. »Wir hatten Platz genug. Keiner von euch hat uns Ärger gemacht.«

»Aber Sie haben mehr getan, als uns ein Bett und etwas zu essen zu geben.« Die Worte klangen schroff. Er versuchte, sie mit einem Lächeln abzumildern. »Sie gaben uns ein Zuhause.« Ihre Hand verweilte auf seiner Schulter.

»Natürlich taten wir das! Ihr wart hart arbeitende Jungs. Pflichtbewusst. Dr. Dawes hat mir immer geschrieben, dass ihr diesem Land zur Ehre gereicht.«

Das hatte er nicht gewusst. Warum sollte ein Geschöpf wie Harriet Dorner sich für ein paar heranwachsende Jungs interessieren, wenn es für sie unwiderstehliche Flugzeuge zu fliegen gab?

»Sieh nur, was ihr alle erreicht habt. Jetzt bewirbst du dich für ein Stipendium in Oxford!«

»Aber wir sind Juden. Das ist doch der Grund, weshalb Sie uns geholfen haben, oder?«

Jetzt bewegte sie ihre Hand. »Was willst du damit sagen?

Meinst du, wir hätten euch nicht wirklich gern gehabt, sondern nur aus Barmherzigkeit gehandelt?«

Er riss sich zusammen. »Nein, das habe ich nicht gemeint. Es ist egal.«

»Ist es nicht.« Sie rutschte vom Schreibtisch, dabei schob sich ihr Rock auf ihrem Oberschenkel einen guten Zentimeter nach oben. Ein ermutigendes Lächeln umspielte ihre Lippen. Armer Junge, dachte sie bestimmt. Hast zu hart gearbeitet, der Stress war zu viel für dich. Diese Fahrradtour kommt keinen Tag zu früh.

»Vielleicht brauche ich einfach Abstand zu den Büchern.« Er stand ebenfalls auf. Er würde einmal den See umrunden.

Sie sah ihn forschend an. »Fühlst du dich schuldig, Benny?«

Er zuckte zusammen.

»Schuldig, weil du überlebt hast und all die anderen nicht?«

Er sagte nichts.

»Wem, glaubst du, kann deine Schuld nützen? Wenn du dich so schlecht fühlst, musst du etwas tun, was anderen hilft. Such dir eine Flüchtlingsorganisation und arbeite während des Sommers für sie, bevor du zur Armee gehst. Oder melde dich bei einer Pfadfinderschar und leiste Hilfe in einem von Bomben geschädigten Stadtzentrum.«

Er beobachtete sie jetzt aufmerksam.

»Modere hier nicht vor dich hin. Gib dein Bestes. Das ist alles, was wir tun können.« Sie drückte ihre Zigarette im Aschenbecher auf seinem Schreibtisch aus und kam ein wenig näher. Die Zellen seines Körpers erinnerten sich an

Monas Körper, der sich gegen seinen presste, und pulsierten gierig. Mona war wieder in London, aber vor ihrer Rückkehr hatte es noch ein paar Begegnungen im Schatten der Bäume gegeben. Benny wusste jetzt mehr über Frauen.

Er wusste, dass er errötet war. Harriet dürfte Anfang dreißig sein, viel jünger als ihr Ehemann. Sie hatte auf sich geachtet, selbst während der Kriegsjahre. Ihre Lippen waren den seinen jetzt sehr nah, genauso wie es die von Mona gewesen waren.

Er näherte seinen Mund ein Stück weit dem von Harriet. Bestimmt machte er jetzt einen großen Fehler. Sie würde entsetzt sein. Sie würde ihrem Mann erzählen, dass einer der von ihnen aufgenommenen Jungs sich über sie hergemacht und ihre Großzügigkeit missbraucht hatte.

Noch immer regte sie sich nicht.

Man würde ihn rauswerfen, und seine Universitätspläne wären zunichte. *Der Flüchtling, der sich schadlos hielt.*

Aber unwillkürlich rückte er ihr näher und näher. Dann berührten sich ihre Münder, nur ganz leicht, noch konnte er die Luft zwischen ihnen spüren. Sie drückte fester, nur einen Augenblick lang, bevor sie ihre Lippen löste.

»Ich hatte mich gefragt, wie es sich anfühlen würde«, sagte sie. »Es tut mir leid, Benny.«

»Mir nicht.«

Als er dies sagte, schienen ihre Augen dunkler zu werden. Ihre Zunge schnellte zwischen ihren rosa Lippen hervor und berührte seine – nur einen Moment lang. Jemand goss geschmolzene Molasse in sein Becken. Er schloss die Augen. Dann wurde alles kühl. Dort, wo gerade noch ihr Körper gewesen war, war Luft. Er öffnete die Augen, ließ sich von diesem Gefühl aufsaugen, ließ alle Schuld dahinschmelzen. Sie hob ihren Tennisschläger vom Boden auf.

»Vergiss, was gerade passiert ist, Benny.« Ihr Lächeln war wie ein Messerstich.

»Ich weiß nicht, ob ich das kann.«

Die Pupillen ihrer Augen wurden ganz klein. »Es war falsch von mir.«

»Aber … warum?«

Sie zupfte an einer Saite ihres Rackets, als wäre es eine Gitarre. »Ich weiß es nicht. Vielleicht ist das Leben zurzeit einfach ein wenig zu sinnlich. Mein ganzes Leben lang hat man mir gesagt, was ich tun soll, dass ich an Fairfleet denken muss. Aber hin und wieder habe ich einfach das Gefühl, etwas riskieren zu müssen.« Sie klimperte mit ihren Fingern auf dem Schläger. »Ich habe die Situation ausgenutzt, Benny. Das wird nie wieder vorkommen, ich kann mich nur dafür entschuldigen.«

»Mir hat es nichts ausgemacht.« Das Understatement des Jahrhunderts.

Fast lächelte sie. »Sidney möchte nach Amerika. Vielleicht sollten wir eher aufbrechen als geplant.«

War er, Benny, der jugendliche Flüchtling, wirklich so gefährlich?

»Die Märkte öffnen sich wieder«, sagte sie leicht errötend. »Er muss dorthin. Stell dir vor, einkaufen in New York. Da drüben kennt man keine Rationierung. Ich könnte ihn vielleicht sogar überreden, mich irgendwohin zu bringen, wo ich wieder fliegen kann. Und du, du wirst dann wohl in Oxford sein, sobald du deinen Dienst für König und Vaterland geleistet hast?«

Bennys Blick fiel auf den unfertigen Aufsatz.

»Du kriegst das Stipendium schon, Benny, das weiß ich. Ich muss jetzt los und vor dem Abendessen noch ein Bad nehmen.«

Dann war sie weg, und nur der Duft ihres Parfüms verweilte noch in seinem Zimmer.

31

Sie haben meine Großmutter geküsst?« Selbst jetzt noch, im tiefen Winter, glaubte ich, die Vergangenheit riechen zu können: die Blumen im Garten, den Gummi von Großmamas Tennisschuhen, die Bleistiftspäne auf Bennys Schreibtisch. Der Kuss, den sie getauscht hatten, schien Teil der Süße zu sein, die ich mir vorstellen konnte. Damals war sie noch nicht mit meinem Großvater Peter verheiratet. Lord Dorner war ihr Ehemann. Aber ein einziger Kuss? War es wirklich das, was Benny so beschäftigte? Ich konnte nicht glauben, dass das alles war. Ich fand den Gedanken fast ein wenig belustigend. Mehr als ein halbes Jahrhundert war seitdem vergangen und hatte das Unrecht mit Sicherheit getilgt.

Er schüttelte seinen Kopf ein wenig. »Ich war ein frühreifer Junge.«

Das glaubte ich ihm aufs Wort. In diesem faltigen, hageren alten Mann steckte noch immer etwas von dem Jugendlichen, der er einst war.

»Und kurz darauf gingen Sie dann auf die Universität?« Meine Großmutter fuhr mit Lord Dorner nach Amerika, von wo er nie zurückkehrte, weil er dort starb. Ich fragte mich, wie viel Zeit Benny und Großmama wohl noch unter demselben Dach verbracht haben mochten. Aber Benny war wieder eingeschlafen.

Ich verbrachte einen ruhigen Tag, holte etwas Schlaf nach und schickte E-Mails an James und Andrew. Um die Mittagszeit half ich Sarah beim Nudelkochen. »Wir sollten lieber jetzt essen«, sagte sie, »solange er noch schläft.«

Ich rief die Krebshilfe an, die uns nachts bei der Pflege helfen würde, um dort anzumelden, dass wir sie bald benötigten.

Als ich zu Benny hochging, las ich ihm wieder vor. Wieder ein Stück aus *Große Erwartungen*. Pip genoss nun seinen Reichtum in London. Kostete ihn voll aus. Estella brach ihm endgültig das Herz.

Aber Benny war zerstreut und suchte nach etwas. »Wo ist Max? Er hat mich den ganzen Tag nicht besucht.«

Auch ich konnte mich nicht erinnern, den Hund in den letzten Stunden gesehen zu haben. »Ich gehe hinunter und hole ihn«, sagte ich.

Sarah saß mit einem Kochbuch in der Küche. »Jedes Weihnachten schwöre ich mir, weniger zu kochen und mir damit viele Reste zu ersparen.« Ein Schatten huschte über ihr Gesicht. »Nächstes Jahr natürlich …«

Im nächsten Jahr würde Benny sie nicht mehr benötigen, um ein Weihnachtsessen in Fairfleet vorzubereiten.

»Ich wollte Max holen«, sagte ich leise.

Sie stand auf. »Ich habe ihn rausgelassen. Eigentlich müsste er längst bellen, damit ich ihn reinlasse, er liebt die Kälte nicht besonders.«

Ich öffnete die Küchentür und pfiff nach dem Hund.

»Das ist merkwürdig.« Sarah gesellte sich zu mir. »Komm Max, es wird eiskalt, wenn die Tür offen steht, und dein Herrchen will dich sehen.«

Noch immer war nichts von dem Terrier zu hören. Ich nahm eine Taschenlampe. »Darf ich mir Ihre Stiefel ausleihen, Sarah?«

»Nur zu. Nehmen Sie auch meinen Mantel.«

Ich pfiff und rief den Hund, während ich zum See lief. Vor Jahren hatte Großmama mir erzählt, einer ihrer Hunde habe einen Vogel bis hinaus aufs Eis gejagt. Dort war er ins Eis eingebrochen und wäre ertrunken, wenn mein Großvater nicht blitzschnell zum Steg gerannt wäre und ihn am Kragen gepackt hätte.

Aber das Eis auf dem See schmolz bereits. Dorthin konnte Max also nicht gerannt sein.

Ich lief zur Küche zurück und überlegte dabei, wie ich Benny beibringen sollte, dass sein Hund verschwunden war.

Sarah fing mich an der Küchentür ab. Ein Blick in mein Gesicht verriet ihr, dass die Suche erfolglos geblieben war. »Ich werde es mal vor dem Haus versuchen«, sagte sie. »Vielleicht hat er diesmal den Weg eingeschlagen. Für gewöhnlich interessiert ihn diese Hausseite eigentlich weniger.«

»Ich komme mit.«

Auf dem Weg durch den Flur blieb sie stehen. »Hören Sie das?«

Ich blieb ebenfalls stehen und hörte ein Kratzen an der Kellertür.

»Ich hole den Schlüssel«, sagte sie.

Als sie die Tür aufsperrte, kam Max herausgerannt.

»Sind Sie vielleicht zur alten Vorratskammer runtergegangen?«, fragte ich Sarah. »Vielleicht ist er Ihnen hinterhergelaufen?«

Sie schüttelte den Kopf. »Ich war heute noch gar nicht da unten.« Sie bückte sich und tätschelte den Hund. »Wie bist du denn da runtergekommen, Maxie?«

Eine alte Erinnerung, etwas ganz Belangloses versuchte sich wieder bemerkbar zu machen. Offenbar runzelte ich die Stirn.

»Was ist?«

»Dort unten im Keller gab es eine Tür. Man hat sie für Lieferungen genutzt.«

»Mir ist dort noch nie eine Tür aufgefallen.«

»Sie ist abgesperrt. War sie jedenfalls immer. Meine Großmutter hatte Angst vor Einbrechern.«

»Aber Sie denken, jemand hat diese Tür geöffnet, und Max kam so in den Keller?«

Wir sahen einander an. »Lassen Sie uns gemeinsam runtergehen«, schlug sie vor. »Mit dem Hund.« Ich wusste, dass sie den Keller unheimlich fand und es sie große Überwindung kostete, das zu tun.

Wir schalteten das Kellerlicht an und gingen die Treppe hinunter. Max' feuchte Pfotenabdrücke waren das einzig Ungewöhnliche. Die alte Tür mit ihrer verblassten grünen Farbe war abgeschlossen.

»Wo ist der Schlüssel?«, fragte ich.

»Keine Ahnung.«

»Ich werde Benny danach fragen, wenn ich ihm den Hund hinaufbringe.« Wir stiegen wieder nach oben.

Aber Benny schlief, als ich seine Tür öffnete. Max legte sich neben dem Bett seines Herrn auf den Teppich und verfiel in einen ähnlichen Zustand. Ich setzte mich in den Sessel und beobachtete die beiden und fragte mich, ob der Hund wohl spürte, dass sich das Leben seines Herrn dem Ende zuneigte. Heute Abend sah ich Anzeichen, die darauf hinwiesen, dass Benny ein fortgeschrittenes Stadium erreicht hatte. Die Schritte des Todes sind merkwürdig, manchmal überspringt er binnen Stunden mehrere Phasen.

Ich zog die Decke über seine Hände. Seine Haut fühlte sich kalt an, und seine Fingerspitzen waren jetzt blau. Er schlug die Augen auf.

»Mein Geheimnis«, sagte er. »Ich wollte es Harriet erzählen. Aber das konnte ich nicht, oder?« Er wirkte verloren wie ein kleiner verirrter Junge.

»Sagen Sie es mir«, sagte ich. »Tun Sie so, als wäre ich Harriet.«

Darauf schwieg er so lange, dass ich dachte, er sei wieder weggedriftet.

»Ein Geheimnis führt zum nächsten«, sagte er und klang plötzlich sehr alt und sehr müde. »Man erzählt einem Menschen etwas. Aber dann geschieht etwas, das auch verborgen bleiben muss.«

Er stöhnte.

»Schmerzen?«, fragte ich.

»Es fühlt sich eher an wie … eine Präsenz.«

»Ich werde Ihnen jetzt Ihre Medikamente geben und dafür sorgen, dass Sie es in der Nacht bequem haben.« Es war erst halb acht, aber mir kam es vor, als sei es schon sehr spät. »Wir reden, wenn Sie wieder ausgeruht sind.«

Der Tod spielte Ochs am Berg mit uns und beschleunigte plötzlich seine Schritte, während wir ihm den Rücken zukehrten. Bennys Lippen schimmerten bläulich. Ich nahm die Sauerstoffmaske und legte sie ihm an. Er schloss die Augen. Nachdem ich das Zimmer aufgeräumt hatte, ging ich nach unten.

Sarah schöpfte in der Küche Suppe für unser Abendessen in Teller. Sie sah mir an, dass eine Veränderung eingetreten war, und legte langsam die Schöpfkelle ab. »Er rückt näher, nicht wahr?«

Ich nickte.

»Aber der Arzt machte gestern noch keinen besorgten Eindruck.«

»In diesem Krankheitsstadium können Veränderungen sehr schnell eintreten.« Dabei musste ich an den Blick denken, den der Arzt und ich getauscht hatten. Wir wussten es beide.

»Wann?«, fragte sie. »Tage?«

»Vielleicht.« Vielleicht auch weniger, sagte ich mir. »Er scheint noch immer etwas loswerden zu wollen. Haben Sie die Telefonnummern all derjenigen, die erfahren sollten, wenn seine Stunde gekommen ist?«

»Er hat gestern mit allen gesprochen. Und dabei nach allem, was ich mitbekommen habe, deutlich zu verstehen gegeben, dass er sich verabschiedet.« Ich wunderte mich, dass er keinem dieser alten Freunde erzählt hatte, was ihn beschäftigte.

Rasch und schweigsam nahmen wir unser Abendessen ein. Nachdem wir das Geschirr in den Geschirrspüler gestellt hatten, meinte Sarah, dass sie sich gern zu meiner Nachtwache gesellen würde. »Sofern sich nichts ändert, werde ich gegen Mitternacht hochkommen.«

»Das finde ich schön. Aber versuchen Sie erst, etwas

Schlaf zu bekommen. Ich werde Max rauslassen. Und dafür sorgen, dass er auch wieder zurückkommt.«

»Ich schicke ihn runter zu Ihnen.«

Sarah ging nach oben, und gleich darauf kam Max die Treppe heruntergetapst, ich ließ ihn in den mondhellen Garten hinaus. Er bellte einmal und schnüffelte dann an den Schneeresten. Ich konnte sein schwarz, weiß und braun geflecktes Fell sehen. Er hob den Kopf und knurrte.

»Nun komm schon«, forderte ich ihn auf. »Lass uns wieder zu Benny hochgehen.«

Er knurrte wieder. Jemand trat aus dem Schatten.

»Hallo, Rosie«, sagte Cathal.

32

Sie«, sagte ich. »Sie haben diese Kellertür aufgeschlossen.«

Heute Abend kam er ohne Wintermütze. Cathal trug eine schwarze Jacke und anständige Jeans. Nur die Augen waren dieselben: diese bohrenden hellblauen Augen. Und die Delle an seiner Schädelseite.

»Woher haben Sie den Schlüssel?« Ich hatte Herzklopfen, war aber entschlossen, mir meine Angst nicht anmerken zu lassen.

»Den habe ich behalten, als ich damals wegging. Hätte nie gedacht, dass ich ihn noch einmal brauchen könnte.« Er schien sich zu amüsieren. »Aber als ich zum Schneeräumen hierher zurückkam, war er mir sehr nützlich, denn so hatte ich einen Schlafplatz.«

Mir lief es kalt den Rücken hinunter. Was aber nicht an der Kälte lag. »Sie haben hier in Fairfleet übernachtet?«

»Wie in alten Zeiten, he? Sie werden sich sicherlich erinnern, dass die Bedingungen im Keller nicht gerade bequem sind, Rosie. Aber wenn es nicht anders geht, was soll man machen?«

Ich hatte mein Mobiltelefon in der Tasche. Meine Finger umfingen es, und ich hoffte, die richtigen Tasten zu drücken.

»Was wollen Sie, Cathal?«

»Sie sind unter falschem Namen hierher zurückgekehrt,

um einen Sterbenden unangemessen zu beeinflussen, Ihnen sein Haus zu überlassen.«

»Ich bin unter meinem rechtmäßigen Ehenamen hierher zurückgekehrt.«

Er war pikiert, aber nur kurz. »Man wird Ihnen die Lizenz entziehen. Unangemessene Beeinflussung.«

»Nein, das wird nicht geschehen. Wir haben nie über sein Testament gesprochen.«

»Wie wollen Sie das beweisen? Die vielen Stunden, die Sie allein bei ihm sitzen?«

Ich zuckte die Achseln. Aber die Angst vor Cathal pulste durch meinen Körper. Selbst wenn ich laut rief, würde Sarah mich womöglich nicht hören; ihr Schlafzimmer lag auf der Vorderseite des Hauses.

»Ich habe keine Ahnung, welche finanziellen Vorkehrungen er getroffen hat«, sagte ich so ruhig, wie es mir möglich war. »Und jetzt gehen Sie.« Ich zog mein Mobiltelefon aus der Tasche und drückte auf die Tastatur.

»O ja, Sie können den Notruf wählen, wenn Sie möchten. Aber da man die Polizeistation im Dorf dichtgemacht hat, werden Sie auf einen Wagen warten müssen, der aus der Stadt kommt. Kann um diese Jahreszeit schon mal zwanzig Minuten dauern.«

Ich verzog keine Miene.

»Was ist mit dem Alten? Vielleicht sollte ich ihn informieren.«

»Er hat es bereits herausgefunden.«

»Soll ich ihm erzählen, dass Sie mich töten wollten?«

»Er weiß alles über das Feuer. Und dies ist nicht der richtige Zeitpunkt, darüber zu reden.« Benny lag oben dem

Tode nah. Ich wollte nicht, dass sein Haus verpestet wurde, solange seine Seele noch darin weilte.

»Ich weiß noch immer nicht, warum Sie und Ihr Bruder so einen irrationalen Hass auf mich empfanden.«

»Sie haben sich in unser Leben eingeschlichen. Und Sie waren auf Mums Besitz aus. Aber das Schlimmste war, dass Sie uns wegen Ihrer Trunkenheit davon abgehalten haben, Mum zu helfen, als es brannte.«

Ich sah Andrew noch immer vor mir, wie er versuchte, mit einem Teppich die Flammen zu ersticken, und Cathal ihn wegstieß.

»Ich liebte Clarissa. Und nicht ich habe das Feuer entzündet. Das waren Sie, Rosie.«

»Wo haben Sie den Brief versteckt?«, fragte ich und kehrte damit den Spieß um. »Den, den Mum schrieb. Den müssen Sie an sich genommen haben, als ich unten im Keller war.«

»Ja. Ich bin durch die Seitentür in den Keller gelangt, als Sie dort unten waren. Sie schliefen auf der Treppe.«

Das war so lange her. Aber hatte ich nicht, als ich auf der kalten Steintreppe lag, geträumt, dass ein Teufel oder Ungeheuer hereingekommen war? Ich erinnerte mich an die Albträume.

»Ich wusste, dass Sie im Vorratsraum gewesen waren, Rosie. Also durchsuchte ich die Schubladen und fand einen an den Anwalt adressierten Brief. Ich wusste genau, was Clarrie vorhatte.«

»Was haben Sie damit gemacht?«

Er sagte nichts. Ich wollte die Frage schon wiederholen.

»Jetzt verstehe ich«, murmelte er und bekam auf einmal einen irren Blick.

»Was denn?«

»Dieses alte Miststück«, sagte er. »Diese alte Sapphojüngerin und Lesbe. Ich habe sie richtig eingeschätzt.«

Ich wartete.

»Das war es also, was sie sich in ihren Rock gesteckt hat.«

»Wovon sprechen Sie?« Wieder sprach ich mit ruhiger Stimme.

»Alice Smith. Und der Brief Ihrer Mutter.«

»Smithy?«

»Sie kam am nächsten Morgen zurück und brummelte was von wegen Polizei, während Sie im Keller ihr Mütchen kühlten und Ihre Mutter und Ihr Bruder draußen nach Ihnen suchten.«

Ich erinnerte mich, dass Mum mir erzählt hatte, sie habe Smithy verpasst. Dabei wäre es so wichtig gewesen, denn dann wäre die Hilfe vermutlich rechtzeitig gekommen, um den Brand zu löschen und Mum zu retten.

»Ich hatte den Brief neben dem Telefon abgelegt. Sie muss ihn an sich genommen haben.« Cathals Augen schimmerten jetzt wie blasse Steine.

Smithy hatte offenbar die Adresse des Anwalts auf dem Umschlag gelesen und erkannt, dass der Brief wichtig war und zur Post gebracht werden musste. Aber aus irgendwelchen Gründen war es ihr nicht gelungen, dies zu tun, bevor sie starb.

»Ich folgte ihr im Kombi, um sicherzugehen, dass sie tatsächlich weg war. Ich hatte nicht vor … ich wollte ihr nur ein bisschen Angst machen, damit sie uns nicht mehr belästigte.«

Smithy hatte Fairfleet auf dem Fahrrad verlassen. Dann hatte sie einen Unfall. Der sie schließlich das Leben kostete. Ich weiß noch, wie Dad und Marie uns die Nachricht überbrachten. Smithys Tod schien eine weitere Manifestation des bösen Schattens zu sein, der über uns schwebte. Ein weiteres Unglück, hatten wir gedacht. Aber das traf es nicht ganz, wie sich jetzt herausstellte.

»Sie haben sie überfahren, nicht wahr?«

»Ich habe sie angetippt.«

Ich starrte ihn an.

»Ein Unfall. Sie verlangsamte das Tempo, als ich nicht damit rechnete.«

»Sie haben sie *angetippt*?«

»Nur ihr Hinterrad, aber die blöde Gans hat die Kontrolle verloren. Schien sich regelrecht auf die Straße zu werfen. Ich konnte nicht mehr ausweichen.«

Einige Wochen später war Smithy gestorben, ohne je das Bewusstsein wiedererlangt zu haben.

»Als ich Sie wieder hier in der Gegend sah, dachte ich, Sie hätten herausgefunden, was ich getan habe.«

Ich war in Gedanken noch immer bei Mums Brief. Warum hatte ihn im Krankenhaus niemand an sich genommen und Smithys Nichte gegeben?

Cathal hatte seine alte Fähigkeit, meine Gedanken zu lesen, nicht verloren. Er schnaubte. »Wenn der Umschlag dort war, wo ich vermute, nämlich in ihrer Rocktasche, dann hat den keiner mehr lesen können.«

»Was wollen Sie damit sagen?«

Er kam auf mich zu. »Haben Sie noch nie jemanden aus dem Brustkorb bluten sehen, Krankenschwester Hunter?

Sicher haben Sie das. Das Blut sickert in die Kleider. Und in alles andere.«

Trotz all meiner medizinischen Ausbildung und Erfahrung wurde mir übel.

»Das Krankenhauspersonal musste sie womöglich aus ihren Kleidern schneiden, um die Schläuche zu legen. Dann hat man ihre Sachen in die Verbrennungsanlage geworfen. Und weil Alice Smith nie mehr aufgewacht ist, konnte sie auch nichts mehr ausplaudern, oder?«

Ich musste an Mums rot getränkten Brief denken, unleserlich, in einen Verbrennungsofen geworfen, für immer verloren. Dabei verpuffte meine Angst vor Cathal.

»Machen Sie, was Sie wollen«, sagte ich zu ihm. »Aber sagen Sie mir eins, Cathal, warum wir? Warum haben Sie sich Mum ausgesucht?«

»Sie brauchte mich.« Die Aggression verschwand aus seinem Gesicht. »Ich erkannte, dass sie eine verlorene Seele war, und konnte ihr helfen. Ich eigne mich gut als Schulter zum Anlehnen. Ich half meiner Mutter, als mein Vater starb und uns ohne Dach über dem Kopf und ohne einen Penny zurückließ.« Die Bemerkung begleitete er mit einem spöttischen Lachen, und der aggressive Ausdruck kehrte in sein Gesicht zurück. »Jedenfalls hätte ich dieser dummen Kuh geholfen, wenn sie nicht alles in den falschen Hals bekommen hätte. Meine Schwestern hetzten sie gegen mich auf.«

Keine Frage.

»Ich hatte alles: das Haus, die Ausbildung, die Position. Dann hatte ich plötzlich nichts mehr.«

Als er herausfand, dass Mum, die Erbin von Fairfleet, allein, psychisch krank und einsam war, hatte er einen Weg gefunden, sich seine Privilegien wieder zurückzuholen.

»Aber die Menschen sind immer so misstrauisch, Rosie. Sie neigen zu harten Urteilen.«

Er taumelte auf mich zu.

»Gehen Sie jetzt.« Ich überprüfte erneut mein Mobiltelefon, um mich zu vergewissern, dass ich den richtigen Knopf gedrückt hatte. Er kam noch näher.

»Was machen Sie da mit dem Telefon?«

»Lassen Sie uns in Ruhe.«

Sarah stand in der Küchentür. »Ich habe bereits die Polizei informiert, die schon unterwegs ist.«

Er ließ seine Blicke zwischen uns hin und her wandern.

»Hauen Sie ab.«

Er spuckte mich an. Ich wich rechtzeitig zurück, und seine Spucke landete im Matsch zu meinen Füßen. Dann wartete ich, bis ich mir sicher sein konnte, dass seine dunkle Gestalt den Garten verlassen hatte. Ich schaltete das Aufnahmegerät meines Mobiltelefons aus. »Ich weiß nur nicht, ob das nach all den Jahren noch anerkannt wird.«

»Was denn?«

»Sein Geständnis, dass er 1981 absichtlich eine Frau überfahren hat.«

Sie stieß die Luft aus.

»Lassen Sie uns reingehen«, sagte ich. »Ich möchte nach Benny sehen.«

Ich rannte nach oben, ohne vorher meine Stiefel auszuziehen. Er schlief. Ich wusch mir die Hände in seinem Badezimmer und tauchte Gazebällchen in Wasser ein.

»Wofür sind die?« Sarah stand in der Tür.

»Ich möchte nur seinen Mund befeuchten.« Ich nahm Benny die Sauerstoffmaske ab. »Sicherlich fällt ihm jetzt das Schlucken schwer.«

Es läutete.

»Das wird die Polizei sein«, sagte Sarah. »Sie versprachen, sich zu beeilen, da wir beiden Frauen mit einem sehr kranken alten Mann allein sind. Offenbar hatten sie einen Streifenwagen hier in der Gegend.«

»Ich möchte nicht, dass sie ins Haus kommen und stören …« Ich musste blinzeln.

Sie drückte meinen Arm. »Gehen Sie raus, und sprechen Sie kurz mit ihnen. Ich übernehme das hier.«

Ich sah Benny an. »Vermutlich benötigt er die Maske wieder. Aber …«

»Ich weiß«, sagte sie. Unsere Blicke trafen sich. »Er hat mir deutlich zu verstehen gegeben, dass er keine Sauerstoffversorgung möchte, wenn es völlig hoffnungslos ist.«

Sie stand mit der Maske in der Hand da. »Lassen Sie mich nachdenken.«

Ich setzte mich in den Polizeiwagen. »Ich kann nicht lang bleiben«, erklärte ich den Beamten. »Ich pflege einen Patienten, der im Sterben liegt. Er braucht mich.«

»Erzählen Sie uns von diesem Eindringling«, forderte die Polizistin mich mit sanfter Stimme auf. »Sie sagten, Sie kennen ihn?«

Ich erzählte ihr von Cathal, Mum und dem Feuer. »Ich weiß nicht, wie weit Ihre Akten zurückreichen. Gut möglich, dass Sie noch Notizen zu den Vorfällen vor dreißig Jahren haben. Ich habe ihm übrigens als Kind mit einem Gegenstand auf den Kopf geschlagen. Das wird er Ihnen sagen. Ich musste es tun. Er schien meine Mutter verbrennen lassen zu wollen. Mein Vater hat nach ihrem Tod auch einiges ausgegraben, was nahelegt, dass er sich an hilflosen Menschen schadlos gehalten hat.« Ihr freundliches Gesicht signalisierte mir Verunsicherung. »Ich weiß, das klingt paranoid. Sie müssen sich das hier anhören.« Ich holte mein Telefon heraus und spielte die Aufnahme ab, die ich damit gemacht hatte.

Erst saßen sie unruhig da. Bis sie hörten, wie Cathal Smithy als alte Sapphojüngerin und Lesbe verhöhnte und zugab, dass er absichtlich ihr Fahrrad gerammt und sie dann überfahren hatte. Die Stimmung im Polizeiwagen schlug um.

»Ich gehe jetzt«, teilte ich den beiden Beamten mit. »Zu meinem Patienten. Danke, dass Sie rausgekommen sind.«

»Wir fahren los und versuchen, diesen Cathal aufzugreifen«, sagte die Polizistin zu mir.

»Wir werden eine Zeugenaussage von Ihnen benötigen«, ergänzte ihr männlicher Kollege. »Verschließen Sie sämtliche Türen und warten Sie, bis wir uns wieder bei Ihnen melden. Ich veranlasse, dass in einer halben Stunde und dann die ganze Nacht hindurch immer wieder ein Streifenwagen am Haus vorbeifährt.«

Ich ging hinein und zu Benny hinauf. Sarah saß neben ihm und hielt seine Hand. Er schien hellwach zu sein und trug keine Sauerstoffmaske. Als er mich sah, zeigte er sich sichtlich erleichtert.

» … froh, dass Sie hier sind … kräftiger … vielleicht nicht mehr.«

Sarah erhob sich. »Setzen Sie sich, Rosamond.«

»Ich brauche Sie … was vorlesen«, flüsterte er. »Meine Vergangenheit …«

»Sie brauchen mir nichts zu erzählen«, sagte ich. »Niemand möchte, dass Sie zu Ereignissen zurückkehren, die Sie zu sehr aufwühlen.«

»Es muss erzählt werden.« Sein Atem ging jetzt keuchend. »Bin am meisten ich selbst, wenn ich schreibe.« Er rang nach Luft. Ich griff nach der Sauerstoffmaske.

»Sprechen Sie jetzt nicht mehr. Ruhen Sie sich aus.«

»Nein.« Er drehte sein Gesicht weg, sodass ich ihm die Maske nicht aufsetzen konnte. »Laptop.«

Dieser stand neben ihm auf dem Bett. Ich schaltete ihn an.

»Dateien … ›Rudi Lange‹«, röchelte er.

»Aber zuerst lassen Sie sich die hier aufsetzen.«

Diesmal ließ er es zu. Ich wartete, bis sein Atem sich beruhigt hatte, und durchsuchte dann die Dateien, die hochgefahren wurden. Die ersten drei schienen sich mit Bennys finanziellen und rechtlichen Vereinbarungen und seinen Wünschen für die Beerdigung zu befassen. Drei weitere Dateien waren unter »Rudi Lange 1«, »Rudi Lange 2« und »Georg Lange« abgespeichert.

»Ich öffne die erste Rudi-Lange-Datei«, erklärte ich Benny.

33

Wenn Sie das lesen, bin ich schon fast tot oder liege im Sterben. Hätte ich die Wahl gehabt, wäre Krebs nicht die von mir bevorzugte Todesart gewesen. Aber welche sonst? Vielleicht ein Herzschlag, das ginge dann schnell. Möglichst gleichzeitig mit dem Tod meiner geliebten Ehefrau Lisa. Aber das hat das Schicksal nicht für mich vorgesehen.

Dass ich diesen Bericht über meine letzten Tage in Deutschland in einer Art Erzählung in der dritten Person schreibe, ist ein Ausweg, wie ein Feigling ihn wählt, aber meine einzige Möglichkeit, zu den Ereignissen im Januar 1939 zurückzukehren. Seit der Kristallnacht waren gerade mal sieben Wochen vergangen. Freundschaften zwischen Juden und Nichtjuden, die noch immer existierten, wurden auf eine harte Probe gestellt. Aber einige blieben stark.

Die Geschichte beginnt mit einem arischen Jungen, Rudi Lange, der seinem jüdischen Freund Benny, der mit dem Kindertransport nach England reisen wollte, seine Unterstützung anbot. Benny war bereits an Diphtherie erkrankt, wie sich herausstellen sollte, sodass Rudi für ihn zur medizinischen Untersuchung ging, die für die Genehmigung, nach England einzuwandern, ausschlaggebend war. Die Jungs hatten sich für den Fall, dass bei einer Ganzkörperuntersuchung Rudis herauskäme, dass er nicht beschnitten war, eine Erklärung zurechtgelegt. Doch der Arzt, ein freundlicher Mann, schien sich nicht für das zu interessieren, was sich unterhalb von Rudis Taille befand, und stempelte das Formular nach einem prüfenden Blick auf Rudi ab.

Der Plan der Jungs sah vor, dass Benny das medizinische Gutachten abholen und am darauffolgenden Abend zum Bahnhof gehen sollte. Beide waren wohl davon ausgegangen, dass Benny, der bis dato fit und gesund gewesen war, die Krankheit abschütteln würde.

Aber Benjamins Zustand verschlechterte sich. Er tauchte nicht bei den Langes auf. Also schwänzte Rudi am nächsten Morgen die Schule und fuhr mit der Trambahn in jenen Teil der Stadt, den er bisher noch nie besucht hatte, um seinen Freund zu suchen.

Es war wie eine andere Welt, von den Gebäuden blätterte der Putz, und die Eingangsstufen waren nicht geputzt. Die Menschen auf den Straßen trugen alte Kleidung wie Benny, mit Ausnahme von ein paar Frauen in eleganten Mänteln und Hüten, die ebenso gut in die edleren Cafés des Stadtzentrums gepasst hätten.

In der Schule wurde jetzt sicherlich die Anwesenheitsliste verlesen, dann hatten sie Rassentheorie. Wenn Rudis Name aufgerufen wurde und er sich nicht meldete, gab es wahrscheinlich einen Aufruhr. Später würde er sich damit rechtfertigen, dass er auf dem Weg zur Schule plötzlich krank geworden sei und sich, weil zu schwach, um wieder nach Hause zu gehen, auf eine Parkbank gesetzt habe, bis der Schwächeanfall vorbei war.

Die Trambahn fuhr langsamer, der Schaffner setzte seine Mütze ab und rieb sich die Stirn. Dies dürfte die letzte Haltestelle sein, bevor die Tram umkehrte und ins Stadtzentrum zurückfuhr. Rudi sprang ab. Wen konnte er nach Benny fragen? An der Ecke stand eine kleine Gruppe von Männern in abgewetzten schwarzen Anzügen. Er fragte sie. Sie sahen einander an, bevor einer in kurzen Sätzen und ohne Blickkontakt mit Rudi aufzunehmen antwortete. Keiner hier hatte von einem Benny Goldman gehört.

»Er ist erst seit Kurzem hier«, hakte Rudi beharrlich nach. »Haben Sie keinen Jungen gesehen, der neu hier ist?«

Weitere argwöhnische Blicke wurden gewechselt. Sie wussten, dass jemand wie Rudi nicht hier sein sollte. Vielleicht glaubten sie, er wolle sie für die Behörden ausspionieren. Manchmal hörte man von Kindern, die so etwas machten. Er ging weiter und spürte dabei die Blicke der Männer in seinem Rücken. Auf der anderen Straßenseite stand einer der älteren jüdischen Jungs, mit dem er früher mal Fußball gespielt hatte, und beobachtete ihn. Herschel war Rudi gegenüber immer misstrauisch gewesen. Er wirkte auch jetzt nicht sehr entgegenkommend.

»Herschel?«

Herschel warf ihm einen Blick zu, der Rudi wie angewurzelt stehen bleiben ließ. Der ältere Junge war viel dünner, als Rudi ihn in Erinnerung hatte, und sein Blick war eine einzige Kampfansage.

»Was willst du, Lange?«

»Ich möchte Benny besuchen.« Er schob seine Hand in die Tasche und holte ein Brötchen heraus. »Ich habe etwas zu essen.«

»Ein Stück Brot? Die Reste vom Frühstück?« Herschels entblößte Zähne hätten ein Lächeln oder ein Zähnefletschen sein können. »Benny hat immer nur das Beste gegessen. Seine Mutter bestellte ihr Brot in einer feinen Bäckerei am Marktplatz. Weißt du, woher ich das weiß, Lange?«

Er schüttelte den Kopf.

»Diese Bäckerei hat meinem Vater gehört. Was willst du überhaupt von Benny, abgesehen davon, dass du ihm deine Speisereste bringen willst?«

»Ich habe ein unterschriebenes Gesundheitszeugnis für ihn. Für den Zug heute Abend. Nach England. Er muss weg, oder?«

Herschel lehnte sich an das mit Brettern vernagelte Schaufenster des Ladens hinter ihm und musterte ihn schweigend. Dann nickte er mit dem Kopf auf einen Toreingang ein Stück die Straße hinunter. »Durch diesen Hof. Zweite Tür rechts. Dritter Stock, Wohnung sechs.« Er scharrte mit den Füßen am Bretterverschlag. »Aber du solltest da nicht raufgehen«, sagte er widerwillig. »Benny ist krank. Richtig krank.«

Rudi gab sich lässig. Herschels Aggression schien etwas weniger Feindseligem zu weichen.

»Viel Glück.«

Rudi wusste nicht, ob dieser Wunsch ihm oder Benny galt.

Er ging über den Hof, vorbei an Mülleimern ohne Deckel, räudigen Katzen und Wäscheleinen. Die zweite Tür rechts führte zu einer Treppe. Er stieg die fleckigen Steinstufen hinauf. Als er den dritten Stock erreicht hatte, war der Gestank so heftig, dass er einen Brechreiz verspürte. Verstopfte Abflüsse. Und noch etwas anderes, etwas Krankes, wie Fleisch, das zu lange herumgelegen hatte. Er fühlte sich beobachtet, wirbelte herum und spähte hinunter ins Treppenhaus. Vielleicht nur eine streunende Mieze, die nach unten rannte.

Die Wohnungstür ging auf, als er dagegen drückte. Sein leiser Gruß blieb unbeantwortet. Wo war Bennys Tante? Versuchte wohl, Arbeit zu finden oder Essen aufzutreiben, vermutete Rudi. Er hätte nicht sagen können, warum er sich so leise verhielt, aber das tat er. Er kam durch einen Raum, der Badezimmer, Schlafzimmer und Küche in einem zu sein schien. Auf einem kleinen Tisch lag ein Damenhut. Grünes Linoleum bedeckte den Fußboden, war aber an einigen Stellen schon so abgetreten, dass es wie ein Spitzenmuster aussah. Unter einem Stuhl stand ein Paar Schuhe, vermutlich die von Benny, die Sohlen krumm wie Bananen. Am hinteren Ende gab es noch eine Tür. Rudi öffnete sie und betrat blinzelnd den Raum, um seine Augen an die Dunkelheit anzupassen.

Benny lag auf einer Couch und war mit einer braunen Decke zugedeckt. Auf dem Tischchen neben ihm standen ein Krug Wasser, ein Glas und ein Foto, das ihn als Kleinkind mit seinen Eltern zeigte. Seinen Vater hatte Benny nur selten erwähnt. Man hatte Herrn Goldman schon vor langer Zeit abgeholt.

Bennys Gesicht hatte die Farbe von Papier. Erst als Rudi genau hinsah, sah er, dass sich seine Brust alle paar Sekunden tatsächlich ein klein wenig hob. »Benny.« Er flüsterte den Namen, noch immer ängstlich bemüht, die Stille nicht zu stören.

Keine Antwort. Rudi näherte sich der Couch und legte eine Hand auf den Arm seines Freundes. »Ich bin es, Rudi.«

Benny schlug langsam die Augen auf, als hingen Gewichte daran. »Warum bist du gekommen?« Die Worte waren kaum zu verstehen. Benny sprach, als hätte ihm jemand ein Tuch in den Hals gestopft. Er zupfte mit einer Hand an der Zudecke. Rudi wich zurück. Bennys Hals sah aus wie der eines Stiers: ungestalt und geschwollen. Die Haut um seinen Mund herum sah blau aus. »… haben meine … Mutter … jüdisches Krankenhaus.« Die Worte kamen keuchend und konnten nur erahnt werden.

»Ich habe dir etwas Brot mitgebracht.« Rudi holte das Brötchen heraus. »Aber du kannst vermutlich gar nichts Festes essen.« Er legte es auf den Tisch. »Und ich habe dein medizinisches Gutachten.« Er klopfte auf seinen Schulranzen. »Abgestempelt und unterschrieben.«

Unter der Decke raschelte etwas. Rudi sah den Rand von weiteren Papieren und Bennys Personalausweis. Benny sackte vor Erschöpfung zurück, bevor es ihm gelang, die Papiere ganz unter der schmuddeligen Decke hervorzuziehen. »Bitte.«

Rudi nahm sie aus der zitternden Hand seines Freundes entgegen. Auf einem der Blätter schienen englische Wörter zu stehen, und darauf klebte ein Foto von Benny. Benny hustete, es war ein lang gezogenes krächzendes Geräusch, währenddessen rann ihm eine gelbe Flüssigkeit aus dem Mund. Er keuchte, ohne den Versuch zu unternehmen, sie wegzuwischen. Ein Taschentuch schien es nicht zu geben. Rudi verfolgte das gelbe Rinnsal, das über Bennys Kinn aufs Kissen tropfte, mit den Augen.

»Du musst in diesen Zug, Benny«, sagte Rudi. »Obwohl ich nicht weiß, wie wir dich hinbringen sollen.«

Auch Benny schien darauf keine Antwort zu haben. Rudi berührte seinen Arm.

»Aufwachen.« Benny war sehr still. Rudi beobachtete ihn genau. Seine Brust bewegte sich nicht mehr. Rudi legte eine Hand an Bennys Wange. Keine Reaktion. Er rannte zur Tür. Vielleicht trieb Herschel sich noch draußen auf der Gasse herum, er würde wissen, was zu tun war, wie man Benny wach bekam. Es musste hier doch irgendwo einen Arzt geben. Vielleicht konnten sie ihn auch ins jüdische Krankenhaus bringen, wo Bennys Mutter lag. Rudi raste die drei Stockwerke zum Hof hinunter. Herschel stand noch immer da, wo Rudi ihn zurückgelassen hatte, und lehnte krumm am verrammelten Laden. Als Rudi an seinem Arm zerrte, schreckte er auf.

»Benny rührt sich nicht. Er braucht einen Arzt.«

Herschel rannte an ihm vorbei, durch den Hof und die Treppe hinauf, wohin Rudi ihm folgte.

Als er die Couch mit dem Jungen erreichte, kniete er nieder, schüttelte Benny an der Schulter, rief seinen Namen und legte seinen Kopf auf Bennys Brust. Er ließ die Schultern hängen. Ganz langsam drehte er sich zu Rudi um und sah dabei gleichzeitig älter und jünger aus.

»Er ist von uns gegangen.«

»Gegangen?«

»Tot.« Herschel zog die Decke über Bennys Gesicht.

Benny konnte unmöglich tot sein. Doch nicht der Junge, der einen Ball aus einer Entfernung so groß wie der halbe Park in ein Tor zimmern konnte. Rudi beugte sich über ihn und schüttelte Bennys Schulter unter der Decke.

»Du wirst ihn nicht mehr wach kriegen«, sagte Herschel

leise. »Geh jetzt. Es wäre nicht gut für dich, wenn man dich hier findet. Es gibt jetzt einiges für mich zu organisieren.«

»Was machen wir mit den Papieren?«

Herschel schien sich in Tagträumen zu verlieren, und sein Gesicht verlor ein wenig von seiner Härte. Er sah Rudi an, als hätte er vergessen, wer er war. »Die Papiere?«

»Für England.«

Benny hatte sich so sehr gewünscht, in den Zug nach England zu steigen. Und jetzt war alles vergebens.

»Das ist wahrscheinlich jetzt zu spät.« Herschel schien darüber nachzudenken. Er ging in den anderen Raum und durchwühlte das wenige, was dort lag, bis er einen Fetzen Papier und einen Bleistiftstummel fand. »Dieser Mann arbeitet für den Reichsverband der Juden in Deutschland. Du findest ihn im Waisenhaus.« Er kritzelte etwas aufs Papier. »Hier ist die Adresse. Sag ihm, dass Benny tot ist, und gib ihm die Papiere.« Herschel kehrte zu Rudi zurück, der noch immer Bennys Gestalt unter der Decke anstarrte. »Aber vermutlich reicht die Zeit nicht mehr, noch ein anderes Kind zu finden.«

»Könntest du nicht …?«

»Ich?« Herschel kniff die Augen zusammen. »Ich bin zu alt. Sie wollen kleine Kinder. Auf den Papieren steht Bennys Alter, siehst du.« Er zeigte Rudi Bennys Formular mit dem Geburtstag.

»Du solltest trotzdem versuchen, in den Zug zu kommen, Herschel. Es gibt eine Brücke, auf der die Leute oft versuchen, auf Züge aufzuspringen. Beim alten Viehmarkt.« Rudi war über seine eigenen Worte überrascht. Vati hatte diese Sicherheitslücke der Eisenbahn immer bemängelt.

»Die Züge fahren da langsam wegen der Weichen. Es dürfte nicht allzu schwer sein, vom Dach herunterzuklettern und jemanden dazu zu bringen, dich in den Waggon zu lassen. Dann versteckst du dich an der Grenze, wenn sie die Papiere kontrollieren, auf der Toilette.« Er hatte Vati von Kriminellen erzählen hören, die das so machten.

Herschel musterte ihn jetzt voller Neugier.

»Wenn du hierbleibst, werden wir Ärger bekommen.« Er sprach so leise und sanft, wie Rudi ihm das nie zugetraut hätte, und auch seine Züge blieben weich. »Womöglich behaupten sie dann, wir hätten dich gezwungen, uns zu helfen.«

Dann war es vorbei mit der Freundlichkeit. Er zeigte auf die Tür. »Hau jetzt ab, du kleiner Arier. Du weißt, was du mit den Papieren tun musst. Dann gehst du nach Hause und vergisst deinen jüdischen Freund.«

Später saß Rudi mit Bennys Papieren in der Trambahn. Aber Bennys Anblick hatte sich in seinem Kopf festgesetzt und ließ ihn nicht los. Die Flüssigkeit, die ihm aus dem Mund lief. Der säuerliche Geruch. Bennys Reglosigkeit. Benny, der agile und angstfreie Fußballspieler, blitzschnell im Rechnen, lag jetzt reglos unter der fleckigen Decke. Rudi wünschte, er könnte dieses letzte Bild auslöschen.

Schon fuhren sie wieder durchs Stadtzentrum. Wie auf dem Hinweg waren auch jetzt wieder Kauflustige unterwegs, die ungeachtet Bennys Tod ihren Geschäften nachgingen. Er schloss für ein paar Minuten die Augen, bis sie an den Läden vorbei waren.

Das Waisenhaus befand sich schon fast außerhalb der

Stadt, hier trennten Felder die Häuser voneinander. Rudi und ein älterer Mann waren jetzt die einzigen Fahrgäste.

Vor Jahren war Rudi einmal hier herausgekommen. Als Mutti noch lebte. Es war damals ein besonderes Ereignis. Sie waren zu dritt durch die Felder gewandert und hatten irgendwo hier draußen an einem See gepicknickt. Vati war in dem kühlen grünen Wasser geschwommen, und Rudi hatte auf seinem Rücken gesessen, ihn angefeuert, schneller zu schwimmen.

Jetzt fuhr die Tram langsamer. Der alte Mann zog seinen Schal enger um den Hals. Rudi packte seinen Schulranzen und sprang hinaus.

Sein Magen grummelte. Mittagessenszeit. Er hatte nicht mehr an Essen gedacht, obwohl Olga immer sagte, er sei ein Junge mit gesundem Appetit, und Vati meinte, er sei gierig. Kein Hinweis auf ein Waisenhaus. Der erste Mann, den er fragte, schien die Frage gar nicht verstanden zu haben, denn er fuhr fort, den Schnee von seinem Gartenweg zu fegen. Eine Frau, die einen Kinderwagen schob, fragte er als Nächste. Sie sah ihn mit zusammengekniffenen Augen an und zeigte dann auf eine kleine Straße, die einer Holperpiste glich. Nach wenigen Metern fand er an einer Mauer ein Schild: *Jüdisches Kinderheim.* Jemand hatte ungelenk einen Davidstern darüber geschmiert.

Ein langer, schmaler Weg führte durch einen verwilderten Garten. Alle Fensterläden des Hauses waren geschlossen. Rudi klingelte. Nach langem Warten öffnete sich die Tür. Eine Frau spähte durch den schmalen Spalt. Als sie Rudi sah, zeigte sie Erleichterung und Überraschung gleichermaßen.

»Ja bitte?«

»Die hier sind für den Mann vom Reichsverband.« Er wollte ihr Bennys Papiere in die Hand drücken. »Der Junge, für den sie gedacht waren, ist … gestorben.« Er schluckte. »Sie müssen sie jemand anderem geben.«

Die Tür öffnete sich ganz. Hinter ihr tauchte ein Mann mit ernster Miene auf.

»Was gibt es?«

Sie deutete auf Rudi. »Er hat Papiere für den Kindertransport heute Abend.«

»Wie bist du da drangekommen?« Der Mann riss Rudi die Unterlagen aus der Hand.

»Benny ist gestorben.«

»Was hast du bei ihm gemacht? Woher kennst du ihn?« Der Mann klang wütend.

»Wir haben zusammen Fußball gespielt.« Das war einfacher, als zu erklären, dass sie gemeinsam zur Schule gegangen waren und einmal nebeneinandergesessen hatten. »Ich …« Er musste an Benny auf dem Fußballfeld denken, mit leuchtendem Gesicht, weil er so viel Spaß hatte. »Ich hatte ihn *gern*.«

Der Mann legte die Papiere auf den Tisch neben der Eingangstür.

»Ich dachte mir schon, dass es für diesen Jungen zu spät ist.« Die Frau strich sich mit der Hand über die Augen. »Sie bauen so schnell ab, wenn sie Diphtherie bekommen. Sie haben keine Reserven.«

Der Mann sah auf seine Uhr. »Wir können jetzt nichts mehr tun.«

Rudi dachte an Herschel. »Was ist mit Herschel? Sie kennen ihn doch, er ist Bennys Freund.«

»Wir kennen Herschel. Er ist zu alt«, sagte die Frau mitfühlend. »Für einen Jungen wie ihn dürfte es schwer sein, in England einen Sponsor zu finden.«

»Sie wollen sie jung«, ergänzte der Mann. »Kleine Mädchen. Kinder, die nicht wirklich jüdisch aussehen. Bevorzugt hübsch und mit guten Manieren.«

Die Frau legte ihre Hand auf seinen Arm. »Wenn wir mehr Zeit hätten.«

»Was ist mit jemandem, der jünger ist?«

»In der kurzen Zeit?« Die Frau schüttelte den Kopf. »Sie brauchen Sponsoren, medizinische Gutachten, Garantien, Einreisepapiere. Das dauert Tage, Wochen.«

Rudi ging seinen Vormittag im Geiste noch einmal durch: Er hatte die Schule geschwänzt, Benny aufgespürt, ihn sterben sehen und war dann ohne Fahrkarte mit der Trambahn hier herausgefahren, um die Papiere zu überbringen.

»Sie dürfen nicht einfach aufgeben«, sagte er mit brüchiger Stimme. »Jemand muss nach England fahren.«

Der Mann und die Frau schwiegen.

»Sie haben eure Läden und die Synagoge niedergebrannt. Sie hassen euch.«

»Es ist zu spät«, sagte der Mann leise. Die Frau strich über Rudis Arm.

»Du solltest gehen und vergessen, dass du jemals hier warst.« Der Mann sprach jetzt sehr langsam. Etwas Weißes, Zorniges blitzte in seinen Augen. Heute war ein Tag für zornige Leute, sagte sich Rudi. Aber die Wut schien nicht gegen ihn gerichtet zu sein, sondern sich durch die Eingangstür über den zugewachsenen Weg bis hinunter zur Stadt zu ergießen.

»Danke, dass du uns die Papiere gebracht hast«, sagte die Frau freundlich. »Das hätte nicht jeder für uns getan.« Rudi sah den feuchten Glanz in ihren Augen. Der Mann nickte kurz.

»Du hast für uns was riskiert«, sagte der Mann und schob dabei schon die Tür zu. »Ich hätte dich nicht anschreien dürfen.« Rudi machte einen Satz auf den Tisch zu, grapschte sich die Papiere und war bereits auf dem Weg, bevor der Aufschrei des Mannes ihn erreichte.

»Manchmal kann man sich nur auf sich selbst verlassen«, erinnerte er sich an Vatis Worte. »Nur so kann man sicherstellen, dass eine Aufgabe erledigt wird.«

Auf der Straße vor ihm näherte sich langsam eine Trambahn. Er rannte los, um sie zu erwischen, falls der Mann ihn verfolgte. Als er saß, nahm er sich die Papiere vor. Es musste doch noch andere jüdische Jungs in Bennys Alter geben, die sich über diese Chance, nach England zu kommen, freuen würden. Vielleicht war einer an diesem Nachmittag auf der Straße und versteckte sich in einer Seitengasse, um den Jugendlichen in Uniform zu entgehen. Als sie sich dem Stadtzentrum näherten, musterte er die Leute auf der Straße. Alte Männer und Frauen. Kleine Mädchen. Babys in Kinderwagen. Wo waren die kleinen jüdischen Jungs? *Kommt schon, kommt, zeigt euch*. Aber natürlich ließen sie sich nicht mehr in der Öffentlichkeit blicken, das war zu gefährlich.

Er sah einen dunkelhaarigen Jungen an einer Ecke stehen. Könnte ein Jude sein. Die Trambahn zuckelte vorbei, und Rudi drehte sich in seinem Sitz nach ihm um. Es war überhaupt kein Junge. Ein Mädchen in kurzen Hosen, das

Haar zurückgebunden, vermutlich auf dem Weg zum Turnunterricht.

Jetzt war die Tram im Stadtzentrum angekommen. Die Leute eilten von einem Laden zum nächsten. Rudi sah mehrere seiner Klassenkameraden die Straße entlangkommen. Mittagszeit, für heute war die Schule beendet. Ob einer von ihnen sich noch an Benny erinnerte? Wenn Rudi ihnen erzählen würde, dass er gestorben war, würden sie vermutlich nur mit den Schultern zucken. Und wenn er sie fragte, ob sie ihm helfen könnten, einen Ersatz für den Kindertransport zu finden, würden sie Rudi sicherlich für verrückt erklären.

Die Tram fuhr langsamer. Er brauchte Zeit zum Nachdenken, musste das Bild von Bennys geschwollenem Hals und der grauen Haut loswerden. Er brauchte sein Zimmer mit den vertrauten Gegenständen: seine Baukästen und Bücher, die Stiefel ordentlich auf dem Dielenboden neben der Garderobe. Olga würde ihm etwas zu essen machen. Sein Vater war sicher noch nicht zu Hause, wusste noch nichts von der kaputten Vase, von den geschwänzten Schulstunden. Wie ein wildes Tier, das Zuflucht sucht, brauchte Rudi einen ruhigen Ort, um Kräfte zu sammeln. Wenn er gegessen und geruht hatte, wollte er einen erneuten Versuch unternehmen, ein jüdisches Kind für diesen Zug nach England zu finden.

Er sperrte die Eingangstür auf.

»Hallo?«, sagte er leise, als er seine Stiefel auszog. Keine Antwort. Offenbar hatte Olga es aufgegeben, darauf zu warten, dass er zum Mittagessen nach Hause kam, und war nach oben gegangen, um sauber zu machen. Er schlich sich ins Esszimmer. Die Terrine mit dem Eintopf stand noch auf dem Tisch. Er setzte sich, ohne vorher seine Hände zu waschen oder seine Jacke auszuziehen, und bediente sich. Es gab auch Knödel und in Honig und Mohnsamen gedünstete Karotten.

Als er satt war, legte er seinen Kopf in die Hände, die auf dem Tisch ruhten, und verfiel in einen Zustand, der halb Schlaf, halb Trance war. Hier drinnen war es warm, Olga hatte den Ofen angemacht. Er hörte, wie sie oben von einem Zimmer zum anderen ging und stöhnend Möbel verschob, um die Böden zu wischen.

Die Eingangstür öffnete sich.

Rudi richtete sich auf. Die Aktenmappe plumpste auf die Holzdielen an der Tür. Vati. Rudi verhielt sich ganz still und versteckte sich hinter der Tür. Aber Vati ging nach oben.

»Haben Sie mir etwas zum Essen aufgehoben, Olga?«, rief er.

Rudi verließ sein Versteck und ging in den Flur. Die glänzende schwarze Lederaktenmappe wartete auf ihren Besitzer. Rudi beäugte sie, als wäre sie ein Widersacher. Jetzt standen Vati und Olga an der Tür zu einem der Schlafzimmer. Etwas ratterte und klapperte. Die Scherben der zerbrochenen Vase im Schuhkarton.

»Ich habe keine Ahnung, Herr Lange«, sagte Olga.

»Ihnen ist also nicht aufgefallen, dass die Vase vom Fenstersims verschwunden ist? Wirklich nicht, Olga?«

Rudi stellte sich vor, dass Olga mit den Schultern zuckte und ihre knotigen Hände in der weißen Schürze, die sie immer trug, verdrehte und überlegte, was sie am besten antworten sollte.

»Es ist bestimmt ein Unfall gewesen.«

»Dieser Junge.« Wut lag jetzt in Vatis Stimme, die belegt klang. Offenbar hatte er sich erkältet. »Mein elender Sohn. Faul. Ungeschickt.«

»Ich kann die Vase flicken«, bot Olga an.

»Sie wird nie wieder so, wie sie war.«

»Keinem wird es auffallen. Er ist ein guter Junge. Er hat sie nicht mit Absicht kaputt gemacht.«

»Darum geht es nicht, Olga. Man könnte meinen, er hätte sich gebessert, seit er beim Jungvolk ist, aber nein, immer hat er eine Ausrede, nicht zu den Treffen gehen zu müssen.« Die Schachtel rappelte wieder. »Warum kann er nicht sein wie andere Jungs?«

»Er ist besser als die meisten von ihnen.«

»Wäre ich nicht unerwartet wegen dieser verdammten Erkältung nach Hause gekommen, hätte ich wohl nie von dieser kaputten Vase erfahren, oder?«

Schweigen.

»Er braucht Züchtigung. Für Jungs wie ihn gibt es Lager. Ein hartes Winterlager würde ihn schon lehren, was Disziplin bedeutet.« Eine Pause. Rudi malte sich aus, wie es im Kopf seines Vaters ratterte, als er dies plante. »Ich bin jetzt in meinem Arbeitszimmer und führe Telefonate. Sie können Kleider für ihn herrichten. Bringen Sie mir etwas Eintopf auf einem Tablett. Und einen Kräutertee.«

Sein Vater ging mit schweren Schritten über den Treppenabsatz. Die Badezimmertür schloss sich. Gleich würde er die Treppe herunterkommen. Oder Olga kam herunter, um sein Essenstablett herzurichten. Rudi rannte zur Eingangstür und holte seine Stiefel, die sein Vater offenbar nicht bemerkt hatte.

Dann huschte er leise auf seinen Socken in die Küche. Als er Vatis Schritte auf der Treppe hörte, schloss er vorsichtig die Küchentür und drückte sich gegen die Küchenwand, um nicht gesehen zu werden. Der schemenhafte Umriss seines Vaters tauchte in der Milchglasscheibe auf. Rudi verhielt sich ganz still. Vati ging weiter zu seinem Arbeitszimmer mit den Zugverbindungs- und Fahrplänen. Ein zweiter Schattenriss tauchte auf, kleiner, weicher. Olga.

Von der Küche führte eine Tür in den Garten. Rudi schloss sie leise hinter sich. Der Fußball lag auf dem schneebedeckten Rasen wie ein einzelner Punkt auf einem Blatt Papier. Rudi hob ihn auf. Er warf Schulranzen und Ball über die Mauer, kletterte darüber und sprang dann in die Gasse hinter dem Garten.

Er ging schnellen Schritts, bis er belebtere Straßen erreichte. Leute gingen langsam Richtung Bahnhof: Schäbig gekleidete Erwachsene hielten Kinderhände, ihr Lächeln war so spröde und gebrochen wie die kaputte Vase zu Hause. Am Bahnhofseingang stand ein Beamter mit einem Klemmbrett. Ein paar Polizisten verfolgten das Geschehen.

Rudi spürte die Papiere in seiner Manteltasche, als würden sie brennen. Durch den Wollstoff hindurch konnte er sie ertasten. Er musterte die Menge. Wo war der Junge, den er retten konnte?

34

Ich setzte den Laptop ab. »Sie waren sehr jung«, sagte ich flüsternd zu meinem Patienten. »Ihr Vater wollte Sie streng bestrafen und in ein schreckliches Jugendlager stecken. Aber dennoch haben Sie versucht, jemanden zu finden, der Bennys Platz einnehmen könnte. Sie waren doch noch ein Kind, gerade mal elf. Sie konnten das nicht alles allein in Ordnung bringen.«

Er zog seine Sauerstoffmaske ab. »Angst … wie Sie … Rose.«

Die Anstrengung zu sprechen, war zu viel für ihn. Er versuchte, sich die Maske selbst wieder aufzusetzen. Ich nahm sie ihm ab und half ihm. »Sagen Sie nichts mehr. Ich weiß, dass Sie mir, indem Sie mich bitten, dies hier zu lesen, helfen wollen, mich wegen Mums Tod weniger schuldig zu fühlen. Sie wollen mir zeigen, dass ich mich nicht verurteilen sollte.«

Er nickte.

»Danke.« Ich drückte eine seiner blassen, kalten Hände. »Ich werde weiterlesen.« Ich nahm den Laptop und setzte meine Lektüre fort.

Einige Eltern weinten. Rudi presste die Augen zusammen. Er konnte sich nicht vorstellen, dass Vati aus Verzweiflung über eine unmittelbar bevorstehende Trennung seinetwegen weinen würde. Vati würde seinem Sohn auf die Schulter klopfen, sollte er besonders gerührt sein, würde er seine Zuneigung vielleicht noch dadurch zum Ausdruck bringen, dass er ihm durchs Haar strich.

Es gab auch andere Eltern, die nicht weinten, sondern sich nur sprachlos an ihre Jungs und Mädchen klammerten, als würden sie zusammenbrechen, wenn sie losließen.

»Sagt jetzt *Auf Wiedersehen* zu euren Kindern.« Die Lautsprecherstimme übertönte das Weinen und die aufgeregten Schreie der Kinder. »Es ist Ihnen nicht erlaubt, sie weiter zu begleiten. Beeilen Sie sich bitte.« Arme schlossen sich um kleine Körper. Ein kollektives Geheul brach los.

Rudi stand allein da. Die Gefühle der Eltern umbrandeten ihn wie das Meer einen einzelnen Fels. Mit einer Hand drückte er Bennys Papiere an sich, den Fußball hatte er sich unter den anderen Arm geklemmt, so verfolgte er all das Trennungsleid in den kleinen Familiengrüppchen. Einerseits wäre er gern vor all dem davongelaufen, hinaus auf die Straße, um die Papiere in die Gosse zu werfen und zu flüchten. Um einen Ort aufzusuchen, wo es still war. Den See vielleicht, wo er damals zum sommerlichen Picknick gewesen war. Er könnte seine Eisfläche umrunden, bis er sich wieder beruhigt hatte.

»Alle Kinder gehen jetzt weiter zum Bahnsteig zwei. Eltern müssen zurückbleiben. Begleiten Sie Ihre Kinder nicht weiter.«

Wieder Wehklagen. Rudi konnte das Salz der Tränen fast schmecken. Ein Wachmann kam auf ihn zu.

»Beeil dich, Junge.«

Rudi öffnete den Mund, um zu erklären, dass er eigentlich gar nicht zum Transport gehörte, dass alles ein Irrtum war, aber der Wachmann wies ihm den Weg zum Bahnsteig.

»Kannst du mich nicht hören?« Seine Augen waren vor Wut zusammengekniffen.

»Ich gehe nicht zum Transport, ich …«

»Mit mir machst du keine Mätzchen.« Seine Hand war jetzt erhoben. »Geh weiter. Sofort.«

Mit dem Ranzen auf dem Rücken, dem Fußball unterm Arm und den Papieren in der Hand schlurfte Rudi zum Kopf der Schlange. Ein Inspektor in Eisenbahneruniform glotzte ihn an. Rudi wusste, wer der Mann war, er kannte den größten Teil des Personals hier aus der Zeit vor ein paar Jahren, als Vati noch einen niedrigeren Posten bei der Eisenbahn innehatte und manchmal seinen Sohn mitnahm, damit dieser zusehen konnte, wie die Züge in den Bahnhof einfuhren und wieder abfuhren. Bestimmt erkannte dieser Mann Rudi, würde gleich Alarm schlagen und ihm verbieten, den Bahnsteig zu betreten.

Rudi wartete darauf, von ihm nach Hause geschickt zu werden, aber gleichzeitig machte sich ein anderer, konträrer Impuls bemerkbar, der Wunsch, genau das zu tun, wozu man ihn aufforderte, und sich zu den anderen Kindern zu gesellen, als wäre er eins von ihnen: jüdisch und in diesem Land unerwünscht. Rudi mochte zwar kein Jude sein, aber unerwünscht war er zu Hause auch, worin also lag der Unterschied? Der Kontrolleur sagte nichts, und seine Augen wanderten ausdruckslos über Rudis Züge.

»Papiere?« Rudi zeigte sie dem Mann, der daraufhin das Foto mit seinem Gesicht verglich. Die zwei stimmten nicht überein, nicht wirklich. Benny und Rudi hatten beide hellbraunes Haar und braune Augen, aber Bennys Gesicht war zuletzt viel schmaler als das von Rudi, und seine Nase war länger. Außerdem wellte sich Bennys Haar, Rudis war ganz glatt. Dem Kontrolleur fiel bestimmt auf, dass das auf dem Foto nicht Rudi war. Aber offenbar war Rudi, indem er jüdisch wurde, auch unsichtbar geworden.

»Ist das alles, was du hast?« Der Kontrolleur musterte den Fußball und den Ranzen.

Er nickte.

»Dann weiter mit dir.« Der Kontrolleur nickte ihm zu.

Rudi zögerte. Er konnte doch unmöglich ungeschoren davonkommen? Jetzt war noch Zeit, den Mund aufzumachen und zu erklären, dass er sich einen Scherz erlaubt hatte, sich als dummen Juden auszugeben. Vielleicht fand der Kontrolleur es sogar lustig. Er könnte ihn anflehen, Vati nichts davon zu sagen. Vielleicht war es sogar besser, das Ganze als Scherz zu verkaufen.

»Sie werden nie erraten, was Ihr Junge sich letzte Woche geleistet hat, Herr Lange … Nein, nein, überhaupt kein Problem, Herr Lange, wir konnten uns alle nicht mehr halten vor Lachen. Sie können sich nicht vorstellen, mit welch sauren Gesichtern die Juden ihn ansahen. Die haben ja überhaupt keinen Humor. Als würde ein echter deutscher Junge sich allen Ernstes mit *denen* nach England verdrücken.«

»Verstehst du kein Deutsch?«, schrie der Kontrolleur ihn an. »Was bist du, ein dummer polnischer Itzig?« Und diesmal schob der Wachmann, der ihn zuvor angeschrien hatte, ihn in Richtung Bahnsteig. »Du glaubst wohl, der Zug wartet auf solche wie dich?« Rudi setzte erst den einen Fuß vor, dann den nächsten, bis er auf dem Bahnsteig stand. Er sah sich um, rechnete damit, dass einer ihm etwas zurief und ihn zurückhielt. Aber keinen schien zu interessieren, dass Rudi Lange sich anschickte, in den Zug nach England zu steigen. Er ging zu der Treppe, die zum Bahnsteig führte.

Er entdeckte eine Gruppe Jungs, an die er sich verschwommen aus früheren Zeiten erinnerte. Gut möglich, dass sie Benny gut kannten und Rudis Anwesenheit hier überhaupt nicht komisch fänden. Sicherlich dachten sie, er würde sich über sie lustig machen. Er schlug den Kragen seiner Jacke hoch und versuchte, sich mit gesenktem Kopf unsichtbar zu machen. Ein Polizist fiel über die Gruppe her.

»Mach den Koffer auf.« Er zeigte auf einen in der Gruppe. Rudi schlich sich an ihnen vorbei, während die anderen ihrem Freund halfen, die Schnallen des Koffers zu öffnen.

Ein Trupp kleinerer Kinder ging sehr langsam auf die Treppe zu. »Wie sollen sie das allein schaffen?«, fragte eine junge Frau eine andere. »Das sind doch fast noch Babys.«

»Hier wird sicher kein Jugendbetreuer gestellt.«

»Stell dir vor, die Polizei springt an der Grenze grob mit ihnen um.«

»Ich begleite sie.« Fast hätte Rudi einen Blick über seine Schulter geworfen, um zu sehen, wer sich da angeboten hatte, merkte dann aber, dass es seine eigene Stimme gewesen war.

Die jungen Frauen drehten sich um.

»Du?«

Vermutlich kam es nicht oft vor, dass elfjährige Jungs sich freiwillig zur Kleinkinderbetreuung meldeten.

»Mir macht das nichts aus. Ich bin ohnehin allein.«

»Wie heißt du denn?« Das ältere Mädchen war hübsch mit blonden Locken und Sommersprossen. Sie sah gar nicht jüdisch aus. War es vielleicht auch nicht.

»Benny, Benjamin Goldman.« Er sagte es leise, für den Fall, dass jemand zuhörte.

»Nun, Benjamin Goldman, dann hast du dir ein dickes Dankeschön von uns verdient.« Sie lächelte breit. »Glaubst du, du wirst mit ihnen im Zug zurechtkommen?«

Er nickte und badete in der Wärme, die ihre Augen ausstrahlten. Keiner dieser taffen jüdischen Jungs würde sich in die Nähe eines Abteils voller Babys begeben, also war er im Zug erst einmal sicher vor ihnen. Auf dem Schiff würde er einfach in seiner Kabine bleiben. Mit neuer Entschlossenheit schob er sich den Fußball unter den Arm und griff dann nach der Hand eines der kleinen Mädchen.

»Lasst uns gehen.« Sie trottete neben ihm her, und der Rest der Gruppe folgte mit den jungen Frauen. Die Gruppe jüdischer Jungs zog an ihm vorbei, ohne ihn eines Blickes zu würdigen.

Die Polizisten stürzten sich noch immer auf Kinder, deren Koffer teuer oder zu groß aussahen. Deshalb war Rudi fast dankbar, dass er nur den Ranzen und den Fußball hatte. Er fiel nicht auf. Der Name seines Vaters hätte jeden Mann in diesem Bahnhof Habachtstellung einnehmen lassen, aber Rudi erntete nur kurze verächtliche Blicke, als er die Waggontür öffnete.

Er war eins von vielen unerwünschten Kindern, die das

Reich verließen, und konnte sich glücklich schätzen, dass ihn kein Stiefel im Kreuz zur Eile antrieb. Er war unsichtbar.

Und unsichtbar sein war ein Zustand, den Rudi so lange wie möglich aufrechterhalten wollte.

35

Ich hob meinen Kopf vom Laptop. Es dauerte ein paar Minuten, bis ich wieder zu dem alten Mann im Bett zurückfand, denn in Gedanken war ich noch bei dem kleinen Jungen, der wie von einer starken Strömung in den Transport hineingezogen wurde und in ein Land kam, das zu erreichen er nie beabsichtigt hatte, allein und mit einem, wie er es sah, schrecklichen Geheimnis. Rudi Lange, nicht Benjamin Goldman oder Benny Gault. Ein Hochstapler. In seinen eigenen Augen ein Mann, der mehr als ein halbes Jahrhundert unter einer gestohlenen Identität gelebt hatte.

»Sie sind quasi versehentlich hergekommen. Und sind nie zurückgekehrt, um zu erzählen, was passiert ist? Um Ihren Vater zu finden?«, fragte ich. »Und Olga?«

Seine Hand ging an die Sauerstoffmaske.

»Nicht abnehmen. Soll ich die nächste Datei lesen?«

Er nickte.

Ich fand die Datei mit dem Titel »Rudi Lange 2« und öffnete sie.

Als ich meiner Frau Lisa endlich anvertraute, wer ich wirklich war, hatte sie Fragen. Wie zu erwarten war. Die erste lautete, warum ich es nicht schon vor Jahren jemandem erzählt hatte. Es fiel mir schwer, ihr zu vermitteln, wie groß meine Angst bei Ausbruch des Krieges war, man könnte mich zurück nach Deutschland oder in eins der Internierungslager schicken. Richard und Ernst hatte man auf der Isle of Man interniert, und Lord Dorner hatte Wochen gebraucht, um sie freizubekommen. Dabei waren die beiden »echte« jüdische Jungs gewesen. Hätten die Dorners sich für einen nicht jüdischen Deutschen genauso eingesetzt, für einen Feind? Ich weiß, dass sie mich nicht unfreundlich behandelt hätten, schließlich waren sie tolerante, großzügige Menschen. Aber das konnte ich als der Junge, der ich damals war, nicht einschätzen. Ich las Berichte von Schiffen, die im Atlantik untergegangen waren und deren Fracht aus feindlichen Fremden ertrank. Selbst wenn ich eine solche Reise überleben würde, machte mir der Gedanke an jahrelange Gefangenschaft in Kanada oder Australien Angst. Aber meine größte Angst war die, dass die Dorners oder der freundliche Dr. Dawes oder die anderen Jungs in Fairfleet mich verachten könnten. Während meines Heranwachsens sah ich meine Sünde in einem toleranteren Licht, aber als Teenager fiel mein Urteil über mich selbst hart aus. Ich war tatsächlich zu Benny geworden und hatte Rudi abgestreift, sobald ich in Harwich das Schiff verließ, und ich hatte vor, für den Rest meines Lebens Benny zu bleiben.

Lisas zweite Frage betraf meine »echte« deutsche Familie. Sie wollte wissen, was aus Georg Lange, meinem Vater, geworden war. Und das antwortete ich ihr darauf.

1951 nahm ich Kontakt zu meinem Freund David auf, der für die Organisation Jewish Displaced Persons arbeitete. Ich bat ihn unter dem Vorwand, Georg Lange sei ein loyaler arischer Freund meiner Familie gewesen, etwas über ihn und seine Haushälterin Olga herauszufinden. David fand einen Deutschen, der im Stadtarchiv für mich nachsehen konnte.

Wie sich herausstellte, waren sowohl mein Vater als auch Olga 1944 bei einem ungewöhnlichen Bombenangriff ums Leben gekommen. Ein Bomber der Alliierten hatte offensichtlich versehentlich seinen Bombenladeraum geöffnet.

Mich hatte die Angst nie losgelassen, Georg Lange könnte mich in England aufspüren und darauf bestehen, dass ich nach Deutschland zurückkehrte. Als ich die Information erhielt, reagierte ich darauf mit sehr gemischten und schamvollen Gefühlen. Meine Trauer galt dem Vater, der mir aus früher Kindheit in Erinnerung geblieben war: liebevoll und lustig. Olga hatte ich geliebt. Jetzt waren sie beide tot. Doch gleichzeitig war ich erleichtert, dass nun keiner mich mehr bloßstellen konnte. Bennys Vater, Herr Goldman, war auch tot. Dr. Dawes war es schließlich gelungen, die Bestätigung zu bekommen, dass er 1943 in einem polnischen Lager ermordet worden war. Frau Goldman war an dem Tag, an dem der echte Benny in jener engen Wohnung in meinem Beisein gestorben war, im Krankenhaus ihrer Krankheit erlegen.

Alle waren tot. Meine tatsächlichen Eltern, Bennys Eltern und Benny.

Jetzt liege ich selbst im Sterben mit guten und freundlichen Gefährten an meiner Seite. Wenn mich Angst vor dem, was mich erwartet, befällt, denke ich an den echten Benny und daran, wie groß seine Angst gewesen sein muss, als er nach Luft ringend seine letzten Atemzüge machte. Ich war so jung und wusste nicht, wie ich ein sterbendes Kind trösten sollte. Mir bleibt nur die Hoffnung, dass meine Gegenwart ein gewisser Trost für ihn war.

Als ich herausfand, was mein Vater getan hatte, arbeitete ich bei einer Lokalzeitung, und meldete mich daraufhin mit der Ausrede, eine Erkältung zu haben, krank. Fünf Tage lang blieb ich in meiner Wohnung und betrank mich sinnlos.

Dann kehrte ich in die Zeitungsredaktion zurück. Ich arbeitete hart, sehr hart. Ich nahm jede Aufgabe an, die man mir gab, und verfolgte sie mit der Hartnäckigkeit eines Spürhunds, ob es nun um Fleischrationierungen oder die Eröffnung eines neuen städtischen Schwimmbads ging.

Gelegentlich fragten meine englischen Kollegen mich, ob ich denn nie mehr in meiner »Heimat« war, womit sie Deutschland meinten. Vermutlich erschreckte sie die Vehemenz, mit der ich ihnen erwiderte, dass Deutschland schon seit Januar 1939 nicht mehr meine Heimat war. Dann wurde ich zu Benny Gault. Ich verzichtete auf den Nachnamen Goldman, um britischer zu klingen. Mein Englisch war inzwischen fast akzentfrei. Ich war schonungslos zu mir gewesen, hatte Engländern zugehört und ihre Aussprache kopiert. Keiner hätte in mir die Person erkannt, die ich 1939 gewesen war. Alice Smith machte irgendwann mal eine Andeutung, sie wisse, dass mit mir etwas nicht stimme, aber sie wäre nicht in der Lage gewesen, etwas Konkretes zu beweisen.

Um das niederzuschreiben, was ich über meinen Vater herausgefunden habe, bleiben mir vermutlich nur noch wenige Tage. Ich bin jetzt müde, werde mich aber dieser Aufgabe widmen.

Ich hatte zu Ende gelesen. Benny war noch immer wach und beobachtete mich. Er zog seine Maske ab.

Etwas beschäftigte mich, es hatte mit dem Vorratsraum zu tun. Ich hatte dort unten eine Schublade geöffnet und etwas berührt, etwas Altes, Braunes aus Leder. Einen Fußball ohne Luft. Der Fußball, den der echte Benny Rudi gegeben hatte. Natürlich: Die drei goldenen Buchstaben »O D N« waren alles, was von »GOLDMAN«, Bennys Nachnamen, übrig geblieben war. Benny hatte diesen Ball Rudi gegeben, deshalb konnte der Ball auch nur mit Rudi nach England gekommen sein. Das Indiz war die ganze Zeit unten im Keller gelegen.

Bennys Mund hatte wieder einen blauen Rand. Ich setzte ihm die Sauerstoffmaske auf. Seine Augen waren geschlossen. Max, der auf dem Teppich vor dem Bett lag, hob schwanzwedelnd seinen Kopf, wie um Benny Rückenstärkung zu geben.

36

Benny ließ sich treiben. Von fern hörte er noch Roses Stimme, die ihm den Rest erzählte, spürte, wie ihre Hände ihn zudeckten. Sie hatte sanfte Hände und eine weiche Stimme, genauso wie Harriet, genauso wie ihre Großmutter. Rose wollte es wissen, sie wollte alles wissen.

Aber er würde ihr nicht alles erzählen. Das hatte er Harriet versprochen. Damals, als sein Wort alles war, was er Harriet geben konnte. Rose wusste genug.

Diese Krankheit brach ihn auf und entfächerte wie im Kaleidoskop die verschiedenen Versionen, die ihn in seinem Leben ausgemacht hatten. Ein Teil von ihm war der alte Mann im Bett, das er nie mehr verlassen würde. Ein Teil von ihm war Rudi mit elf, der in den Zug gestoßen wurde, der die Mischung aus Qual und Erleichterung, die über dem Bahnhof lag, einatmete. Und ein weiterer Teil war ein junger Mann. Ein junger Mann mit einem schuldbeladenen Geheimnis. Ein junger Hochstapler, der sich in die Frau seines Wohltäters verliebt hatte.

Diese drei Teile von Benny zogen ihn eine Weile in die eine oder die andere Richtung. Schließlich ließ er sich auf den jungen Mann zutreiben. Andere hatten von Benny behauptet, er sehe gut aus, er selbst hatte das nie so gesehen. Vielleicht konnte er es jetzt. Groß, breitschultrig, volles Haar. War es das, was Harriet in ihm gesehen hatte? Aber eine Frau wie sie konnte doch wohl überall gut aussehende Männer finden? Was hatte ich an mir?, hätte er sie gern gefragt.

Selbst wenn er diese Frage vor Jahren gestellt hätte, als es zwischen ihnen anfing, wäre ihre Antwort sicherlich nicht mehr als ein spöttisches Lachen gewesen. Jetzt war er wieder bei ihr, es war Sommer, Anfang August. Der Tag war heiß gewesen, und er hatte intensiv gelernt.

Am Nachmittag hatte die Hitze etwas nachgelassen. Es war die erste Augustwoche. Benny hatte Harriet seit einem Monat nicht mehr gesehen. Jetzt war sie zurück in Fairfleet, denn er hatte sie unten mit Smithy reden hören. Offenbar ging es um die Frage, welches Kleid Harriet anziehen sollte, wenn sie abends zum Essen ausgingen.

Harriet sagte: »Es kommt nur das kurzärmelige Seidenkleid infrage, Smithy. Alles andere würde mich ersticken.« Sie klang sehr heiter und nicht wie die nachdenkliche Frau, die ihm von der mit einer Maschine abgestürzten Freundin erzählt hatte.

Es war ein ruhiger Abend. Dr. Dawes besuchte diese Woche seine Schwester an der Südküste, und so saß Benny ganz allein am gescheuerten Kieferntisch in der Küche und aß die von Alice Smith aufgetischten Frikadellen.

»Du wirst dich damit begnügen müssen, die Fleischrationen reichen kaum aus, um eine Maus zu füttern«, sagte sie. »Das sagt jedenfalls die Köchin. Wenn sie geruht, hier aufzutauchen.«

»Ich hab nichts gegen Frikadellen.«

Sie hantierte lautstark mit einem Topf, wie um zu unterstreichen, dass es ihr wirklich egal war, ob ihm das passte oder nicht. Nach dem Essen wanderte er zum See und legte sich auf den Steg. Ein dünner Schleier lag über den Sternen, löste sich aber bereits auf. Während er hinaufblickte, schienen die Sterne plastischer hervorzutreten. Keiner wusste, dass Benny hier unten war. Er spürte seine Isolation wie einen Stich in die Rippen: Er könnte der letzte Mensch sein, der auf diesem Planeten noch übrig war. In wenigen Monaten würde er Fairfleet verlassen, es warteten viele Momente der Isolation wie dieser auf ihn, wenn keiner wusste, was er machte oder Anteil nahm, nicht einmal Dr. Dawes, der endlich wieder an seine geliebte Universitätsbibliothek zurückkehren würde.

Plötzlich hielt er es am See nicht mehr aus, obwohl dieser nur ein paar Hundert Meter vom Haus entfernt lag, aber es hätten auch zehntausend sein können. Er stand auf und kehrte ins Haus zurück. Auch wenn die einzige andere Person im Haus Alice Smith war, so war das doch besser, als hier draußen allein auf dem Steg zu sein.

Um zu Bett zu gehen, war es noch zu heiß. Er blieb vor dem geöffneten Zimmerfenster stehen. Die Tabakpflanzen, die Harriet in den Beeten entlang des Hauses angepflanzt hatte, verströmten einen süßen Geruch, der Benny in die Zeit vor dem Krieg entführte, bevor seine Mutter gestorben war. Hatte sie auch Tabak im Garten angepflanzt?

Am Ende der Einfahrt tauchten zwei weiße Lichter auf und kündigten die Rückkehr der Dorners an. Er saß auf dem Bett und lauschte dem Geräusch des sich nähernden Autos. Er hörte, wie die Tür aufging und Lord Dorners tiefe Stimme seine Frau fragte, ob sie gern noch einen Schlummertrunk hätte, was sie ablehnte. Dann wurde die Eingangstür geöffnet, Harriet verlieh ihrer Verwunderung Ausdruck, dass Alice Smith noch auf war und, nein, sie brauchten nichts zu essen oder zu trinken, besten Dank. Dann war alles wieder still. Der Duft der Blumen schien noch intensiver zu werden, und Benny sah sich an einem Sommerabend mit seiner Mutter im Garten, damals, als er noch Rudi gewesen war.

Rudi. Ein Name, den er nicht gewagt hatte auszusprechen, nicht einmal vor sich selbst. Zuzulassen, dass er Rudi war, war riskant, zu viele Geheimnisse brachte er in die Gegenwart mit. Wenn er nicht zum Bahnhof gegangen, sondern als Rudi Lange in Deutschland geblieben wäre, wo wäre er jetzt? Eine zwischen Berlin und Moskau vergrabene Leiche, wie all die Jungs seines Alters, die in den letzten Kriegsmonaten gerade einmal siebzehn waren, aber zwischen den Sowjets und der Hauptstadt das Vaterland verteidigten. Andernfalls befände er sich in einem Kriegsgefangenenlager irgendwo in der Steppe. Kein mitternächtlicher Blumenduft für Rudi Lange.

Es war gefährlich, darüber zu sinnieren. Er hob den Kopf und sah Harriet im Abendkleid in seiner Tür stehen. Offenbar haftete seinen Zügen noch etwas von Rudi an. Sie zwinkerte mit den Augen.

»Benny? Ist alles in Ordnung mit dir? Du siehst … ich weiß nicht, irgendwie siehst du anders aus.«

Er versuchte, wieder zu Benny zu werden, in die Rolle des kühlen, verschlossenen Benny zu schlüpfen, der das Englische so hervorragend beherrschte und vorhatte, an der Universität zu glänzen.

»Mir sind nur gerade ein paar Erinnerungen gekommen.«

»Es gibt so vieles zu erinnern.« Sie schloss die Tür und stellte sich neben ihn ans Fenster. Er spürte die Gefahr. Würde sie ihm Fragen zu seiner Kindheit stellen? »Ich frage mich, ob wir selbst entscheiden können, welche Teile der Vergangenheit wir in Erinnerung behalten und welche wir lieber vergessen möchten.«

»Was meinen Sie damit?« Seine Stimme klang scharf in seinen Ohren. Hatte sie seine Gedanken gelesen und die Projektionen von Rudi erkannt?

»Es gibt Abschnitte der letzten sechs Jahre, die ich für immer im Gedächtnis behalten möchte. Aber andere Dinge, an die ich nie wieder denken möchte.« Sie sah ihn an. »Du weißt jetzt von dem Absturz. Ich denke nicht mehr daran. Was bringt es auch, frage ich mich.«

Auch er wollte unbedingt seine letzte Szene als Rudi vergessen: 1939 am Bahnhof mit all den weinenden Eltern, wie gern würde er das aus seinem Gedächtnis tilgen.

Harriet stand noch immer dicht neben ihm. Das Parfüm, das sie jetzt trug, war ein anderes als das während des Tages: Der Duft war erdiger und gleichzeitig auch eleganter. Seine Armhärchen stellten sich auf.

»Es gibt da etwas, Benny, was ich dich fragen muss …«

Nein. Er durfte nicht zulassen, dass sie Fragen stellte. Womöglich hatte sie genau das gespürt, was er geheim halten wollte. Sie könnte ihm alles entlocken, was am Bahnhof passiert, wie er zu einem Hochstapler, einem Imitator geworden war. Er wäre bloßgestellt. In seiner Panik zog er sie an sich heran.

»Benny!« Sie riss die Augen auf. Er hatte alles kaputtgemacht, sie war nicht interessiert, was Anfang des Sommers geschehen war, war nichts weiter als eine vorübergehende Liebenswürdigkeit. Ihre Muskeln fühlten sich angespannt an. Er wollte sich entschuldigen, sie loslassen.

Aber sie klammerte sich an ihn, ein winziger Schweißtropfen rann über ihr Schlüsselbein und schmiegte sich in das Grübchen. Am liebsten hätte er sich herabgebeugt und diesen Teil von ihr gekostet. Bestimmt schmeckte sie salzig, aber auch süß. Wie konnte er so etwas von der Frau seines Wohltäters denken? Lord Dorner war ein freundlicher Mann, ein anständiger Mann, der einen Jungen bei sich aufgenommen hatte, den er nicht kannte und dem er vertraute, dass er sich zu benehmen wusste. Einen solchen Lohn hatte er für seine Großzügigkeit nicht verdient. Er schob Harriet von sich weg.

»Entschuldigung«, murmelte er. »Ich war nicht Herr meiner Sinne, ich …«

»Nein, Benny, hör mir zu.« Sie hielt noch immer seine Hand fest. »Es ist gut so.« Sie rückte jetzt den Träger ihres Kleids zurecht. »Lass uns Platz nehmen. Wir reden miteinander.«

Sein Blick fiel auf den Stuhl vor seinem Schreibtisch. Aber sie setzte sich aufs Bett. Ihm war klar, dass er sich auf den Stuhl setzen sollte, um nicht in Versuchung geführt zu werden, aber er setzte sich auf die andere Seite des Betts. Und um sicherzugehen, legte er ein Kissen zwischen sie beide. Sie beobachtete ihn mit einem Lächeln. Dachte wahrscheinlich, dass das auch nicht ins Gewicht fiel. Und sie hatte recht: Selbst eine anderthalb Meter dicke Betonwand in der Mitte des Betts hätte nichts geändert. Er nahm sich vor, nicht daran zu denken, wie ihre Brust sich unter dem Seidenmieder hob und senkte. Gab sich Mühe, seinen Blick von den Grübchen unter ihren Schlüsselbeinen fernzuhalten. Sie saßen einfach nur da und redeten. Wie Freunde. Wie Gönnerin und Günstling.

»Woran hast du gedacht, Benny, als ich hereinkam?« Sie sah ihn besorgt an.

»An nichts. Ich habe nur darüber nachgedacht, wie die Zeit vergeht und alles sich verändert.«

»Unsere kleine Gruppe hier in Fairfleet ist ganz in Auflösung begriffen, nicht wahr?« Sie sagte dies traurig. »Sicher, die Jungs halten Kontakt, und einige kommen auch zu Besuch, wenn es ihnen möglich ist, aber es ist nicht mehr dasselbe. Weißt du, dass dies immer dein Zuhause bleibt?«

Wusste er es?

»Wir sind immer an dem interessiert, was du gerade machst, und wir werden immer für dich da sein, um dir zu helfen.« Ihre Hand strich über den Kissenbezug. Er verfolgte die manikürten Finger, die über das elfenbeinfarbene Leinen glitten. »Kannst du mir nicht sagen, was dich beschäftigt?«

Welchen Teil? Ihre Finger behielten ihre rhythmische, langsam gleitende Bewegung bei. Er legte seine Hand auf das Kissen. Ihre Hand hielt inne. Dann begann sie erneut, streifte seine Finger und legte sie dann auf seine Hand. Sie drehte diese um, sodass die Handinnenfläche oben lag, dann streichelte sie diese sehr langsam. Vielleicht hielt sie es für beruhigend, wie wenn man ein Kind tröstete, das hingefallen war. Aber das war es nicht, es war, als würde man ein brennendes Streichholz in ein Freudenfeuer werfen.

Jetzt fehlte nur noch Benzin. Er zog seine Hand weg und legte sie zwischen ihre Brüste. Dort konnte er ihren Herzschlag unter seinen Fingern, unter dem Stoff spüren. Er konnte sich nicht erinnern, schon einmal jemandes Herz gespürt zu haben. Auch Harriet Dorner war aus Fleisch und Blut, ihr Herz pumpte Blut durch ihren Körper. Seine Finger spreizten sich, er wollte nichts überstürzen, wollte sich Zeit lassen. Sie rückte näher und seufzte.

»Ich wollte nicht, dass das geschieht, Benny.«

Aber die Hand, die seine Handinnenfläche gestreichelt hatte, streichelte nun sein Gesicht, der Zeigefinger strich über seine Lippen. Er entfernte das Kissen zwischen ihnen. Sie streckte sich auf dem Bett aus. Und er betrachtete ihre Gestalt auf der Daunendecke seines Einzelbetts, das bis jetzt ein ganz gewöhnliches Bett mit einem schlichten Kopfteil aus Holz war, seinem Status als Jugendlicher, als Novize angemessen, sich jetzt aber in etwas Außergewöhnliches verwandelte. Harriet Dorner machte es sich auf seinem Bett bequem, das Mieder ihres seidenen Abendkleids war ein wenig verrutscht, und er konnte die Spitzenunterwäsche darunter sehen. Es war verführerisch, einfach so zu verweilen, um sich an ihr zu weiden. Aber dazu war er zu ungeduldig.

Er legte sich neben sie, sein Kopf neben ihrem. Seine Lippen erinnerten sich an den ersten Kuss und sehnten sich fast schmerzhaft nach einer Wiederholung. Sie drehte sich herum, sodass ihr Körper sich an seinen presste und er jede Rundung unter der zarten Seide spürte, selbst den Druck der kleinen nietenartigen Knöpfe an ihren Schenkeln, eine Art Verschluss an ihrer Unterwäsche. Vielleicht für ihre Strümpfe. Er kannte sich so wenig darin aus, was Frauen trugen oder was sie erwarteten. Fairfleet war die meiste Zeit eine männliche Domäne gewesen.

Vielleicht erriet sie, wie ahnungslos er war. Sie nahm seine Hand und führte sie über ihre Brüste. Dabei wurde noch mehr von ihrer Spitzenunterwäsche sichtbar. Die schien nicht so viel zu bedecken, wie sie vermutlich sollte. Er konnte den dunkleren Hof ihrer…

»Gute Nacht, Benny.« Vor der geschlossenen Tür stand Lord Dorner, der wohl sah, dass noch Licht brannte, und davon ausging, dass sein Schützling noch über nächtlicher Lektüre saß.

Benny richtete sich auf. Auch Harriet saß aufrecht. Was würde jetzt passieren? Auf dem Treppenabsatz wurde eine Tür geöffnet.

»Ich werde zu ihm gehen.« Sie stand auf und strich ihre Unterwäsche und ihr Kleid glatt. »Er denkt sicher, ich sei im Badezimmer.« Das Schlafzimmer der Dorners verfügte nicht über ein angeschlossenes Badezimmer, wie Ernst, dessen Vater früher einmal ein vornehmes Hotel geführt hatte, überrascht festgestellt hatte. »Was haben wir uns dabei gedacht? Es tut mir leid.« Sie schob sich eine blonde Locke aus dem Gesicht. »Ich weiß, dass dich etwas bedrückt, Benny. Nicht nur … was gerade zwischen uns passiert ist. Manchmal frage ich mich, ob … Aber es liegt an dir, es mir zu erzählen.«

Was hatte er jetzt noch zu verlieren? Bestimmt hielt sie ihn ohnehin schon für einen sexbesessenen Irren. Was machte es da noch, wenn herauskam, dass er ein sexbesessener, nicht jüdischer Deutscher und irrer Hochstapler war? Sollte sie morgens aufwachen und beschließen, dass Benny gehen musste, was machte das schon?

»Harriet?« Das war wieder Lord Dorner.

»Ich komme schon, Sidney.« Ihre Stimme war voller Selbstvertrauen. »Es gab da etwas, das Benny mit mir besprechen musste.« Sie überprüfte ihr Aussehen im Spiegel über der Kommode und fummelte am Oberteil ihres Kleides herum, bis alles wieder bedeckt war.

»Wir müssen für die Fahrt nach Cheltenham morgen zeitig aufstehen«, rief ihr Mann.

»Hör zu, Benny.« Sie sprach leise und eindringlich. »Vergiss das alles. Es wird nicht wieder vorkommen.«

»Niemals?«

Sie schwieg.

»Das kannst du nicht sagen, nicht wahr, Harriet? Du kannst dir nicht selbst versprechen, dass es nie wieder dazu kommen wird.«

Sie rückte ihre Perlen zurecht. »Ich bin verheiratet. Und du bist sehr jung.«

»Ich werde nicht immer so jung sein. Gib mir Bescheid, wenn es so weit ist, dann werde ich zu dir kommen, wo immer ich bin, ich werde kommen.« Er meinte damit, wenn Lord Dorner nicht mehr da war. Der Mann war alt, Ende vierzig, vielleicht älter.

Sie ging an ihm vorbei zur Tür.

»Sag es mir«, wiederholte er. »Lass mich einfach holen. Ich werde kommen. Versprichst du mir das, Harriet?«

»Ja.« Sie sagte es ganz leise, aber er hörte es trotzdem.

Lass mich holen, sagte er Jahrzehnte, Äonen später, als er im Sterben lag. Benny löste sich in eine Ansammlung von Molekülen auf, die zu all den Rollen gehörten, die er gespielt hatte: deutscher Junge, jüdischer Flüchtling, englischer Jugendlicher, im Moment trat der junge Mann, der Harriet geliebt hatte, am deutlichsten in Erscheinung. Aber alles vermischte sich miteinander. Harriet stand über ihm und hantierte mit ewas an seinem Mund, einer Art Maske. Sie sah viel älter aus als in jener Augustnacht, aber noch immer wunderschön, obwohl ihr Haar jetzt braun war, nicht blond.

Ein letztes Mal noch hatte er Harriet allein gesehen, Jahre nach der Begegnung in seinem Schlafzimmer. Sie hatte ihm Bescheid gesagt, und er war gekommen, wie er es versprochen hatte. Das musste 1950 gewesen sein.

1950

Fairfleet war vernachlässigt worden. Benny sprang in der Einfahrt über ein mit Regenwasser gefülltes Schlagloch von der Größe einer Badewanne und sorgte sich dabei, ob er in der Eile nicht seine neue Flanellhose ruiniert hatte. Ganz zu schweigen von seinem fast neuen schwarzen Übermantel, den er auf dem Markt in Kingston erstanden hatte.

Ich sortiere Bücherregale aus usw., hatte Harriet ihm telegrafiert. *Bitte komm zurück und sag mir, was wir aufheben sollen.* Er hatte das Telegramm in seinen Händen gehalten und seinen Augen nicht getraut. Es waren die ersten Worte von ihr, seit Lord Dorner 1948 gestorben war, worüber sie ihn mit einem Telegramm informiert hatte. Sie war damals in Amerika geblieben, aber jetzt war sie zurück. Nun stand nichts mehr zwischen ihnen.

Dr. Dawes war schon vor langer Zeit nach Cambridge

zurückgekehrt. Benny kam zum Haus zurück, nachdem er seine Grundausbildung beim Militär abgeschlossen, drei Jahre auf der Universität und die ersten Monate in seiner ersten Anstellung, dem *Surrey Comet*, verbracht hatte, der in Kingston-upon-Thames seine Redaktion hatte. Die Ferien hatte er mit dem Hauslehrer oder im Ausland verbracht, wenn Benny Geld und Reisegefährten hatte. Nach Fairfleet war er nicht mehr gekommen. Was sollte er dort auch, wenn sie nicht da war? Man hatte alles verrammelt und der Obhut von Alice Smith überlassen.

Der düstere Novembernachmittag stellte für das Erscheinungsbild jedes Gebäudes eine Herausforderung dar. Fairfleet schien finster wie ein missmutiges dunkelgraues Ungeheuer am Ende seiner Einfahrt zu hocken. Verputz war in großen Brocken aus dem Mauerwerk gefallen. Unkraut schoss durch den Kies. Die Flügel der Brunnenfigur waren abgefallen. Er streifte mit seinem Blick die Topiaryhecke, die jetzt aus formlosen Buchsbaumbüschen bestand. Die ganze Szenerie forderte Benny geradezu heraus, Vergleiche mit früher anzustellen.

Was musste Harriet nach all den Jahren in Amerika von diesem geschlagenen alten Land halten? Ob sie Lord Dorner sehr vermisste? Benny hatte sich sehr genau überlegt, was er ihr auf ihre Einladung antworten sollte und mehrere Entwürfe in den Papierkorb verbannt.

Schließlich hatte er geschrieben: *Passt es Dir nächsten Samstag?*

Sie hatte darauf nur mit *Ja. Harriet* geantwortet. Was sollte sie auch sonst viel in einem Telegramm schreiben, doch sie wussten beide, was diese Telegramme bedeuteten.

Wie würde sich ihr Wiedersehen gestalten? Mit Sicherheit war er nicht mehr der naive Junge, der er gewesen war, als er Fairfleet verließ. Und gewiss nicht mehr der Junge, der geschockt und erregt zugleich gewesen war, als sie gemeinsam auf seinem Bett lagen. Während seiner Jahre fern von Fairfleet hatte er Erfahrungen gesammelt.

Doch gegen die Erregung, die ihn erschauern ließ, kam er auch 1950 nicht an. Als er sich kurz vor seinem Aufbruch in dem kleinen Spiegel neben der Eingangstür betrachtet hatte, hatte er in seinem Spiegelbild Vati erkannt. Vati, wie er gewesen war, als Benny damals noch Rudi und noch ganz klein war, noch bevor die Partei ihre Nase in Vatis kostbaren Fahrzeugpark, die Zugstrecken und Weichen gesteckt hatte. In jenen Tagen verließ Vati, der groß und breitschultrig war, das Haus mit zwinkerndem Blick, wenn er morgens zur Arbeit aufbrach.

»Einen schönen Tag, mein Schöner«, hatte seine Mutter Vati immer hinterhergerufen. Die Worte hallten in Bennys Gedächtnis nach, wie immer versuchte er, sie zu ignorieren. Aber diesmal konnte er das nicht.

Doch als er sich dem Haus näherte, war es ihm ohnehin nicht mehr möglich, in Gedanken an Vati festzuhalten. Auf dem spätherbstlichen graubraunen Gras lag eine einzelne Pfauenfeder. Dürfte eine der letzten sein, überlegte Benny. Normalerweise hatten die Pfauen um diese Jahreszeit ihre Federn schon vollständig abgeworfen. Während der Kriegsjahre war einer nach dem anderen gestorben. Die Jungs vermuteten, dass das Schicksal des letzten Vogels der Kochtopf gewesen war. Er hob die Feder auf, und ihr Auge starrte ihn an.

Während seiner Jahre in Fairfleet war er immer durch die Hintertür ins Haus gegangen, deshalb kostete es ihn jetzt einige Überwindung, an der Eingangstür anzuhalten und wie ein Besucher auf den Klingelknopf zu drücken. Aus dem Haus drang kein Laut. Er wollte gerade ein zweites Mal klingeln, als die Tür aufging. Er hatte nicht damit gerechnet, dass sie ihm selbst die Tür öffnen würde, und war deshalb völlig überrascht. Für einen Moment verschlug es ihm die Sprache. Anfangs dachte er, sie sei unverändert. Dann fielen ihm die zarten Fältchen um ihre Augen herum auf. Aber trotzdem war der Altersabstand zwischen ihnen geschrumpft, wie er triumphierend feststellte.

»Du bist da.« Sie küsste ihn auf die Wange und trat dann einen Schritt zurück, um ihn in Augenschein zu nehmen. Als er sie ansah, klappte er wie ein Idiot den Mund auf und zu. »Komm rein, Benny.«

Der Flur war unverändert, könnte aber gut einen neuen Anstrich vertragen.

»Ich verbringe meine Zeit jetzt meistens hier.« Sie führte ihn in einen Raum im hinteren Teil, den sie zur Küche umgestaltet hatte. »Nachdem ich und Smithy jetzt allein sind, macht es keinen Sinn mehr, die Küche im Keller zu haben. Ich esse auch hier.« Es gab einen Holztisch und ein kleines Sofa in der Ecke, auf dem eine Schildpattkatze schlief.

Smithy? Sie lachte, als sie seinen verdutzten Gesichtsausdruck sah.

»Alice Smith. In der Munitionsfabrik hat man sie Smithy genannt.«

»Sie ist noch immer hier?«

»Ohne sie würde ich es nicht schaffen. Sie macht so ziemlich alles im Haus, wird nur von einer Putzhilfe unterstützt, die zweimal in der Woche kommt.« Sie ging zum Herd, der neu aussah, und stellte einen Kessel auf das Kochfeld. »Sie ist heute Nachmittag nicht da. Wir beide haben es sehr gemütlich hier.« Sie lachte. Benny wusste nicht recht, ob ihm die Vorstellung gefiel, dass Harriet hier mit Alice Smith allein war, deren grünen Augen hinter den sandfarbenen Wimpern nichts entging.

»Aber das könnte sich jetzt ändern.«

»Oh?«, sagte er.

»Ich muss ernsthaft an meine Zukunft denken.«

Vielleicht musste sie das Haus verkaufen.

»Würdest du denn gern hierbleiben, wenn du könntest?«, tastete er sich vor und legte die Pfauenfeder auf den Küchentisch.

»Ich möchte nirgendwo anders sein.« Dabei blitzte echte Leidenschaft in ihren Augen auf. Das überraschte ihn. »Die Steuern erdrücken einen. Und sie werden vermutlich noch steigen, sagen alle. Aber ich könnte es nicht ertragen, Fairfleet zu verkaufen. Es ist seit über hundert Jahren in unserer Familie, Benny.«

In ihrer Familie, nicht in der von Lord Dorner. Das hatte er nicht gewusst, hatte einfach angenommen, dass es der Familiensitz ihres Mannes war. Aber Fairfleet gehörte Harriet.

Sie wies ihm einen Stuhl neben dem Herd an. Auf dem Küchentisch lag das Buch, das sie gerade las, etwas über Rennpferde, und ihr Schreibzeug. Im Aschenbecher befand sich eine Zigarettenkippe. Erst jetzt fiel ihr die Feder auf. »Wie schön. Es wird so ziemlich die letzte sein, die uns an vergangene Glorie erinnert. Der arme Vulcan ist unser letzter Pfau, und ich glaube nicht, dass er uns noch lang erhalten bleibt.«

»Wie sehen deine Pläne aus?« Sie hätten entfernte Cousins sein können, die Small Talk machten.

»Ich hoffe, ein wenig ausreiten zu können.« Sie hatte ihn beobachtet. »Im nächsten Dorf gibt es einen Reitlehrer. Es ist fast so gut wie Fliegen.«

»Du musst die Flugzeuge vermissen.« Sie hatte ein wenig von ihrer Strahlkraft verloren, seit sie nicht mehr in ihrem Element, diesem reinen, hellen Licht, war.

»Ich hatte eine wunderschöne Zeit in Amerika. Fast zwei Jahre lang war ich in Arizona. Dort sind die Flugbedingungen perfekt. Dann ergab sich immer mal wieder etwas an der Westküste. Bis Sidney starb.«

Sie füllte den Wassertopf. Ihre Hand zitterte.

»Alle dachten, er habe mich wegen des Hauses geheiratet. Und das bei meinem guten Aussehen.«

Das gute Aussehen hatte sie immer noch. Er sprach es nicht aus, denn sicherlich war sie sich dessen bewusst.

»Eigentlich war es genau andersherum. Ich hatte es auf ihn abgesehen.« Sie lächelte belustigt, als sie sein überraschtes Gesicht sah. »Ich wusste, dass es schwer werden würde, Fairfleet ganz allein zu halten. Meine Eltern haben mir nicht viel Kapital hinterlassen. Und Sidney hatte das Anwesen immer schon geliebt. Er war ein großzügiger Mann.«

Doch sein Tod fiel in die finanziell angespannte Situation der Nachkriegszeit.

»Er gab mir alles, um das Haus zu behalten.« Sie nickte

über ihrer Tasse Tee. »Das klingt nicht sehr bewundernswert, ich weiß, Benny. Aber man kann einen Mann aus purer Dankbarkeit lieben, weil er es einem ermöglicht hat, sein Haus zu behalten.«

Sein Gesicht verriet offenbar, was er davon hielt.

»Wäre es denn moralischer, jemanden zu lieben, nur weil er jung, gut aussehend und klug ist?« Dabei sah sie ihn direkt an. Er errötete. »Fairfleet war seit Generationen im Besitz meiner Familie.«

»Ich weiß.« Jetzt wusste er es. Sie würde ihn niemals lieben. Er wäre nie reich genug, um Fairfleet für sie zu unterhalten. Er spürte, wie die Atome in der Luft zwischen ihnen sich zu einer unsichtbaren Barriere verklumpten.

Sie stellte die Teetasse ab. »Immer wieder vergesse ich, wo wir die Kekse verwahren. Smithy packt sie jedes Mal weg.«

Harriet öffnete eine Schublade und fand, wonach sie suchte. »Sie kann sich nicht an die eingeschränkte Wirtschaftslage gewöhnen.« Sie öffnete eine Keksdose und holte eine Packung Vollkornkekse heraus.

»War Alice, Smithy, mit dir und Lord Dorner in Amerika?«

»Sie blieb im Haus und hat sich hier um alles gekümmert. Das war schwer für sie, weil sie nur wenig Hilfe hatte. Sie putzt, wischt Staub und wienert den ganzen Tag lang. Aber sie hatte an diesem Haus schon immer einen Narren gefressen.«

Und an dir, sagte er sich. Harriet, Smithy und Fairfleet waren ein perfektes Trio.

Sie schwiegen. Die Katze rekelte sich und gähnte. Das Grau des Winternachmittags vertiefte sich. Benny spürte seine Hoffnungen schwinden. Sie vielleicht auch. Ihre Finger tasteten sich über das Buch und die Papiere auf dem Tisch an seine heran. »Jetzt habe ich die ganze Zeit nur von mir gequasselt. Sehr unhöflich. Erzähl mir von der Zeitung. Und den Rest. Universität. Wehrdienst. Jetzt habe ich auch noch die Reihenfolge durcheinandergebracht.«

Er wollte nicht über die Monate sprechen, in denen er Stiefel poliert und versucht hatte, er selbst zu bleiben, während er tat, was von ihm verlangt wurde. Was verband schon jene Welt des widerwärtigen Essens, der widerwärtigen Gerüche und des lästigen Dienstes mit der Frau, die hier neben ihm saß? Sie gehörte ins Licht und in die Lüfte, nicht auf einen von Wasserlachen bedeckten Exerzierplatz und in dreckige Baracken, in denen man nie allein sein konnte.

Stattdessen erzählte er vom Leben auf dem Campus, den Seminaren, dem High Table Dinner mit Kerzen und lateinischem Tischgebet, von Bällen, die er besucht hatte, oder von seinen frühmorgendlichen Spaziergängen durch die Gärten des Instituts, wenn noch Tau auf Gras und Blumen lag. »Aber das Topiary dort lässt sich nicht mit … dem von hier vergleichen«, sagte er. Er hatte mit *unserem* sagen wollen, sich aber noch rechtzeitig korrigiert. Fairfleet war nicht sein Zuhause.

»Hast du Frederick Dawes gesehen?«, fragte sie.

»Zum Tee an Sonntagen, manchmal auch unter der Woche zum Abendessen. Und natürlich in den Ferien.« In den mit Dr. Dawes und seiner Schwester verbrachten Sommerferien waren sie am Strand von Sussex entlanggeschlendert und hatten sich über Kriminalromane, Nuklearwaffen und über die Ereignisse in Indien während der Teilung unterhalten. Und jetzt die Zeitung: die Suche nach einer Wohnung in Kingston, in der Nähe des Flusses, die Besuche des Irrgartens von Hampton Court und Richmond Park, Zugfahrten bis Waterloo, von wo aus er über die Themse ins West End lief, um sich eine Show oder ein Theaterstück anzusehen.

»Was die Arbeit betrifft, mache ich im Moment nichts Aufregendes.« Seine Kehle fühlte sich trocken an. »Geschichten über vermisste Hunde in New Malden. Berichte über Ratssitzungen.«

»Es ist ein Anfang.« Sie brach einen Keks entzwei und aß eine Hälfte.

»Manchmal ist es lustig. Wir sitzen am Marktplatz von Kingston im Pub und denken uns bei einem Bier ein paar gute Geschichten aus.«

Er wollte nicht, dass sie anfing, Mitleid mit ihm zu haben.

»Sag mir, Benny, bist du mit dir jetzt im Reinen? Du sagtest damals, du hättest wegen der vielen Juden, denen dies nicht vergönnt war, ein schlechtes Gewissen, überlebt zu haben.«

»Ich fühle mich deswegen noch immer schlecht.« Es kam ihm sinnlos vor, seine Gefühle zu beschreiben.

»Aber wenn du in Deutschland geblieben wärst und dir wären auch schreckliche Dinge zugestoßen, dann hätte das doch auch keinen anderen gerettet, oder?«

»Wenn ich dort geblieben wäre, hätte ich vielleicht jemand anderen gerettet.«

Sie zog die Stirn kraus. »Du meinst, dann wäre an deiner Stelle ein anderes Kind auf dem Transport mitgekommen? Aber warum hätten andere es mehr verdient gehabt als du?«

Jetzt konnte er es ihr sagen. Er konnte ihr sagen, dass er ein Schwindler, ein Betrüger war. Und verfolgen, wie sich der sanftmütige Gesichtsausdruck in Ekel und Zorn verwandelte. An diesem Nachmittag lief alles schief, er hatte nicht vorgehabt, sich all dies wieder vor Augen zu führen. Er hätte die Kontrolle über die Situation behalten müssen.

Er konnte es nicht tun. Deshalb zuckte er mit den Schultern, was sie wohl als Ausdruck der Verzweiflung deutete.

»O Benny.« Ihre Hand nahm seine. Die Finger waren fest, und man konnte sich gut vorstellen, dass sie die Kontrolle über eine Spitfire oder ein Rassepferd hatten.

Die Finger streichelten seine. »Hör auf, dich so hart zu verurteilen. Ich weiß, dass du dich wacker schlagen wirst. Ich habe mich so gefreut, als du schriebst, du würdest heute kommen.«

Offenbar hatte er einen Seufzer ausgestoßen, denn die streichelnden Finger intensivierten ihre Bewegungen. Er legte seine andere Hand auf ihre und hielt sie fest. »Warum?«, fragte er.

Jetzt lächelte sie ihn an, aber es war ein unsicheres Lächeln. »Oh, das weiß ich selbst nicht so genau. Ich mochte euch alle, ihr wart gute Jungs. Aber du, du warst anders. Du strahltest eine Anspannung und Heftigkeit aus und hattest einen Ausdruck in den Augen, als wolltest du jede Erfahrung aufsaugen und dir einverleiben.«

»Klingt nicht sehr ansprechend.«

»Doch genau das war es.« Jetzt hatte er nichts mehr zu verlieren.

»Beim letzten Mal hatte ich das Gefühl, nicht viel jünger als du zu sein.«

Sie senkte ihren Blick auf ihre miteinander verschränkten Hände. »O Gott, ich glaube, wir waren verrückt. Ich war es jedenfalls.«

Er verstärkte den Druck seiner Hände.

»Nachdem wir unseren Tee ausgetrunken haben, könnten wir uns doch auch dort drüben hinsetzen, was meinst du?« Sie zeigte auf das kleine Sofa. »Ich werde deine Bücher herunterbringen, dann kannst du entscheiden, ob ich sie für dich aufheben soll oder nicht.«

»Ich hole sie schon. Ich möchte nicht, dass du sie für mich schleppen musst.«

»Das macht mir nichts aus.«

Vermutlich wollte sie von ihm loskommen. Es war ihr peinlich. Was war er bloß für ein Narr.

Er wollte ihre Hand nicht loslassen, aber sie löste ihre Finger aus seinen. Als er sich dem Sofa näherte, sprang die Katze davon.

Harriet lachte. »Sie ist männliche Gesellschaft nicht gewohnt. Weiß Gott, wie sie damit klarkommen wird, wenn …« Sie errötete wieder. »Jetzt haben wir sie verschreckt.«

Er wollte sagen, wir haben noch gar nichts getan. Der Nachmittag entglitt ihm und Harriet dazu. Er spürte es. Offenbar hatte er die Aussage des Telegramms falsch interpretiert. Es ging nur um Bücher. Aber die Verzweiflung spornte seinen Mut an.

»Ich könnte jetzt sofort diesen Raum verlassen«, sagte er. »Wir packen meine Bücher zusammen, und du rufst ein

Taxi für mich. Wir schreiben uns dann jedes Jahr Weihnachtskarten. Vielleicht lädst du mich auch hin und wieder sonntags zum Mittagessen ein. Wie du das bei allen anderen auch tust. Und wenn ich heirate, kannst du meiner Verlobten und mir eine silberne Teekanne schenken.«

Sie errötete wieder. »Genau so sollte es sein, Benny.«

»Aber du erinnerst dich an letztes Mal? Jene Nacht.«

»August 1945. Ich erinnere mich. Kurz bevor die Japaner kapitulierten.« Sie spreizte die Beine ein wenig, sodass eins davon seins berührte. Sie trug einen Wollrock. Er legte ganz leicht seine Finger darauf. Der Stoff fühlte sich weich an. Bestimmt hatte sie ihn in Amerika gekauft. Hier gab es keine Wolle wie diese.

»O Gott«, sagte sie weich. »Ich war mein ganzes Erwachsenenleben unglaublich vernünftig, bis auf diese beiden Begegnungen mit dir.«

»Du warst auch nicht sehr vernünftig, als du dich dafür entschiedst, in einer Höhe von zehntausend Fuß der Luftwaffe auszuweichen.«

»Was das betrifft, vielleicht nicht.« Sie lachte. »Aber in anderer Hinsicht. Ich habe immer getan, was für diesen Ort hier das Beste war. Aber jetzt ...«

Er wagte es nicht, sie anzusehen oder etwas darauf zu erwidern, sondern konzentrierte sich auf das, was seine Hand tat: Sie bewegte sich ganz langsam auf ihrem Rock auf und ab. Da war eine kleine Erhebung. Sicherlich der Hüftgürtel. Er bewegte sie über ihren Bauch, der gerundeter war, als er ihn in Erinnerung hatte, weiblicher, und dann hoch zu ihren Brüsten, die ihm auch voller erschienen als damals, als sie auf seinem Bett gelegen hatte. Amerikanisches Essen hatte sie voller werden lassen. In seinen wildesten von Schuld beladenen Träumen hatte er sie berührt.

Als sie noch immer nichts sagte, blickte er auf. Ihr Gesicht war ganz still, die Augen halb geschlossen. Er näherte sich ihr mit seinem Mund. Wenn er dies bei anderen Mädchen getan hatte, wurde gekichert oder ermunternd geflüstert oder auch protestiert. Ihr Schweigen war erregend. Er legte eine Hand auf ihre Schulter, auf ihren weichen, seidigen Pullover. Sie sagte noch immer nichts. An ihrem neuen Platz neben dem Herd begann die Katze, wie eine kleine Maschine zu schnurren. Die Schulter unter Bennys Hand hob und senkte sich in stiller Heiterkeit.

»Ich denke, sie tut damit ihre Zustimmung kund.« Sie legte sich aufs Sofa, streifte ihre Schuhe ab und zog ihre Beine hoch. »So ist es besser.«

Alle Nervosität löste sich in nichts auf. Ihre Augen weiteten sich, als er sie küsste. Er nahm sich vor, sich Zeit zu lassen. Auf diesen Moment hatte er all die Jahre gewartet, wozu also etwas überstürzen. Es fühlte sich besser an, als er sich das jemals vorgestellt hatte, jahrelange Erwartung und Sehnsucht hatten nur angedeutet, wie es mit Harriet sein würde.

Er kickte seine Schuhe von seinen Füßen. Einer davon schien den Herd getroffen zu haben. Es schepperte. Die Katze miaute entrüstet. »Ach du liebe Zeit.« Harriet brach in Gelächter aus. »Arme Mieze.« Sie zog Benny an sich. Fürs Erste waren keine Worte vonnöten. Sie schmeckte und fühlte sich an, wie er sich das erträumt hatte. Besser sogar. Er knöpfte ihre Bluse auf, spürte ihre Hände unter seinem Hemd über seine Haut streichen und streicheln, sich nach unten bewegen, Knöpfe öffnen … Die Katze ließ ein weiteres gedämpftes Miauen hören, offensichtlich noch immer außer sich.

Jemand öffnete die Tür. »Wenn es der Getigerte aus dem Dorf ist, der sich hier hereingeschlichen hat, um meine Priscilla zu ärgern, werde ich …«, sagte eine Stimme.

Alice Smith. Die Jahre hatten sich um ihre Augen herum eingegraben. Sie starrte sie an. Wenigstens, sagte sich Benny, hatten sie das Stadium völliger Entkleidung noch nicht erreicht. Aber auch so gab es keinen Zweifel daran, was sich auf dem Sofa abspielte. Noch immer starrte Alice Smith sie verständnislos an.

»Mir hat der Film nicht gefallen. Ich bin gegangen, bevor er zu Ende war.« Sie blinzelte, als sie die Feder bemerkte. »Die hat hier nichts verloren!« Sie griff danach und war ganz blass geworden. Harriet gab einen Laut der Ungeduld von sich.

»Ich werde dann mal im Bad oben anfangen.« Smithy nickte Harriet zu, machte auf dem Absatz kehrt und schloss hinter sich ganz leise die Tür.

»O Gott.« Harriet schob ihn weg und griff nach ihren Schuhen. »Ich gehe lieber zu ihr.«

»Lass sie.« Er hielt sie fest. »Sie ist nur verlegen. Aber du bist erwachsen, eine unabhängige Frau, du …«

»Nein.«

»Sie kann dir nicht diktieren, wie du dich verhalten sollst.« Noch immer klammerte er sich an sie. »Jedes Mal werden wir gestört, Harriet, jedes Mal. Lass das nicht noch einmal geschehen.«

»Du verstehst das nicht.« Harriet erhob sich, steckte ihre

Bluse in den Wollrock und strich sich die Haare aus dem Gesicht. »Es ist kompliziert.«

»Inwiefern?«

Sie stand am Tisch und kehrte ihm den Rücken zu. »Ich muss an Peter denken.«

»Peter?«

»Mein … Nun, der Mann, mit dem ich mich vermutlich verloben werde.«

»Du wirst wieder heiraten?« Er war sich darüber im Klaren, dass sein Mund wie ein Fischmaul auf- und zuklappte. Natürlich. Was auch sonst. Es wäre auch zu schön gewesen.

»Wir haben uns in Amerika kennengelernt, aber er ist Brite.«

»Aber …« Aber sie hatten doch vereinbart, dass sie Benny rufen würde, wenn der richtige Zeitpunkt für ihr Zusammensein gekommen war. Sie hatte ihm dieses Telegramm geschickt. Warum?

Ein älterer, klügerer, skeptischerer Teil von ihm hatte seine Frage bereits beantwortet. Sie hatte ihm das Telegramm wegen der Bücher geschickt. Das war alles. Den Rest hatte er sich nur eingebildet.

»Wann wirst du heiraten?«

»Ich habe noch nicht wirklich Ja gesagt. Aber wahrscheinlich werde ich es tun.« Sie wandte sich ihm jetzt zu. Ihr Gesicht war versteinert. »Es geht um das Haus, Benny. Es ist die einzige Möglichkeit, Fairfleet zu halten. Die Steuern sind so hoch. Und es sind dringende Reparaturen vonnöten.«

»Ist er reich?« Natürlich war er das.

»Er hat sich während des Kriegs in Amerika eine goldene

Nase verdient. Peter lebt dort schon seit seiner Kindheit. Seine Firma baute Einzelteile für amerikanische Panzer. Er überlegt, sein Geschäft hierher zu verlagern und eine Fabrik in den Midlands aufzuziehen.« Sie sprach jetzt sehr schnell. »Metallbänder, wie man sie beim Bau von Lokomotiven benötigt. Sie kommen auch in Fertighäusern zum Einsatz. Peter sagt, wir brauchen mehr Fertighäuser in England …« Sie hielt inne.

»Du liebst ihn nicht.« Es war eine Feststellung.

»Er ist sehr großzügig, sehr nett. Er weiß, dass ich dieses Haus liebe, und möchte, dass ich hier wohne und es restauriere. So jemanden muss ich doch lieben, oder?« Ihre Stimme klang flehend. »Versuch mich doch zu verstehen.«

»Und das«, er deutete aufs Sofa, »ist dann wohl nur eine Art angenehme Zerstreuung für dich?«

Sie schüttelte den Kopf.

»Ein bisschen Spaß, während du darauf wartest, dass dein Verlobter herüberkommt?«

»Ich habe mich immer gefragt, Benny, was du aus deinem Leben gemacht hast. Ich musste dich wiedersehen.« Sie sah ihn an und schien seinen zweifelnden Blick zu bemerken. Ihr Ausdruck verhärtete sich. »Und ich musste tatsächlich die Bücher aussortieren. Smithy lag mir damit schon lange in den Ohren.« Sie konnte den missbilligenden Ton nicht länger aufrechterhalten. »Ich stellte mir immer wieder vor, was aus uns geworden wäre unter … anderen Umständen. Wenn ich nicht älter als du und nicht verheiratet gewesen wäre.«

Wenn, wenn, wenn.

»Als ich dich dann wiedersah, fiel mir ein, was vor Jahren

geschehen ist«, fuhr sie mit weicher Stimme fort. »Ich wollte dich einfach.« Sie lächelte ironisch. »Meine Güte, wenn das einer hört. Ich klinge wie eine Sexbesessene. Du machst das aus mir, Benny.«

Er schritt auf sie zu und scheuchte damit die Katze, die ihn noch immer mürrisch beobachtete, unter das Sofa. »Vergiss das alles. Heirate diesen Peter nicht, Harriet. Du weißt, dass es nicht richtig ist.«

»Ich muss, Benny.«

»Dann ist dir deine Immobilie also so wichtig, dass du dafür bereit bist, den falschen Mann zu heiraten?«

»Peter ist nicht der falsche Mann.« Sie legte eine Hand auf ihren Unterleib.

»Vermutlich ist sein Geld das Einzige an ihm, das richtig ist.«

»Vermute, was du willst. Du weißt nichts, Benny.«

»Wir sind hier nicht bei Jane Austen. Frauen heiraten heutzutage nicht mehr aus materiellen Gründen. Dies hier …«, er warf seinen Kopf Richtung Diele, »ist nur ein altes Haus.«

»Es ist mein Zuhause!«

»Millionen haben ihr Zuhause verloren, Harriet.«

»Genau.« Ihr Rücken wurde steif. »Bist du wirklich so naiv zu glauben, dass Frauen in London, Berlin und Warschau nicht auch einer Immobilie wegen heiraten, um ein neues Zuhause zu bekommen?«

»Es muss auch andere Wege geben, Fairfleet zu behalten. Vermiete es für ein paar Jahre an eine Schule. Mach ein Pflegeheim daraus. Ein Genesungsheim für verletzte Piloten, irgendetwas.«

»Ich muss Peter heiraten. Es ist zu spät.« Sie nahm eine Falte ihres Rocks zwischen ihre Finger und betrachtete sie. »Ich bin so dumm gewesen. Ich war einsam, sehnte mich nach Sidney, nach England, nach diesem Haus und nach …« Sie schluckte und sah ihn an. »Ich muss tun, was für alle Beteiligten das Beste ist. Er ist ein guter Mensch. Ich weiß, er wird sich um uns beide kümmern.«

»Euch beide?« Er sah sie an, und sein Blick wanderte dorthin, wo ihre Hand unterhalb des Rockgürtels lag. Noch immer begriff er nicht. Dann sah er sie an und erkannte die Wahrheit in ihrem Blick. Sie bekam ein Kind. »Peter und du?« Er konnte es nicht aussprechen, wusste nicht, warum es ihn so verbitterte. Solche Gefühle waren ihm fremd gewesen, als sie mit ihrem ersten Ehemann schlief, aber dieser Unbekannte in Amerika, warum?

»Ich war einsam.« Ihre Wangen waren gerötet. »Und weit weg von zu Hause.«

Sie hätte sich nicht einsam fühlen müssen. Wäre sie nach England zurückgekehrt, hätte es nur eines Wortes von ihr bedurft, und Benny wäre zu ihr geeilt. Nur ein Wort – *komm* –, und er wäre an ihrer Seite gewesen.

»Ich kann es mir nicht leisten, ein Risiko einzugehen, Benny.« Sie war blass, das sah er. »Wenn Smithy Peter gegenüber etwas darüber verlauten lässt, was sie heute Nachmittag gesehen hat …«

»Ich bin mir sicher, dass Alice dir nichts Böses will.« Hatte sie ihre Herrin nicht immer abgöttisch geliebt? »Aber Harriet, dieses Baby …«

Sie richtete sich auf und war nun jeder Zentimeter die Frau mit Grundbesitz, Mitglied des ortsansässigen Adels, die Pilotin. »Nicht, Benny. Frag mich nicht nach dem Kind.«

»Ist es der Grund, weshalb du und Peter …?«

»Ich habe dir gesagt, du sollst mir keine Fragen stellen.« Sie griff nach den Zigaretten und ihrem silbernen Feuerzeug. »Ich möchte nicht darüber reden.«

»Entschuldige.«

»Nein. Ich muss mich entschuldigen. Wirklich, Benny, ich schäme mich.«

Er berührte ihre freie Hand. »Nicht doch. Das brauchst du nicht. Du und ich, wir waren füreinander geschaffen.«

»Es ist unmöglich, Benny.«

Da wusste er es endgültig und spürte, wie sein Kopf fast bis auf seine Brust nach vorn sackte. Er fühlte sich sehr müde und sehr alt.

Sie nahm einen Zug aus ihrer Zigarette, und ihre Anspannung ließ etwas nach. Vielleicht witterte sie auch seine Niederlage, wusste, dass er nicht länger nachbohren würde. »Smithy hat sehr hohe moralische Ansprüche. Womöglich denkt sie, ich hätte sie beide enttäuscht. Sie ist Peter mehrmals begegnet. Sie schätzen sich gegenseitig sehr, verstehst du.«

»Sie ist doch nur die Haushälterin. Ihretwegen brauchst du dir wohl keine Gedanken zu machen. Sie ist keine Mrs. Danvers, wie in diesem Roman von Daphne du Maurier, weißt du.«

Sie lachte, und er sah, dass sie noch immer nervös war.

»Egal«, sagte er. »Ich sollte jetzt wohl besser diese Bücher holen.« Er war erschöpft. Sie hat es auch gewollt, sagte er sich. Obwohl sie heiraten wird. Sie hatte ihm nichts vorgemacht auf dem Sofa. Um das einschätzen zu können, kannte er die Frauen inzwischen gut genug. Wäre Alice nicht hereingekommen, und wäre es ihnen endlich gelungen, ihre Affäre zu vollziehen, hätte Harriet ihm nicht mehr widerstehen können. Ein verdammter Film in einem Dorfkino hatte alles zunichtegemacht. Das war fast zum Lachen.

»Wann geht dein Zug?«

»In einer Stunde sollte einer gehen.« Sie folgte ihm in den Flur hinaus.

»Brauchst du Hilfe bei den Büchern?«

»Mach dir keine Umstände.« Sie hätten entfernte Bekannte sein können. Von Smithy war nichts zu sehen. Er stieg die Treppe hinauf. Das erste Stockwerk sah unverändert aus, wenngleich alles dunkler und schäbiger wirkte. Er öffnete die Tür zu seinem alten Zimmer. Das Bett war mit einem Tuch abgedeckt, der Schreibtisch ebenso. Dass ihm die Bücher im Regal gehörten, hatte er vergessen. Die meisten hatte er nach Cambridge und dann in seine jeweiligen Behausungen mitgenommen. Übrig geblieben waren hauptsächlich Jugendromane. Robert Louis Stevenson. John Buchan. Er würde sie gar nicht alle tragen können. Er nahm nur ein halbes Dutzend mit, Weihnachtsgeschenke von Dr. Dawes. Er fragte sich, wo sein alter Fußball abgeblieben war. Wohl unten im Keller.

Er warf einen letzten Blick in sein Zimmer. Er hatte es als Kind verlassen, und jetzt war er ein Mann. Aber er hatte das Gefühl, mit alldem hier noch nicht ganz abgeschlossen zu haben. Es schien ihm nicht richtig zu sein, Fairfleet zu verlassen, aber was blieb ihm anderes übrig? Wenn dieser Peter erst einmal hier wohnte, wollte er nicht mehr zurückkommen. Und wenn das Baby geboren war. Aber er musste sich vergewissern, dass es Harriet – von jetzt an würde sie für ihn immer Harriet sein – in Zukunft gut ging. Ihr Verhalten vorhin in der Küche, nachdem Alice Smith zurückgekommen war, gab ihm Anlass zur Sorge. Andererseits war sie eine starke, athletische Frau auf dem Höhepunkt ihres Lebens, um die er sich keine Gedanken zu machen brauchte. Es war nur seine Eifersucht, sagte er sich, als er die Zimmertür schloss. Aber es fühlte sich nicht an wie Eifersucht. Ganz und gar nicht. Harriet weckte seine Beschützerinstinkte, was absurd war, denn sie war sehr wohl in der Lage, sich um sich selbst zu kümmern, und der neue Ehemann würde sie sicherlich wertschätzen.

Als er bereits auf dem Weg nach unten war, kam Alice Smith mit einem Armvoll Laken aus einem der Zimmer im ersten Stock. »Sie sind wohl fertig?«

»Ich kann nicht alle Bücher mitnehmen«, sagte er.

»Dann werden wir den Rest einpacken und in den Keller schaffen. Wenn Sie sich nicht in der Lage fühlen, noch einmal zurückzukommen.« Sie beobachtete ihn gelassen. »Ich habe bereits ein Taxi gerufen. Es wartet am Ende der Einfahrt auf Sie und bringt Sie zum Bahnhof.«

Nichts an ihr deutete daraufhin, dass sie die beiden zusammen auf dem Sofa erwischt hatte. Aber er betrachtete sie genauer und entdeckte dabei ein Funkeln in ihren Augen. Häme, sagte er sich, angesichts seiner Niederlage. Aber auch noch etwas anderes: Erleichterung. Warum hegte sie nach all den Jahren noch immer einen Groll gegen ihn?

»Es geht Ihnen offenbar gut? Kein Wunder, nach den Starthilfen, die man Ihnen in Fairfleet geboten hat.«

»Ich werde Lady Dorner immer für das dankbar sein, was sie und Lord Dorner für mich getan haben«, erwiderte er steif.

»Mehr, als die meisten für Sie getan hätten.«

»Das stimmt.« Er setzte seinen Gang über die Treppe fort.

»Aber Sie waren immer ein wenig anders, nicht wahr?«

Er blieb stehen. Drehte sich um und sah zu ihr hoch.

»Nicht wie die anderen Jungs.«

»Wovon sprechen Sie?«

Ein Lächeln umspielte ihre Lippen.

Woher weißt du es? Es kostete ihn Mühe, die Frage nicht auszusprechen. Er traute es Smithy durchaus zu, dass sie ihre eigenen geheimen Rasseforschungen betrieben hatte. Vielleicht hatte sie die anderen Jungs hinsichtlich seines körperlichen Unterschieds ausgehorcht. Er hatte beim Aus- und Anziehen vor ihnen immer Vorsicht walten lassen, aber einem könnte es doch aufgefallen sein, der dann womöglich Bemerkungen hatte fallen lassen, die von Smithy aufgeschnappt worden waren.

Vielleicht hatte sie aber auch nur ein Gespür dafür, dass mit ihm etwas nicht ganz stimmte. Ein Ornament, das man in der falschen Sammlung zur Schau stellte. Eine Tasse, die in den falschen Schrank gestellt worden war.

»Verderben Sie es ihr nicht.«

Er schien sie perplex angesehen zu haben.

»Sie waren immer ein gut aussehender Junge, Benjamin.«

So hatte ihn schon seit Jahren keiner mehr genannt.

»Warten Sie.« Sie legte die Laken ab und griff in ihre tiefe Schürzentasche. »Die hier können Sie mitnehmen.« Sie legte die Pfauenfeder oben auf die Bücher. »Die will ich nicht im Haus haben. Sie befassen sich jetzt wohl am besten mit Ihrer beruflichen Karriere in London. Dann wird keiner irgendwelche Zweifel äußern, nicht wahr?«

Er hätte dazu einiges zu sagen gehabt, aber er ging weiter und konnte es plötzlich gar nicht mehr erwarten, das Haus zu verlassen. Smithys kalter Blick folgte ihm, bis er das Treppenende erreicht hatte. Er klopfte an der Küchentür und öffnete sie.

»Ich nehme ein paar Bücher mit.«

Harriet saß mit einer Zigarette am Küchentisch. Sie stand auf, als er eintrat. »Du gehst schon? Ich dachte, wir hätten mehr Zeit.« Sie drückte ihre Zigarette aus. »Ich werde dich sehr vermissen.« Ihre Stimme schwankte, aber vielleicht wollte er das auch nur so hören. »Ist vielleicht am besten so.«

»Nicht für mich«, erwiderte er knapp. Was hatte sie erwartet?, fragte er sich. War der Nachmittag rund um Alice' Kinobesuch geplant gewesen? Und wenn sich die Dinge wie geplant entwickelt hätten, was dann? Hätte sie auch dann ihre Verlobung mit Peter fortgesetzt? Er hätte sie das gern gefragt, aber sie wirkte so aufgewühlt. Kleiner, sagte er sich. Zerbrechlicher, trotz ihres durchtrainierten Körpers und ihrer durch die Schwangerschaft noch gesteigerten Schönheit. Er konnte sich des Gefühls nicht erwehren, dass sie ihn brauchte – ihn, Benny, den Flüchtling, der hart dafür arbeitete, im grauen alten Nachkriegsengland beruflichen Erfolg zu haben. Aber warum sollte Harriet, die schon bald wieder einen reichen Mann heiraten würde, irgendetwas von ihm brauchen?

Ihr Blick fiel auf die Bücher in seinen Armen. »Du wirst sie noch fallen lassen. Leg sie auf den Tisch, ich wickle sie für dich ein.« Er tat, was sie ihm sagte. »*Große Erwartungen*«, las sie laut den Titel des Buches vor, das obenauf lag. »Du *musst* auch an dich große Erwartungen haben, Benny. Ich weiß, dass du es weit bringen wirst.«

»Darauf kommt es mir gar nicht an.«

Ihre Augen füllten sich mit Tränen. »Das sollte es aber. Bitte tu 's für mich. Um meinetwegen. Sei glücklich und erfolgreich, darum bitte ich dich.« Sie wischte sich die Augen trocken und holte aus einer Schublade einen Bogen sorgfältig gefaltetes Packpapier und einen Bindfaden. Schnell war seine Vergangenheit eingewickelt und verknotet, Bücher und Feder eine Einheit. Geschickt machte sie aus dem Bindfaden eine Schlaufe, sodass er ihm nicht in die Hand schnitt. Er wünschte, sie hätte ihm den Luxus körperlichen Schmerzes erlaubt. Das wäre eine Ablenkung von dem gewesen, was in ihm war.

Sie kam mit ausgestreckter Hand auf ihn zu. »O Benny, was für ein Kuddelmuddel, und das war gar nicht meine Absicht.«

»Das macht doch nichts.« Aber das tat es.

»Ich liebe Peter. Auch wenn es so aussieht, als …«

»Warum hast du dann das zugelassen, was heute Nachmittag zwischen uns war?« Warum hatte sie ihn zu diesem Sofa geführt?

»Peter hat ein Problem mit seinen Stimmungen«, sagte sie. »Manchmal ist er seelisch arg im Keller. Die Ärzte gehen davon aus, dass es sich um eine Störung des chemischen Gleichgewichts handelt. Die amerikanischen Ärzte sind sehr klug. Sie haben es mit Elektroschocks und allem Möglichen versucht. Seit einiger Zeit geht es ihm besser.«

Er fand keine Worte, um auf diese Enthüllung zu reagieren.

»Dann kam ich nach Hause zurück«, fuhr sie fort. »Und habe mich wieder an alles erinnert. An dich und diese Nacht 1945. Und das Mal davor im Topiarygarten.«

»Das können wir nicht wiederholen.« Mein Gott, es tat weh, das zuzugeben, aber es war die Wahrheit.

»Es verfolgt mich noch immer, weißt du.«

Er wusste, dass sie jetzt nicht über ihr Privatleben sprach, sondern in Gedanken bei dem zerschmetterten und verbrannten Körper ihrer Freundin war, die auf einem Hügel von Wiltshire lag, umfangen von den zerborstenen Trümmern des Flugzeugs. Er wusste, wie es sich anfühlte, in Erinnerungen gefangen zu sein.

»Wirst du mir schreiben, Benny?«

Er sagte nichts, weil ihm die indirekte Drohung von oben noch in den Ohren klang. Er malte sich aus, wie Smithy die Post entgegennahm und seine Handschrift auf einem Umschlag entdeckte. Er schwang sein Bücherpaket hin und her.

»Sag mir, dass du nicht einfach verschwindest. Ich höre manchmal von den anderen, aber das sind immer nur Weihnachtskarten. Bei dir …« Sie führte ihre Hand an ihre Kehle. »Ich glaube nicht, dass ich es ertrage, wenn du einfach verschwinden solltest. Ohne dich fühlt Fairfleet sich fremd an. Bleib nicht zu lange weg.«

Jetzt wirkte sie sehr jung, jünger als er, trotz der dunklen Ringe unter ihren Augen. Oder vielleicht gerade wegen dieser Ringe.

»Ich werde mich immer für Fairfleet und alle, die hier leben, interessieren«, sagte er. Es war eine gestelzte Antwort, aber etwas anderes zu sagen, wagte er nicht. »Ich hoffe, dass ich eines Tages zu Besuch kommen kann.«

»Das fände ich schön«, sagte sie. »Mir gefällt der Gedanke, dass du, ich weiß nicht, ein Auge auf mich hast. Und auf das Haus. Das Haus bin ich, Benny.«

Da küsste er sie, er konnte nicht anders, obwohl er wusste, dass Alice Smith irgendwo im Hintergrund war und sie womöglich beobachtete.

Sie klammerte sich kurz an ihn und löste sich dann sanft. »Für immer, Benny.«

Dann ging er, ohne einen Blick zurückzuwerfen.

Danach zogen die Jahre blitzartig an ihm vorbei, als wäre sein Leben ein Expresszug, der ohne anzuhalten durch mehrere Bahnhöfe fuhr. Benny war ein alter Mann, der auf seinem Totenbett lag. Und da war sie wieder, Harriet, in ihrer Fliegermontur, und winkte mit einem Fächer aus Pfauenfedern, stand lachend bei ihm im Schlafzimmer, so alt wie damals, als sie sich in ihn verliebt hatte.

»Ich sagte dir doch, dass wir uns wiedersehen werden«, sagte sie zu Benny. »Mir war immer klar, dass du zu mir kommen würdest, wenn ich dich brauche. Jetzt tue ich das Gleiche für dich.« Er wollte eine Begrüßung murmeln, aber sie legte ihm einen Finger auf die Lippen. »Immer wurden wir gestört, wenn wir zusammen waren, nicht wahr?« Sie lächelte. »Jedes Mal. Vielleicht war es gut so.«

Vielleicht war es das. »Es gibt da etwas, das ich dir sagen muss«, sagte er, weil er fand, dass er es jetzt tun konnte.

»Ich weiß es doch bereits, Dummerchen. Hab es vielleicht immer gewusst. Aber es zählt nicht, es kam nie darauf an, dass du eigentlich nicht Benny bist, sondern Rudi. Es kommt nicht darauf an. Bald schon werden wir für immer zusammen sein.« Sie winkte ein letztes Mal mit dem Pfauenfächer und verblasste dann.

Diesmal wären sie vereint, und keiner konnte sie trennen. Es war nicht mehr wichtig, dass es noch zwei Ehemänner und seine geliebte Lisa gab. *Sie heiraten nicht, noch werden sie verheiratet, sondern sie sind wie Engel Gottes im Himmel.* Worte aus der Bibel, Worte, die er als Kind auf Deutsch gehört hatte.

Harriet wusste, dass er in Wirklichkeit Rudi war. Und sie hatte ihn nicht zurückgewiesen.

37

Rosamond

Benny murmelte etwas unter seiner Sauerstoffmaske und zeigte auf die Wand. Er richtete sich in seinen Kissen auf, wobei sein Gesicht überraschend wenig von der Qual zeigte, die diese Anstrengung ihn kosten musste, er starrte angestrengt auf die leere Stelle zwischen den beiden Fenstern auf der gegenüberliegenden Seite des Zimmers. Sarah kam herein und wollte etwas sagen. Als sie Benny sah, hielt sie inne und starrte ihn ebenfalls an.

Irgendetwas, vielleicht das Spiel von Licht und Schatten, schien ihn zu faszinieren. Auf seinem Gesicht breitete sich ein Lächeln aus, das seine ausgezehrten Züge wegzuwischen schien. Eine ganze Minute lang beobachtete er das, was er an der Wand sah. Max drehte sich um, hielt den Kopf schief und jaulte einmal ganz leise. Dann schloss Benny seufzend die Augen.

Sarah sah mich an.

»Keine Sorge«, sagte ich. »Ich habe so etwas schon öfter miterlebt.«

»Was mag er gesehen haben?«

»Ich weiß es nicht. Einige behaupten, es sei einfach nur eine chemische Reaktion im Gehirn, bevor es seinen Dienst einstellt. Oder eine Reaktion auf das Morphium. Oder die

Nebenwirkung einer nicht diagnostizierten Blaseninfektion, obwohl ich mir ziemlich sicher bin, dass Benny keine hat.« Ich zögerte, weil ich nicht wusste, wie ich die andere Alternative formulieren sollte. »Andere sagen, es sei etwas völlig anderes, eine Art spirituelle Erfahrung, die Menschen angesichts des Todes machen.«

Noch andere sagten, dass mehr dahintersteckte, dass die Sterbenden nämlich jene sahen, die vor ihnen gestorben und ihnen vorausgegangen waren. Ich wusste es nicht.

»Er sah aus …« Sarah schien tief in ihrem Herzen nach dem richtigen Wort zu suchen. »Fröhlich. Nein, freudvoll ist das bessere Wort. Ich bin gekommen, um Bescheid zu sagen, dass der Arzt morgen kommt. Er hat angerufen, um sich nach Benny zu erkundigen.«

Unter unseren beobachtenden Blicken schien Benny immer tiefer in den Schlaf zu sinken. Sarah und ich blieben bei ihm. Nach einer Stunde meinte Sarah, wir sollten ihm die Sauerstoffmaske abnehmen. Ich stimmte ihr zu. Sarah döste dann ein paar Stunden in ihrem Sessel, während ich Wache hielt. Das war mein Job: wachen und warten. Vielleicht gehörte sogar noch dazu, den Tod willkommen zu heißen, wenn er kam, weil ich dafür gesorgt hatte, dass es mein Patient angenehm hatte und in Frieden gehen konnte.

Ich befeuchtete seinen Mund. Und ich sprach mit leiser Stimme mit ihm. Ich erzählte ihm, dass Max noch immer zusammengerollt auf seinem Bett zu seinen Füßen lag. Erzählte ihm, was mit Cathal passiert war. Und ich erzählte ihm von meiner verpassten Chance, ein Kind zu bekommen.

»Ich wollte James gegenüber nicht zugeben, wie schlimm die Fehlgeburt für mich war«, flüsterte ich dem schweigenden Benny zu. »Er sollte nicht sehen, wie traurig ich war. Also gab ich vor, erleichtert darüber zu sein, dass ich meine Wohnung nicht verkaufen musste. Ich *hasse* meine Wohnung. Ich freute mich darauf, mit James und dem Baby in ein kleines Haus zu ziehen. Mit einem Hund.«

Ich war mir über diese Gefühle nicht im Klaren gewesen, bis ich den Wunsch aussprach.

Dann wachte Sarah auf, und ich schlief bis zum Vormittag, wusch mich rasch und setzte dann meine Wache bei Benny fort.

Der Arzt kam. Bennys Augenlider flatterten, als der Arzt ihn untersuchte und sich leise mit uns über die Medikamente und Schmerzmittel unterhielt. Er vergewisserte sich, dass wir alles hatten, was wir brauchten.

»Er scheint ganz sanft wegzudriften.« Er überprüfte ein letztes Mal die Spritzenpumpe. »Adieu, Benny. Es ist mir eine Freude, Sie gekannt zu haben.« Er drückte ihm die Hand. Benny äußerte einen Laut, der vielleicht ein Versuch war, sich ebenfalls zu verabschieden.

Ich half ihm, sich aufzusetzen, und flößte ihm etwas Wasser ein, während Sarah den Arzt hinausbegleitete. Ein letzter Lebensfunke schien ihm ein wenig Kraft zu geben.

»Sie … weiß … Wahrheit.«

»Sie möchten, dass ich Sarah erzähle, was zwischen Rudi und Benny vorgefallen ist?«

Er nickte. »Was ich schrieb.«

»Ich werde ihr zeigen, was Sie geschrieben haben. Ich werde das gleich tun, sobald sie wieder nach oben kommt.«

»Wichtig …«, murmelte er. »Und … Datei Georg Lange.«

»Ihr Vater Georg. Auch die werden wir lesen.« Er murmelte noch etwas, und ich beugte mich über ihn, um ihn verstehen zu können.

»Baby. Tut mir leid.« Ich war verdutzt. Dann realisierte ich, dass die Geschichte von meiner Schwangerschaft und Fehlgeburt wohl zu ihm vorgedrungen war.«

Dann verfiel er wieder in tiefen Schlaf.

Als Sarah wiederkam, erklärte ich ihr, worum Benny mich gebeten hatte, und holte den Laptop, um die Datei aufzurufen. »Es geht darin um seine Kindheit, etwas, das Sie wissen sollen.«

Sie setzte sich an den Ankleidetisch und las mit gerunzelter Stirn. Als sie fertig war, senkte sie schweigend ihren Kopf.

»Sarah?«

Keine Antwort.

»Sie wussten, dass er nicht wirklich ein jüdischer Flüchtling war, nicht wahr, Sarah?« Diese Erkenntnis traf mich unvermittelt. Sie wandte sich ab. »Sie haben es wohl vermutet. Oder haben vielleicht etwas gehört, wenn er träumte.«

Sie war jetzt sehr, sehr blass und klammerte sich noch immer sprachlos an die Tischkante. »Es war eine Äußerung Lisas vor Jahren. Ich kam überraschend ins Zimmer, und sie unterhielten sich. Bekamen meine Anwesenheit nicht mit. ›Nur weil du kein Jude bist, heißt das nicht, dass du nicht auch deinen Teil dazu beitragen kannst, das wiedergutzumachen, was während des Holocausts passiert ist, Benny.‹«

»Lisa wusste es also.«

»Wir beide dürften die Einzigen gewesen sein, die es wussten. Für mich sollte sich dadurch eigentlich nichts ändern«, sagte sie. »Das sage ich mir immer.«

Da ging mir ein Licht auf. »Sie sind Jüdin, Sarah, nicht wahr?«

Sie sah mich an, und ich wusste, dass es die Wahrheit war.

»Meine Mutter …« Sie holte Luft. »Meine Mutter war drei, als die Deutschen nach Prag kamen. Sie überlebte, weil ein Lagerwachmann Mitleid mit ihr hatte und sie über einen Stacheldrahtzaun warf. Ein Bauer versteckte sie. Aber nach dem Krieg wog sie so viel wie ein Kind, das halb so alt war wie sie. Sie starb mit vierzig, ihre körperlichen Schäden waren zu gravierend, um weiterzuleben.«

Und Benny, Sarahs geliebter Arbeitgeber, ein Junge, der nie dem Risiko einer solchen Verfolgung ausgesetzt war, hatte einen der wertvollen Plätze im Kindertransport eingenommen. Wie konnte sie ihre Gefühle, die dieses Wissen hervorrufen musste, mit ihrer Zuneigung für Benny in Einklang bringen?

»Benny war doch noch ein Kind. Aber sein Vater …« Sarah erschauerte. »Vielleicht hat seine Arbeit letztendlich den Weg dafür geebnet, meine Mutter und Großeltern in diese Lager zu schicken.«

»Lassen Sie uns die andere Datei lesen.«

Ich klickte auf die Datei Georg Lange und öffnete sie. Wir setzten uns gemeinsam an den Ankleidetisch und lasen. Dabei vergewisserte ich mich jedes Mal vor dem Weiterscrollen, ob Sarah den Absatz gelesen hatte. Sie las mit ernster Miene.

Erst vor Kurzem habe ich den Mut gefasst, Nachforschungen über meinen richtigen Vater Georg Lange anzustellen. Einem glücklichen Umstand ist es zu verdanken, dass die für ihn relevanten Papiere weder bei Luftangriffen noch während des Vormarsches der Russen vernichtet wurden.

Meine frühen Kindheitserinnerungen an Georg sind die an einen Mann, der seine Arbeit und seine Familie liebte. Ich weiß noch, wie mein Vater den Bären spielte und mich und meine Mutter über den Rasen jagte. Aber meine Mutter starb. Mein Vater wurde in der Arbeit unter ungeheuren Druck gesetzt. Er war in der Zeit aufbrausend bei den Essenszeiten und geizte nicht mit Tadel für Schwächen, wie sie für Jungs meines Alters üblich sind.

Ich weiß nicht, inwieweit Georg von seinen politischen Vorgesetzten in deren Pläne zur Nutzung des deutschen Schienennetzes für die Umsetzung ihrer neuen Weltordnung eingeweiht war. 1939 dürfte mein Vater aber sicherlich Verdacht geschöpft haben, dass sich etwas Finsteres seiner geliebten Eisenbahn bemächtigte.

Was auch immer der Grund für seine schlechte Laune gewesen sein mag, so trug diese doch nicht unwesentlich dazu bei, dass ich aus Angst vor meinem Vater am Nachmittag des Kindertransports das Haus verließ, weil ich für ein kindliches Fehlverhalten mit einer harten Bestrafung rechnen musste, deren Ausmaß anderswo beschrieben ist.

Als ich mich in England eingelebt hatte, ging ich davon aus, dass mein Vater mich nicht vermisste.

Dank der neuen digitalisierten Polizeiberichte habe ich jetzt erfahren, dass dem nicht so war. Zwischen 1939 und

1943 wurde Georg Lange wegen verschiedener Anlässe der Gestapo gemeldet. Es ging das Gerücht, das mysteriöse Verschwinden seines Sohnes habe ihn seine Einstellung ändern und seine Loyalität dem Vaterland gegenüber infrage stellen lassen. Man hatte ihn äußern hören, dass der Verlust eines Kindes schmerzlicher sei als jeglicher Verlust des Nationalstolzes. Einige seiner Kollegen gaben, von der Polizei befragt, zu Protokoll, er habe außerdem aufgehört, sein Parteiabzeichen zu tragen, das sonst an seinem Revers steckte. Nachdem er auf einem Berliner Bahnhof Zeuge der Deportation älterer Juden geworden war, äußerte er sich dazu negativ.

Kurz darauf kündigte Georg bei der Eisenbahn und nahm einen Job als Pfleger im Hospital an. Die Gestapo hatte ihn noch immer im Visier und wartete nur darauf, dass er sich in Worten oder Taten belastete. Aber Georg starb bei einem Bombenangriff, bevor die Gestapo irgendwelche Aktionen durchführte. Dieses gewaltsame Ende stimmt mich traurig, aber ich bin erleichtert, dass er nie gefoltert, an keine Wand gestellt oder in ein Lager geschickt wurde.

Er war kein Held, aber ich bin stolz, sagen zu können, dass Georg Lange mein Vater war.

Ich schreibe dies kurz vor Weihnachten. Da ich so schwach bin, scheint es eine Ewigkeit zu dauern, bis ich auch nur ein Wort getippt habe. Es ist eine Zeit, die dazu einlädt, an all die Lieben zu denken, die bereits tot sind. Ich war nie ein religiöser Mensch, aber ich hoffe, nach meinem Tod Gelegenheit zu haben, die Menschen wiederzusehen, die ich bereits verloren habe. Manchmal glaube ich, sie bereits jetzt zu sehen, und ihre Stimmen rufen mich. Vielleicht bin ich nur das Opfer der durch den Krebs und die Nähe des Todes hervorgerufenen chemischen Umwälzungen in meinem Kopf oder der Medikamente. Es ist wirklich ein sehr interessantes Thema, über das ich gern geschrieben oder eine Dokumentation verfasst hätte: Besuche am Totenbett – Halluzinationen oder wahrhafte Spiritualität?

Ich habe meine Angelegenheiten geregelt. Das Haus wird verkauft und das Geld an diverse Flüchtlingseinrichtungen und andere wohltätige Projekte verteilt. Ich glaube, Harriet hätte Verständnis dafür, dass es Zeit ist, die Fäden zu durchtrennen, die uns an Fairfleet binden. Möge eine neue Familie einziehen und das Haus mit Lärm füllen. Ich hoffe, es werden wieder Kinder hier leben.

Nie habe ich mich vollständiger gefühlt: Rudi Lange, einigen bekannt als Benny Gault.

Ich schielte auf Sarah. Auch sie hatte zu lesen aufgehört und starrte aus dem Fenster.

»Kurz bevor Sie zu uns kamen, Rosamond, hat er wieder mit Schreiben begonnen. Wegen seiner Krankheit hatte er eine Weile damit aufgehört. Ich machte mir Sorgen um ihn, weil er so deprimiert war, und wusste nicht, was ich tun konnte. Dann kam der Laptop.« Ihre Züge hellten sich ein wenig auf. »Er bestellte das Beste, was der Markt zu bieten hatte. Typisch Benny, nur das Beste, wenn es um sein Schreiben ging. Als er dann tippte, wirkte er gleich viel glücklicher. Aber zu nahe durfte ich ihm nicht kommen, er hatte ständig Angst, ich könnte sehen, was er schrieb.« Sie betrachtete die stille Gestalt auf dem Bett. »Es ist fast so weit, nicht wahr?«

Ich wusste, was sie meinte. »Ja.« Vermutlich heute Abend

oder in der Nacht. Es war bereits dunkel. Ich ging die Vorhänge zuziehen und konnte dann dem Blick auf die Sterne nicht widerstehen, die heute von einem klaren dunkelblauen Himmel leuchteten. Nur ein ganz zarter, winziger Dunstschleier hing im Raum. Mein Gesicht fühlte sich feucht an, und ich merkte, dass mir bereits seit einigen Minuten Tränen über die Wangen liefen. Ein letzter Blick auf die Sterne zeigte mir, wie klein und unbedeutend ich war.

Aber von Licht und Möglichkeiten umgeben, meldete sich eine Stimme in mir. Lebendig. Keine halb eingerichteten Wohnungen mehr. Kein Hetzen von einem Auftrag im Ausland zum nächsten. Es war an der Zeit, ein Risiko einzugehen, zu sehen, was geschah, wenn ich stillhielt.

Zwei Stunden später wurde Benny noch einmal wach.

»Harriet.« Seine Hand bewegte sich über die Steppdecke und klammerte sich überraschend fest an meine Hand. »Ich wusste, du würdest kommen, bevor … Zug … erwische.« Sprach er von einem richtigen Zug?, fragte ich mich. Etwa von dem, in den er gestiegen war, als er mit den jüdischen Kindern nach England kam? Oder meinte er das metaphorisch: ein Zug, der ihn zu seiner längsten Reise mitnehmen würde?

»Vorsicht.« Sein Blick war über meine Schulter gerichtet. »Sie dürfen dich nicht sehen. Sonst kommen wir beide in Schwierigkeiten.« Er streichelte meine Handinnenfläche. »Ich möchte dir das Leben nicht schwer machen, Harriet.«

Ich drückte seine Hand. »Das machst du nicht. Keine Sorge.« Es kam mir nicht falsch vor, die Stelle meiner Großmutter einzunehmen, um Benny zu trösten.

»… wird ihnen nicht gefallen … dass du hier bist.« Besorgnis lag in seinen Augen.

»Sie haben nichts dagegen.«

»Nicht mal … Peter … der Verlobte?«

»Nicht mal er«, sagte ich für meinen schon vor langer Zeit verstorbenen Großvater, der, wo immer er jetzt sein mochte, sich mit Sicherheit keine Gedanken über eine Begegnung machen würde, die vor über einem halben Jahrhundert stattgefunden hatte.

»Lisa?«

»Lisa hat auch nichts dagegen.«

Er sank in sein Kissen zurück. Mir war klar, dass er jetzt an seine Frau dachte.

Als er Lisa verkündete, nach Fairfleet zurückkehren zu wollen, hatte sie ihn angsterfüllt angesehen.

»Harriet ist tot, Benny. Warum kehrst du jetzt dorthin zurück?«

Einen Tag nach ihrer Beerdigung war er ins Land zurückgekehrt. Nur einen Tag zu spät. Hätte er in New York den Rückflug erwischt, den er eigentlich hatte nehmen wollen, wäre er rechtzeitig gekommen. Dieser verdammte Sturm an der Ostküste, der von allen Seiten kam und verhinderte, dass die Maschinen am JFK starten konnten.

»Ich möchte ihrer Familie kondolieren.«

»Werden sie sich überhaupt an dich erinnern?« Sie sah ihn finster an. »Na ja, Harriet wird ihnen wohl von den Jungs erzählt haben, die sie während des Kriegs aufgenommen hat.« Sie schüttelte den Kopf. »Hör dir das an, ich rede wie eine eifersüchtige Ehefrau.«

»Es gibt nichts, worauf du eifersüchtig sein müsstest. Harriets Tod gibt mir das Gefühl, als sei ein Teil meiner Jugend verschwunden.«

Lisa nickte. »Das ist unvernünftig von mir, ich weiß. Ich wusste nur nicht, dass du … diese Gefühle für sie hattest.«

Als er den Nachruf zum Tod von Harriet las, war er so geschockt gewesen, dass er seiner Frau erzählte, was zwischen ihm und seiner Wohltäterin beinahe passiert wäre.

»Aber sie war viel älter als du«, hatte Lisa mit großen Augen eingeworfen.

»Vierzehn Jahre.«

Das hatte sie überrascht. »Vermutlich ist das gar nicht so viel, wenn man gerade die Kindheit hinter sich gelassen hat.« Sie beobachtete ihn wachsam. »Wusste Harriet denn, wer du wirklich warst?«

»Nein. Ich wollte es ihr immer erzählen, aber es schien nie der richtige Zeitpunkt zu sein.«

Das schien Lisa zu freuen.

»Du bist die Einzige, die die volle Wahrheit über mich kennt, Liebling.«

Sie zog seine Hand an ihre Lippen und küsste sie. »Es gibt nichts Schändliches an dem, was passiert ist, Benny. Du warst ein Junge, du wurdest in einen Zug geschoben.«

»Dennoch.«

Ihre Augen trafen sich, und Bennys Geheimnis war fast wie ihr Kind, das Kind, das sie nie hatten und das sie beide aneinanderband.

Also war er nach Fairfleet aufgebrochen. Auf einem der Felder wurden neue Häuser gebaut. Er hatte sich auf den Bauplatz geschlichen, damit er über den See hinweg das

Haus sehen konnte. Da sah er Harriets Tochter auf der sonnigen Wiese mit den beiden Kindern sitzen. Er wollte mit ihnen sprechen, ihnen sagen, wie leid es ihm tat, sie wissen lassen, wie besonders Harriet gewesen war. Aber er hatte gezögert und war plötzlich zu scheu gewesen, sie zu behelligen.

Er hätte zu ihnen gehen sollen. Es hatte ihm an Mut gefehlt.

Lisa. Auch sie war ihm jetzt ganz nah.

Der Druck auf meiner Hand ließ nach. Benny schlief. Max veränderte seine Position zu Bennys Füßen und legte sich mit dem Rücken an Bennys Seite. Ein Blick in die Augen des Hundes sagte mir, dass er nicht die Absicht hatte, seinen Platz zu verlassen. Ein solches Verhalten von Hunden bei Sterbenden hatte ich schon öfter miterlebt, und ich ließ Max in der Hoffnung gewähren, dass ein wenig seiner Wärme und Zuneigung meinen Patienten erreichte und Benny spürte, dass er nicht allein war.

Als Benny sich zwei Stunden später rührte, gab ich ihm etwas Wasser zu trinken. Er lächelte mich an. »*Große Erwartungen*?«

Es dauerte einen Moment, bis mir klar wurde, dass er mich bat, das Buch zu Ende zu lesen.

»Wir haben uns noch nicht entschieden, welche Version des Endes wir lesen wollen. Es gibt zwei, wie Sie wissen. In der einen bekommt Pip Estella schließlich, in der anderen ist das nicht der Fall. Die Kritiker bevorzugen allemal die letztere. Nennen Sie mich ruhig sentimental, aber ich kann dem nicht ganz zustimmen.«

»Glücklich«, flüsterte er.

Eine Zeit lang starrte Benny wieder angestrengt auf die Wand zwischen den Fenstern auf der anderen Raumseite, bevor er die Augen schloss. Ein zartes Lächeln erhellte sein Gesicht.

»So müde«, murmelte er. »Ich schlafe im Zug.«

»Das denke ich auch.« Ich rüttelte Sarah sanft an ihrer Schulter, um sie aufzuwecken.

Er rang nach Luft.

»Sollen wir ihm nicht die Maske geben?« Sarah stand neben mir.

»Wir warten noch.« Ich wollte ihn nicht zurückholen, wenn er schon bereit war hinüberzugleiten.

Seine Atemzüge wurden flacher und schneller, als ob seinem eigenen Motor der Brennstoff ausginge.

Ich sah Sarah an, und sie schüttelte den Kopf.

»Lassen wir ihn gehen.«

»Eine gute Reise, Rudi.« Ich beugte mich vor und küsste ihn auf seine Stirn, dann trat ich ans Fenster, damit Sarah ein paar Augenblicke mit ihm allein sein konnte.

Die Abstände zwischen seinen Atemzügen wurden länger, und wenn er atmete, dann nur ganz flach. Ich fühlte ganz sanft seinen Puls und wartete auf das nächste Einatmen.

Es blieb aus.

Rudi winkte ein letztes *Auf Wiedersehen*. Für in die Länge gezogene Abschiede war keine Zeit, er musste sich beeilen, der Zug setzte sich bereits in Bewegung. Noch nie hatte er so einen langen Passagierzug gesehen. Abteil um Abteil fuhr an ihm vorbei, jedes mit winkenden Fahrgästen besetzt, jungen und alten. Er riss eine Tür auf und sprang auf. Der blanke neue Fußball fiel ihm aus dem Arm und prallte auf dem Boden auf. Jemand fing ihn. Benny. Er sah aus, als käme er geradewegs aus einem im sonnigen Park verbrachten Nachmittag.

»Wie ist es gelaufen?«, fragte er Rudi. Verschwunden waren der geschwollene Hals und die schmuddeligen Kleider. Sein Freund grinste ihn an und ließ den Ball auf dem Boden aufspringen.

»Wir haben gewonnen.« Er ließ sich neben Benny fallen. »Drei zu null. Eins hab' ich geschossen.«

»Dann kann der Torwart nur blind und lahm gewesen sein«, frotzelte Benny.

An der Wand hing eine Notiz, die die Passagiere an Bord der Heimkehr begrüßte.

»Was ist die Heimkehr?«, fragte er.

Benny beugte sich vor. »Dorthin gehen wir, wenn wir alles andere erledigt haben.«

Dann starb er also. Rudi hatte Angst. Seine Beine zuckten, als wollte er aus dem Zug springen. Aber die leicht spöttischen Augen des anderen Jungen, der ganz entspannt war, gaben ihm Sicherheit. Außerdem gab es für ihn auch nichts mehr zu tun. Er hatte alles erklärt.

»Die Fahrkarten bitte.« Es war ein Mann in einer schmucken Uniform, die Rudi nicht kannte. Vati. Rudi rappelte sich hoch, um aufzustehen. Aber Vati bedeutete ihm, sich wieder auf seinen Platz zu setzen. »Hallo, Rudi. Wie ich höre, hast du ausgezeichnet gespielt.« Die Uniform war ganz schlicht, ohne militärisch aussehende Epauletten. Keine Parteiabzeichen. Unpolitisch. Die Uniform eines Eisenbahners.

Der sterbende, noch immer sehr rationale Teil seines Gehirns wollte protestieren, dass Vati nicht echt war, dies alles nur eine Fehlzündung der Neuronen oder etwas dergleichen war, aber je länger er seinen Vater anstarrte, umso wirklicher wurde er.

Vati lochte seine Fahrkarte. »Wir werden pünktlich ankommen. Trotz des Stopps, um dich mitzunehmen.« Er klang stolz und war voller Elan, wie der junge Mann, der er einst gewesen war.

»Du wusstest … dass ich dort am Bahnhof wäre?«

»Natürlich wusste ich das.« Und mit einem kleinen Nicken gab er die Fahrkarten zurück. »Ich warte jetzt schon seit Jahren darauf, mein Junge, dich mit meinem Zug nach Hause zu bringen.« Seine Züge entspannten sich zu einem Lächeln, das Rudi aus jenen Tagen wiedererkannte, als sie das Picknick in den Feldern am Stadtrand abgehalten hatten und im See geschwommen waren. »Im nächsten Abteil sitzt Lisa und wartet auf dich.«

Lisa. Wie sehr hatte er sie vermisst, wie sehr sich nach ihr gesehnt, auch sie war hier.

»Und Harriet ist auch irgendwo im Zug. Und deine Mutter.«

Als Vati dies sagte, schien der Zug aus einem Tunnel herauszukommen, denn helles Licht durchflutete das Abteil.

38

Ich kümmere mich um Benny, erledige Anrufe, tröste Sarah, warte auf den Arzt und rufe bei der Krebshilfe an, um zu erklären, dass Bennys Krankheit schneller dem Ende zugegangen ist als von uns erwartet und Sarah und ich nun nachts doch keine Ablösung benötigen. Wie schon bei anderen Patienten in der Vergangenheit habe ich auch bei Benny das Gefühl, dass er sich den Zeitpunkt seines Todes selbst gewählt hat. Er hat alles gesagt, was gesagt werden musste, alles erklärt, was einer Erklärung bedurfte, und wollte dann niemandem mehr weitere Unannehmlichkeiten bereiten.

Kurz nachdem Benny gestorben war, rief die freundliche Polizistin an, um mir zu sagen, dass sie Cathal verhaftet hatten. Ich ließ Bennys Tod unerwähnt, weil ich kaum sprechen konnte. Sie erzählte mir, Cathal habe sich am Nachmittag vor dem Dorfladen herumgetrieben, und dort habe man ihn dann aufgegriffen. Betrunken. Wenn man ihn anklagt, wird er vermutlich behaupten, geistig nicht zurechnungsfähig gewesen zu sein. Vielleicht ist er tatsächlich geistesgestört und endet in einem forensischen Hochsicherheitstrakt. Womöglich melden sich nun auch andere Leute, meinte die Polizistin, um gegen ihn auszusagen. Ich solle Dad in Frankreich anrufen und ihn fragen, ob er die Informationen aufgehoben hat, die er nach Mums Tod über Cathals Aktivitäten zusammengetragen hatte.

Der Brief meiner Mum, in dem sie vor vielen Jahren festgehalten hatte, was sie über Cathal wusste und wessen sie ihn verdächtigte, wird wohl für immer verloren sein. So muss ich meinem Bruder den Beweis schuldig bleiben, dass sie uns beide liebte und für uns nur das Beste wollte. Aber ich denke, Andrew weiß das auch so.

Wegen Cathal brauche ich mir keine Sorgen zu machen.

Benny erfüllt mein Herz und meine Gedanken. Gleich werde ich in mein Zimmer gehen und James anrufen. Ich werde ihm sagen, dass Benny tot und meine Zeit in Fairfleet fast vorbei ist. Ich werde nur noch bleiben, um Sarah dabei zu helfen, sich um Bennys Vermächtnis zu kümmern. Ich werde James bitten, nach einem Haus für uns beide und auch für Catherine zu suchen, sofern sie bei uns wohnen möchte. Ich hätte gern einen Garten, damit wir einen Hund halten können. Sollte Sarah Max nicht mit in ihr Häuschen nehmen können, das sie sich von dem ihr von Benny zugedachten Erbe kaufen wird, möchte ich dem Hund ein Zuhause geben. Ich würde gern an dieser lebendigen Verbindung zu Benny festhalten, dem Mann, der meine bewunderte Großmutter so sehr geliebt hat.

Außerdem möchte ich versuchen, doch noch ein Baby zu bekommen. Aber sollte es uns nicht vergönnt sein, werde ich eine Weile ganz ruhig das Leben mit James genießen. Sollten wir uns ein renovierungsbedürftiges Haus kaufen, könnte ich mich einige Zeit mit der Planung des Umbaus und dem Streichen von Wänden beschäftigen und Ordnung in einen vernachlässigten Garten bringen.

Ich möchte einen Neuanfang in meinem Leben machen. Und bin jetzt auch bereit, glücklich zu sein.